ACTES NOIRS
série dirigée par Manuel Tricoteaux

AUX ANIMAUX LA GUERRE

© ACTES SUD, 2014
ISBN 978-2-330-03037-7

NICOLAS MATHIEU

Aux animaux la guerre

roman

ACTES SUD

Pour Véronique.

1961

Cet automne-là, on tuait en plein jour. En pleine rue. En toute bonne foi.

Le centre d'Oran était tout barbouillé de slogans. Trois lettres majuscules résonnaient sur les murs jaunis, suscitant l'espoir ou bien la peur, selon qu'on voulait rester ou les voir partir. Comme si la guerre faisait de la réclame.

Le fond de l'air était chargé d'une perpétuelle odeur de bois brûlé. Les jeunes filles ne se promenaient plus, bras dessus bras dessous, affriolantes et farouches sur les boulevards ascendants. Les beaux bruns en mocassins avaient rangé leurs sourires. Ils lisaient les journaux et affichaient des mines butées aux terrasses des cafés.

Dans les quartiers européens, on dormait mal et la chaleur n'avait rien à y voir. Sous les oreillers, des pères inquiets planquaient des revolvers d'avant-guerre. Les grands-mères mêmes, hagardes et venimeuses, se préparaient à tuer ou mourir.

Oran était une monstrueuse pièce montée, un imbroglio de monuments pompeux et de rues étroites où la peur et la haine coulaient comme des oueds au printemps.

Quand tombait le soir, on s'attardait encore sur les places, à l'ombre des figuiers, pour jouer aux cartes ou boire une anisette en bavardant. Mais déjà, plus personne ne croyait à cette douceur de vivre. Les hommes avaient perdu le rythme. Leur ton était bas, leurs gestes plus mesurés. Ils passaient sur leurs nuques des mouchoirs brûlants, s'épongeaient avec lassitude. La blancheur n'existait plus. Les draps, les chemises, les jupons avaient un air continuellement malpropre. Le ciel, jadis comme une coquille d'œuf, s'était transformé en gamelle d'acier. Et cet été, sur les plages, les adolescentes avaient moins senti monter en elles cette excitation écœurée et enveloppante, ce désir que les mères redoutaient si fort.

Tandis qu'octobre s'étirait sans vouloir finir, Pierre Duruy et Louis Scagna remontaient un boulevard populeux à bord d'une Simca Vedette. Pierre conduisait. Une brise rafraîchissante s'engouffrait par les vitres ouvertes, faisant battre les pans de leurs chemises. Tous deux portaient la cravate et Scagna des verres fumés. Ils sortaient du bureau et allaient faire leur devoir.

La veille, on avait déposé des explosifs dans les égouts des quartiers indigènes. Personne ne savait qui exactement. L'Organisation avait de nombreuses mains qui s'ignoraient mutuellement. Vers dix-sept heures, cinq personnes étaient mortes dans un fracas assourdissant. Le village nègre avait tremblé, il avait l'habitude. Ahmed, douze ans, exerçait la profession de cireur de chaussures et depuis le début des Événements, les affaires n'allaient plus très fort. Injustement, sa mère le traitait de petit fainéant et de bon à rien, ce qui le faisait rire car tout cela ne pouvait pas être très sérieux et bientôt, les choses reprendraient leur cours normal.

Finalement, Ahmed ne saurait pas le fin mot de cette histoire. Car la veille, vers dix-sept heures, des débris de métal arrachés à une plaque d'égout étaient passés au travers de sa poitrine, y laissant des trous du diamètre d'un poing.

Pierre Duruy était oranais, comme Ahmed. C'était un brave type qui avait ses raisons et quand on lui parlait du petit Ahmed, il pensait à la petite Francine. Chacun brandissait ses martyrs et justifiait ses crimes.

Pierre n'avait pas posé les explosifs qui avaient coûté la vie au petit cireur de chaussures, mais il aurait pu et cela ne lui aurait causé aucun état d'âme.

— Voilà, vous savez tout!

L'enthousiasme du Dr Fabregas déplaisait à Pierre. Comme chaque matin, avec Scagna, ils étaient passés à son cabinet sur les coups de sept heures, avant d'aller au travail. C'était un endroit calme où régnait un silence cossu, avec, accrochées aux murs, des planches d'anatomie du XVIIIe. Derrière son bureau, le docteur occupait un fauteuil de cuir usé où sa tête pommadée avait laissé une tache définitive. Ensemble, ils devaient discuter des actions en cours, s'informer des projets de la police, des manœuvres de l'armée. Ils prenaient leurs ordres du jour surtout.

À cette heure matinale, le docteur, qui habitait juste à l'étage, était fringant et rose comme un nouveau-né. Selon son habitude, il n'avait pas lésiné sur l'eau de toilette. Dans son dos, les autres le surnommaient d'ailleurs Coco. Celui qui sent la cocotte.

Depuis l'enfance, Fabregas se rêvait en chef. Après tout, il s'était toujours distingué. Premier prix de latin, bachelier à dix-sept ans, il avait fait ses études à Paris. À l'école, les autres gamins ne l'avaient jamais pris très au sérieux. Mais depuis, il avait fait son chemin, épousé une fille d'armateur. Il s'était même présenté aux élections. Il avait rendu des services, graissé des pattes, sauvé la mise à quelques-uns. À présent, il était chef.

Ce matin-là, il les avait accueillis avec sa mine de circonstance. Pierre n'aimait pas quand le docteur jouait sa grande scène du devoir.

— Nous tenons Oran, le centre-ville en tout cas. Et à Paris, ils commencent à comprendre. Mais nous devons faire des exemples. Pire que l'ennemi : ce sont les tièdes, les indécis. Déjà cet été, nous avons eu toutes les peines du monde à empêcher les gens de partir en vacances. Ils doivent comprendre, il n'y a plus de place pour les affaires courantes.

Effectivement, en juillet, à peine l'année scolaire finie, les pieds-noirs avaient voulu partir loin du désastre et renouer avec leurs habitudes, gagner l'Espagne, revoir la Métropole. Alors, il avait fallu faire des exemples. Pierre avait participé à ces opérations d'édification. Il se souvenait d'un pharmacien, abattu dans la rue alors qu'il chargeait les valises dans le coffre de sa Mercedes. Mourir pour l'exemple, en bermuda, une épuisette sous le bras. C'étaient des souvenirs amers auxquels Pierre tâchait de ne pas trop penser.

— Nous devons montrer ce qu'il en coûte de tergiverser. L'Organisation a fixé des cibles. Des gens qui travaillent en contact avec les deux communautés et qui pourraient donner des informations. Cette semaine, nous nous occupons des concierges. La semaine prochaine, ce sera le tour des facteurs et des télégraphistes. Ensuite les médecins.

Fabregas avait ri nerveusement à l'évocation de ses confrères. Pierre pas du tout. Fabregas l'enviait au fond. Évidemment, Pierre n'avait pas ses contacts, son entregent, ses diplômes ; mais on l'écoutait, on appréciait son sang-froid, cette sorte de détachement pudique qu'il manifestait quand le temps était aux manœuvres et aux mesquineries. Et puis il avait fait la guerre, ce dont Fabregas ne pouvait pas se vanter.

Derrière son bureau, le gros homme avait paru réprimer un renvoi, grimaçant avant de leur indiquer leur cible.

— Ceux-là, on est presque sûrs qu'ils travaillent avec le FLN. Le couple s'occupe d'un immeuble où vivent surtout des fonctionnaires. Ils signalent les allées et venues, collectent des informations. Ils ont toujours un œil ou une oreille qui traînent. Vous y allez en fin de journée, vous les supprimez tous les deux. Vite fait bien fait.

En cette agréable fin de journée, Pierre et Scagna gagnaient donc le quartier Saint-Eugène au volant d'une voiture volée. Au bout de leur route vivaient Latifa et Kamel Biraoui, vingt-sept et vingt-trois ans, concierges méticuleux d'un immeuble en béton qui singeait l'architecture maure.

Pierre était détendu. Depuis quelques mois, ces moments de passage à l'acte étaient sa seule récréation. Le reste du temps, il se faisait du mauvais sang. Pour l'avenir de sa famille, pour son pays. Depuis combien de temps n'avait-il pas dormi ne serait-ce que trois heures d'affilée ? Souvent, son regard se troublait devant les lignes de chiffres qu'il examinait à longueur de journée à la Capitainerie. Et d'autres fois, sa poitrine devenait si étroite qu'il était forcé de s'isoler un moment dans les toilettes, pour se rafraîchir, desserrer sa cravate et reprendre son souffle. Au moins, pendant les opérations, les choses étaient claires. Il suivait la voie étroite qui menait à son objectif. Son esprit devenait merveilleusement acéré. En général, avant d'y aller, il prenait le temps de repasser à la maison. Là, il se rasait, changeait de chemise, se passait la tête sous l'eau avant de se peigner avec soin. Il aimait ces moments de précision et d'évidence où la réalité se pliait enfin à sa volonté. Il devenait alors plus dangereux qu'une machine-outil, acharnée à sa fonction, inhumaine d'efficacité.

À ses côtés, Scagna transpirait. Il avait faim. Il était mal à l'aise et pressé d'en finir. Lui travaillait à l'administration des douanes, une position stratégique pour l'Organisation. Auparavant, il exerçait un métier calme et privilégié. De temps à autre, une caisse de whisky ou une cargaison de fromage s'égarait en route et finissait dans ses tiroirs. Désormais, il devait veiller à ce que des armes en provenance d'Égypte ou de Russie ne viennent pas alimenter l'ennemi et s'assurer que les armes attendues par ses amis arrivent à bon port. Depuis le début des Événements, il avait pris douze kilos. Il regrettait mélancoliquement son existence de fonctionnaire influent et pépère. Le train-train administratif avait cédé le pas aux emmerdements historiques et il ne s'en consolait pas.

Arrivé à destination, Pierre ne trouva pas de place pour se garer. C'était un quartier résidentiel où s'alignaient des berlines impeccables et des palmiers hauts de quatre mètres. Une odeur de sel et de salpêtre se mêlait à celle des plantes grasses. Oran hésitait sur le rebord du soir. Patiente et lourde, la nuit semblait s'exhaler du sol par bouffées. Des oiseaux continuaient à pépier gaiement.

Finalement, les deux hommes laissèrent la voiture en double file. Dans le coffre, ils prirent les deux automatiques Astra F qu'on leur avait confiés la veille. Des armes imitées des fameux Mausers allemands et qu'on disait supérieures à leur modèle. C'était l'arme de la Guardia Civile et des amis espagnols leur en avaient expédié deux caisses. Pierre et Scagna tirèrent simultanément sur la culasse, une balle monta dans la chambre, ils se sourirent. Comme des enfants, la perspective d'étrenner un nouveau jouet les égayait tout de même assez.

Par cette chaleur, ils allaient en bras de chemise, l'arme au poing, faussement désinvoltes. De toute façon, qu'avaient-ils à craindre? L'Organisation avait pignon sur rue à Oran. Quand elle ordonnait de bafouer le couvre-feu, ils étaient des milliers à se balader sur les boulevards, hommes, femmes, enfants. Les marchands de glaces faisaient des fortunes ces soirs-là.

Ils traversèrent la rue en trois enjambées. À l'aide d'un passe, Scagna ouvrit la grille de l'immeuble. La cour intérieure semblait abandonnée. Dans les parterres, quelques cactées survivaient pauvrement. Youssef, le jardinier, ne venait plus. La petite fontaine couverte d'éclats de faïence était hors d'usage. Une carapace de tortue gisait dans un coin. Un instant dérouté par la tranquillité des lieux, Scagna chercha le regard de Pierre. Ce dernier avait les yeux tournés vers le ciel. Scagna eut à peine le temps d'apercevoir une femme qui étendait son linge au deuxième ; elle était déjà rentrée chez elle. Personne ne voulait savoir.

Les Biraoui vivaient au rez-de-chaussée. Il n'y avait qu'une entrée. Scagna se servit une nouvelle fois du passe et les deux hommes s'engouffrèrent dans le logement de fonction, un deux-pièces bas de plafond, sombre et silencieux. Aussitôt la porte refermée, ils y allèrent, le canon de leur arme pointé droit devant eux. Scagna respirait trop fort et d'un geste impatient, Pierre lui ordonna de se tenir. À mesure qu'ils avançaient, l'odeur du dîner devenait plus précise. On entendait des bruits de vaisselle. Mme Biraoui faisait la cuisine.

Ils débouchèrent dans la pièce principale. C'était propre, pauvrement meublé. Sur une étagère, des livres déchirés, poussiéreux, devenus mous à force d'avoir servi. Un plateau de cuivre supportait une vieille TSF. Kamel Biraoui était attablé, un crayon à la main, le journal ouvert devant lui. Dans un cendrier, une cigarette se consumait, la fumée serpentant dans l'air immobile. Il leva les yeux, Pierre tendit son bras, un coup de feu claqua, le front du concierge s'abattit sur la table. La détonation avait ricoché contre les murs de la pièce. Sonnés, les deux intrus eurent besoin de quelques secondes pour se remettre. Ils crurent percevoir des bris de vaisselle, peut-être pas. De sa main armée, Pierre fit signe à Scagna de passer devant. Dans la cuisine, ils tombèrent sur Latifa qui les attendait. Elle se cramponnait à son couteau, la lame pointée vers eux. Elle ne pleurait pas. Elle ne pensait pas. Sa bouche restait close. Elle priait. Pourtant, elle n'avait plus tellement la foi, préférant depuis longtemps la dialectique aux sourates du Coran. Scagna la tenait dans sa ligne de mire ; il ne se décidait pas.

— Vas-y, fit Pierre.

Sur la gazinière, des œufs cuisaient dans une casserole pleine d'eau bouillante. Ils cognaient le métal de la gamelle, produisant un martèlement entêtant et régulier. Tout à coup, des pleurs d'enfant retentirent. Les cris venaient d'une autre pièce, là-bas dans le fond. Les prières de Latifa avaient donc été vaines.

Pierre jura avant de tirer une balle dans la bouche de la jeune femme.

Elle sembla se dégonfler, s'effondrant sur le sol tout d'un bloc, sans un bruit, ou peut-être un froissement. Ils la regardèrent. Une impressionnante quantité de sang s'échappait de sa bouche démolie. Des morceaux de dents fracassées avaient volé à travers la pièce. Le plus curieux, c'était ses yeux, noirs, beaux, grands ouverts. Pendant une ou deux secondes, son regard demeura imprégné de cette inquiétude qui l'avait saisie avant de mourir.

Pierre eut tôt fait de trouver l'unique chambre à coucher. D'un rapide coup d'œil, il en fit le tour. Une lumière faiblarde venue de la cour filtrait à travers les persiennes et tombait sur un matelas posé à même le sol. Sur une commode, quelques effets de toilette. Deux serviettes de bain usées pendaient sur le dossier d'une chaise d'enfant. Et puis, un lit à barreaux où se dressait un petit môme, de deux ans ou à peine moins, un orphelin qui s'égosillait. Le visage était rond, les yeux écarquillés et des larmes perlaient de ses longs cils noirs. Quand Pierre s'avança, les cris de l'enfant redoublèrent. Il appelait sa mère.

Irrité par ses pleurs, Pierre tendit à nouveau son bras armé. Le canon encore chaud se retrouva à quelques centimètres de la petite tête brune. Moins qu'un ballon de handball. Cette idée l'amusa et il se dit que ce n'était décidément pas si difficile.

Mais il sentit une présence dans son dos et presque aussitôt, un contact désagréable contre sa nuque.

— Fais ça et je t'explose la tête.

Scagna était un sentimental finalement. Sa voix chevrotante et le tremblement de sa main l'indiquaient au moins autant que cette décision qu'il venait de prendre.

Pierre abaissa son bras et l'enfant s'interrompit une seconde, curieux du changement qui venait de s'opérer dans la pièce. Les deux hommes en profitèrent pour se carapater. Dans leur dos, tandis qu'ils couraient, l'enfant se remit à brailler.

Dans la cour, le linge étendu aux balcons claquait dans la brise du soir, un vent plus frais, venu du port, qui sentait l'iode et le carburant. Les habitants qui avaient entendu les coups de feu étaient calfeutrés chez eux. Dans quelques minutes, ils appelleraient la police et jureraient n'avoir rien vu. Scagna filait devant et Pierre fut tenté de lui coller une balle dans le dos. Son cœur battait par à-coups. Des images étranges traversaient son esprit. Il reconnaissait cette impression. Elle revenait à chaque fois. Pendant la guerre, avec un détachement de son régiment, ils avaient pris d'assaut une petite ferme vosgienne où s'étaient repliés une poignée de soldats allemands exténués. Là, pour la première fois, il avait éprouvé ce sursaut, ce supplément d'énergie presque pénible, toujours accompagné d'un goût étrange qui emplissait sa bouche, un peu comme s'il mordait dans une fourchette en argent. Ils n'avaient pas fait de prisonnier cette fois-là, par crainte plus que par cruauté. C'étaient des mômes pourtant, des Boches de dix-sept ans, les dernières recrues de la Wehrmacht, boy-scouts jetés dans la guerre comme une poignée d'allumettes dans un feu de joie. Pierre avait vu le dernier souiller son pantalon. L'histoire était à ce point ridicule. Mais pas la guerre. La guerre lui avait révélé sa nature. Ce goût étrange, métallique, qui emplissait sa bouche.

Ils débouchèrent très vite sur la rue et Scagna se précipita derrière le volant, mit le contact, passa la première et il allait démarrer quand il s'aperçut que Pierre était debout à côté de lui, côté conducteur. Il attendait.

— C'est moi qui vais conduire.

— Ne fais pas le con. On a déjà eu de la chance.

— Magne-toi je te dis !

Scagna obéit, soulevant ses grosses fesses au-dessus du levier de vitesse avant de se laisser retomber dans le siège passager.

— Tu déconnes complètement. Qu'est-ce que c'est que ce cirque avec le môme ?

— Ta gueule. Je ne veux plus entendre un mot.

Pierre ne l'avait pas regardé. Avant de démarrer, il glissa l'Astra F sous son siège. Son voisin l'imita. Puis il prit la direction du port. L'air était doux et Pierre conduisait vite, d'une seule main, le bras gauche accoudé à la portière. Après avoir desserré sa cravate, il demanda une cigarette.

— Il faut qu'on se débarrasse des armes, dit Scagna.

— Qu'est-ce que je t'ai dit ? Ferme-la maintenant.

Le soleil déclinait et Scagna remonta sa vitre. Il avait un peu froid maintenant et très envie de pisser. En plus, il avait perdu ses verres fumés. Il aurait bien aimé être avec sa femme et son gosse. Ce soir, ils devaient manger des saucisses. Monique lui reprocherait sûrement son retard. Il se contenterait de siffloter et de sourire, quitterait sa chemise, sa ceinture, déboutonnerait son pantalon, mangerait en maillot de corps, sa serviette sur l'épaule. Comme il avait soif tout à coup. Et puis qu'est-ce que c'était que cet itinéraire ?

— Si tu veux vérifier qu'on n'est pas suivis…

— Ne me force pas à te le répéter, fit Pierre en se tournant vers lui. Ses lèvres étaient si minces, on aurait juré une cicatrice.

La Simca tourna longtemps à travers la ville. Sur les façades des immeubles, la lumière baissait rapidement, comme cela arrive chaque soir en bord de mer. Pierre fuma trois cigarettes sans décrocher une parole. Sur son visage, le vent frappait comme sur une porte close. Parfois, il faut prendre l'expression "être hors de soi" au pied de la lettre.

— Voilà, lâcha-t-il enfin avant de ralentir.

Un camion de livraison Coca-Cola était garé devant la terrasse du Météor où quelques jeunes types buvaient l'apéritif. Tous avaient leur col ouvert, les jambes étendues, la tête rejetée en arrière. Deux d'entre eux portaient des uniformes. Ils se donnaient cet air décontracté et revenu de tout censé plaire aux filles.

Pierre immobilisa la Simca à hauteur du camion de livraison et repêcha le pistolet sous son siège avant de quitter la voiture. Scagna avait envie de crier.

C'est à ce moment précis que le livreur émergea du café pour prendre une autre caisse de soda. C'était un musulman, la quarantaine, le front barré de rides profondes. Il portait un pantalon de toile bleue retenu par une cordelette de chanvre. Un maillot de corps sans manches laissait paraître ses épaules anguleuses et couvertes de poils. Il avait de bons yeux fatigués. Quand il aperçut l'arme dans la main de Pierre, son front devint plus accidenté encore et sa pomme d'Adam exécuta plusieurs allers-retours extrêmement rapides. Ses lèvres s'entrouvrirent sur des dents éclatantes et des gencives presque noires. Il allait dire quelque chose. Il n'en eut pas le temps. Pierre lui colla une balle dans le front, comme à l'abattoir. L'autre s'effondra. Sur la terrasse, personne ne moufta. L'habitude, la trouille et puis ce n'était qu'un bicot après tout. Pierre avait déjà regagné la voiture. Scagna ferma sa gueule comme il fallait et ils repartirent sans hâte, affreusement respectueux du code de la route. Derrière eux, le patron du café demandait aux habitués de lui filer un coup de main pour décharger le reste de sa commande. Un appelé du contingent, un môme de Montargis, se leva quand même pour téléphoner au commissariat. Ses doigts tremblaient si fort, il dut s'y prendre à trois reprises pour composer le bon numéro.

PREMIÈRE PARTIE

Dieu est bon, mais le diable n'est pas mauvais non plus.

Fernando Pessoa,
Le Livre de l'intranquillité.

MARTEL

Martel avait toujours été un mauvais fils. Et aussi loin qu'il se souvenait, il avait toujours manqué d'argent.

Son père lui collait déjà des trempes quand il était môme, parce qu'il dépensait tous ses sous, ce qu'il recevait pour ses étrennes, son anniversaire, le jour même, sans réfléchir. Tu te prends pour un Américain ? disait le vieux. Il faudra bien que tu te rendes compte, le mal qu'on se donne, la valeur que ça a.

Martel avait compris plus tard, à l'armée, à l'usine, mais il avait continué à claquer son fric sans se soucier du lendemain, s'achetant des vêtements coûteux qu'il ne mettait pas, offrant des tournées aux copains, se payant une voiture une fois, juste pour faire un tour dans un faubourg d'Abidjan.

Sa mère l'avait eu sur le tard et couvé de son mieux, ce qui ne lui avait pas tellement rendu service finalement. D'autant que le père avait voulu compenser en redoublant de sévérité. Quand Martel revenait de l'école avec des bleus, des vêtements troués, sa mère le couvrait ; elle taisait les carreaux cassés, les bulletins lamentables. Elle avait menti comme ça presque chaque jour, que le père ne sache rien. Qu'est-ce qu'il aurait pu lui faire en apprenant que le mioche avait cogné le petit voisin ou crevé les pneus de son prof d'histoire-géo ? Une fois, elle avait même prétendu que son mari était mort, au nez du proviseur, pour éviter des ennuis à son cher petit.

Avec les filles, Martel avait toujours eu des facilités, parce qu'il avait de jolis yeux et qu'il savait se montrer doux, cruel et complimenteur. Il aurait pu tout leur demander, mais puisqu'il dépensait de toute façon, autant qu'elles en profitent. Il les gâtait.

Il se souvenait de son premier flirt, Laurence, une fille du bahut, elle adorait *Pause-Café*, le feuilleton avec Véronique Jannot, et Indochine. Quand son père était tombé au chômage, on disait comme ça à l'époque, elle n'était plus venue en cours pendant plusieurs jours. C'était rare à ce moment-là, honteux, plus pour longtemps. Martel et Laurence n'étaient pas sortis ensemble très longtemps, ils n'avaient même pas couché ensemble, mais c'est avec elle qu'il avait eu les premières vraies discussions, l'avenir, la société, le boulot, la famille. Lui qui était toujours pressé, il avait pris le temps, dans un troquet pas loin de chez elle, en faisant durer sa limonade. Il se souvenait encore de ce sentiment de gravité partagé. Laurence l'adorait, et elle avait beaucoup pleuré quand il l'avait plaquée pour une autre. C'était drôle en y repensant, qu'il ait largué Laurence pour une fille qui n'avait même pas laissé son nom.

Quand il était gamin, Martel avait fait le con, et pas qu'un peu. Au seuil de la grande délinquance, pour échapper à son père aussi, il avait devancé l'appel et s'était engagé. L'armée avait su utiliser ses travers à bon compte. Elle l'avait dressé, puis foutu dehors. D'autres échecs lui avaient encore fait le cuir. Par moments, il était parvenu à gagner pas mal de fric. Il n'en était rien resté bien sûr. Quand son père était mort, il était revenu dans les Vosges, reprenant la vie d'autrefois, baignée par l'amour excessif de sa mère.

À son tour, la pauvre vieille s'était mise à pas mal déconner. Pour bien faire, Martel était donc revenu s'installer à la maison, histoire de s'occuper d'elle. Vingt fois par jour, elle lui demandait s'il avait donné à manger au chat. Vingt fois par jour, il cherchait avec elle son sac à main, ses dents, la télécommande de la télé, son médicament, celui pour l'estomac, et d'ailleurs est-ce qu'elle l'avait pris, on ne savait plus.

Ainsi, le mauvais fils avait pris un travail à l'usine, il s'était occupé de sa mère, l'aidant pour sa toilette, l'amenant à l'accueil de jour, se taisant quand elle était mauvaise.

Et puis un beau jour, elle l'avait traité d'enculé, ça l'avait fait rire.

Ensuite, elle avait souvent remis ça, des insultes, des indignités qui n'étaient pas vraiment son genre. C'était devenu beaucoup moins marrant.

Un dimanche après-midi, alors qu'ils regardaient un documentaire animalier à la télé, il s'était produit quelque chose de terrible. Comme d'habitude, sa mère lui posait des questions sur qui faisait quoi et pourquoi et Martel lui répondait avec patience, des phrases toutes faites et bénignes, comme pour un enfant. Mais progressivement, une désagréable odeur de merde s'était répandue dans le petit salon. Martel n'en était pas revenu. Il avait filé dans la cuisine pour se planquer, ouvrant les placards, le robinet, il allait se passer quelque chose, on n'en arrivait pas là, maman... Mais à la fin, il avait bien fallu se rendre à l'évidence. Il devait déshabiller sa mère et nettoyer la merde collée à son corps âgé. Cette fois, c'était parti pour de bon.

À partir de là, l'évanouissement progressif de sa mère avait pris des formes diverses, rigolotes et effroyables, toujours surprenantes. Une fois par exemple, au petit-déjeuner, elle lui avait confié qu'elle détestait sucer leur truc aux bonshommes, mais que dans la vie, on ne faisait pas toujours ce qu'on voulait. Martel avait appris comme ça toutes sortes de choses qu'il n'aurait jamais pensées. Sa mère avait un corps, elle s'en était servie diversement, c'était une découverte tout à fait déplaisante.

Alors il avait appelé l'une des meilleures maisons de la région, l'avait mise à l'hospice. Même si ça n'avait rien à voir avec un hospice bien sûr, que le personnel soignant était gentil et les sanitaires lavés deux fois par jour.

Depuis, Martel reçoit une facture semestrielle de 12 576,15 euros. Il n'est pas un si mauvais fils finalement, il a choisi ce qu'il y a de mieux pour sa mère. Martel gagne 1 612,13 euros par mois. Il est ouvrier chez Velocia.

RITA

Rita n'avait pas pris son petit-déjeuner et elle était à la bourre, comme souvent. En dépit du verglas, elle fonçait donc sur les routes départementales bordées de pâturages déserts. Le gel était passé après la pluie, neutralisant toute la campagne sous une fine couche de givre. Dans leurs pavillons isolés, leurs fermes, leurs lotissements, dans leurs HLM, les vieux sentaient le gel leur grimper tout du long. Ils le savaient, dans les Vosges, les hivers n'ont pour ainsi dire pas de fin. Et passé un certain âge, on n'est jamais sûr d'en venir à bout.

Dans les Hauts, les ouvriers du bâtiment étaient au chômage technique et les écoles avaient temporairement fermé leurs portes à cause de la neige. Elles étaient comme des vaisseaux fantômes, creux et sonores. Leurs canalisations gémissaient sous l'effet du froid et des congères pendaient des préaux.

Pourtant, Rita était prise de bouffées de chaleur. Elle avait même entrouvert sa vitre. Ça la prenait comme ça, des coups de chaud, des impatiences, l'envie de rien et cet agacement qui lui courait sous la peau. Concentrée sur la route, les muscles tendus, elle avait hâte, sans très bien savoir de quoi. Elle repensait à la conversation qu'elle avait eue avec Duflot trois jours plus tôt et qui n'était peut-être pas pour rien dans son irritation.

— Alors? Je viens de lire ton mail. Je comprends rien à ce que tu racontes. Tu l'as fait ce contrôle ou quoi?

— C'est compliqué, avait plaidé Duflot.

— Qu'est-ce qui s'est passé?

— Le boucher, Colignon là, il s'est pas montré tellement coopératif en fait.

— Il t'a pas laissé bosser?

— Si, c'est pas ça.

— Bon, arrête tes conneries, il t'a menacé ou quoi?

— Pas vraiment. Vous voyez patron, c'est plus une manière d'être.

— Quoi? Il t'a fait de l'intimidation?

— Disons que les conditions du contrôle n'étaient pas réunies.

— Et pour le courrier, tu lui as dit?

— Non plus. J'ai supposé qu'il valait mieux attendre un moment plus propice.

— Ton mail était pas très clair, Duflot. J'ai rien compris à ce que tu me racontais. Si je comprends bien, on en est toujours au même point.

— J'étais encore sous le coup de l'émotion quand je vous ai écrit.

— Bon, j'irai lundi matin chez ton Colignon. Je dois passer dans le coin de toute façon. Mais faut grandir un peu, je serai pas toujours derrière toi.

— Ne m'en parlez pas patron.

— Allez, *bye*, passe un bon week-end.

— Pareil pour vous.

Depuis quelque temps, le boulot devenait vraiment compliqué. La crise justifiait tout. Préfets, juges, patrons, même les représentants du personnel, tous étaient d'accord : le travail était devenu une denrée trop rare pour qu'on fasse la fine bouche. À force, les salariés aussi avaient fini par s'en convaincre. Et le code du travail faisait désormais moins figure de rempart que de boulet, un caillou dans la godasse des forces productives. Tout le monde semblait du même avis, il fallait lâcher du mou, faire avec. Les Allemands montraient la voie, se serraient la ceinture eux, et puis les Chinois, par centaines de millions, qui s'accomplissaient en taux de croissance mirobolants, et sans se plaindre que pas de congés, pas de prime, pas de pause, pas d'heures sup'.

Rita était inspectrice du travail. On prétendait qu'elle était plus ou moins en cheville avec la CGT. En tout cas, elle avait lu Marx quand elle allait à la fac, des bouts par-ci par-là, suffisamment pour croire que l'économie suffit à tout expliquer. Ses copains de l'époque avaient viré de bord depuis. La seule révolution accomplie par sa génération, c'était ce petit tour hebdomadaire qui mène des appartements du centre vers les résidences secondaires. Rita n'aurait pas détesté ça non plus, se bichonner, prendre sa part. Elle ne se complaisait pas dans les postures vertueuses, n'éprouvait pas cette détestation ambiguë pour l'argent. Simplement, c'était son grand problème, elle continuait à se mettre en rogne. À son âge, il fallait encore qu'elle nuise à l'état des choses.

Sa dernière poussée de fièvre était toute récente. Le vendredi précédent, au moment où elle avait reçu le message de Duflot, elle se trouvait au tribunal des prud'hommes justement. Une dizaine d'ouvriers d'une papeterie du coin réclamaient le paiement de plusieurs années d'heures sup'. Le tribunal leur avait donné tort au motif que leur boîte traversait de grosses difficultés financières. Vous déconnez avait fait Rita. Mme Kleber, je vous en prie. Difficultés de quoi ? L'usine était chapeautée par une holding qui avait siphonné plus de 650 000 euros de dividendes à la fin de l'exercice précédent. Oui, mais depuis, le marché, la crise, l'emploi, vous comprenez.

Ce genre d'épisode allait se multipliant. Elle prenait sur elle, ne levait pas le ton, mais bon Dieu, quelle chaleur dans cette bagnole.

Rita constata qu'elle flirtait avec les cent kilomètres-heure et décéléra. Un accident ne la vengerait pas de l'air du temps.

Elle alluma la radio, RFM comme d'habitude, qui diffusait un vieux tube sentimental, l'histoire d'un coup de foudre dans un ascenseur qui monte. Dans le rétro, elle trouva son double et sans même y penser, avec son index, elle essaya de lisser une patte-d'oie. Vieillir était un problème parmi d'autres, pas le plus emmerdant d'après elle. Le fait qu'elle ait envie de boire une bière à huit heures et demie du mat' était plus ennuyeux par exemple.

Prise par la musique, elle se mit à contempler le paysage. Un voile de brume stagnait sur les prés avec des mollesses de danseuse orientale. Les sapins dressaient leurs flèches sombres sur le ciel blanc et tout proche. C'était beau ; ça donnait légèrement envie de se tirer une balle, mais c'était beau. Et la Saab 900 tirait là-dedans des courbes harmonieuses qui n'en finissaient plus.

C'était un tout petit patelin situé quelque part entre Bruyère, Corcieux et Saint-Dié, une rue unique et des maisons alignées tout du long. Rita connaissait bien les environs. Non seulement elle habitait dans le coin, mais tout récemment, elle avait consacré pas mal de son temps à un plan social qui se déroulait dans une usine des parages. Elle avait rencontré les élus et la direction de l'usine. C'était mal engagé, sauf que le secrétaire du CE valait le détour. Quand elle y pensait, elle éprouvait quelque de chose d'assez agréable, un peu comme lorsqu'on organise ses vacances. Elle ne l'avait pas encore rappelé, le secrétaire, elle hésitait.

Elle se gara sur un trottoir, un peu à l'écart, claqua la portière de la Saab et frissonna. À cette altitude, le froid était plus vif et elle ne portait jamais de gants ni d'écharpe. Dans le village aux volets clos et aux pots de géraniums vides, l'activité battait son plein. C'est-à-dire que le vrombissement croissant d'un moteur rompait épisodiquement le silence avant de s'amenuiser dans le lointain. Les cloches paroissiales sonnaient à heures fixes et de temps en temps une silhouette chenue traversait précipitamment la rue. Au-dessus du garage Grandemange, une pancarte articulée du Bibendum Michelin grinçait dans le vent d'est. Sur une façade, une vieille pub Cinzano s'évanouissait lentement.

Elle renifla avant de se diriger vers le bar-tabac situé face à l'église. Le Café de la Poste était désert, à part un jeune type maigrichon qui feuilletait un magazine derrière le comptoir. Il fumait une cigarette malgré l'interdiction en vigueur. Quand la porte s'ouvrit, une sonnette tinta et il leva flegmatiquement les yeux de sa lecture.

Rita s'accouda au zinc où deux cendriers Suze se disputaient la place avec un tourniquet d'œufs durs. Dans un coin, un flipper et un baby-foot déglingué. Malgré l'heure matinale, les ampoules fixées dans le faux plafond étaient allumées.

— Je croyais que c'était fini la clope dans les lieux publics.

Le jeune type sourit largement avant d'écraser son mégot sous le comptoir.

— C'est trop tard maintenant, vous m'avez donné envie.

Il souriait toujours, ne sachant pas quoi dire. Il aurait pourtant bien aimé sortir quelque chose de drôle. Il la connaissait cette bonne femme, elle était déjà passée pour boire un coup. Malgré ses boots exténuées et son parka informe, elle avait quelque chose. Personne n'aurait pensé à l'élire Miss France, ni maintenant, ni vingt ans plus tôt, mais elle avait quelque chose.

— Qu'est-ce qu'il vous faut?

— Un Winston, soupira l'inspectrice, jetant deux mois d'abstinence aux orties. Et puis un Millionnaire.

Le jeune type s'exécuta.

— Sept vingt.

— À chaque fois que je reprends, c'est pire.

— Les Gauloises sont moins chères.

— Je ressemble assez à ma mère comme ça.

Le sourire du jeune type reparut. Instinctivement, pour se rassurer, il chercha du pied la mallette où était rangée sa nouvelle queue de billard. Une Parris à plus de cinq cents euros, le fût en ébène et la flèche en frêne. De temps en temps, il la montait, la faisait glisser entre ses doigts. Elle était si parfaite, il en était presque gêné, comme si elle ne pouvait pas lui appartenir en vrai. Depuis qu'il l'avait achetée, il ne s'en séparait plus, la prenant avec lui au taf et la ramenant le soir à la maison.

Il s'appelait Jonathan et le samedi précédent, il avait atteint la finale d'un tournoi de 8 pools à Gérardmer. Il avait perdu bien sûr et c'était vraiment trop con parce qu'en premier prix il y avait un scooter Yamaha. Avec tous les mômes qui venaient jouer au baby, il aurait sûrement trouvé à le revendre. Depuis un moment, il économisait pour s'acheter une bagnole, une Seat Leon d'occasion, seul moyen d'après lui pour mettre un terme à des années de célibat. Ses potes roulaient tous dans des caisses de fou, Toyota Supra, Golf GT, 106 bricolées qui tapaient du 220 à l'aise sur la quatre-voies de Nancy. Un paquet d'entre eux avaient bossé, ou bossaient encore chez Velocia, l'usine d'équipements automobiles toute proche. Il aurait bien aimé ça lui aussi, bosser à l'usine. Les paies n'étaient pas si mal quand l'activité battait son plein. D'ailleurs, ils avaient tous une super-caisse, et une copine aussi, enfin la plupart. Ils se foutaient gentiment de sa gueule, les timides font toujours marrer leurs potes, mais sans abuser. Jonathan était un brave type après tout. Et Rita ne pensait pas autrement. C'était peut-être la troisième ou la quatrième fois qu'elle faisait un crochet par le Café de la Poste et elle commençait à connaître les sourires systématiques, la chevalière trop large et la petite moustache embarrassée du jeune mec derrière le comptoir.

— Vous sauriez m'indiquer la boucherie Colignon par hasard?

— Sur votre droite, à cinquante mètres en remontant la rue, lui répondit le jeune type. Vous pouvez pas la louper.

Avant de tourner les talons, elle hésita. Elle avait soif.

— Vous voulez autre chose? demanda le jeune type.

Elle fit non de la tête et sortit. Jonathan la regarda s'éloigner puis retourna à son magazine où des informations au conditionnel s'agrémentaient avantageusement de photos de femmes à poil.

MARTEL

— Salut.

— Salut, répondit Martel en mettant un coup de tampon sur le poignet que lui tendait une gamine hyper-maquillée, en bottes et minijupe.

La fille qui devait avoir seize ans, ou un peu moins, lui adressa un sourire stupide. Elle était sans doute défoncée ; ces mômes l'étaient tous plus ou moins. Celle-là n'était pas la plus jolie, pas la plus vilaine non plus. Elle portait des bretelles en tissu écossais qui cachaient une poitrine presque inexistante. Martel lui rendit son sourire et la poussa par l'épaule, d'autres jeunes plus ou moins fringués de la même manière attendaient derrière. Dans la salle, le premier groupe faisait beaucoup de bruit et presque aucune fausse note. En général, les premières parties étaient moins bien rodées. Deux semaines plus tôt, Martel s'était demandé si les Romano Saint-Tropez ne jouaient pas de la guitare pour la première fois de leur vie.

— Chouette tatoo, fit une petite blonde qui portait une minijupe sur son jean. En dépit de l'heure avancée, elle n'avait pas jugé utile de ranger ses lunettes noires.

— Toi aussi, répondit Martel en tamponnant son épaule nue.

Elle se marra, ce qui ne plut pas tellement à son copain, un gros barbu avec un tee-shirt Motörhead.

Depuis que Bruce l'intérimaire l'avait alpagué à l'usine pour lui proposer ce job d'appoint, Martel retombait en enfance. Voilà des années qu'il cachait ses avant-bras avec des chemises à manches longues. Et maintenant, il goûtait de nouveau au plaisir du Fred Perry moulant et redécouvrait l'effet de ses tatouages, des dessins vieux de vingt ans, délavés et tendancieux, auxquels il n'avait plus pensé depuis des lustres. Certains, les moins avouables, restaient cachés dans son dos, le long de ses côtes. Étant môme, il n'en avait décidément pas loupé une. Sa peau témoignait.

Bruce l'intérimaire – "le fils Duruy" comme disaient les gens du coin – se trouvait de l'autre côté de l'entrée. Lui aussi était occupé à filtrer le public. Sous la lumière artificielle tombée du mur, ses muscles roulaient comme des engrenages. On les voyait jouer sous la peau, noueux comme des câbles, avec le même aspect débordant, enroulé. Apparemment, Bruce n'en revenait toujours pas d'être aussi baraqué. Il en faisait des caisses, se tenant plus ou moins comme s'il allait déraciner un arbre ou assommer un éléphant à mains nues. Si on lui avait laissé le choix, il aurait bossé torse nu. S'apercevant que Martel le regardait, il lui adressa un clin d'œil.

Martel en avait sa claque de faire le videur dans ces concerts de culs-terreux. La paie était lamentable, cent cinquante euros max et le boulot pas si facile que ça. Parce qu'après avoir fait le tri à l'entrée, il devait encore assurer la sécu à l'intérieur. Or les jeunes du coin s'emmerdaient comme des rats, picolaient tout ce qu'ils pouvaient, et il y avait toujours au moins cinq ou dix connards qui finissaient par se battre, n'importe quoi pour tromper leur ennui et oublier que cette fois encore, la belle Cynthia ne voudrait rien savoir.

Mais le plus dangereux était encore Bruce. L'autre fois, cet abruti avait amoché un type pour une histoire de bière renversée, l'autre avait bien failli y perdre un œil. Chez lui, les stéroïdes et la connerie faisaient détonateur. Alors Martel le surveillait avant qui que ce soit d'autre. Il ne voulait pas qu'il lui arrive une merde trop définitive. Tout bien pesé, c'était encore grâce à ce blaireau qu'il parvenait à boucler ses fins de mois.

Une fois que le gros des spectateurs était rentré, Bruce se réservait la surveillance de la porte principale. Il gardait un œil sur les allées et venues, empêchait les resquilleurs, interdisait l'entrée aux jeunes qui venaient d'aller gerber dehors. Martel profitait de sa haute taille pour jouer les vigies dans la salle. Il tournait un peu, se collait le plus souvent au bar et attendait que ça se passe. Les groupes n'étaient ni bons ni mauvais, du gros son, de l'énergie et des jeux de lumière. À quarante ans passés, Martel était revenu de ce genre de divertissement. Il mordillait une allumette, puisqu'on ne pouvait même plus fumer, et comptait les chansons en espérant que la suivante serait la dernière. En général, le temps passait lentement.

— Vous buvez une bière ?

C'était une gamine aux yeux très noirs, avec un nez cabossé et un décolleté considérable. Martel la regarda de haut en bas et accepta de prendre une bière. Ensuite, elle s'efforça de lui tenir la jambe malgré la musique tonitruante et les bouchons que Martel portait pour protéger ses tympans. La fille avait sa méthode ; elle se collait tout près et dégoisait sur la terre entière. À mesure qu'elle parlait, il devenait de plus en plus évident que tout était de la merde à part elle et éventuellement Martel s'il acceptait de la sauter. Un peu plus loin, deux copines de la fille les épiaient et se marraient comme des bossues. Tout cela était assez ridicule mais pas si désagréable.

Sur scène, les Rageux, un groupe de Brestois hardcore, s'en donnaient à cœur joie. Ils savaient à peine jouer, leurs chansons n'étaient pas tellement originales – des trucs de filles, de politicards véreux, de soirée où on s'allume à la tequila, de potes qui meurent en bécane –, mais ils n'avaient pas cent ans à eux quatre et ça se sentait. À mesure que le concert approchait de sa fin, le public était de plus en plus excité. Les Rageux avaient un tube, *Super Bad Cop*, et il faudrait bien qu'ils le jouent. Entre chaque titre, des voix s'élevaient dans le public pour le réclamer.

Depuis le bar, Martel apercevait le scintillement dispersé des fumeurs de joints, des fumeurs de clopes. Un jour pour se marrer, il avait compté les panneaux qui signalaient l'interdiction de fumer dans la salle. Il avait réussi à en dénombrer vingt-huit. La fille aux yeux noirs le tenait par la taille maintenant. Il ne lui avait pas demandé son âge. Il valait mieux pas.

C'est alors que le chanteur déboula sur scène au guidon d'une mobylette 103 SP, un képi sur la tête, une matraque en guise de micro. Il fit jouer l'accélérateur et les gaz d'échappement se répandirent dans la salle. C'était le signal. La foule perdit complètement les pédales. "Tu chasses le jour, tu chasses la nuit, tu perds ton *gun*, ta femme est partie, *Super Bad Coooop*." Martel se dit que la ligne de basse donnait vraiment envie de se faire casser la gueule. Il n'eut pas le temps de pousser plus loin ses réflexions, on le tirait par la manche.

— Hé mec, tu crois que je te paie à rien foutre?

— Quoi? fit Martel. Il n'entendait même pas le son de sa propre voix.

— Y a deux centimètres de gerbe dans les waters. Comment t'expliques ça?

— Des jeunes qui ont trop picolé j'imagine.

— Sans déconner? Va plutôt faire un tour et vire-moi ces petits cons. Putain, c'est chaque fois la même histoire.

— Calmos Thierry, fit Martel. Essaie de pas trop me parler comme ça, tu veux bien.

— Je sais pas ce qui m'a pris de te prendre.

— C'est bon, détends-toi, je vais faire un tour.

Il adressa un signe à la fille aux yeux noirs et partit en direction des chiottes.

Dans cette affaire, Thierry, c'était le point noir. Un nerveux en mocassins et veste de jean qui organisait les concerts, faisait même un peu de politique, élu municipal, roi de la salle des fêtes, Martel le connaissait depuis le lycée. À l'époque, Thierry se serait jamais avisé de lui parler sur ce ton. À chaque fois qu'il lui filait sa paie, du liquide, des billets neufs, Thierry lui tapotait sur l'épaule. Martel avait malheureusement besoin de son pognon.

Dans les toilettes, il trouva deux filles avachies, trempées de sueur, à moitié dans les vapes. L'une des deux, une blonde, avait de la gerbe dans les cheveux et son soutien-gorge s'était volatilisé. L'autre était mignonne, avec un polo Ralph Lauren. Apparemment, elle s'était gourée de soirée. Il la réveilla en douceur et lui conseilla de déguerpir. Il secoua l'autre, sans résultat. Il s'en occuperait plus tard.

Chez les messieurs, c'était la fête. Cinq ou six mecs fumaient des joints et papotaient en opinant du chef. Quand ils le virent rentrer, ils ne bougèrent pas d'un cil, cherchèrent à peine à ouvrir les yeux davantage.

— Salut mec.

— Je compte jusqu'à un, annonça Martel.

— Cool mec.

— C'est bon.

— Vas-y tranquille.

— Vas-y t'enflamme pas.

Ils sortirent, leurs joints inutilement planqués dans la paume de leur main. À les voir transhumer comme ça, flegmatiques et voûtés, on aurait juré une caravane de dromadaires.

Ensuite, Martel fit le tour des cabines, poussant les portes du pied, reculant devant les dégâts. Il soupira et retourna s'occuper de la blonde qui avait perdu son soutif. Une fois qu'elle se retrouva dehors, ses joues reprirent des couleurs et elle cligna des paupières. Martel avait nettoyé ses cheveux avec du papier toilette et un peu d'eau.

— Ça va aller?

— Quoi? fit la fille en portant sa main à sa poitrine.

— Ça va aller.

L'heure avait tourné, la foule se déversait lentement par la sortie, le calme nocturne tombait, humide et piquant. Martel aperçut Bruce un peu à l'écart sur le parking. Il saluait d'une manière compliquée deux mecs en survêtement qui n'avaient manifestement pas assisté au concert. Comme Martel approchait, les deux gus se taillèrent.

— Alors?

— Une bonne soirée, fit Bruce.

— Qu'est-ce qu'ils voulaient?

— Comme tout le monde.

— C'est bon alors? Ça a marché?

— Super, dit Bruce en tapotant la poche de son jean. J'ai pas compté, mais y en a pour plus de deux cents keuss à vue de nez.

— Comment ça t'as pas compté?

— J'ai pas fait le total quoi.

— Des fois, tu me fous en l'air, sans déconner. Je t'ai dit de compter au fur et à mesure.

— C'est cool, t'inquiète, fit Bruce.

— Allez, on remballe, conclut Martel. Je te retrouve à l'intérieur pour prendre une mousse. À tout de suite.

Assis au bar, Martel et Bruce attendaient que les techniciens aient fini de démonter le matériel. Les types faisaient la navette sans rien dire, la clope au bec. Ils étaient presque tous fringués de la même manière, tee-shirt noir, pompes de sécu et fut' qui tombe. Martel les regardait, pas Bruce. C'est là que Thierry déboula. Il tenait un énorme gobelet plein de whisky-Coca et de glace pilée qu'il sirotait à la paille.

— Les gars, commença-t-il, c'est décevant.

Comme Martel faisait écran entre eux, Bruce s'arrima au comptoir et se pencha en arrière pour mieux voir. Dans cette position, ses bras étaient tendus comme les câbles d'un pont à hauban.

— Si on me demandait, je dirais que vous en faites pas lourd les mecs.

— Qu'est-ce que tu racontes Thierry ?

— Allez voir les chiottes. Et le parking. Y a encore au moins cinquante gamins qui fument des pet' et font les cons et vous vous êtes là à siroter votre bière gratuite.

Martel inspira profondément et fixa un point devant lui, en l'occurrence un flyer punaisé au mur qui représentait Sarkozy à la tête d'une armée de zombies poursuivant trois motards. L'un des motards portait des talons et des bas résille. Martel jeta un coup d'œil à sa montre. Il était près de onze heures et demie et le lendemain, il était du matin. En conséquence de quoi il avait besoin de ramasser son fric tout de suite et de se tailler vite fait.

— Bon, crache ta Valda, Thierry, on est crevés.

— Ouais, crache, opina Bruce, on est morts là.

— Je crois qu'on s'est mal compris au départ. En fait, vous êtes là pour bosser les mecs. Et moi, je suis censé vous payer pour ce que vous faites.

Sur le compte de Martel, à la Caisse d'Épargne, il y avait un trou de près de huit mille balles. Son banquier l'appelait toutes les semaines et lui parlait comme à un demeuré. Dans son portefeuille, il avait une carte Sofinco et sa vie ressemblait de plus en plus à une séance de plongée en apnée. Pendant ce temps-là, Thierry Molina, bien droit dans ses mocassins, cherchait à faire des économies.

— Écoutez vous-mêmes, fit ce dernier en pointant son index vers le ciel.

— Quoi? demanda Bruce en allumant une cigarette. J'entends rien moi.

On pouvait effectivement percevoir une rumeur étouffée où se mêlaient des coups de klaxon, des cris, des sifflets. Mais Martel considérait qu'à l'instar des chiottes, le parking se trouvait en dehors de sa juridiction.

— C'est pas possible les mecs, continua Thierry, sentencieux.

Martel tâcha de conserver son calme. Sarkozy et ses zombies. Ne pas s'énerver. Des petits picotements lui parcouraient les mains. Il craignait toujours qu'on le pousse à bout.

Thierry aspira une nouvelle gorgée de whisky-Coca avant de faire tourner les glaçons dans son gobelet.

— Je suis désolé les mecs. Je vais devoir vous mettre à l'amende.

Martel tourna la tête de quelques degrés.

— Tu quoi?

— Le boulot est pas fait les mecs. Je suis désolé.

Dehors, le boucan redoubla.

— Écoutez-moi ce bordel.

— Je crois que tu nous as confondus avec l'équipe de nettoyage, Thierry. Nous on se contente de filtrer et d'assurer la sécu. Point barre.

Derrière lui, Bruce abondait avec force hochements de tête.

— Je peux pas faire autrement. Je vous retiens cinquante euros chacun. La prochaine fois, vous ferez gaffe.

Il leur tendit leurs enveloppes. Martel compta quatre-vingts euros dans la sienne.

— Tu te fous de moi, Thierry?

— Je suis obligé. C'est du management les gars. La prochaine fois, si vous faites le taf réglo, je vous filerai une prime.

Bruce s'était levé et s'apprêtait à choper l'autre par le col quand un grand fracas détourna leur attention. C'était tout près, juste derrière les portes. Et ça empira, avec des bruits bizarres, des rires, du métal qui s'entrechoque et quelque chose comme des beuglements. On entendait des encouragements aussi, des oh ! hisse ! Et des beuglements encore.

— Qu'est-ce que c'est que ce merdier ? s'alarma Thierry en allant voir.

— Ce petit connard, fit Bruce en le regardant déguerpir.

Martel se souvenait que Thierry fumait pas mal de beuh autrefois, quand ils fréquentaient le même bahut. Il avait un souffle au cœur et il séchait toujours le sport à l'époque. Ses parents avaient une grosse baraque sur les hauteurs, à Épinal. Le week-end, Thierry organisait souvent des petites fiestas avec ses potes. Il était longtemps sorti avec cette fille très jolie, mais un peu forte, comment c'était son nom déjà ? Il se prenait pour un ponte maintenant. Juste parce qu'il avait produit un ou deux disques et animé une émission de rock sur RVV, la radio locale. Il connaissait des animateurs de RTL9 aussi et au moment des NJP, on pouvait le voir boire des coups avec des huiles sur la place Stan' à Nancy. Peut-être bien qu'il avait réussi dans son genre. Il faisait du fric et apparemment il était même copain avec Cooky Dingler. Surtout, il venait de les enfler en beauté.

— Qu'est-ce qu'on fait ?

— J'ai besoin du fric, répondit Martel, lapidaire.

— Ben tiens, justement.

Bruce sortit une liasse de billets froissés de sa poche et commença à compter.

Martel le regardait faire et tâchait de compter en même temps, parce que Bruce n'était pas totalement irréprochable point de vue calcul mental. Ils furent interrompus par des cris venus de dehors. Thierry s'était mis à glapir comme un cinglé, à croire que Gérard Jugnot piquait sa crise sur le parking. Et par-dessus, ça bramait. Un son déchirant, animal.

— Qu'est-ce que c'est que ça ? fit Martel.

— Thierry qui pète un câble.

— Je sais pas, on aurait juré une bête.

Bruce lui tendit son fric.

— Tiens, mille six. Ça n'a pas si bien marché que je pensais finalement.

— Je t'ai déjà dit de compter au fur et à mesure. Je suis sûr que les mecs t'enfument.

— Mais non, impossible.

Bruce dealait du shit, des ecstas et pas mal de coke à l'entrée des concerts. Martel ne voulait pas savoir où il s'approvisionnait, ni combien il vendait, ni rien qui puisse le mouiller là-dedans. Il ramassait juste le cash. Quand Bruce l'avait mis sur ce plan des concerts, il lui avait dit on est associés maintenant. Depuis, il lui filait sa part du business, plus ou moins la moitié du fric. Martel ne comprenait pas très bien pourquoi. En échange, il laissait Bruce lui coller aux basques. À l'usine, l'intérimaire bodybuildé lui tournait tout le temps autour et maintenant, quand un mec voulait avoir affaire à Martel, il fallait qu'il passe par Bruce. Ça lui donnait de l'importance. Martel était secrétaire du comité d'entreprise après tout. Cela dit, impossible de savoir si Bruce obéissait à une stratégie ou s'il était complètement con.

Les portes battantes s'ouvrirent alors sur Thierry, les cheveux en bataille. Il avait perdu sa veste en jean et son pantalon était maculé de traces de boue.

— Amenez-vous bon Dieu!

— Quoi? Qu'est-ce qu'il y a? demanda Bruce.

— Amenez-vous je vous dis! Magnez-vous bon Dieu!

— M'étonnerait, fit Martel, qui passait derrière le bar pour se servir une autre bière.

— Ouais, ça nous étonnerait aussi, renchérit Bruce en tendant son gobelet à Martel.

— Les gars, je vous promets, supplia Thierry.

— T'as eu des ennuis avec des petits voyous Thierry?

— Deux cents euros chacun tout de suite, gémit Mocassin.

Il voulut plonger sa main dans sa poche intérieure et constata alors que sa veste avait disparu.

— Deux cent cinquante demain. Faut que vous y alliez les mecs, je vous promets.

Derrière les portes, des vagissements montaient, plaintifs, déchirants et à chaque fois qu'un mec du parking appuyait sur son klaxon ou sur l'accélérateur de sa grosse bagnole toute trafiquée, ça redoublait. Un cri ample et distendu qui filait des frissons.

Tout de même intrigué, Martel s'était rapproché de la sortie.

— On peut plus te faire confiance Thierry, c'est ça le problème.

— Désolé Thierry, ajouta Bruce en levant son verre à la santé du chef.

— Les gars, stop. Trois cent cinquante demain et on arrête les conneries.

Martel arrivait devant les portes et il les poussa du pied.

— Oh merde, cracha-t-il.

Une vache était prise au piège dans les grilles qui servaient à canaliser le public. Elle devait peser quelque chose comme 250 kilos, elle se débattait et meuglait, des vagissements à fendre l'âme. Elle avait la tête en bas, les cornes coincées dans les rambardes, les yeux exorbités de terreur. Plus elle s'agitait, plus elle prenait une position impossible, s'enferrait dans sa camisole d'acier. Une profonde entaille lui saignait au garrot et ses sabots aussi étaient rouges de sang. Difficile de savoir si c'était le sien ou celui des mecs qui l'avaient flanquée là-dedans.

— Il faut appeler les pompiers, dit Martel.

— Oublie, j'ai déjà assez d'emmerdements comme ça. Vous allez me débarrasser de cette saloperie. Je vous paierai. Vous avez ma parole.

— J'ai bien peur qu'elle vaille plus grand-chose ta parole Thierry.

Martel parlait posément, regardant son interlocuteur le moins possible, de crainte de perdre son sang-froid. Les picotements dans les mains.

Il s'approcha et la vache rua de plus belle, se blessant encore davantage. Sur le parking, le tintamarre de klaxons se poursuivait.

— Prends par-derrière, Bruce, et fais-moi dégager ces abrutis.

— Cool, souffla Thierry en passant sa main sur son front trempé de sueur. Tu vois, si vous faisiez votre boulot.

— Cette remarque va te coûter dix sacs de plus.

— Allez c'est bon, on n'est plus dans la cour de récré.

Martel se retourna, Thierry était là, il le chopa par la nuque, lui parlant si bas qu'on aurait pu le croire absent :

— Tu vas nous filer cinquante sacs Thierry. Cinquante sacs chacun. Tu vas même aller les chercher tout de suite.

Martel était décidément très grand. Et Thierry n'aimait pas son haleine, le bruit de son souffle, cette impression de discuter avec une cocotte-minute sur le point d'exploser. Il se dégagea et prit la direction de la sortie de secours :

— C'est bon va. Je reviens tout de suite.

Martel le regarda qui filait sur ses petites pattes. Dans ses bras, ses épaules, il sentait la force refluer. Bordel, il avait bien failli le disloquer ce petit connard.

Avec Bruce, ils avaient attendu que tout le monde soit parti, les techniciens, les serveuses, les derniers spectateurs qui continuaient à exciter la pauvre bête avec leurs klaxons. À présent, la vache restait immobile, la peau déchirée, gémissant et fixant sur les deux hommes son œil rond et triste.

— À quoi elle pense à ton avis ? demanda Bruce.

Le sol et les rambardes étaient éclaboussés de sang. La bête était à bout de force, la langue sortie, une langue large et fumante qui pendait sur près de quinze centimètres et voisinait avec l'œil qui ne les lâchait pas. Son souffle était rauque, entrecoupé. Il semblait charrier des grumeaux.

— Je crois qu'elle est en train de crever.

— Elle étouffe, confirma Martel.

— Il nous paiera jamais cinquante sacs.

— On va s'en occuper quand même. Tout le monde est parti ?

— Je crois, répondit Bruce.

— Il faut en finir. On la sortira pas de là vivante de toute façon.

Dans un champ voisin, d'autres bêtes mugirent fugacement et la vache se souleva dans un dernier effort pour se dégager.

— Merde, fit Martel, pris à la gorge.

Bruce s'approcha de l'animal et lui caressa la tête. Il lui parlait d'une voix chantonnante, la rassurait. Puis il passa sa main dans son dos. Martel ne distinguait pas très bien ce qu'il fabriquait dans la pénombre. Le halètement de la vache s'apaisait, aspiré ailleurs, c'était presque fini. Alors il vit que Bruce posait le canon d'un Colt .45 à côté de l'œil. Il aurait juré que l'œil se fermait.

— Bordel! cracha Martel.

Le coup retentit, fracassant le crâne de l'animal, dont le corps se relâcha tout à coup dans un soupir vague et un bruit de métal. Les rambardes s'effondrèrent sur la bête délivrée.

Bruce se retourna, l'arme au poing, content de lui.

— On peut la dégager maintenant je pense.

— Et la brûler aussi pendant qu'on y est, ajouta Martel en secouant la tête. Bordel, tu t'es servi d'un flingue. Si les flics se ramènent, t'es marron mon gros.

— Tu crois?

— Retrouve la douille. Magne-toi. Je te rappelle qu'on va bosser tout à l'heure.

Dépité, Bruce se mit à quatre pattes et commença à chercher.

RITA

— Qu'est-ce qu'il vous faudra ? fit le boucher tandis que le grelot de la porte d'entrée tintait toujours.

Derrière lui, des chapelets de saucissons et de saucisses ornaient les murs carrelés de blanc. Dans les vitrines réfrigérées, il y avait de tout et en abondance. Rita était un peu surprise de trouver une boutique comme celle-là dans un trou pareil. Dans la devanture, il y avait même un chapon et deux pintades sur un décor de sapin et de neige carbonique, reliques des fêtes qui s'étaient achevées quelques semaines plus tôt.

Le bonhomme attendait, sanglé dans son tablier blanc, s'essuyant les mains dans un torchon propre. Il était difficile de donner un âge à son visage sans ride. Sa bouche excentrée dessinait quelque chose comme un sourire. Rita ne disait rien. C'était une entrée en matière qui donnait souvent des résultats intéressants.

Dans l'arrière-boutique, un objet en métal tomba sur le sol et ils tressaillirent, mais le boucher fit comme s'il n'avait rien entendu. Tout de même, son curieux sourire disparut et il posa ses mains à plat sur le comptoir.

— Je vous écoute.

Jacques Colignon n'était pas dans son assiette ces derniers temps. Comme chaque année après les fêtes, Marie-Jeanne était partie en cure. Et il était sans nouvelles depuis deux jours. Il n'avait pas encore osé appeler l'hôtel. C'était sûrement un problème de portable, le chargeur qu'elle avait oublié, elle n'avait pas de tête. Mais il n'aimait pas rester comme ça, sans nouvelles.

— Bon allez. J'ai pas toute la journée.

Rita lui tendit sa carte. Le boucher la lut et contourna aussitôt le comptoir pour la raccompagner. Ce serait une affaire vite expédiée, ça se voyait sur sa tête.

— Votre collègue est déjà venu. Je lui ai déjà expliqué.

— Ah ? Et ça s'est bien passé ?

— J'ai du travail. Je vous en prie.

Un nouveau bruit de chute résonna à l'étage et le visage du boucher se figea.

— Écoutez, il faudra repasser une autre fois. Ma femme n'est pas là et je suis débordé.

Il avait déjà ouvert la porte et attendait que Rita veuille bien sortir. L'air glacé s'engouffrait dans la boutique et agitait le grelot.

— La prochaine fois, vous appellerez avant de venir. Ma femme vous recevra, c'est elle qui s'occupe de ça.

— En jetant un œil à vos déclarations d'Urssaf, j'ai vu qu'elle travaillait à mi-temps, votre femme.

— Et alors ?

Cette fois, une lueur de curiosité s'était allumée dans son regard.

— On vous a envoyé plusieurs courriers. Vous ne les avez pas lus ?

Le bonhomme haussa les épaules, ouvrant la porte encore davantage malgré le courant d'air. Rita recula pour se mettre à l'abri et jaugea les lieux avec une moue flatteuse.

— C'est bien chez vous. Je suis sûre que les gens viennent de loin.

Sous la morsure du froid, les mains du boucher commençaient à s'engourdir. Il se résigna à refermer la porte.

— Où est-ce que vous voulez en venir ?

— C'est quoi votre chiffre annuel ? Quatre cents, quatre cent cinquante mille ?

L'estimation amusa le boucher qui laissa une nouvelle fois paraître son drôle de sourire excentré. Il se reprit aussitôt.

— Je vole personne. Je fais mon métier, c'est tout.

Et personne n'avait à s'en plaindre. Si seulement tout le monde s'était montré aussi travailleur. Au moins, Marie-Jeanne savait à quoi s'en tenir avec lui. Il l'appellerait dès que cette bonne femme aurait décampé.

— Sauf qu'à mon avis, dit Rita, il faut du personnel pour faire tourner un commerce comme celui-là. J'imagine mal que vous fassiez tout le travail tout seul.

— Je peux vous assurer qu'on paie tout ce qu'il faut comme impôt.

— C'est pas tellement mon problème. Vous voyez, bien souvent, dans votre genre de petit commerce, on déclare pas tout le travail du conjoint. Ça permet de faire des économies, de se payer des petites vacances.

À présent, le boucher ne semblait plus si pressé de la voir partir.

— Le seul problème, c'est qu'un beau jour, votre épouse va être à la retraite. Et elle ne touchera qu'une demi-pension. Parce qu'elle n'aura été déclarée qu'à moitié.

— Ça nous regarde.

— Pour vous, c'est tout bénef bien sûr. Vous payez moins de cotisations et en même temps, votre femme risque pas de vous embêter. Parce que si elle partait, elle se retrouverait quasiment à la rue… On dirait presque de l'esclavage quand on y réfléchit bien.

— Dites donc, grogna le boucher en attrapant Rita par le bras pour la pousser vers la sortie.

L'inspectrice le laissa faire. Elle continuait à parler posément :

— Et l'apprenti ?

— Allez, je vous ai assez entendue. Faudra voir avec ma femme. Je peux rien pour vous de toute façon.

— Je pourrais lui passer un coup de fil à votre épouse. Elle a des droits à faire valoir après tout. Ce ne serait que justice.

— Vous commencez à me plaire avec vos allusions. Qu'est-ce que vous voulez à la fin ?

— Moi, je suis comme vous monsieur Colignon, j'aimerais bien qu'on me laisse faire mon travail.

Après quelques instants d'indécision, le boucher retourna la petite pancarte accrochée à la porte et lui demanda cinq minutes pour faire un brin de rangement.

— Comme vous voulez, fit Rita.

Le boucher monta au premier et l'inspectrice perçut un bref remue-ménage à l'étage.

Puis, comme il la rejoignait, elle crut encore percevoir d'autres bruits, plus lointains, des bruits de pas qui s'estompèrent presque immédiatement.

— Bon allez, en avant. Mais je vous préviens, va falloir faire fissa.

C'est Rita qui se chargea de mener la visite, au pas de course. Une charlotte en tissu sur la tête, elle posa quelques questions, jeta un œil vite fait aux installations, consulta les carnets de commandes. De toute façon, la boucherie Colignon était clean. La chambre froide était froide, les installations électriques aux normes et le boucher était finalement assez content de pouvoir montrer tout son matériel, pas le dernier cri, mais des machines allemandes robustes qui faisaient le boulot. Pendant la balade, Rita le félicita à plusieurs reprises et Colignon se détendit tout de même un petit peu. Elle finissait de remplir un formulaire quand elle lui fit savoir qu'elle ne serait pas contre boire un coup.

Le boucher vérifia l'heure à sa montre. Cette histoire de demi-retraite le tourmentait. Lui qui ne voulait que le bonheur de Marie-Jeanne, il se demandait s'il faisait bien. Quand même, le fonds de commerce était à eux. C'était l'argent du ménage, leur patrimoine. Pourtant, il ne pouvait s'empêcher d'éprouver une espèce de gêne. Peu de temps auparavant, Marie-Jeanne avait voulu un compte bancaire à son nom. Elle avait demandé à être augmentée aussi. Il avait refusé bien sûr, ça n'avait pas de sens.

Dans le labo, Rita s'était mise à la petite table où le boucher avait l'habitude de prendre sa collation du matin. Elle le regardait farfouiller dans le frigo. Il faisait bon à l'intérieur et les fenêtres s'étaient embuées, si bien qu'on ne distinguait presque rien du paysage dehors ; juste une masse sombre, les collines toutes proches, l'étendue des sapins.

— Qu'est-ce que vous voulez boire ?

— Je veux bien une bière.

— Il est dix heures et quart.

— Oui.

— Bon.

Le boucher décapsula une canette et se servit un Coca. Puis il posa un salami et quelques cornichons sur la table. Rita le regardait faire, l'habileté des doigts courts, aux ongles rongés, l'économie des gestes. Elle remplit son verre et but deux longues gorgées. C'était le meilleur moment.

— Alors ? demanda le boucher avec ironie.

— Alors tout va bien, admit Rita.

— Tout ça pour ça. Vous m'aurez fait perdre une demi-journée de boulot.

— Je ne suis pas venue par hasard, monsieur Colignon.

Il attendait, les mains jointes sur la table. Il songeait encore à Marie-Jeanne. Une impression désagréable s'accrochait à ses pensées, un peu comme ces toiles d'araignée qui vous collent au visage lorsque vous remontez de la cave.

— Si ce n'était que de moi, je ne serais jamais venue vous voir, fit-elle encore. Mon collègue non plus. Puis après une pause : Vous savez, bien souvent, on travaille sur dénonciations.

Le boucher haussa les épaules. Puisque le monde était ce qu'il était.

— L'apprenti ?

Rien, pas de réaction. Il renifla, mais c'était sans rapport.

— Vous avez bien un apprenti ?

— Il est déclaré.

— Où est-il ?

— Il est pas là.

— C'est son école qui nous a contactés.

— J'ai été apprenti avant lui. Je sais quoi faire avec ce môme.

— J'ai bien compris.

Rita prit le temps de finir sa bière et le boucher se leva, bras croisés, attendant qu'elle se décide à débarrasser le plancher.

— Je l'ai entendu à l'étage tout à l'heure. Je sais qu'il est là.

— Je pense qu'il vaut mieux que vous partiez maintenant.

— Vous le faites bosser comme une bête de somme ce môme. Il ne rentre même pas chez lui tous les soirs. Son père aussi nous a contactés. C'est du travail dissimulé, monsieur

48

Colignon. Il va falloir que vous m'accordiez encore un peu de votre temps je crois.

— Vous avez bu. Allez-vous-en maintenant.

— Nous avons reçu une plainte, dit Rita, sur un ton presque affectueux.

Là, l'homme fit deux pas vers elle, posa ses grosses mains sur la table et articula très distinctement.

— Je veux que vous sortiez de chez moi, madame.

Rita pouvait le sentir. Il dégageait une légère odeur d'eau de Javel et la peau de son visage était absolument lisse. Une peau de poisson se dit-elle. Colignon ajouta :

— Vous verrez ça avec mon avocat. Je n'ai pas à supporter tout ça dans ma propre maison.

On aurait juré que ses lèvres, dessinées au fusain, venaient d'être flétries par quelques gouttes de pluie.

— Votre femme nous a écrit. Elle veut que vous régularisiez sa situation. Elle va partir.

— Qu'est-ce que vous racontez ?

— Elle ne travaillera plus ici désormais. On vous a envoyé des courriers. Il vous suffit de lire. Vous verrez.

Comme au chamboule-tout, l'édifice s'affaissa brutalement. Les yeux du boucher se mirent à danser, cherchant un repère dans la pièce.

— Je suis désolée, souffla Rita.

Il ne pouvait pas la regarder. Ses poings s'étaient serrés et ses articulations pâlissaient.

— Je veux que vous partiez maintenant. J'ai du travail.

— Je vais prendre l'apprenti, monsieur Colignon. Tout va bien se passer.

Il consulta sa montre avant de retourner dans la boutique. Il avait pris beaucoup de retard.

Allan arborait un tee-shirt Slayer trop large de deux tailles et portait des rangers noires. Rita l'avait trouvé dans les combles, un coin aménagé pour lui, avec un petit lit de camp, une lampe de chevet et un tabouret, quelques magazines de hard rock. Avant de partir, il les avait glissés dans son sac à dos.

— C'est Colignon qui a ma console.

— Quoi?

— Ma Nintendo. Il me l'a confisquée parce que je jouais trop tard.

— T'inquiète pas, on la récupérera une autre fois.

— Comment il va le vieux?

— Tout va bien se passer, promit Rita en le tirant vers la sortie.

Ils avaient filé par-derrière, évitant la boutique où retentissait le choc régulier du hachoir. Et avant de démarrer, Rita avait quand même passé un coup de fil aux gendarmes. Le boucher semblait au bout du rouleau, il valait mieux que quelqu'un passe le voir.

Ils roulaient depuis quelques minutes et le môme n'arrêtait pas de se tortiller sur son siège.

— Qu'est-ce qui va pas?

— Il va se passer quoi maintenant?

— On va te trouver un autre patron. Un boucher un peu plus cool.

— Ah bon.

Et puis le môme demanda si on pouvait changer la station de radio.

— C'est nul, vous voulez pas mettre autre chose?

— Moi j'aime bien Goldman.

— Et on va où?

— Tu verras bien.

La Saab sinuait à flanc de massif, comme suspendue sur le ravin. La musique prenait une dimension particulière dans ce paysage. La verticalité du panorama, le vide en contrebas, le hérissement de la forêt, l'ombre portée sur la route, tout ça vous prenait aux tripes.

— Ouaaah, comment que je déteste la nature, fit le môme.

Rita sourit et monta le volume. Comme elle s'allumait une Winston, le môme en profita pour la taxer.

Ils restèrent sans rien se dire pendant un bon moment puis le portable de Rita fit tititi ti. Un message. C'était le secrétaire de CE de l'autre fois, celui de l'usine qui licenciait. La Saab progressait maintenant dans un paysage moins accidenté, avec des prés et des grosses bâtisses, des scieries et des fermes à moitié abandonnées. Il voulait la revoir. Il pensait à elle. C'était un message parfaitement simple et direct. Rita secoua la tête. De son côté, le môme rongeait consciencieusement ses ongles en fixant la route.

Soudain, le regard de l'inspectrice fut attiré par un mouvement. Elle pensa à du gibier et leva le pied.

Sur la gauche, quelqu'un déboulait du sous-bois. Une très jeune femme, une adolescente peut-être. Difficile à dire. Elle courait comme une dératée, jetant des coups d'œil par-dessus son épaule, se désarticulant et manquant de se ramasser à chaque foulée. Manifestement, elle ne faisait pas son jogging. Tout dans son attitude trahissait la plus intense panique. Notamment le fait qu'elle se retrouve à cavaler en petite culotte au beau milieu de nulle part.

Rita n'en revenait pas. Elle ralentit encore et klaxonna. Apercevant à son tour la coureuse dont le corps était marbré de traces de boue, le gamin dit nom de Dieu de bordel de merde sans cesser de dévorer ses doigts. La jeune fille se mit à leur faire signe en agitant les bras. Même de loin, on apercevait clairement ses yeux grands ouverts. Rita enfonça alors la pédale de frein et les roues s'immobilisèrent. Aussitôt, l'arrière de la voiture chassa, imprimant un brusque mouvement de rotation à la Saab. L'inspectrice contre-braqua froidement, posant une main sur la poitrine du môme de crainte qu'il ne s'envole à travers le pare-brise. La voiture opéra alors un brutal tête-à-queue, filant tout droit vers le fossé. Rita tenta d'accélérer pour reprendre le contrôle, il était trop tard. Pendant tout le temps que dura la glissade, elle entendit le môme qui psalmodiait putain putain putain putain putain. Un choc massif lui coupa le sifflet et la lunette arrière vola en éclats dans l'habitacle. Tout était allé très vite. La Saab était plantée dans le fossé, immobile. En nage, Rita coupa le contact. Le silence était total. Un filet de fumée sortait d'une cheminée. La campagne tout entière semblait foudroyée. Comme incrédule.

— Comment tu vas ?

— Ça va.

— Tu bouges pas. Tu restes là.

Malgré le mal que lui faisaient ses articulations, Pierre Duruy avait réussi à suivre la jeune fille à travers les bois. Il s'était pressé, trouvant toujours le chemin le plus court, comme autrefois, à travers les lignes ennemies ou les dédales d'Oran. Dans ses jumelles, depuis sa position en surplomb, il observait maintenant cette femme en parka kaki qui s'extrayait de la voiture accidentée. C'était une voiture inhabituelle, anguleuse, une marque étrangère.

Une fois qu'elle se fut tirée du fossé, la femme au parka se précipita vers la petite et l'enveloppa dans sa veste. Elle la frottait et la serrait contre elle. Malgré la distance, Pierre Duruy pouvait entendre les sanglots de la jeune fille nue.

Le vieil homme se demanda s'il avait bien fait. À plus de soixante-dix ans, est-ce que ça rimait encore à quelque chose de se mêler de tout ça ? Qu'est-ce que cette gamine comprenait ? Qu'est-ce qu'elle savait ? Quand il l'avait trouvée enfermée dans la caravane, devant la Ferme, ça ne lui avait même pas fait drôle. C'est en y repensant que ça s'était mis à le travailler. Depuis quelque temps, il cherchait à bien faire.

Maintenant, les emmerdements allaient déferler. L'idée l'amusa. Au point où il en était.

À l'aide de ses jumelles, il chercha la plaque d'immatriculation de la voiture accidentée. 2031 RK 88.

On verrait bien.

Et puis il retourna vers la Ferme en ahanant. Curieusement, il espérait que la femme au parka kaki allait prendre soin de la petite.

LA FERME

Ils disaient tous "la Ferme". Et pourtant, on n'y avait jamais vu de bétail et il n'y poussait pas grand-chose. Le jardin était minuscule, dévoré par les mauvaises herbes. À dire vrai, ça ressemblait plutôt à un dépotoir, l'annexe d'une déchetterie, avec les décombres autour et cette bicoque en plein milieu.

Pourtant, c'était "la Ferme", depuis des lustres et pour tout le monde.

C'était une vieille bâtisse orientée plein sud, haute de deux étages plus les combles, avec des courants d'air, un parquet geignard, des ressauts involontaires et deux cheminées. Au cours des années, elle avait été quasiment rasée à plusieurs reprises. Mais à chaque fois, elle était repartie tant bien que mal, se développant par greffons successifs. À force, comme un fémur guéri d'une vilaine fracture, elle était devenue affreusement robuste. Mais elle conservait tout de même une physionomie bancale, un air vaguement estropié.

À l'origine, il s'agissait d'un pavillon de chasse. Un petit cénacle de bambochards bien nés s'y était longtemps retrouvé, se torchant de bon cœur après avoir couru les bois et flingué à peu près tout ce qui s'y trouvait. L'argent des filatures avait assuré sa prospérité avant que les hivers, les deuils et l'indifférence des générations montantes n'aient raison de cet âge d'or. Les fermiers alentour avaient alors volé ses pierres et pillé sa charpente. Insensiblement, la forêt avait regagné du terrain.

Vers le milieu des années 1930, une famille de Rambervillers s'y était établie. Magouilleurs et dépenaillés, les Humbert faisaient commerce de peaux de lapin, aiguisaient les couteaux, brinquebalaient partout des chariots remplis de merdouilles inutiles et à demi fracassées qu'ils cédaient pour des prix pires que modiques. Surtout, ils distillaient une mirabelle effroyable qui provoquait des bagarres à travers tout le canton.

Sous leur règne, la Ferme s'était à peu près retapée. Puis, les fils Humbert ne trouvant pas à se marier dans la région, ils étaient partis, abandonnant la Ferme à la forêt et leurs sœurs aux autochtones.

Pendant la guerre, son isolement avait suscité un nouveau regain d'attention. On y avait entreposé des vivres, des fugitifs venus de Pologne ou de Roumanie. À la Libération, on l'avait oubliée une fois de plus.

Et puis un matin, ils avaient débarqué, Pierre Duruy, sa femme, sa fille. Ils étaient sales et fatigués. Ils venaient de parcourir plus de mille bornes en Peugeot 203. Le bruit infernal qui régnait à l'arrière avait tenu la petite Liliane en éveil pendant presque tout le trajet. Les Duruy avaient quitté Toulon en emportant deux valises. En chemin, ils avaient acheté des vêtements chauds pour l'hiver, pour se remonter le moral surtout. L'automne débutait, ils partaient pour le Nord. Pierre avait choisi un caban, tandis que Jeanne s'était consolée avec un manteau en pékan prétendument inusable. Liliane avait insisté pour porter son nouvel anorak dans la voiture, jusqu'à devenir écarlate et à demi folle sous l'effet de la chaleur. Ses jérémiades avaient engendré des disputes et des retards.

Depuis quatre mois maintenant, les Duruy passaient d'hôtel en garni. Quatre mois à boire du café soluble, cuisiner des plats inodores, raser les murs. Liliane n'allait plus à l'école. Pierre tournait comme un lion en cage, fumait trop, s'irritait pour des riens. Ils menaient une de ces vies nomades et menacées qui font rêver les collégiens dans les pensionnats. Mais pour eux, qui n'avaient guère de goût pour la flibuste, c'était plutôt comme un avant-goût de l'enfer.

Ce matin-là, en descendant de voiture, Jeanne Duruy avait tout de suite regretté de ne pas porter de collants.

— Il fait froid, avait-elle dit, tandis que le vent s'engouffrait sous sa jupe.

— Ça va aller, avait promis Pierre en la prenant par les épaules.

Pendant le trajet, le couple avait eu des mots très durs. Par moments, Jeanne en venait à le détester. C'est à Pierre, à son obstination, qu'ils devaient cette vie de camps volants, de renégats livrés à eux-mêmes. D'autant qu'il n'avait jamais pris la peine de leur demander leur avis. Depuis combien de temps n'avait-elle plus prise sur les événements ? Son père était mort, abattu comme une bête, en sortant de l'hôtel de ville. Ils lui avaient tiré en plein visage et elle n'avait même pas pu le revoir. Juste sa silhouette sous un drap gris d'où dépassaient ses chaussures du dimanche. Ensuite, sa grossesse était arrivée au pire moment. Enfin, il avait fallu quitter l'Algérie malgré les promesses de Pierre. Elle n'avait rien choisi, rien voulu de tout cela. Parfois, il lui semblait mener la vie d'une autre, un sort accidentel où elle faisait de son mieux en attendant de retrouver son bonheur d'avant, celui des étés interminables et des belles maisons blanches aux toits horizontaux.

Jeanne était lasse, vieille avant quarante ans, et d'instinct, elle avait maudit cette baraque perdue au milieu des bois.

Quelques semaines plus tôt, à Toulon, le voisin était venu frapper à leur porte. C'était un grand type avec un visage de coureur cycliste, en marcel et pantoufles.

— Y a un appel pour vous, avait-il lancé à peine la porte entrouverte.

Sans bonjour ni rien et il avait aussitôt tourné les talons pour regagner son deux-pièces où sa femme donnait le sein au petit dernier.

Pierre avait communiqué le numéro des Nadal à une poignée d'amis et de parents, en cas d'urgence. Et tout ce qu'on pouvait dire, c'est que les Nadal n'étaient pas très pressés de rendre service. Alors comme ça, les autres débarquaient d'Algérie et il fallait faire leurs quatre volontés. Les Nadal et tout le pays étaient bien décidés à leur faire comprendre : c'était fini la grande vie.

Ravalant sa fierté, Pierre avait suivi Nadal et pris le combiné qui pendait contre le mur. Le voisin et sa femme étaient restés tout à côté. Après tout, ils étaient chez eux. Pierre avait bouché son oreille et fermé les yeux pour mieux se concentrer.

— Allo?

— C'est Fabregas. Il faut qu'on se voie.

— Pour?

— Pour discuter. Il faut que tu viennes.

— Venir où?

— À Alicante pardi.

— Pas question.

— Quoi? Tu crains les insolations?

Fabregas s'était marré. Un heureux tempérament le docteur, décidément. Après deux minutes de discussion, il acceptait d'ailleurs de faire le déplacement puisque Pierre n'avait pas confiance. Un dîner fut organisé pour le mercredi suivant. Il faudrait être discret. Fabregas avait promis de venir seul.

En partant, Pierre avait dit merci, merci beaucoup. Oui oui, avait fait Nadal, le voisin au visage de cycliste.

En rentrant, Pierre s'était tout de même demandé ce que Fabregas voulait. C'était un ami, l'un des plus anciens. Mais qu'est-ce que ça signifiait désormais? Depuis le mois d'avril, l'Organisation était livrée aux règlements de comptes. Pascal Remila s'était fait refroidir la semaine précédente, en sortant d'un café à Perpignan. Jo Sanchez avait été balancé. Les flics l'avaient cueilli à Paris après une brève course poursuite à travers le 4ᵉ arrondissement. Des civils lui avaient barré le passage. L'Algérie française ne faisait plus recette. Pour supprimer Gaspard Tassopoulos, ils s'y étaient mis à quatre, armés de MAT 49. Le temps des serments était révolu, celui de la suspicion et des basses manœuvres battait son plein. Les hiérarchies devenaient confuses, les organigrammes se disloquaient au gré des départs et des arrestations. Prise à la gorge, l'Organisation se dissolvait en groupuscules où l'orthodoxie le disputait à la terreur. Un camarade trahissait pour voir son chef supplanter celui d'en face. Des frères d'armes faisaient des repentis intarissables. Des hommes d'honneur se muaient en exécuteurs fanatiques. Le sang coulait, comme par habitude, pour rien désormais.

Pierre aussi avait voulu rester, à toute force, ne pas laisser la tombe de sa mère aux mains des fells. Il avait voulu vivre et mourir à Oran, comme son père et son grand-père avant lui. Mais à présent que les dés étaient jetés, il était inutile de continuer à faire le singe. En proie aux flammes, le port d'Oran avait vomi des immensités de fumée noire et dans les rues, les gens avaient brûlé les meubles qu'ils ne pouvaient pas emporter. On avait établi des campements sur le port, dans l'attente d'un navire pour Marseille. On avait fini par céder.

Quand Pierre s'était finalement résigné à foutre le camp, certains ne l'avaient pas admis. À ce moment-là, quelques irréductibles préconisaient même de faire sauter une ou deux Caravelles histoire de dissuader les candidats au départ. Un million d'êtres, ruinés et perdus, faisaient leur valise. Au chevet de l'Algérie, d'étonnants médecins avaient rêvé cette saignée. Pierre était parti.

Au jour dit, il avait fait quelques préparatifs pour accueillir Fabregas. Sur son ordre, Jeanne avait acheté une soupière. Sur le buffet de la salle à manger, Pierre avait disposé un napperon, une corbeille de fruits et cette soupière émaillée en forme de citrouille. Dedans, il avait placé son PA .35 et un chargeur de rechange. Au cas où.

Leur invité s'était montré très chaleureux, comme à son habitude, homme de réussite, ventru, à l'aise partout, parlant haut, soulevant l'enfant au-dessus de sa tête, gratifiant chacun d'un mot gentil. Pour la galerie, il s'était inventé de prétendues déconvenues ferroviaires. On avait ri. Le docteur était arrivé en nage, son manteau en poil de chameau plié sur le bras. Chacun de ses gestes donnant lieu à de profonds relents d'eau de toilette. C'était sa signature.

Pour l'accueillir, Pierre lui avait donné l'accolade. Ce n'était pas son genre et le docteur avait tout de suite compris. Il avait rigolé et fait tomber sa veste en exécutant un demi-tour de Miss France pour bien montrer qu'il était venu sans arme.

Ensuite, le dîner s'était bien passé, en dépit des caprices de Liliane. Pierre avait beau la corriger, c'était son habitude depuis qu'ils avaient quitté Oran.

Jeanne avait préparé des beignets à la soubressade et une salade de poivrons marinés. Ensuite, ils avaient mangé un gratin de macaronis et des boulettes. Enfin, des dattes achetées au marché le matin même. Le docteur avait englouti de bon cœur, ponctuant chaque bouchée de compliments excessifs. Les deux bouteilles de chiroubles avaient difficilement tenu jusqu'au dessert. Tout du long, on avait parlé avec entrain, en donnant des nouvelles de tel ou tel, en évoquant l'avenir avec un optimisme forcé qui était comme une forme de politesse pour ces gens qui n'avaient pas la moindre idée de ce qu'ils feraient vingt-quatre heures plus tard. Par les persiennes, la nuit des quartiers populaires toulonnais filtrait, odeurs marines, vapeurs d'hydrocarbures, voix de femme haut perchées. Au moment du café, Jeanne avait couché la petite avant de se replier dans la cuisine pour faire la vaisselle. Malgré l'eau qui coulait du robinet, elle avait reconnu le bruit caractéristique du briquet en or du docteur. Puis une odeur de cigare s'était répandue dans l'appartement. Soucieuse, elle avait collé son oreille à la porte, les gants en caoutchouc serrés dans son poing.

— Vous ne pouvez pas continuer à vivre comme ça, avait dit le docteur. Vous n'avez rien à attendre ici. Et là-bas, on a besoin de toi.

— Je ne peux pas demander ça à Jeanne.

— Les choses ont changé. En Espagne, nous avons des soutiens.

— Tu parles. Ils ne pensent qu'à vous extrader.

— Mais non. C'est pour la galerie. On peut compter sur nos amis. Le neveu de Franco est avec nous. Et puis sur un ton sentencieux, Fabregas avait ajouté : Nous ne rentrerons jamais. C'est fini mon vieux.

— Nous verrons bien.

— Pense un peu à votre sécurité au moins.

— Ah oui ? Et qui est-ce que je dois craindre par exemple ? avait dit Pierre avec agacement.

— Tout. La police, les commandos qui ne veulent pas raccrocher les gants, les barbouzes, le FLN, tout le monde quoi.

— Ça ne change rien. Nous ne partirons pas. Je suis Français. Ça au moins, ils ne peuvent pas me l'enlever.

Un silence pénible s'était ensuivi et Jeanne avait craint d'être surprise en train de les épier. Mais après s'être raclé la gorge, Fabregas avait repris sur un ton badin :

— Très bien. Mais il faut vous cacher tant que ça dure. Les choses finiront par se tasser.

— Pas après ce que nous avons fait.

— Mais si, tu verras. De Gaulle est un politique bien plus qu'un homme de principe. C'est ce qu'ils ne comprennent pas. Il finira bien par passer l'éponge. Comme pour les collabos après la guerre.

— Drôle de comparaison.

— Que veux-tu ? Les seules causes justes sont les causes qui gagnent.

— Toi aussi tu es un politique.

— Hé !

Une chaise avait grincé puis la porte du buffet gémi. Pierre payait son coup de gnôle.

— Santé.

— Santé.

— Justement, s'était amusé le docteur après avoir fait claquer son verre vide sur la table, je crois qu'on peut jouer un drôle de tour politique. Et vous sortir de là par la même occasion.

Pierre l'avait laissé parler.

— Tu vas prendre l'argent. Enfin une partie de l'argent, et je vais laisser croire aux autres que tu es parti avec le fameux trésor.

— Je croyais que c'était Gorel le trésorier.

— Ah Gorel ! Je l'ai vu Gorel. On s'est arrangés.

— Tu as récupéré les fonds ?

— Pas tout à fait. Une partie seulement.

— Combien ?

— Peu importe. En tout cas, certains s'imaginent que j'ai récupéré des millions. Des lingots !

Le docteur avait ri une fois de plus.

— Mais pour l'instant, c'est plutôt un embarras qu'autre chose. Des petits malins cherchent à me soutirer des sous. Si j'éloigne le fric, ce sera toujours une raison de moins de nous entretuer. Et puis la plupart des gars te font confiance.

— C'est pas l'impression que ça m'a donnée.

— Mais si. En t'éloignant, nous allons créer une illusion d'optique, un mirage. J'aurai mis le trésor en lieu sûr, tu comprends. J'aurai de nouveau barre sur eux.

— On commence comme des soldats, on finit comme des bandits.

Les deux hommes s'étaient tus, puis Pierre avait remis une tournée.

— À la bonne heure, avait dit le docteur. Je vais te faire porter de l'argent et de nouveaux papiers. Ensuite, vous irez dans l'Est. Ma sœur a les clefs d'une maison là-bas, dans les Vosges. Un endroit sûr, dans la forêt. Son mari est originaire du coin. Elle m'a proposé d'y aller pour me cacher. Tu connais déjà le coin en plus.

— J'y suis passé pendant la guerre. Ça ne va pas tellement plaire à Jeanne. Il fait un froid de chien là-bas.

— Penses-tu, c'est très joli. Et l'air est excellent. Pour les allergies de la petite, ça sera parfait. Au moins, ce sera chez vous, vous n'aurez plus à déménager sans arrêt. Installez-vous tranquillement, les gens des environs ne vous feront aucun embêtement. Ensuite, le temps fera bien les choses, comme d'habitude.

— Tu trouves ? ironisa Pierre.

Le docteur s'était encore esclaffé. Incorrigible abstrait, l'homme avait un faible pour les combinaisons improbables, les coups à trois ou quatre bandes. Cette propension le faisait passer aux yeux de beaucoup pour un stratège de première bourre. Pierre n'était pas de cet avis. Il comprenait surtout qu'on lui donnait une maison au bout du monde et un petit pécule pour redémarrer. Il ne pouvait pas faire la fine bouche. Il se laissa faire.

— Tu es sûr ? avait encore demandé Jeanne en jetant un œil apeuré sur cette bicoque éboulée autant qu'indestructible.

Exténuée, moite, la petite pendait au bout de son bras, chouinant et prononçant des paroles incohérentes.

Pierre ficha une Gitane filtre entre ses lèvres et se dirigea vers la porte, sans prendre la peine de répondre. Il ne s'attendait pas à un miracle, mais cette ruine! Sous le vent d'est, les poils de ses avant-bras se dressèrent.

C'est ici qu'une nouvelle vie commençait pour eux.

Pierre se décida, mais l'humidité avait soudé la porte au chambranle et la clef que la sœur de Fabregas leur avait confiée ne fut d'aucune utilité. D'un coup d'épaule, il l'enfonça. Aussitôt, une odeur âcre d'ammoniaque et de sous-bois le prit à la gorge. Il alluma sa cigarette pour masquer la puanteur et se donner du courage.

Dans la cuisine, il trouva une cheminée dans laquelle un homme pouvait tenir debout, plusieurs chaises en assez bon état, un poêle fendu, des placards ouverts et un vaisselier. Sur la table, il compta une dizaine de cannettes de bière vides qui voisinaient avec une cafetière en acier émaillé. Il la souleva. Elle était pleine. Pleine d'une pisse ancienne et refroidie. Ses dents s'enfoncèrent dans le filtre de la Gitane.

Il fit le tour. Quatre pièces au rez-de-chaussée, dont une salle de bains. Les parquets étaient constellés de brûlures de cigarettes. Des lambeaux de tapisserie pendaient des murs. Il ne restait plus aucune porte et on avait écrit des injures, des paroles de chansons yéyé et des propos antigaullistes sur les murs.

Pour accéder à l'étage, il fallait grimper par une échelle qui se trouvait dans le garage. Dans les chambres, des matelas agonisaient parmi des nuées de mégots. Pierre en déduisit que la jeunesse du coin venait culbuter là des fiancées peu regardantes. Une fois leur partie de jambes en l'air achevée, chacun redescendait et pissait un bol bien mérité dans la cuisine.

Au moins, la toiture était à peu près en état.

En redescendant, il entendit plusieurs éternuements. Jeanne venait sûrement d'attraper du mal. Elle avait toujours craint le froid.

Un mois après avoir éternué, Jeanne toussait. Elle ne porta jamais le manteau en pékan que lui avait offert son mari. Une nuit, quelque temps après la mort de son épouse, Pierre Duruy descendit à la cave et glissa le canon d'un pistolet automatique

7,65 entre ses dents. Finalement, il éprouva plus de difficultés à renoncer à la vie qu'à ses illusions.

Dès lors, il mena une vie rétrécie, s'occupant de sa fille, mal, et n'attendant rien de spécial. En 1968, il fut gracié, retrouva son nom, mais resta à la marge. Il ne s'occupa plus de politique, ne se mêla plus de rien. Il se contenta de faire du fric, sans passion, sans état d'âme.

MARTEL

Avant de se pieuter, Martel avait refait le compte. Il était mal, même plus dans le rouge. Le lendemain, ce serait fini, la taule peut-être bien, il ne pouvait pas l'exclure. Il avait pensé à un petit discours pour les copains, s'expliquer. Peut-être qu'il devrait appeler Cofidis, ou braquer une supérette. Il n'y avait plus rien d'ouvert de toute façon à cette heure. Il était baisé cette fois.

D'autant que sa cousine était passée prendre le café. Des années qu'il ne l'avait plus vue. Elle était de ces beautés prolétaires, superbes à seize ans, défraîchies à vingt et qui passent le reste de leur existence à se faire des teintures en sirotant du café au mazagran tandis que leur tribu braille autour. À quarante ans, elle vivotait amèrement, mère célibataire, se gorgeant de télé et de mots croisés. Au départ, elle avait eu du mal à cracher le morceau. On n'en est pas moins digne après tout. Mais voilà, sa mère n'allait plus, le ciboulot qui déraille, comme celle de Martel, il fallait la mettre dans une maison, ce qui coûtait drôlement. Martel lui avait expliqué que sa situation n'était pas des plus brillantes. La crise venait de s'abattre. À l'usine, on chômait parfois plusieurs jours par semaine. La cousine savait bien sûr, elle regardait le JT. Elle opinait gravement, remettant un sucre dans son café. Elle n'avait pourtant pas quitté les lieux avant d'obtenir une enveloppe, pas grand-chose, mais c'est comme ça qu'on se crée de mauvaises habitudes.

Martel quitta son lit et se rendit dans le petit salon. Quand ils avaient vendu la maison, sa mère et lui étaient venus s'installer là, c'était bien, pas cher, avec un ascenseur. C'est lui qui avait eu l'idée et qui avait choisi l'appartement. Il y vivait seul désormais, mais il n'avait pas changé grand-chose. La toile cirée décorée de compotiers était toujours là, les napperons et les rideaux ajourés aussi. Il avait viré le canapé en velours, mais repris le fauteuil Stressless avec le repose-pieds assorti. À chaque fois qu'il ramenait quelqu'un, surtout si c'était une fille, il fallait expliquer le décor. Depuis quelque temps, il ne venait plus grand monde de toute façon. Bruce lui avait proposé de venir, quand il allait aux filles, à Strasbourg. Martel avait joué les vertueux. En réalité, vu l'état de son porte-monnaie, il aurait à peine pu s'offrir une tape dans le dos.

Il alluma une cigarette, jeta un œil sur le parking désert, vérifia l'heure sur le lecteur de DVD. Déjà deux heures du mat' et il bossait du matin. Autant dire que sa nuit était foutue. Il alluma la télé, zappa sans penser à rien, se coupa les ongles de pieds sur la table basse. Il aurait aimé pouvoir parler de tout ça avec quelqu'un.

Tout à l'heure, il faudrait rendre des comptes.

Le syndicalisme n'était pas une vocation pour Martel. Jusqu'à l'armée, il n'avait jamais cherché à participer à quoi que ce soit. Et puis à l'armée, il avait fait comme on lui avait dit. Ensuite, chez Velocia, il avait fait comme il avait pu et s'était retrouvé embringué dans ces histoires d'élections professionnelles. Son premier mandat, quatre années, il l'avait passé un peu éberlué, se prenant progressivement au jeu.

Il se souvenait encore de sa première réunion de CE. Timidement, son dossier à la main, il avait fallu qu'il salue les gens de la direction. Les pontes, on ne les voyait jamais dans les ateliers. Il avait dit bonjour, limite en rougissant. Mme Meyer, la DRH, avait fait le tour et serré la main de chacun avec chaleur, son joli sourire s'allumant et s'éteignant à volonté. Les copains les plus madrés s'étaient tenus à l'écart, discutant à voix haute, riant trop fort, occupant la place avec une vulgarité un peu forcée.

La séance à peine ouverte, le vieux Cunin était parti bille en tête, rouspétant tout ce qu'il savait. D'après lui, la DRH n'était pas compétente pour présider le CE. Il leur fallait le directeur général, personne d'autre. Puisque c'était comme ça, la séance était suspendue.

Martel avait été sidéré de voir les autres la ramener de cette manière, des bonshommes qui ne payaient pas de mine pourtant, râlaient bien un peu dans les ateliers, mais comme tout le monde, sans plus. Pour tout dire, il avait vraiment pris son pied, s'était senti vengé. Et puis il y avait ce vocabulaire, méconnu, juridique, le ton vindicatif aussi, frisant l'irrespect, et puis la bataille de position, le théâtre. Chacun tenait son emploi, la direction pragmatique, la CFDT conciliante, FO en retrait, rétamée aux dernières élections, et puis la CGT, va-t-en-guerre et maximaliste. Quant au représentant des cadres, la chaise vide, il avait trop de travail à ce qu'il semblait. Tout pour plaire.

L'usine c'était comme le reste, beaucoup d'efforts et pas grand-chose à faire pour inverser le cours des choses. Et là au beau milieu, ce point de fixation, cet espace où la guerre était possible. Sans doute pas à armes égales, mais où des résistances s'organisaient, où les patrons se sentaient menacés, prenaient des soufflantes à leur tour. Et cette chose toute nouvelle, abstraite et brutale, d'une force inimaginable : le droit. Il suffisait d'en connaître un bout, et les volontés adverses se brisaient net. Martel venait de découvrir les rapports de force. Avec deux articles du code du travail, on érigeait des murs, on emmerdait le monde, c'était magnifique.

Par la suite, Martel a changé de syndicat, suivi des formations auprès de la Confédération. Il est devenu une figure chez Velocia, se forgeant un personnage selon son tempérament, qui ne jouait pas tous les coups, se mouillait uniquement pour les occasions majeures. Sa parole, intempestive et renseignée, a commencé à peser. Il a gagné une première fois, sauvant un mec qui méritait pourtant la porte. Martel avait compris ; il ne s'agissait pas de justice ou de vérité, mais de défendre les intérêts des copains.

Les mandats sont arrivés à leur terme et les vieux briscards du CE sont partis avec des enveloppes, à la faveur d'un plan de départs en retraites anticipées. Des places à prendre. Aux élections suivantes, Martel est devenu secrétaire du CE. Un poste sans autre importance qu'administrative finalement. Il en jouissait pourtant, et de parler à la direction à égalité surtout, à croire que les écarts de salaires ne comptaient plus.

L'usine était vieille, sa compétitivité lamentable. De plus en plus souvent, les constructeurs s'adressaient ailleurs. Alors un beau jour, des consultants parisiens ont débarqué pour retailler l'organigramme. Les gars ne les ont vus passer qu'une fois dans les ateliers. Ils étaient jeunes et portaient des chaussures pointues. Ils ont traversé le Hall 2 sans lever la tête, sans toucher personne. Il fallait les laisser aller partout et leur ouvrir tous les dossiers. Les filles de l'administration en rigolaient entre elles. Un des consultants était mignon, l'autre moins, mais ils venaient en 607, se montraient polis et drôles. Les filles aimaient bien les voir tourner dans les parages, ça les changeait.

À la fin, ils ont rendu leur rapport et tous les intérimaires ont dégagé, des types qu'on embauchait pourtant à longueur d'année, dispersés dans la nature, avec leurs dettes, leurs remboursements, les compétences qu'on leur avait filées. Ensuite, il a fallu renoncer aux heures sup', trop chères avaient expliqué les experts. Des postes ont fusionné à l'administration ; deux cadres ont été virés. Leur boulot a été reventilé sur les collègues, qui se sont démerdés, sans recourir aux heures sup' désormais prohibées. Ils ont fait le taf gratuitement en somme, cadres qu'ils étaient, au forfait, sans horaires et bien contents de leur statut qui ne signifiait pourtant plus rien. Enfin, le DG en est venu au dur, les mecs postés, qui travaillaient de nuit, leur vie organisée exprès depuis des lustres, la paie qui allait avec pour compenser. On les a mis de jour, on les a remplacés par des jeunes, moins coûteux, pas chiants, pas syndiqués.

Dans la boîte, la tension est montée d'un cran. C'était le moment.

Un matin très tôt, Martel est arrivé avec son cartable qui ne le quittait plus guère. Il portait sa blouse, comme toujours. Il a rassemblé les élus plus quelques types qu'on écoutait, des anciens, des grandes gueules. L'atmosphère était comploteuse, les types nerveux. Martel a senti que ce serait là ou plus du tout. Il leur a fait une offre. Le CE qui avait toujours été géré au poil disposait d'un magot, quelques dizaines de milliers d'euros.

— Je vous propose un truc, a dit Martel. Si vous me suivez, on double la participation aux chèques-vacances.

Dans les rangs, la déception était palpable. Les chèques-vacances… Merde, ils s'attendaient au moins à faire la grève, aller secouer un chef d'atelier, n'importe quoi. Qu'est-ce que c'était cette histoire de chèques ?

Martel s'est penché sur son bureau et tous les mecs présents se sont pressés pour l'entendre. Ça veut dire, a expliqué Martel, que vous allez acheter des chèques-vacances d'une valeur de cent cinquante euros pour quinze euros. Avec, vous pourrez faire vos courses, aller au resto, louer une piaule pour vos vacances, ce que vous voudrez.

Les moins dégourdis se sont réjouis, l'opération semblait juteuse. Les autres se sont demandé ce qu'il faudrait faire en contrepartie. Mais dans l'ensemble, personne n'a compris. Martel a précisé sa pensée. En échange, il voulait la grève. Mais pas une grève gueularde et vaine, à frire les saucisses et voir le boulot partir. Une grève du zèle, des sabotages, des temps de pause qui s'allongent et l'usine qui sombre dans le marasme, petit à petit, les chefs qui se font enguirlander, le patron qui est convoqué, le bordel quoi, minutieusement organisé, discret dans ses manifestations, mais implacable dans ses effets. Les gars seraient payés pour foutre la merde en somme, jusqu'à faire céder la direction. Si des sanctions tombaient, tant pis. On compenserait avec les chèques-vacances.

Pour valider cette dépense, le CE devait voter. Martel a demandé la convocation d'une réunion extraordinaire et, à la surprise de la DRH, tous les syndicats ont décidé la dilapidation pure et simple des reliquats de budget accumulés depuis quinze ans. Pourtant, si ce magot existait, c'est bien parce que les syndicats n'avaient jamais été foutus de se mettre d'accord sur la manière de le dépenser.

Après ça, des chèques de cent cinquante euros, il s'en est vendu beaucoup et l'usine s'est mise à déconner plein pot. Les matières premières se perdaient dans les inventaires ; les cadences patinaient en dépit des menaces, des retenues sur salaire ; les livraisons ne trouvaient plus leur destination ; les machines tombaient en panne ; le taux d'accidents a explosé, si bien qu'une inspectrice du travail est venue voir.

Avec Martel, ils se sont tout de suite très bien entendus.

— Je vais faire un signalement à la Direction départementale du travail, a-t-elle prévenu. J'ai jamais vu des chiffres pareils. Plus vingt-cinq pour cent d'accidents en deux mois, c'est devenu un abattoir votre usine.

Martel lui souriait.

— Vous êtes pas d'accord ? avait-elle fait, surprise.

— Si si, avait répondu Martel, la tête ailleurs.

Elle avait souri à son tour.

Plus tard, l'inspectrice avait rencontré la DRH, puisque le DG était absent, convoqué par des huiles du groupe PSA qui en avaient leur claque de voir les commandes salopées au possible.

— Si vous voulez, avait expliqué l'inspectrice, que ce soit votre faute ou celle des salariés, c'est secondaire. Juridiquement, vous serez tenue pour responsable. Vous, je veux dire la direction. Vous devez faire quelque chose, parce qu'à ce train-là, un accident grave va se produire bientôt et ça va vous coûter très cher.

— On ne peut tout de même pas être derrière chaque salarié, s'était défendue la DRH.

— Je comprends bien. Mais je sais pas, il s'agit peut-être d'un problème de *management*. Voyez ce que vous pouvez faire de ce côté-là.

— Non mais écoutez, les gens ne sont pas sérieux non plus. Ils jouent la politique du pire.

— Vous voyez. Vous le dites vous-même. C'est un problème politique. Il faut voir, lâcher un peu de mou peut-être.

— Je suis désolée, chouinait la DRH, mais une entreprise existe avant tout pour ses clients. On est plus dans la cour de récré. Sinon, on va perdre nos derniers contrats et qu'est-ce qu'on fera ? Ils auront tout gagné.

Les bras croisés, Martel attendait.

L'inspectrice reprit la parole sans s'énerver :

— Je sais bien. En attendant, ils ne semblent pas totalement satisfaits de la situation vos clients. À mon avis, il faudrait voir les intérêts des uns et des autres.

En y repensant, si tard dans son salon, Martel ne pouvait s'empêcher de sourire encore. Le style de cette femme, sa nuque, cette manière de pas s'en laisser conter.

— De toute façon, avait-elle conclu, je reste en contact avec vous et avec le secrétaire du CE. Il faudra que je vienne au prochain comité d'hygiène et de sécurité. On n'a plus qu'à espérer qu'il n'arrivera rien de grave d'ici là. Et puis faites vos comptes. Je ne suis pas certaine que vous fassiez les bonnes économies.

Martel avait raccompagné l'inspectrice à sa voiture. Elle conduisait une vieille Saab 900. Ça lui allait bien, une bagnole singulière, avec un dessin agressif et une belle allure, même si elle n'était plus toute récente.

— On est appelés à se revoir, avait fait l'inspectrice avant de chausser ses lunettes de soleil et de partir en marche arrière.

Mais la fois suivante, c'était son collègue qui était venu.

Finalement, la direction avait rétabli les anciens postes et repris quelques intérimaires. Il faut dire qu'un regain d'activité s'était subitement manifesté. Une usine roumaine avait fait grève pour des augmentations. À leur tour de ne plus être compétitifs. Une partie de la production était relocalisée.

Quoi qu'il en soit, et même si les finances du CE avaient morflé, Martel était quand même sorti grand gagnant de l'affaire.

Après ça, il avait levé le pied au niveau du boulot. Il se rendait plus souvent dans les bureaux, pour papoter, tâter le pouls de la direction, faire campagne. Il payait le café dans les ateliers. Il tournait dans la boîte en espadrilles, par mépris des consignes de sécurité, sa blouse de régleur sur le dos, son cartable gonflé de documents sous le bras. Pendant les réunions, il parlait toujours aussi peu, mais était de plus en plus écouté. Au sein même de la Fédé, on avait commencé à envisager son avenir. Avec sa belle gueule en plus, il passerait sûrement pas mal à la télé.

Il avait pris la confiance, en oubliant quasiment ses emmerdements financiers. Le banquier, qui n'était pas au courant de son irrésistible ascension, s'est vite chargé de les lui rappeler. Alors quand Bruce lui avait soufflé cette idée de concert, Martel avait accepté et s'était mis à faire l'arpette pour Thierry Molina. C'était loin de suffire malheureusement.

Parfois, lorsqu'il allait la visiter, sa mère voulait bien le reconnaître et elle le remerciait inlassablement pour cette chambre individuelle, le personnel adorable, le paris-brest qu'on leur avait servi au déjeuner. Elle s'inquiétait néanmoins de la dépense occasionnée. C'est rien maman, la rassurait Martel, sa grande main prisonnière de celles de sa mère.

À partir de là, Martel s'était octroyé quelques facilités de crédit. Il avait gardé quelques chèques-vacances sans les payer. Un trou de cinquante ou cent euros dans la caisse, on n'allait pas lui chercher des poux pour si peu.

Puis il s'était payé des formations, coûteuses mais nécessaires, absolument bidons aussi. C'est un copain qui produisait les factures, empochant dix pour cent au passage. Au total, il y en avait pour un peu plus de dix mille euros.

Et le lendemain, dans quelques heures en fait, Martel était censé présenter les comptes du CE aux élus et à la direction. Il manquait près de treize mille euros. Il n'aurait jamais dû laisser la situation déraper à ce point. Il était foutu maintenant.

Il alluma une nouvelle cigarette. Et l'inspectrice putain, qu'est-ce qu'elle allait penser ?

RITA

— Je viendrai pas au bureau aujourd'hui Duflot.

— Sans blague? fit le jeune contrôleur.

Il était dix-sept heures et Duflot avait certainement rangé son cartable et devait compter les secondes avant la sonnerie.

— Pas d'impertinence, rétorqua Rita qui avait une faiblesse coupable pour ce petit con surdiplômé et sans avenir. J'ai eu un accident. Ma caisse est HS. Et j'ai été pas mal secouée.

— Rien de grave j'espère, fit l'autre, finalement inquiet.

— Non. Des bleus, un pare-brise foutu, le coffre embouti. Rien de bien méchant. J'ai vu ton boucher aussi. C'est réglé.

— Ah ouais? Et il vous a pas rappelé quelqu'un?

— C'est-à-dire?

— Je sais pas. Émile Louis, Michel Fourniret, un mec dans ce genre-là.

— Et à part ça, quoi de neuf dans la boutique?

— La routine. Ah si. La nouvelle est arrivée.

— Ah oui, la petite Saraoui. Je l'avais complètement oubliée celle-là. Et alors?

— Ben je crois que je suis amoureux.

— Mais encore?

— Elle m'a même convaincu de bosser.

— Toujours aussi excessif mon pauvre Duflot.

— Les fraudeurs vont vite apprendre à la connaître. La passionaria du code du travail. Et une bombe avec ça!

— T'aurais pas oublié à qui tu parles par hasard?

— Oui enfin, je suis allé sur le terrain avec elle, visiter une gargote à Dompaire.

— Et alors ?

— Les proprios n'ont pas été foutus de retrouver leur licence IV. Je sais d'ailleurs pas si ça existait quand l'établissement a ouvert ses portes. Enfin, j'ai verbalisé direct, pour l'épater.

— Et ça a marché ?

— Mollement.

— Un adverbe qui te va comme un gant. Allez, prends soin de toi, Duflot. Je reviens demain. On constatera l'étendue des dégâts.

— Faites-vous bien dorloter, patron.

— T'occupe.

Avant de raccrocher le téléphone, Rita essuya le combiné que ses cheveux mouillés avaient trempé. Puis elle regagna la salle de bains pour inspecter une nouvelle fois l'empreinte laissée par la ceinture de sécurité sur son épaule gauche. La coloration arc-en-ciel que prenait sa peau n'était pas si déplaisante à regarder.

Dans l'armoire de toilette, elle prit un tube d'aspirine et croqua un comprimé en enfilant une vieille paire de Doc Martens, des pompes confortables et sûres, exactement ce dont elle avait besoin. Ensuite, elle alla jeter un dernier coup d'œil à la môme qui roupillait maintenant dans son lit, sans bruit, à plat ventre et la bouche à moitié ouverte.

Pendant ce temps, Laurent patientait devant la bibliothèque du salon, au rez-de-chaussée. C'est lui qui l'avait conçue dix ans plus tôt. Les planches de chêne, chargées de disques et de bouquins, étaient soutenues par de brefs empilements de briques. C'était pensé pour distribuer les charges le plus harmonieusement possible. Chaque kilo supplémentaire consolidait l'ensemble et tout ça sans la moindre vis, la plus petite cheville. La bibliothèque tenait, virtuellement indestructible, à moins qu'on la vide bien sûr.

— Je finirai par m'en débarrasser, observa Rita qui descendait l'escalier.

Laurent se retourna, souriant malgré ce coup bas.

— On peut savoir pourquoi ?

— Je sais pas. Envie de changer peut-être. Toute cette place qu'elle prend aussi. Est-ce qu'on a besoin de s'embarrasser de tous ces trucs ?

Laurent ne releva pas.

— Et ta sprinteuse, comment elle va?

— Elle s'est calmée. Enfin, le Lexomil l'a sonnée. Merci d'être venu en tout cas.

Ils avaient la même taille et plus ou moins le même âge. Côte à côte, ils se rajeunissaient mutuellement. On aurait dit des copains de classe, ou peut-être un frère et sa sœur.

— Avec une fille à poil dans ta voiture, t'aurais bien fini par trouver de l'aide.

Comme Rita se dirigeait vers la cuisine, Laurent lui emboîta le pas. Une grande table en chêne trônait en plein milieu, laissant malgré tout pas mal d'espace pour le four, le réfrigérateur Fagor flambant neuf, la cuisinière et le plan de travail. Dans un coin, un vieux mastiff piquait un roupillon sonore. Il s'appelait Baccala et lui aussi Rita l'avait recueilli alors qu'il courait tout nu à travers les bois, abandonné et crevant de faim.

L'inspectrice ouvrit le four qui lui servait de bar et en tira une bouteille de Bushmills bien entamée. Elle repêcha deux verres à moutarde dans l'évier et commença à les remplir. Mais Laurent refusa son offre en couvrant son verre du plat de la main.

— Tu as tort, fit Rita avant d'avaler une première gorgée.

— Je veux bien un Perrier ou un jus d'orange par contre.

Rita trouva de l'eau gazeuse dans le réfrigérateur.

— Il carbure drôlement ton frigo, dit-elle encore en repoussant la porte d'un coup de talon. Tout ce que j'y mets gèle dans les cinq minutes.

— C'était une bonne occase en tout cas. Je pensais te faire plaisir.

— Heureusement que t'es là pour prendre soin de moi.

Et elle but à sa santé avant de se resservir un deuxième verre.

— T'as vachement soif on dirait.

— Après la journée que j'ai eue. Et puis venant de toi…

— Pour bien faire, admit Laurent, il aurait fallu qu'on picole en même temps.

— Ou qu'on soit sobres tous les deux.

Le dos de Laurent se reflétait dans la porte-fenêtre derrière lui et Rita pouvait apercevoir un émouvant début de calvitie au sommet de son crâne.

— Allez, je suis contente que tu sois là, admit l'inspectrice.

Laurent apprécia sans en rajouter. Au contraire, il changea de sujet.

— Je continue de penser qu'on a déconné avec cette cuisine.

— C'est-à-dire ?

Rita lui savait gré de cette diversion. Les déclarations n'étaient pas tellement son genre, surtout celles d'après boire.

— On a l'impression que la maison tout entière est une cuisine.

— C'est comme ça que je la voulais.

— Et c'est comme ça que je l'ai dessinée.

— Où est le problème alors ?

— Ben je t'ai jamais vue cuisiner.

— Exact. Mais je crois que ta baraque était plus ou moins supposée te servir d'atelier.

— Je te vois venir…

— Ben ouais, j'ai pas le souvenir de t'avoir tellement vu bosser ces derniers temps.

— Ma faute, s'excusa Laurent, en levant les mains. J'aurais pas dû commencer.

Il manifesta ses regrets par quelques grimaces avant de reprendre la parole :

— Sinon, la Saab a morflé. Comment tu vas t'y prendre pour aller bosser maintenant ?

Le temps de réapprovisionner son verre, Rita réfléchit à la question.

— L'assurance va sûrement marcher. Entre-temps, je sais pas. Je pourrais demander au petit Duflot de passer me prendre.

— Ça va lui plaire. Il habite pile à l'opposé.

— Ouais. En plus, j'imagine qu'il a déjà offert ses services à la petite nouvelle.

— Vous avez une nouvelle ?

— Chasse gardée, Duflot est déjà mordu. Non, je crois que je vais devoir louer quelque chose. Une petite 206, un truc du genre.

— Je pourrais te prêter la mienne.

— T'as raison. L'inspectrice en Mercedes.

— Plus sérieusement, quand est-ce que tu comptes prévenir les flics ?

— Ça m'étonnait aussi.

— C'est pas un chien, Rita. Tu sais rien de cette gamine. D'où elle vient, ce qu'elle foutait là.

— À mon avis, on a dû pas mal la chahuter.

— Raison de plus pour prévenir les flics.

— On verra.

Laurent la connaît mieux que quiconque. Ils ont vécu cinq ans ensemble. Il a oublié les détails, une nuit blanche à Dublin, des vacances à l'île de Sein, un projet d'enfant dont ils avaient parlé devant un plateau de fruits de mer, le vernis rose qu'elle mettait à la fin des années 1980. Quand il la rencontre en 1988, il vient de signer un contrat avec une grande enseigne de distribution. Il possède une Norton Commando et roule souvent sans casque, mais ne quitte guère ses Ray-Ban. C'est un frimeur au cœur d'artichaut qui aime les routes départementales et les week-ends arrosés avec les copains. Ses cheveux sont encore assez longs, son père vient de mourir, par respect il a renoncé à se faire tatouer. Il commence alors à dessiner des hypermarchés monstres voués aux joies de l'approvisionnement hebdomadaire. À Berlin, un mur tombe et il est parmi les premiers à sentir le bon coup qui se joue là-bas. Dans ces pays hagards qui hésitent encore au sortir d'une drôle de gueule de bois, Laurent va construire des tours transparentes, dessiner des complexes marchands, tracer un avenir de rayons frais et de promos sous néons. Désormais, il aime les affaires rondement menées, les déjeuners de travail, les séjours tous frais payés. Comme il gagne pas mal d'argent, il se fait couper les cheveux, vend sa moto, range ses lunettes de soleil. Comme il travaille trop, il se met à boire un peu. Comme il est toujours absent, il oublie Rita. Et quand ils se voient, ils picolent tous les deux, se disputent et font l'amour comme des dingues. Un beau jour, Rita se souvient qu'elle est libre et fout le camp. Alors Laurent Debef, qui a toujours été un gentil garçon un peu long à l'allumage, comprend. Il se met à boire davantage et abandonne à d'autres jeunes cons aux dents longues la gestion de son cabinet. Il dépense son argent, mais Rita ne revient pas. Elle refuse la plupart de ses cadeaux, couche avec lui de temps en temps, parce que c'est bon et que personne n'a rien à y redire. Un jour, il se fait construire une maison tout à côté et Rita lui fait la gueule pendant plus d'un an. Ils ne se quitteront jamais tout à fait, ils sont voisins maintenant. N'empêche, Laurent a loupé le coche. Et Rita n'aura jamais d'enfant.

Ils discutèrent de choses et d'autres. Laurent avait un peu faim, Rita lui fit une soupe, elle se contenta d'une pomme. Elle continua à boire avec entêtement, sans se presser. Elle pensait à sa nouvelle pensionnaire, c'était agréable. Puis Laurent se leva. Il était vingt-deux heures déjà.

— Bon allez salut, dit-il en l'embrassant. Si t'as besoin de moi, tu sais où me trouver.

— Ça marche.

— Je me demande d'où elle peut bien venir quand même cette fille?

— On verra bien.

— Tu t'en fais pas plus que ça on dirait. Une môme qui courait en slip en plein mois de février. Je sais pas, ça semble pas tellement normal comme situation. Elle devait fuir quelqu'un, quelque chose, ça paraît évident.

— Me gonfle pas Laurent, soupira Rita. Pas ce soir.

Laurent n'en demanda pas davantage et elle claqua la porte derrière lui. Elle se sentait la tête lourde. Et puis merde.

Elle alluma une dernière Winston et déposa les verres dans l'évier. En fermant les rideaux du rez-de-chaussée, elle aperçut de la lumière chez Laurent, de l'autre côté de la haie. Elle resta un moment à regarder. Puis elle se souvint de la fille qui dormait là-haut. Elle était contente. Souvent, après le boulot, elle grignotait un truc en vitesse, se tapait un verre ou deux devant la télé. De temps en temps, elle se disait ce soir régime sec. Alors elle se mettait à gamberger et finissait quand même par boire un coup. C'était pas mal d'avoir de la compagnie pour une fois.

À l'étage, la fille dormait toujours, sur le dos à présent, le visage étonnamment serein. Ses cheveux noirs étaient tout emmêlés. Machinalement, Rita releva une mèche, toucha sa joue, lui caressa l'épaule. Une épaule ronde, comme celle d'un enfant. Elle ressemblait un peu à cette actrice, la fille du *Dernier Tango à Paris*, un minois un peu replet, avec une bouche onctueuse et des cernes qui lui donnaient un air grave. Et puis ces boucles noires, cette sauvagerie sur la blancheur des draps. Elle était mignonne.

Rita la détaillait, donnant libre cours à sa curiosité. À un moment, elle leva même le drap pour regarder en dessous. Elle avait la peau très claire et des sillons bleutés transparaissaient sur sa poitrine. Son ventre était rebondi, ses seins menus, ses jambes longues s'achevaient sur des pieds étroits aux ongles noircis par la terre. Elle devait avoir quelque chose comme dix-sept ou dix-huit ans. Rita fit courir ses doigts autour de son nombril. La fille respirait calmement sous l'effet du Lexomil. Puis Rita toucha sa poitrine aux pointes larges. C'était drôle d'avoir quelqu'un comme ça, à sa merci. Elle se rendit alors compte de ce qu'elle fabriquait et ça la fit rire.

Après s'être brossé les dents, une fois n'est pas coutume, elle enfila une chemise de nuit. Sur sa poitrine, Droopy manifestait sa joie. Puis elle regagna sa chambre, éteignit la lampe de chevet et tâcha de se faire une place à côté de la môme.

Elle resta comme ça une éternité, à gamberger. Le radio-réveil Sanyo égrainait ses minutes rouges. Quand par mégarde elle tira la couverture, la fille râla et articula des paroles incompréhensibles. Elle semblait se défendre de quelque chose. Elle commença à s'animer et Rita se pressa contre elle, lui soufflant des mots rassurants.

Bientôt, l'inspectrice constata qu'elle crevait de faim.

Elle redescendit à la cuisine et se confectionna un sandwich au fromage. Baccala la regardait faire, l'œil humide, la langue pendante. Sa maîtresse lui abandonna un quignon de pain enduit de Viandox, sa friandise préférée. Puis le molosse la suivit jusque sur le canapé où elle s'enroula dans une couverture avant de manger son casse-croûte devant la télé. Elle était bien, lasse mais tranquillisée. Elle finit par s'endormir devant le dernier JT. L'Australie était en proie aux flammes. Dehors, la température frisait les moins dix degrés.

MARTEL

Il gara la Volvo à l'emplacement habituel, rabattit ses manches sur ses tatouages et écrasa son mégot dans le cendrier qui débordait. Avant de quitter la voiture, il tâcha de respirer calmement. Puis sursauta. On venait de frapper à la vitre. C'était Locatelli et Léon Michel. Ils affichaient des mines défaites. Merde, pensa Martel en ouvrant la fenêtre, ils savent.

— Laissez-moi sortir de la bagnole au moins.

Les deux autres obéirent, parlant tout de suite et se coupant la parole.

— Il faut que tu voies ça.

— J'ai jamais vu ça.

— C'est incroyable.

— Ils ont emporté une machine.

— L'emboutisseur pour la WX9. Elle est partie.

— Un véhicule qu'on avait jusqu'en 2010 à ce qui paraissait.

— Putain ces ordures.

— Ces mecs méritent une bastos si tu veux mon avis.

Léon Michel avait un passé d'activiste et envisageait régulièrement d'en venir aux mains. Il suffisait que la machine à café déconne ou qu'on essaie de lui expliquer le fonctionnement de la CSG.

— Qui ça? les interrompit Martel qui respirait de nouveau. Quelle machine? De quoi vous parlez bon Dieu?

Ils lui expliquèrent le truc. Une machine-outil avait été déménagée pendant la nuit. Les intérimaires qu'on voyait depuis quelque temps et les ingénieurs qui étaient censés la réparer l'avaient démontée. En arrivant, l'équipe du matin avait découvert un trou dans le Hall 1. Il ne restait plus que l'empreinte laissée au sol, propre, comme celle que laissent des cadres sur un mur.

— Ils déménagent la production.

— Et l'équipe de nuit a rien capté ? demanda Martel.

— Elle bossait pas. C'était le pont du 11 novembre ce week-end et comme les carnets de commandes sont quasiment vides, ils en ont profité pour mettre les mecs en repos.

— Ils auraient dû nous avertir en CE, non ?

Locatelli clignait des paupières à toute vitesse, à croire qu'il essayait d'envoyer des signaux en morse.

— Bien sûr, fit Martel en les devançant.

Dans le Hall 1, des attroupements s'étaient formés ici et là. Les gars affichaient des mines soucieuses. La plupart continuaient néanmoins à bosser.

— Quelle bande de fumiers !

— On va pas laisser faire.

— Qu'est-ce tu veux qu'on fasse ?

— On n'a qu'à choper les intérimaires déjà.

— Ils font que suivre les ordres.

— Tu trouves que c'est une raison ?

— Moi je dis, faut qu'on se les fasse.

— Ils sont partis de toute façon.

— Non, j'en ai vu un ce matin. Le grand bicot.

— En plus.

L'amertume se lisait dans chaque geste, dans la course des types qui se rendaient d'un groupe à l'autre, dépités et bavards.

Serge Claudel, le chef d'atelier, interpella Martel.

— Hé ! Qu'est-ce que c'est que ce bordel ? Dis voir à tes copains de se remettre au boulot.

— On y va, Serge, le rassura Martel qui commençait à sérieusement se détendre. Cette affaire, c'était sa chance.

Il fit le tour des machines et demanda aux copains de reprendre leurs postes. À dix heures, une réunion de CE aurait lieu, comme prévu. On saurait alors ce qui se passait au juste. Derrière Martel, le chef d'atelier galopait et disait oui voilà oui voilà.

C'est alors que Locatelli, qui s'était volatilisé un moment, reparut. Il était dans tous ses états :

— Y a un problème avec Denis.

— Où ça ? demanda le chef d'atelier.

— À la machine à café.

Martel et les deux autres se précipitèrent. De tous les cons, les mal lunés de la boîte, Denis Demange était peut-être le pire. Il carburait à deux paquets de Pall Mall jour et presque autant de litres de café. Quand il était lancé, sur les Arabes, les résultats de l'équipe de France ou le calcul des heures sup', on ne pouvait plus l'arrêter.

Martel déboucha le premier dans l'espace détente du Hall 1. Denis Demange était bien là. Il tenait Hamid l'intérimaire à la gorge et essayait apparemment de le faire rentrer dans la machine à café. Derrière lui, sur un panneau d'affichage en liège, on apercevait des photos de Claire Chazal et de Mélissa Theuriau seins nus à la plage. Il y avait aussi une liste de covoiturage et la nécro d'un collègue écrasé par une presse cinq ans plus tôt.

— Qu'est-ce qui se passe ici ?

— T'occupe, Martel. J'ai une affaire à régler avec cette enflure.

Hamid semblait loin pour sa part, vaguement incommodé.

— Allez, insista Martel en posant une main sur l'épaule de l'agresseur. Vas-y mollo Denis.

— Me touche pas bon Dieu. Ces fumiers d'intérims nous ont piqué la machine.

— Arrête de déconner. Tu sais bien que c'est pas ça.

Depuis quelque temps, les intérimaires étaient emmerdés sans arrêt. On leur reprochait d'être mieux payés, d'être à la botte de la direction, de diviser les ouvriers, de pas faire le boulot comme il fallait.

Martel attrapa Denis par le col et le tira en arrière.

— Allez Denis, on va arranger ça.

— Tu les défends maintenant, ironisa l'autre.

— Je défends tous les mecs qui bossent. Toi compris Denis. Allez ramène-toi.

Dans le hall, dans le soupir répété des machines, le vrombissement pneumatique des presses, Martel le raccompagna à son poste, le tenant par l'épaule, comme s'ils étaient les meilleurs copains et se baladaient côte à côte. Denis avait du mal à suivre les grandes enjambées de Martel. Il cavalait agressivement, cherchant à se dégager sans pouvoir y parvenir.

— Denis, tu vas arrêter tes conneries maintenant. C'est pas le moment.

— Je sais ce que je fais. Personne n'a à me dire…

Martel le prit par la nuque et serra. De loin, ça pouvait passer pour un geste affectueux, mais Denis était payé pour savoir que ça n'avait rien à voir.

— Te fais donc pas de bile comme ça Denis. Je vais m'occuper de tout.

Denis mit un moment avant de pouvoir bosser. Sous la pogne de Martel, il avait ressenti un truc très bizarre, un genre de panique, comme la fois où son lacet s'était pris dans les lames d'une tondeuse à gazon. Il lui promit un chien de sa chienne.

La séance du CE s'ouvrit et Martel annonça aussitôt la couleur.

— Avant de commencer, je voudrais rappeler la direction à ses obligations. Le CE doit être informé de tout changement d'organisation ou des conditions de travail. Or vous avez fait déménager la WX9 sans nous avertir.

— C'est vrai, admit la DRH, je vais vous expliquer.

— Une autre fois. Pour l'instant vous allez m'écouter. Vous nous avez pas informés alors que vous étiez obligés. J'ai donc appelé l'Inspection du travail.

— Ce n'était sans doute pas nécessaire, s'amusa la jolie Mme Meyer en faisant tourner une bague en argent Dinh Van autour de son annulaire droit.

— Interrompez-moi encore une fois, dit Martel.

Son ton était désagréablement neutre. On ne savait pas très bien si c'était une menace, une question, un ordre.

Il regardait la DRH droit dans les yeux. Elle esquissa un sourire, mal à l'aise. Les autres élus trompaient leur embarras comme ils pouvaient, le nez plongé dans les documents, tripotant leur téléphone mobile, se curant les ongles avec un capuchon de stylo Bic.

Martel attendit encore.

— La séance est suspendue, fit-il enfin.

— C'est une décision que vous ne pouvez pas prendre seul, monsieur le secrétaire, se rebiffa la DRH.

— Je vous écoute.

Elle hésita. Elle réfléchissait. Elle se doutait bien que Martel ne tenait pas tellement à présenter les comptes du CE. Elle pourrait sûrement le mettre en difficulté. En même temps, si elle perdait Martel, à qui la direction aurait-elle affaire ensuite ? Elle décida de jeter l'éponge :

— La séance est suspendue.

Tous les élus sortirent, Martel le dernier.

Dans l'usine, son nom courait sur toutes les lèvres. Les gars débordaient. Ils étaient chez eux.

Dès qu'il put, Martel gagna le parking pour s'enfermer un moment dans sa caisse. Le froid humide avait déposé des gouttelettes sur le pare-brise de la Volvo et une fois à l'intérieur, il se sentit comme dans une bulle. C'était moins une, songea-t-il en composant le numéro de Bruce.

— Je vais avoir besoin de toi.

— Ah ouais ?

— Tes copains, les Bentrucs.

— Les Benbarek ?

— Il faut que je les voie.

— Pour du fric ?

— Arrange-moi un rendez-vous.

— T'es sûr ? Parce que c'est des chauds les Benbarek.

— Fais comme je te dis. Tu me rappelles dès que c'est bon.

Martel se mit à cogiter. Cette histoire de machine lui sauvait la mise, un vrai miracle. Mais maintenant, il fallait agir vite. Quitte à s'appuyer sur Bruce et ses plans à la con. Ça semblait pas tellement prudent comme décision, mais est-ce qu'il avait le choix ?

Les secondes passaient. Pour bien faire, il lui faudrait quoi, quinze, vingt mille euros ?

Et après, pour tenir ?

Après, on verrait bien.

L'inspectrice et Martel marchaient dans l'usine. La lumière des néons avait remplacé celle du jour. Ils allaient d'un pas tranquille, peu pressés.

— Le délit d'entrave est constitué, mais pour le reste, l'employeur est bien propriétaire de l'outil de production, on ne peut pas y faire grand-chose.

— Je comprends, admit Martel.

— La seule chose que je peux vous conseiller, c'est d'aller devant le tribunal d'instance pour le défaut d'information vis-à-vis du CE. En revanche, je les vois mal ramener la machine. Peut-être que le juge finira par vous donner raison, mais ça va prendre des mois.

— Je suis content que vous soyez venue.

Ils continuaient à avancer, regardant droit devant eux. Dehors, ils furent cueillis par le vent de novembre. L'inspectrice glissa ses mains sous ses bras.

— C'est par là, fit Martel, en indiquant le parking.

— Je sais.

Ils marchaient presque au ralenti à présent.

— Vous voyez souvent ce genre de truc ? demanda Martel en allumant une cigarette.

— Non.

Après un moment, elle ajouta :

— En général, je suis saisie de ce genre d'affaire par courrier. Et je réponds par courrier.

— C'est gentil d'être venue alors.

Ils y étaient. Elle ouvrit la portière de la Saab.

— C'est sympa comme bagnole, observa Martel.

— Elle se fait vieille.

— N'empêche.

Elle lui tendit la main et il la prit dans la sienne.

— Vous avez les mains gelées.

L'inspectrice monta dans sa voiture et Martel cala sa cigarette entre ses lèvres avant d'enfoncer ses mains dans les poches de son jean. Pour une fois, il avait laissé tomber sa blouse. La cigarette rougissait dans la bise aiguë du soir. La voiture refusa de démarrer. L'inspectrice insista longtemps, sans résultat. Martel se décida à frapper à sa fenêtre.

— Avec ce temps humide, ça arrive. Votre batterie a dû se décharger.

— Sûrement oui.

— Je vous ramène. Ma voiture est juste là.

— C'est pas la peine.

— Ne vous en faites pas.

Elle le suivit et ils firent le trajet sans échanger une parole, en fixant la ligne discontinue au milieu de la route. Ils n'avaient pas allumé la radio. Ils ne savaient pas quoi se dire. Pourtant, le temps passa trop vite. Martel la déposa devant chez elle, une maison assez isolée qui tournait le dos à la forêt.

— Bon, fit l'inspectrice, en entrouvrant la portière, merci pour la route.

Martel lui adressa un sourire chaleureux.

— Ça m'a fait plaisir.

— J'enverrai une dépanneuse pour la Saab.

Elle semblait hésiter. Finalement, elle sortit de la voiture et regagna sa maison. Une belle baraque, songea Martel avant de passer la première. Cette journée qu'il avait tant redoutée, elle ne s'était pas si mal passée après tout.

RITA

Rita avait finalement passé toute la nuit sur le canapé. Quand elle se réveilla, il faisait déjà grand jour et elle dut se protéger les yeux de la lumière qui rentrait par les baies vitrées. Elle fut surprise par une agréable sensation de familiarité. L'odeur du café chaud, celle du pain grillé, et puis la voix de Laurent, toute proche. D'ordinaire, il ne se permettait pourtant pas de passer comme ça à l'improviste, même s'il avait un trousseau de clefs. Rita se dit qu'il était venu pour la fille et cette idée ne lui plut pas tellement.

Elle consulta sa montre. Dix heures passées. Vu le jour et l'heure, elle était supposée se trouver sur un chantier de construction aux abords de Remiremont. Depuis un moment, elle avait repéré un entrepreneur véreux qui lésinait systématiquement sur la qualité des matériaux. Une arnaque sans envergure, mais les pavillons dont il avait semé le département commençaient à lézarder les uns après les autres. Un de ces quatre, l'un d'eux finirait bien par se casser la gueule. Mieux valait le mettre hors d'état de nuire avant qu'il ne soit nécessaire de recourir à des chiens d'avalanche pour déterrer une famille de malheureux arnaqués.

Elle s'extirpa tant bien que mal du canapé, s'étira et s'aperçut qu'elle était encore en chemise de nuit. Elle ne pouvait pas paraître dans cet accoutrement, surtout avec la môme, il fallait qu'elle soutienne la comparaison. Elle se faufila donc sans bruit jusqu'à la buanderie qui jouxtait le garage. Là, elle trouva de quoi s'habiller dans le panier de linge sale et elle allait rejoindre les deux autres quand elle fut parcourue d'un frisson. Laurent était rentré sans qu'elle ne s'aperçoive de rien. N'importe qui pouvait en faire autant quand on y réfléchissait. Maintenant que la fille était là, il fallait qu'elle pense à la protéger. Contre les fumiers qui l'avaient foutue à poil pour commencer.

L'inspectrice se mit donc à farfouiller dans le garage. Le vide laissé par la Saab accusait encore l'impression de désordre et il lui fallut cinq bonnes minutes pour mettre la main dessus. Il se trouvait dans un coin, dans sa housse, un fusil que lui avait refilé Laurent, souvenir d'un engouement passager pour le ball-trap. Rita n'aimait pas tellement les armes, même ce genre de truc de loisir, mais Laurent ne lui avait pas laissé le choix. C'était ça, ou il lui faisait installer une alarme pendant son absence. Après deux semaines de dispute, elle avait fini par prendre son machin et n'y avait plus touché depuis. Maintenant, c'était différent. Elle le ramena dans le salon et le glissa sous le canapé. Elle verrait plus tard pour le ranger.

— Je vois qu'on s'emmerde pas, fit l'inspectrice en pénétrant dans la cuisine.

Laurent se leva, penaud, aussitôt imité par Baccala qui vint renifler sa maîtresse.

— Je l'ai trouvée dans le jardin. Je crois qu'elle essayait de se tirer en douce.

— Ah ouais?

La jeune fille était assise devant un bol de café, une tartine à la main. Apparemment, elle avait trouvé son bonheur dans la garde-robe de Rita et, si elle avait cherché à se tirer, elle n'avait pas choisi pour autant une tenue de camouflage. Moulée dans un caleçon blanc, elle avait passé un tee-shirt Complice sans manches qui offrait un assez large panorama sur son soutien-gorge et s'était manifestement maquillée à l'aide d'une truelle.

— Qu'est-ce qu'elle fait dans cette tenue?

— C'est pas moi qui l'ai choisie en tout cas, jura Laurent. Je viens de t'expliquer. Elle allait se barrer, je l'ai rattrapée de justesse.

— Sapée comme ça, tu risquais pas de la louper.

— Elle portait ton vieux Bombers aussi. Cela dit, si tu passes sur ses goûts vestimentaires, elle a quand même un truc cette fille.

Rita se versa un café sans desserrer les dents et arracha un morceau de pain à la baguette entamée avant de les rejoindre à table.

Avec tout ce maquillage, elle semblait plus âgée, vingt, vingt-deux ans, peut-être plus, comment savoir ? Rita hasarda une main vers elle, sans aller jusqu'à la toucher. Puis elle tapota sur la table pour attirer son attention.

— Comment tu t'appelles ? Ton nom ? *Your name ?*

— Te fatigue pas, elle veut rien dire. En tout cas, avec moi, elle n'a pas décroché un mot.

— Je l'ai entendue parler cette nuit. Enfin, elle a parlé dans son sommeil. Je sais pas ce que c'était comme langue.

— Un truc de l'Est ?

Rita haussa les épaules.

— J'imagine qu'il n'est pas utile de revenir sur la question des flics.

— Je vais gérer ça comme je le sens.

— Bon.

Laurent reconnaissait ce pli amer sous la bouche de Rita. De mauvais souvenirs. Il allait sortir mais Rita le retint.

— Allez, fais pas la gueule. Laisse-moi juste quelques jours, le temps de la retaper. Après, je ferai ce qu'il faut, tu sais bien.

— C'est comme tu veux.

— Je vais avoir besoin de ta caisse aussi.

— Pour ?

— Lui refaire sa garde-robe.

— On l'adopte alors.

Laurent n'en dit pas davantage. Il se contenta de lui adresser ce regard un peu trop paternaliste, un peu trop "je te connais ma vieille", qui irritait tellement Rita. À présent, il savait qu'il ne sortirait jamais tout à fait de sa vie. Il s'imaginait même des droits sur elle, un genre de laissez-passer permanent dans ses affaires. Le plus souvent, ce truc la mettait en rage. Pour le coup, ça la rassura.

— À nous deux. Pour commencer, je vais te mettre la télé, j'ai des coups de fil à passer.

Cette fois, Rita posa sa main sur le poignet de la môme qui osa la regarder. Ses yeux noirs s'embuèrent aussitôt. Ses lèvres étaient très pâles. Ses boucles noires, sales, tombaient sans grâce autour de son visage. Elle retint ses larmes.

— T'en fais pas ma belle. Tout va bien se passer maintenant. On va aller t'acheter des fringues, ça va te faire du bien.

La fille ne semblait pas plus rassurée pour autant.

— Bon OK.

Rita se rendit dans le salon et alluma la télé comme elle l'avait dit. Elle trouva un épisode de la *Panthère rose* et monta le son. Ensuite, elle revint dans la cuisine et entrouvrit la porte-fenêtre.

— Tu fais comme tu le sens. Si tu veux te tirer, tu es libre. Je te retiens pas.

Elle laissa s'égrainer quelques secondes.

— Tu comprends?

La fille acquiesça. Mais elle n'osa pas finir sa tartine avant que Rita ait quitté la pièce.

— Allo?

— C'est vous la nouvelle?

— Oui. Vous êtes Mme Kleber?

— Exactement. Comment ça se passe alors?

— Bien. Je prends mes marques. Je suis allée chez Eschlinger ce matin, le magasin de revêtement. C'était n'importe quoi. Ces gens se foutent vraiment de nous. Aucune règle de sécurité n'est respectée. J'ai dressé un procès-verbal.

— Bon. Halima? C'est bien ça?

— Oui.

— Ne vous acharnez pas trop. Foutez-leur la trouille, qu'ils rectifient l'essentiel. Après vous verrez bien.

— C'est la loi.

— Je sais bien. Mais allez-y mollo. On est pas supposés faire fermer toutes les boîtes qui se trouvent sur notre passage. Demandez à Duflot de vous accompagner, il vous expliquera.

— Je ne crois pas que ce sera nécessaire.

— Mais si. Vous verrez. Passez-le-moi d'ailleurs.

— Comme vous voudrez.

Après un silence, Duflot s'annonça.

— Bonjour patron ? Tout va comme vous voulez ?

— Je vais pas pouvoir passer au bureau aujourd'hui. Comment ça se passe ?

— Mal. La nouvelle refuse de déjeuner au chinois avec moi ce midi. Je suis un homme brisé.

— Réjouis-toi, je lui ai demandé d'aller sur le terrain avec toi. Elle a l'air réglo. Mais essaie de lui expliquer qu'on ne peut pas tout se permettre. Elle va nous foutre le département à feu et à sang si on la laisse faire. Je compte sur toi pour lui expliquer les ficelles.

— Je suis votre homme patron. Vous pouvez vous la couler douce, je m'occupe de tout.

— Arrête de m'appeler "patron", Duflot. J'ai l'impression que tu me prends pour Julie Lescaut.

— Comme vous voudrez chef.

— C'est mieux. Et pour ta gouverne, je ne suis pas en vacances. J'ai un empêchement, c'est tout. Je serai là demain. Y a intérêt que tout soit en ordre.

— *Jawohl.*

— Allez salut. Et tâche de pas te conduire comme une burne, ça te changera.

— Allo ?

— Oui bonjour. Mme Kleber à l'appareil. Je vous appelais au sujet de la Saab. L'accident d'hier. Vous avez du nouveau ?

— Oui. C'est mal parti. La colonne de direction est faussée. Rien que pour la tôle, avec un vieux modèle comme ça, vous en aurez au moins pour cinq mille euros. Faudra voir avec votre assurance.

— Vous avez fait un devis ?

— Heu… Alors attendez. Oui. Sept mille huit. C'est le mieux qu'on puisse faire.

— Quatre mille et vous avez intérêt à vous entendre avec l'expert ou je m'occupe de votre garage. On est d'accord ?

— Mais qu'est-ce que vous racontez ?

— Vous êtes prévenu. Je suis de l'Inspection du travail. Vous avez tenté de m'enfler, c'est le jeu, je peux comprendre. En attendant, si vous faites pas un effort, je vous rends une petite visite, vous serez sûrement surpris de voir comme le code du travail peut être tatillon parfois.

— Mais je peux pas descendre à quatre mille euros, vous êtes folle. Ça suffirait même pas à payer les pièces.

— Pour moi, c'est une affaire réglée.

— J'aimerais autant régler ça avec votre mari.

— Tut tut. Y a pas de mari qui tienne. Allez au revoir et je compte sur vous.

Ensuite, Rita contacta son assureur qui se montra optimiste, puis son frère auquel elle n'avait rien à dire, mais qu'elle avait promis de tenir à l'œil. Enfin, elle appela sa mère, lui promettant de passer bientôt.

— La prochaine fois que tu me verras, il se pourrait bien que ce soit au funérarium.

— Maman, ton humour finit par ne plus trop me faire rire.

— Pourtant, il en faut de l'humour quand votre fils fait sa crise d'adolescence depuis plus de quinze ans et que votre fille vit à deux pas de l'homme de sa vie sans même s'en rendre compte.

— Arrête ton cirque maman. Et justement, je viens d'avoir Grégory au téléphone. Il a un nouveau groupe apparemment. Il envisage même de passer le casting de la *Nouvelle Star*.

— Ton frère est un artiste ma chérie. Il me l'a encore expliqué la semaine dernière.

— Et combien ça t'a coûté?

— Je m'en suis tirée pour vingt-cinq euros. Mais il a fallu que j'écoute ses dernières compositions.

— Pénible?

— Pas tant que ça. Je suis presque sûre qu'il a piqué la mélodie à Julien Clerc et la moitié des paroles à Barbara, mais c'était plutôt pas mal.

— Tu parles.

— Et pourquoi vous ne viendriez pas dîner à la maison ce week-end avec Laurent?

— Tu essaies encore de nous rabibocher. T'es vraiment une incorrigible vieille bonne femme.

— À mon âge, tu sauras bien en profiter aussi.

— Je te rappelle vite.

— J'espère bien.

Rita songea qu'elle pourrait aussi passer un petit coup de fil à ce grand type qui lui avait envoyé un message juste avant l'accident. Il voulait la revoir. Il avait dit des choses simples. Qui font du bien. Et puis non : Pourvu qu'il appelle.

Dans le salon, la môme s'était endormie devant un épisode d'*Amour, gloire et beauté*. Blottie dans la couverture de Rita, les pieds posés sur la table basse, elle respirait régulièrement, la bouche entrouverte. Des coulées de mascara sillonnaient ses joues. Rita l'observa un moment. Elle se sentait étonnamment bien finalement, un peu claquée, mais au complet. Elle gagna la salle de bains, prit une douche rapide puis enfila un Levi's propre, sa paire de bottes, une chemise de toile et un pull marin. Quand elle rejoignit le rez-de-chaussée, elle trouva sa pensionnaire occupée à faire la vaisselle. Rita insista pour qu'elle laisse tomber, la môme ne voulut rien savoir. Une intimité allant de soi, un train-train instinctif semblait déjà s'être instauré entre elles. Elles prirent un nouveau café, face à face, tranquilles et silencieuses, puis Rita décida qu'il était temps d'y aller. Mais avant cela, elle convainquit quand même la môme de se démaquiller et d'enfiler un pull-over.

Ensemble, elles allèrent à Nancy pour faire des emplettes chez H&M et au Printemps, rhabillant la petite de pied en cap, ce qui eut sur elle un effet pour le moins euphorisant. Plus tard, elles prirent un verre dans une brasserie, une bière pour Rita, un Coca pour la jeune fille. Cette dernière n'était pas très bavarde. Elle se contentait de beaucoup sourire et de dire souvent merci. En tout cas, elle comprenait le français. Sinon, elle ne feignait pas de refuser les cadeaux qu'on lui offrait. Elle prenait tout et incitait même Rita à lui en offrir davantage.

Une fois attifée correctement, elle était vraiment jolie, dans un genre un peu bancal, avec un visage de diseuse de bonne aventure, des yeux expressifs comme les enfants, et ses boucles noires. Dans la rue, il fallait qu'elle cherche l'attention des garçons, mais elle se faisait toute petite dès qu'on faisait mine de la regarder. Elle passionna Rita.

Elles se promenèrent encore un peu à la nuit tombée, que Cendrillon ait l'occasion de parader dans ses nouveaux habits. Elle avait choisi une écharpe de laine énorme et s'y tenait emmitouflée jusqu'à disparaître. Bien au chaud, elle dévisageait les passants, dévalisait les vitrines du regard, allumait les curiosités et se dérobait sans cesse. Elle tomba en arrêt devant une bijouterie, mais Rita lui fit comprendre qu'il ne fallait tout de même pas trop déconner. À un moment, l'inspectrice sentit une main passer sous son bras et puis elles s'achetèrent des gaufres.

Plus tard, dans la Mercedes de Laurent, la jeune fille monta le son et passa différents CD trouvés dans la boîte à gants. Avec Rita, elles se mirent à papoter dans un anglais hésitant. Les cadeaux et la patience de l'inspectrice avaient finalement fait leur effet. La môme répondit à quelques questions anodines. Elle s'appelait Victoria, elle avait dix-huit ans. C'est en tout cas ce qu'elle prétendit et ce que Rita feignit de croire. En revanche, elle ne voulut rien dire de sa nationalité, rien non plus sur les raisons qui l'avaient amenée là.

Quand elles arrivèrent sur des routes plus étroites et sans éclairage, Victoria se rembrunit. Elle fixait obstinément le marquage au sol, comme s'il devait disparaître tout à coup ou les mener directement dans un ravin. Rita posa la main sur son bras et la trouva toute raide, hostile, enfermée quelque part. Elle n'ouvrit plus la bouche avant d'être arrivée à bon port. Rita lui proposa de boire un coup, mais Victoria était épuisée. Elle préféra monter directement à l'étage et s'endormit très vite, après avoir tout de même pris le temps de plier ses habits neufs.

Rita lui avait passé tous ses caprices et s'était sentie bien comme rarement.

Le lendemain, pour la remercier de cet extraordinaire après-midi, Victoria lui rendit un peu de l'argent qu'elle lui avait fauché la veille.

PIERRE DURUY

Tandis que Lydie Duruy, pensive, tirait sur un joint de marocain caoutchouteux, Didier Deslicovic fourrageait fébrilement sous son tee-shirt.

— Hé Didier, fit Lydie, si tu trouves pas du meilleur matos, il va falloir te dégoter une autre copine j'crois bien.

— Qu'est-ce que tu racontes? s'offusqua le dealer, en lui prenant le joint pour tirer une latte experte.

— Laisse tomber. Faut que j'y aille de toute façon.

— Tu t'emmerdes pas sérieux. Tu critiques alors que je te fais bédave gratos.

— Et alors?

— T'abuses sérieux. Je te promène partout dans ma caisse, j'te fais voir du monde, j'te fais fumer et genre, tu fais ta diva.

— Ouais, la grande vie, j'avoue. Allez *bye*.

— Ho!…

La porte de sa Clio Williams s'était déjà refermée sur lui, le laissant seul avec son autoradio high-tech et la fumée pétrochimique du mauvais shit dont il faisait commerce de la ZUP d'Épinal jusqu'à la ZAC de Remiremont.

Avant de se tirer, Didier klaxonna agressivement à plusieurs reprises, histoire de dire, merde elle se prenait pour qui cette petite pouf. L'air de rien, Lydie poursuivit son chemin à travers le bois déliquescent qui cernait la Ferme. Elle espérait que son grand-père n'aurait rien entendu. Avant d'arriver, elle tira un pull de son sac Eastpack et l'enfila. Il valait mieux que pépé ne voit pas ce qu'elle portait en dessous.

De la cuisine, Pierre Duruy avait tout entendu. Il prit une gorgée de café, notant qu'il faudrait régler ça plus tard. La petite filait un mauvais coton en ce moment.

— J'aurais préféré que mon petit-fils vienne me voir tout seul, murmura le vieil homme après avoir reposé sa tasse.

— Je comprends, monsieur Duruy, dit Martel.

Mais il n'était pas très sûr d'avoir bien compris. Toujours cette mauvaise oreille. Et le vieux parlait vraiment très bas.

La cuisine était sombre, surchauffée et la lumière tombée d'un lustre à contrepoids découpait un cercle presque parfait sur la table entre eux. Martel faisait face au vieil homme qui attendait de voir, les mains croisées devant sa tasse. Le fourneau tout proche émettait un ronflement soutenu. Un jeune chat faisait sa vie sous la table, se frottant dans les jambes des deux hommes, sans miauler, câlin mais prudent.

— Vous êtes responsable de l'idée? demanda le vieux.

— En partie seulement.

— Pourquoi avoir ramené cette fille ici?

Un peu à l'écart, assis sur un tabouret, Bruce suivait la conversation sans broncher. De temps en temps, il manifestait son embarras en passant un doigt plein de salive sur un bouton mal cicatrisé.

— Il ne fallait pas la ramener ici.

Martel en convint. De toute façon, ce bonhomme était du genre auquel on laisse toujours le dernier mot.

Pourtant, à en croire Bruce, le vieux avait pas mal décliné ces derniers temps. Quand il se déplaçait, sa silhouette semblait incertaine, comme prise dans un tremblement de chaleur. Sous sa peau devenue transparente par endroits, on pouvait entrevoir de fines veinules grenat. Ses paupières béaient légèrement, lui donnant un air mélancolique qui n'avait rien à voir avec son tempérament. La bouche en revanche restait fidèle au caractère, taillée dans le silex.

Martel posa ses coudes sur la table et se pencha vers son hôte. Son ombre recouvrit les deux tasses et le sucrier qui se trouvaient là.

— Vous avez raison sur toute la ligne. Et je sais qui vous êtes. Je ne veux pas vous faire la leçon chez vous.

— Vous me rassurez, fit le vieux, sarcastique.

Pierre Duruy se demandait quand même comment ce grand type qui semblait plutôt raisonnable avait bien pu se mettre en cheville avec son petit-fils. Ce môme avait quand même une case de vide. À présent qu'il était bien vieux, tout au bout, le passé s'aplanissait dans sa mémoire. Il s'y penchait comme sur une carte d'état-major. Il voyait les fautes et les grandeurs. Il reconnaissait ses sorties de route, se souvenait de colères irréparables, de distances malheureuses. Il avait souvent manqué aux siens. L'existence de Bruce le lui rappelait chaque jour. À présent, il fallait le surveiller, le protéger tant que durerait la vieillesse.

— Qui c'était cette fille ? demanda-t-il alors, même s'il se doutait de la réponse.

— Une pute, répondit froidement Martel.

— Qu'est-ce que vous vouliez en faire ?

— Rien. C'est compliqué.

Le vieux haussa les épaules.

Parfois, la maison émettait un craquement, un soupir, le vent cognait aux carreaux. Pierre Duruy prit le petit chat par la peau du cou et l'installa sur ses genoux. Il se mit à le caresser avec force. Ses yeux étaient revenus sur Martel.

— Pour de l'argent.

— Je dois la retrouver, monsieur Duruy.

— Il ne fallait pas l'amener ici. Pas sans m'en avoir parlé en tout cas.

— Je comprends, répéta Martel, je comprends bien. Sa tête dodelinait d'une épaule à l'autre. Il s'impatientait.

Depuis que la fille avait disparu, les autres lui mettaient la pression. L'avant-veille, il avait reçu un coup de fil à la nuit tombée, un numéro masqué. Il n'avait pas répondu, mais plus tard, il avait découvert le 4 × 4 des Benbarek en bas de chez lui. Il était resté là toute la soirée, opaque, massif, sur le parking presque vide. Peinant à s'endormir, Martel s'était relevé plusieurs fois. Le 4 × 4 était toujours là. La nuit suivante, le même cirque avait recommencé. Depuis, à chaque fois que son téléphone sonnait, Martel était pris de crampes d'estomac. Les Benbarek le cherchaient. Ils en voulaient pour leur fric. Il fallait remettre la main sur cette fille, c'était le seul moyen.

Martel repassait tout ça dans sa tête et il en arriva à cette conclusion :

— Je voudrais pas qu'on me pousse à bout, monsieur Duruy.

— Personne ne veut ça, dit le vieil homme avant de se tourner vers son petit-fils. Martel l'imita.

Bruce n'avait rien de spécial à dire. Il se balançait sur son tabouret. Au final, il ne comprenait plus très bien. Il s'agissait de quoi finalement, de dix ou quinze mille balles, une pute, et alors ? Les Benbarek pouvaient bien attendre. On se faisait des menaces, on se promettait des trucs, il avait l'habitude. À la fin, chacun comptait ses billes et c'était reparti pour un tour. Il trouvait que toute l'affaire prenait un tour inutilement dramatique. Et ennuyeux aussi.

Il se leva pour aller jeter un coup d'œil par la fenêtre. Le terrain était encombré, une carcasse de bagnole, des bobines, des bouts de ferraille, un caddy. Deux ou trois ans plus tôt, il trimbalait sa sœur dedans, elle adorait ça. Et là-bas sur la gauche, une caravane et un engin de chantier désossé. Son bras articulé lui donnait l'allure d'une créature préhistorique. Tout ce bordel qui résumait quarante ans de rapines minables, de petits business sans envergure. Bruce détestait cet environnement, leur réputation de ferrailleur. En s'acoquinant avec des mecs comme les Benbarek, il avait cru pouvoir sortir de ce merdier. La came, les filles, voilà des trucs qui marchaient, pas trop crevant et on faisait des rencontres au moins. Seulement, il avait fallu que le grand-père y fourre son nez.

Il pouvait voir la porte de la caravane qui battait dans le grand vent. Son grand-père avait cisaillé le cadenas et la fille s'était volatilisée.

— Je crois que je vais aller me pieuter, annonça-t-il finalement.

— Très bien, fit le grand-père.

Lui et Martel regardèrent le colosse débarrasser la table, passer un coup d'éponge, et disparaître au bout du couloir sans lumière.

— Vous n'auriez pas dû le mêler à ce genre de chose.

— Je l'avais mal jugé, admit Martel.

Le vieil homme se dirigea alors vers un placard d'où il tira une bouteille de Perrier sans étiquette.

— On va boire un coup.

— Je voudrais pas vous déranger.

— On n'en est plus là.

Au bout du couloir, Bruce s'était mis accroupi. Il écoutait, ses bras encerclant ses genoux. Il savait que son grand-père n'aurait jamais proposé un coup de schnaps en sa présence. Les hommes bavardaient tranquillement maintenant. Ils parlèrent de lui. Toujours les mêmes histoires, des trucs qui remontaient à Mathusalem et lui collaient aux basques. Il plaça ses poings serrés devant ses yeux et pressa jusqu'à voir des étoiles.

Lydie était passée par le garage pour éviter de croiser son grand-père. Elle était quand même pas mal défoncée et il aurait pu s'en apercevoir puis lui passer un de ces savons maison qui la faisaient pleurer pendant des heures. Parfois, le vieux était complètement largué, mais à d'autres moments, une vraie bête, il vous reniflait à des kilomètres et ne vous lâchait plus.

À l'étage, elle se rendit directement dans la chambre du fond, voir sa mère. Et aussitôt, cette odeur si spéciale. Décidément, elle ne s'y faisait pas. En même temps, c'était tout récent.

En dehors du lit défait, il y avait là un chauffage d'appoint, une penderie mobile, un portrait de clown triste par Bernard Buffet, des photos de chat piquées autour de l'empreinte laissée par un miroir.

— M'man?

La grosse femme s'était assoupie dans le fauteuil qu'on lui avait prêté à l'hôpital. Lydie le déplaça et entrouvrit la fenêtre pour aérer. Le froid réveilla Liliane qui chercha à se redresser.

— Bouge pas m'man. Je vais m'occuper de tes pansements.

La grosse femme sourit en regardant Lydie qui s'affairait, retapant le lit et ouvrant la porte pour faire un courant d'air.

— Ça s'est bien passé à l'école?

— Super.

— Je suis contente de te voir minou. Je pensais à toi justement.

Lydie connaissait ce ton geignard, ce sentimentalisme exagéré. Maman a bu. C'était une phrase ancienne et simple qui servait toujours.

Lydie rapprocha une lampe pour mieux voir ce qu'elle faisait. Ensuite, elle déboutonna la robe de chambre de sa mère, sa chemise de nuit. L'odeur redoubla. Sous le lit, elle récupéra la trousse à pharmacie qui contenait des pansements antibactériens, des hydrofibres, des tulles et des films plastique.

Deux semaines plus tôt, sa mère avait été gravement brûlée. On ne savait pas très bien ce qui s'était passé. Le grand-père l'avait retrouvée évanouie à côté de la cuisinière, sa robe en synthétique moitié fondue, collée à la peau. Le visage était atteint et il avait été moins une qu'elle perde un œil. On avait été forcé de lui raser le crâne.

Quand Lydie était rentrée de l'école ce jour-là, l'ambulance était toujours stationnée devant la maison. Elle se souvenait encore du regard des mecs du Samu. Ils avaient vu comment ils vivaient, elle et sa famille. Depuis, Liliane jouait le rôle de sa vie, dans son fauteuil, Médée convalescente. Elle répétait à l'envi combien elle n'avait pas eu de chance, et comme la vie était garce. Et bien sûr les hommes, ce qu'il fallait en penser.

Quand elle eut fini de lui refaire son pansement, Lydie prit sur elle et embrassa sa mère sur sa joue intacte, retenant son souffle. La grosse femme l'attrapa au passage, lui caressa les cheveux, la joue. Elle pleurait un petit peu.

— Comme tu es jolie ma chérie.

— Maman s'il te plaît.

— Tu ne sais pas la chance que tu as. Profite bien ma chérie.

Elle la cajola comme ça un moment. Lydie prenait son mal en patience.

— Tu sais ce qui ferait plaisir à maman chérie?

— Arrête maman, je dois y aller maintenant. J'ai du travail.

— Tu sais comment tu pourrais faire plaisir à maman?

— S'il te plaît, suppliait Lydie.

— Minou, tu veux pas faire plaisir à maman?

Lydie se dégagea et alla chercher une bouteille de crémant à la cave. Elle fit vite, craignant l'obscurité, l'écho que renvoyaient les murs de béton. Elle ignora le râtelier où les armes de son grand-père étaient cadenassées et la table où croupissaient des archives et une machine à écrire Olivetti. De temps en temps, le vieux envisageait d'écrire les Mémoires qui lui rendraient justice, puis il revenait à la raison. Elle ne fit pas non plus attention à la cantine en fer-blanc qui avait toujours été cadenassée et qui, curieusement, ne l'était plus. Elle se pressa, abandonna sa mère et sa bouteille pour aller très vite s'enfermer dans sa chambre.

Cette pièce, c'était son havre, un capharnaüm plein de trésors miniatures, tapissé de photographies d'acteurs, de mannequines graves, de chanteurs bardés d'abdominaux. Lydie alluma la télé et coupa le son pour écouter NRJ. Dans ce cocon parfumé où s'entassaient ses vêtements, des peluches, des magazines, des flacons entamés, des bougies de couleur et tout un tas de trucs derrière lesquels disparaissait la Ferme, elle roula un nouveau joint qu'elle fuma en se maquillant longuement.

Pendant ce temps, Bruce avait avalé un comprimé de créatine monohydrate et deux de L-Glutamine. Torse nu, après s'être assuré que l'élastique de son caleçon Calvin Klein était bien visible, il s'était mis à soulever de la fonte devant son armoire à glace. Il travailla d'abord ses épaules, puis ses biceps avant d'effectuer une cinquantaine de dips. Ce faisant, il écouta successivement *Skid Row*, *Rage Against the Machine* et *Audioslave*. Martel était parti depuis longtemps et il ne lui avait même pas dit salut. Avant de dormir, Bruce s'amusa un moment avec le Colt .45 qu'il avait trouvé dans la cantine en fer-blanc, à la cave. C'était déjà chouette de se trimbaler quand on avait un tour d'épaule de cent cinquante-cinq centimètres, mais tenir ce flingue, c'était carrément de la démence. Putain, il allait la retrouver cette connasse, c'était clair. Il glissa le Colt sous son oreiller et s'endormit presque aussitôt.

Au rez-de-chaussée, Pierre Duruy fumait dans la cuisine, les yeux dans le vague, une main posée sur son genou droit. Seul, il ruminait des pensées imprécises sur le sens de la vie.

JORDAN LOCATELLI

Lydie n'aimait pas trop l'école. Elle avait redoublé pas mal de fois, ou une seule, elle ne s'étendait pas sur la question. En tout cas, c'était l'une des rares filles du lycée pro de Bruyères ; et de loin celle qui avait les plus gros seins. Autant dire qu'elle était la star incontestée du bahut. Et le mercredi, quand sa classe avait piscine, on frisait l'émeute.

Le prof d'EPS lui avait pourtant demandé de ne plus mettre son maillot deux-pièces aux couleurs de la Grande-Bretagne. Celui qui était trop petit de deux tailles, avec les bandes blanches qui devenaient transparentes au contact de l'eau. Mais il faut croire que Lydie était distraite et le prof d'EPS pas si pressé de la voir revenir à une tenue plus décente.

Quand elle sortit de l'eau, ce dernier fit d'ailleurs un drôle de mouvement, comme s'il chassait une mouche de devant son nez, puis il frappa dans ses mains pour détourner l'attention des autres élèves qui la reluquaient comme des morts de faim. Sauf le fils Locatelli, qui avait simultanément envie de mourir et de les tuer tous.

Jusque-là, Jordan Locatelli n'avait pourtant pas tellement montré d'intérêt pour les filles. Globalement, il préférait plutôt la mécanique. Surtout faire de la mécanique avec son père. Tous les deux, ils essayaient de retaper une vieille R8 Gordini, depuis deux ou trois ans maintenant. Ils avaient passé comme ça des week-ends entiers à chercher des pièces détachées, à changer des disques de freins, à redresser une aile emboutie ou à bricoler le moulin pourri qui habitait encore l'épave achetée pour une bouchée de pain. Le père de Jordan aurait aussi bien pu y mettre un moteur de Clio ou de n'importe quoi d'autre. Mais c'était un baby-boomer nostalgique et minutieux. Pour prendre son bain de jouvence, il lui fallait ce fameux moteur Sierra positionné à l'arrière et en porte-à-faux. L'inconfort proverbial de sa R8 et sa spectaculaire absence de tenue de route étaient à ce prix.

Quand le père et le fils avaient bien bossé, que leurs mains étaient noires comme l'encre et leurs doigts douloureux à force d'avoir trituré le métal, ils aimaient bien s'envoyer une petite canette. Ils la vidaient en silence, contemplant le bleu France de la carrosserie sur laquelle courait la glorieuse double bande blanche.

Un jour, c'est sûr, elle roulerait. Quoi qu'en disent les collègues de son père à l'usine.

Mais depuis quelques mois, Jordan n'avait plus la tête à ça. Il s'était mis à tout détester, à s'ennuyer sans arrêt. Il était pris de coups de cafard, d'envies de se battre, de bouffées d'inconfort inexplicables.

Avec ses potes, ils passaient leur temps à zoner sans conviction, inoffensifs et voûtés. De temps en temps, ils jouaient à la console chez Lucas, fumaient un pet' dans les bois, allaient faire des tours en deux-roues. Le samedi soir, ils buvaient de la bière à s'en rendre malades, derrière la gare de Bruyères, dans les champs, près de l'église de Saint-Dié, ça dépendait. Ils parlaient de foot, de moto, des filles qu'ils voulaient se faire. Mais Riton était le seul à être déjà passé à l'acte. D'ailleurs, qui dans le département n'était pas encore au courant ?

Dans l'ensemble, et l'étrange état de Jordan mis à part, ils se marraient bien tous les cinq. Riton était l'aîné. Il ressemblait vaguement à Belmondo, ce qui expliquait sa vocation de cascadeur et les deux fractures que lui avaient values ses exploits à mobylette. Lucas se distinguait par son goût pour les copines des autres et des yeux d'un bleu parfait qui ne suffisaient pas à faire oublier un menton fuyant et des jambes arquées. Samir, dit la Crampe, vivait quant à lui dans l'attente d'un dépucelage sans cesse différé et trompait son insatisfaction en perçant ses points noirs. Boris tâchait de se faire respecter malgré ses bourrelets et le fait qu'il soit toujours là sans qu'on lui ait jamais demandé de venir. Jordan était le jeune de la bande et il se trouvait plus ou moins disposé à commettre n'importe quelle connerie pour faire oublier son état de cadet. Comme défier quotidiennement la mort au guidon de sa vieille Yamaha malgré le permis et l'âge réglementaire qui lui faisaient défaut pour la conduire.

Le samedi précédent, ils étaient tous allés faire un tour sur le terrain de cross. Après quelques tours de piste, ils avaient fumé des clopes sous l'auvent d'une buvette en béton fermée pour l'hiver. Jordan avait fait de son mieux pour que son humeur de chien n'échappe à personne.

— Fais pas ta tête de lard, lui avait lancé Riton.

Les autres aussi avaient remarqué. Il faisait la gueule depuis des semaines. C'était quoi son problème ?

Jordan n'avait rien dit, maussade, flatté qu'on s'intéresse à sa mélancolie. D'ordinaire, il ne fumait pas, mais pour la peine, il avait quand même fauché une clope à Boris. L'autre avait rouspété sans conviction. Mais Riton savait.

— Je sais ce qu'il a, moi, le fils Locatelli.

— Ah ouais ?

— Balance.

Riton avait tiré sur sa Chesterfield d'un air pénétré.

— La Duruy a encore frappé les gars.

Des rires et des sifflets avaient fusé et Jordan avait eu beau nier, rien à faire. La vie était tout de même une drôle de tartine de merde. Son meilleur pote et unique confident venait de le trahir par pur désœuvrement, parce que l'hiver était trop long, qu'on s'emmerdait décidément d'une manière incalculable.

— Je vous assure les mecs, insista Riton. Il me l'a dit. Pas vrai gros ?

Jordan avait lâché un crachat méprisant entre ses incisives.

— Moi je la connais bien la fille Duruy, avait enchaîné Riton, impitoyable. Elle va danser tous les samedis au Sphinx c'te pute. Vous le sauriez aussi si on vous y laissait rentrer, au Sphinx.

Jordan s'était alors saisi de son casque pour prendre la tangente.

— Laissez-le les mecs, il veut se trouver un coin peinard pour chialer.

— C'est ça ouais, avait riposté Jordan avec son sens de la répartie habituel.

Heureusement, sa 125 avait démarré dès le premier coup de kick et il était parti en trombe, limite roue arrière, sans même prendre le temps de mettre son casque, du vent plein la face. Mais en vérité, le vent ne suffisait peut-être pas à expliquer les larmes sur ses joues.

Depuis cette trahison, Jordan évitait la bande. Le samedi soir, il était d'ailleurs allé faire un tour tout seul comme un con. Roulant au hasard, il avait échoué dans un bistro paumé, plein d'alcoolos rigolards avec lesquels il avait pas mal éclusé et échangé des vannes tordues. Les connaissant à peine, il avait pu leur confier tout son malheur sans tricher. Puis il était reparti, zigzaguant sur les départementales sans éclairage, ses écouteurs dans les oreilles. Par miracle, il était parvenu à rentrer chez lui, mais au moment où il passait la porte du garage, il avait perdu l'équilibre, ruinant son jean et provoquant un barouf monstre. Sa mémoire n'allait pas au-delà de cette chute. Ensuite, il avait dormi, mal et longtemps. Au matin, son père l'attendait, ainsi qu'une gueule de bois historique.

— T'es rentré tard, avait constaté son vieux qui arborait un bonnet tricolore à la Jean-Claude Killy et patientait en fumant du gris.

Jordan avait grogné tout en fourrageant dans le placard pour dénicher les Pepito. Sous ses pieds nus, le carrelage de la cuisine était glacé. Il pouvait sentir le froid jusque dans ses cheveux.

— Ça fait une heure que je poireaute. On devait aller faire un tour à la casse je te rappelle.

— Ouais, ouais…

Son père avait laissé la cafetière allumée, ce qui partait d'un bon sentiment. Mais depuis huit heures du mat' qu'il chauffait, le café avait pris une drôle de couleur pétrole et un goût de coquille de noix brûlée pas très ragoûtant. Jordan remplit son bol Snoopy malgré tout, calant le paquet de gâteau sous son bras avant de filer vers le salon pour mater la télé.

Après avoir retiré son bonnet, Locatelli père s'était frictionné le cuir chevelu. Qu'est-ce qu'elle aurait fait si elle avait encore été là? Elle avait la main leste et les calottes partaient vite avec elle. Peut-être que le môme avait besoin qu'on lui remonte les bretelles. Lui n'osait pas. Il se disait qu'il y avait quelque chose à comprendre d'abord. Six mois plus tôt, le père et le fils s'entendaient encore à merveille. Qu'est-ce qui était en train d'arriver à ce gamin bon sang? Le murmure rassurant du poste de télé l'arracha à ses pensées.

— Je vais faire un tour, fit-il en remettant son bonnet.

Dans le garage, il laissa glisser sa main sur la carrosserie de sa chère R8, sans rien voir des dégâts que Jordan avait causés en rentrant la nuit précédente. Du côté passager, il y en avait au moins pour huit cents euros de dégâts.

— Hé les mecs, y en a pas un de vous qui aurait une clope?

Lydie était entrée dans le vestiaire des garçons sans frapper, les cheveux encore mouillés, son jean taille basse laissant voir un peu de ses hanches et le haut de sa culotte. Ses cheveux étaient blonds, avec des racines noires. De temps en temps, elle se collait de fausses taches de rousseur sur le nez. Ce jour-là, elle avait mis du gloss. Sa bouche était appétissante comme un chewing-gum à la fraise.

Dès qu'elle était apparue, un désordre brutal avait gagné les garçons qui étaient occupés à se rhabiller. On s'était poussé, tiré sur le caleçon, foutu par terre. Des serviettes humides avaient cinglé. Un maillot de bain avait même traversé le vestiaire pour s'écraser sur la porte. Lydie n'avait pas cillé.

— Magnez-vous, avant qu'on reparte. Une clope quoi?

Riton s'était avancé le premier, déjà prêt, son sac sur l'épaule, son paquet de Chester tendu vers elle. Jordan s'était magné autant qu'il avait pu, mais apparemment, ses Adidas avaient profité de la baignade pour rétrécir de deux pointures. Riton et Lydie avaient donc disparu sous les lazzis et les soupirs suggestifs. Par la porte entrebâillée, Jordan avait juste eu le temps d'apercevoir le doigt d'honneur que lui adressait son ancien pote.

Derrière la piscine, plusieurs volées de marches montaient vers un lotissement où champignonnaient des pavillons tous identiques. C'était un coin tranquille et réputé pour fumer, boire, se rouler des pelles. Jordan s'y précipita. Quand Riton l'aperçut qui montait, il se marra.

— Tiens, v'la l'autre bollos.

— T'es fâché avec ton petit copain?

Riton ne releva pas la perfidie. Jordan était déjà sur eux, essoufflé, mal à l'aise.

— On part dans cinq minutes. Le chauffeur du bus a déjà klaxonné deux fois.

— Qu'est-ce que tu veux que ça nous foute? fit Riton en tentant de glisser son bras derrière sa voisine.

Lydie tendit la fin de sa clope au nouveau venu.

— Tiens.

Jordan prit le mégot entre ses lèvres et ce fut comme un baiser.

— Hé dites! Vous allez voir!

Grimpant les marches quatre à quatre, le prof d'EPS dressait un index jupitérien.

Merde merde merde firent les trois adolescents. Tandis que Lydie et Riton enfournaient un chewing-gum, Jordan prit le temps de tirer une dernière taffe, se délectant de la fine pellicule de gloss qui recouvrait le filtre brûlant.

— Qu'est-ce que vous foutez? Et vous nous mettez en retard pour ça! Je vous envoie direct chez le proviseur, les gars.

— Alors? C'est lequel?

Derrière son bureau, le proviseur trempait un sachet de thé dans un mug aux armes du FBI. Avec sa chemise blanche aux manches relevées, sa cravate à rayures, sa face de bouledogue neurasthénique, il n'aurait pas dépareillé dans une série américaine, un truc de flic alcoolo, à New York ou Baltimore, avec des putes fraternelles et des paumés sous acide. Sauf que les flics de la télé portaient rarement un tee-shirt Black & Decker sous leur liquette. Ce détail nuisait tout de même beaucoup au style de Francis Lebourois, proviseur du lycée professionnel

Jeanne-d'Arc, cinquante-deux ans, divorcé, trois filles dont une devenue prof par sa faute.

— Vous finirez par me le dire, fit-il encore en se concentrant sur son infusette. Monsieur Ladurte, rappelez-moi la dernière fois que vous avez eu la moyenne. Et comme Riton faisait mine de répondre, il le coupa aussitôt : En dehors du sport bien sûr.

Riton se ravisa, un petit sourire en coin.

— Vous n'avez jamais eu la moyenne mon vieux. Pas une seule fois depuis que vous êtes ici. Je vais vous dire, vous êtes un gland, Ladurte. Et vous pouvez m'envoyer vos parents, l'Inspection académique ou Julien Courbet, ça ne change rien. Vous êtes un gland, j'ai des preuves, regardez votre dossier scolaire. Et il prit sur son bureau une épaisse chemise brune qu'il balança à Riton. Le jeune homme la rattrapa à la volée.

— Je vous invite à y jeter un coup d'œil, mon vieux. Je ne crois pas que vous bosserez de votre vivant, Ladurte. Vous n'êtes pas antipathique pourtant, ni tellement plus idiot que vos congénères. N'empêche, on s'est fait une raison.

Riton feuilletait la compilation de ses bulletins scolaires, de ses tests psychologiques, retrouvait des appréciations de ses institutrices du primaire. Bavard. Fainéant. Dissipé. Préfère visiblement dégrader le matériel scolaire que suivre le cours de mathématiques.

Ça l'amusa.

— Qu'est-ce que je disais ?

Le bureau du proviseur était situé en sous-sol et ses fenêtres donnaient directement sur la cour. Du grillage était supposé les protéger de la malveillance des élèves en général et de la brutalité des joueurs de foot en particulier. Aussi, un entrelacs savant de lignes d'ombre striait la pièce, le visage des accusés, le dos du proviseur, donnant à l'ensemble un petit air carcéral qui était bien dans le ton de la discussion.

Se rencognant dans son fauteuil, le proviseur se mit à siroter son thé. Le bruit qu'il faisait en aspirant évoquait assez celui d'une liposuccion.

— Ce qui m'ennuie, Ladurte, c'est que vous entraînez du monde avec vous.

— Mais monsieur…

— Je sais, Ladurte, coupa le proviseur, ce n'est pas de votre faute. Vous êtes une victime du système. Je le sais bien. Seulement, vous connaissez la politique de l'établissement en matière de tabac. Bon sang – et il s'anima tout à coup – j'ai moi-même dû arrêter de fumer pour l'exemple! Alors c'est pas pour vous laisser cloper tranquilles derrière la piscine.

Riton, Lydie et Jordan se taisaient, patients et recueillis. Ils connaissaient Lebourois. Il suffisait d'attendre que l'orage passe. Les dévisageant sévèrement, ce dernier prit une nouvelle gorgée de thé, tout aussi révoltante que les précédentes.

À l'instar de l'ex-Mme Lebourois, Jordan éprouvait quelques difficultés à supporter ce genre de bruit. Ces derniers temps, il se faisait une haute idée de l'existence humaine et son romantisme s'accommodait mal des trivialités de cette nature, comme lorsque son père lâchait une caisse au petit-déj', ou laissait la porte des toilettes ouverte pour faire la grosse commission. Il jeta un coup d'œil à sa voisine pour s'assurer qu'elle survivait à cette ignominie et fut surpris de la trouver au bord du fou rire. Il la voulait si fort et elle semblait si loin. Rien que le rebond de ses seins sous son sweat, et merde, il aurait voulu mourir sur-le-champ.

— C'est moi m'sieur, bredouilla-t-il alors en détournant la tête.

— Quoi donc? s'étonna le proviseur.

— Les clopes m'sieur.

— Ah oui?

— Oui m'sieur.

— Vous vous prenez pour Jean Moulin, Locatelli?

— Non m'sieur.

— Vous ne fumez pas plus qu'un lapin nain, mon vieux. Arrêtez de me raconter n'importe quoi.

— Je vous assure, monsieur. Ils y sont pour rien.

Jordan se tenait droit et défiait le proviseur, les yeux dans les yeux.

Ce dernier se saisit alors du paquet de cigarettes qu'on avait confisqué à Riton et se leva.

— C'est ce qu'on va voir. Montrez-moi, Locatelli. Montrez-moi comment vous fumez.

Jordan fit ce qu'on lui demandait et commença à tirer d'éprouvantes bouffées. Il tenait sa cigarette entre les extrémités de son pouce et de son index, déglutissant à grand-peine. Pendant ce temps, ses talons battaient la mesure.

— Parfait. J'ai un peu l'impression de voir Bambi en train d'imiter Lino Ventura mais je vous crois sur parole. Vous fumez, Locatelli, ça saute aux yeux.

Riton pouffa et Lydie aussi.

— Sortez tous les deux. Pour le principe, je vais vous mettre trois heures de colle chacun. Allez ouste!

Au moment où elle se levait, Jordan aperçut le nombril de sa voisine, soyeux dans son ventre légèrement rebondi. Sa gorge se serra. Le proviseur n'avait rien perdu de la scène.

— Alors Locatelli? Qu'est-ce qui vous prend de jouer les héros?

— Je ne me prends pas pour un héros m'sieur.

— Ouais, bon, passons. Je vous collerai le double d'heures de colle pour faire bonne mesure. Si vous êtes maso, vous voilà content. Sinon, je vous écoute. Qu'est-ce qui se passe?

— Mais rien, je vous jure.

— Vous êtes plutôt malin en temps normal, Locatelli. Pas le plus bosseur que je connaisse, mais rien à voir avec votre acolyte. Au moins, vous avez choisi d'être là. Et vos professeurs sont plutôt contents de vous. Et là, regardez, vous essayez de vous saborder ou quoi?

— Je comprends pas m'sieur.

Jordan fixait obstinément la pointe de ses Adidas, la nuque raide, l'air obstiné, ses talons continuant à cavalcader sur place.

— Bon... Je peux pas vous forcer. Mais je sais ce que c'est mon vieux. J'ai été jeune avant vous.

Jordan n'en crut rien. Tout à coup, il fut pris d'un dégoût sans borne pour la vie qu'il menait, cet établissement où il devrait encore passer deux ans, ce con qui croyait le comprendre et voulait lui prodiguer son aide.

— Et puis votre maman, je sais bien que c'est pas facile.

Le môme foudroya le proviseur du regard.

— Bon écoutez, vous avez besoin d'un coup de main, insista ce dernier. Je vais vous prendre un rendez-vous avec le CPE. On va vous sortir de là.

— Non, c'est bon.

— Vous avez tort. En tout cas, je ne peux pas faire deux poids deux mesures. À la prochaine bourde, je serai obligé de vous exclure. Alors essayez au moins de vous tenir à carreau.

Le proviseur en avait connu des dizaines de cabochards comme celui-là, des ados à fleur de peau capables de se griller à vie pour six mois de vague à l'âme. Passé un cap, ils devaient se débrouiller tout seuls, trouver la sortie par leurs propres moyens. Pour se donner du courage, certains se mettaient à fumer du shit, d'autres passaient leur nuit à se tripoter sur Internet ou leurs week-ends à se mettre la tête à l'envers. Il avait croisé comme ça un tas de braves gamins qui avaient mal tourné. On n'y pouvait rien. N'empêche, ça vous mangeait le cœur.

— Bon allez zou. Retournez en cours et tâchez de ne pas trop déconner. Et arrêtez avec vos regards de crapaud mort d'amour. Aucune fille n'a envie de ça.

Jordan fit signe que n'importe quoi et quitta pesamment les lieux, son sac à dos sur l'épaule.

Dehors, il faisait déjà nuit et Jordan attendait sous l'abri des deux-roues, un pied contre le mur, les mains dans les poches. Il avait enlevé son écharpe, ses gants et grelottait dans le noir. Enfin, Lydie parut. Il reconnut tout de suite le balancement de ses hanches, sa silhouette brutale juchée sur des talons trop hauts. Il fit un pas en avant, grelottant de plus belle. Elle avançait à grandes enjambées et il allait se mettre à courir pour la rejoindre, quand le parking s'illumina. Lydie se précipita vers la Clio Williams qui venait d'allumer ses phares. Le conducteur manœuvra prudemment pour sortir, prenant tout son temps. Le gravier crissait sous la gomme des pneumatiques, le moteur faisait entendre son ralenti rocailleux, contenu. Quand la voiture eut quitté le parking, Jordan écouta longtemps le bruit du moteur seize soupapes qui grondait, se déployait dans l'air glacé avant de s'éteindre loin là-bas.

Puis, dépité, il enfourcha sa bécane et se tira à son tour. Il avait beau réfléchir, il ne voyait pas comment il pourrait s'y prendre pour venir au bahut avec la Gordini de son père.

LES BENBAREK

Martel prit deux pizzas surgelées et les jeta dans son caddy. Il était tard et l'hypermarché était presque désert. Il y avait des trous dans les rayons et le sol était marqué par les allées et venues de la journée. Des enceintes diffusaient un titre de Calogero et rappelaient à l'aimable clientèle que le magasin allait bientôt fermer ses portes. Martel faisait ses courses, son téléphone vissé à l'oreille.

— C'est plutôt bizarre comme endroit.

— Je sais bien, répondit Bruce, embarrassé. J'ai rien pu faire. Ils prennent des précautions je crois. Ils se méfient.

— De qui ? De moi ou des flics ?

— Je sais pas trop. Tu sais, ces mecs sont pas des branques. Ils savent ce qu'ils font.

— Et le pognon ?

— Alors là, c'est pas le problème pour le coup. Du blé, ils en ont à ras bord.

— Le problème ce serait plutôt de savoir s'ils en donnent, fit Martel en soulevant un pack de flotte.

Le sol était tellement crade, on avait l'impression de marcher sur du papier adhésif.

— Je me suis engagé, en tout cas, insista Bruce.

— Et donc ?

— Non rien.

— Bon. Dis-leur que j'y serai.

— OK c'est cool. Sans y penser, comme pour lui-même et tandis qu'il cherchait du dentifrice, Martel ajouta : Tu crois que c'est une bonne idée ?

Bruce ne savait pas quoi répondre. C'était le genre de question qu'on ne posait pas. Mal à l'aise, il fit :

— Qu'est-ce qu'on risque au pire ?

Martel raccrocha. Il était seul dans son allée. Plusieurs batteries de lampes s'éteignirent successivement, rayon textile, électroménager puis bazar. Il se dépêcha.

La quatre-voies menant à Nancy était bordée de champs désolés, gorgés d'eau, de sapins hauts et noirs. Le ciel de novembre pesait là-dessus, bas et gris. Sur l'asphalte, les pneumatiques glissaient sans rencontrer la moindre résistance, émettant au passage un bruit de décollement détrempé. Martel venait de garer son break Volvo sur la bande d'arrêt d'urgence. Il patientait en tapotant sur le volant, en regardant sa montre toutes les deux minutes. Quelques grosses gouttes se mirent à tomber sur son pare-brise, bientôt suivies par des milliers d'autres. Le déluge s'abattit, dans l'indifférence exacte de la nature et des automobilistes qui continuaient de rouler à plus de cent trente kilomètres-heure. Par instants, un imprudent passait trop près et le break tanguait.

Martel s'était arrêté un peu après la sortie de Bayon et il scrutait les deux voies qui venaient en sens inverse, de l'autre côté de la double rambarde métallique. L'averse se poursuivait ; elle redoubla. La lumière des phares peinait à percer le rideau de pluie.

Au sommet de la côte qui lui faisait face, un 4 × 4 BMW apparut et lui adressa deux brefs appels de phare avant de se garer à son tour, de l'autre côté de la route. Martel essuya la buée pour mieux voir. Le 4 × 4 aux vitres teintées reposait comme un bloc de granit, sombre et laqué. Ses warnings s'allumèrent et le téléphone de Martel sonna. Un numéro masqué.

— Salut, fit une voix.

Martel scrutait le 4 × 4, devinant la présence de son interlocuteur.

— Salut, fit-il à son tour.

— Quel temps de merde, hein.

— On aurait pu se voir dans un coin un peu plus sympa.

— On est bien là, répondit la voix.

Ils attendaient, l'homme et Martel, de part et d'autre de la route. Martel avala sa salive et se décida :

— Alors ?

— Ton copain nous a parlé de toi.

— Vous avez quelque chose pour moi ?

Les warnings clignotaient imperturbablement. Un camion passa, secouant la Volvo et masquant le 4 × 4 tandis que la voix reprenait :

— Il nous avait pas tout dit ton pote. On en a appris de belles sur toi.

L'estomac de Martel se contracta.

— C'est vieux.

— Ouais mais quand même. Ça impressionne.

— Tant mieux alors.

— On voudrait te voir.

— Où ça ?

— On voudrait te voir tout de suite. À quoi tu ressembles.

— Je comprends pas.

— Sors de ta caisse.

— Vous déconnez.

La pluie tombait si fort sur la carrosserie que Martel peinait à entendre ce que l'autre lui racontait.

— On aimerait bien se faire une idée.

Martel crut percevoir un gloussement par-derrière. Il se demanda combien ils pouvaient être dans le 4 × 4. Il essuya encore une fois la vitre pour chasser la buée et fixa le ciel. Il tombait des hallebardes.

— Martel, reprit la voix, il faut savoir se mouiller dans la vie. Putain de Benbarek…

— J'ai besoin de quinze mille, dit Martel.

— Il paraît.

Rien ne se passait.

— Décide-toi mec.

"Merde", songea Martel avant d'ouvrir la portière. Son blouson fut trempé à la seconde où il sortait, et très vite, son jean et ses pieds aussi. Sur son visage, l'eau ruisselait en abondance. Il faisait de son mieux pour protéger son téléphone.

— Vous êtes contents ?

— Ça va. Et combien tu mesures dis donc ? fit la voix.

— Qu'est-ce que c'est que ces conneries ?

Et comme l'autre ne disait rien, Martel annonça.

— Un quatre-vingt-quinze.

— Pas mal. T'as l'air en forme.

Une Golf blanche fit un écart et l'éclaboussa des pieds à la tête.

— J'ai besoin du fric.

— Oui oui, on a bien compris. Et on a quelque chose pour toi. Ça tombe bien en fait, c'est pas tout le temps qu'on tombe sur des mecs comme toi dans le coin.

— Qu'est-ce qu'on vous a dit ?

— Rien de spécial. T'as laissé des bons souvenirs à gauche à droite. Et des moins bons aussi d'ailleurs.

Le type au bout du fil se marra doucement.

Malgré l'averse, Martel n'avait pas froid. Il brûlait, même.

— On se rappelle, fit l'autre et il raccrocha.

Les phares du 4 × 4 s'allumèrent et les warnings interrompirent leur clignotement.

— Les connards, cracha Martel en glissant le téléphone dans sa poche. Et il se jeta sur la route. Avec ses mains, il tâchait d'abriter son visage, pour voir quelque chose. En trois enjambées, il avait atteint la rambarde centrale. Les automobilistes passaient en trombe, klaxonnaient et le fusillaient de leurs appels de phare. De l'autre côté, une Twingo verte manqua de le renverser. Martel rejoignit le 4 × 4 avant que celui-ci ait eu le temps de filer. Il se planta devant, dégoulinant, les yeux fixés sur le pare-brise opaque. Il frappa alors sur le capot à plusieurs reprises et la vitre du côté conducteur commença à descendre, laissant paraître un petit mec à la peau jaune et aux cheveux frisés.

Il souriait de toutes ses dents et son regard brillait curieusement.

Martel vint s'accouder à la portière.

— T'es gonflé mon pote, observa le petit mec.

— C'est clair, fit une voix derrière lui.

Martel baissa la tête pour mieux voir. À côté du petit mec était assis un autre petit mec exactement identique, vêtu du même costume brillant, des Boss à plus de mille euros à vue de nez. Le petit mec sur le siège passager arborait une barbe de trois jours extrêmement soignée. Il avait les yeux fixés sur son smartphone et pianotait frénétiquement. Martel revint au conducteur qui faisait le dégoûté en toisant la flaque debout devant lui.

— T'approche pas trop mec, tu vas saloper la bagnole.

Martel obéit.

— J'ai besoin du fric. Qu'est-ce que vous voulez ?

— On verra ça avec Bruce, t'en fais pas.

Martel n'en revenait pas. Comment un si petit mec pouvait être aussi sûr de lui ? Quand il vit le calibre dans sa main droite, les choses s'éclaircirent brutalement. Le petit mec reniflait.

— Bon Martel, c'est pas tout ça.

Juste avant que le conducteur disparaisse derrière le verre opaque, il lui adressa un clin d'œil. Ses pupilles avaient la taille de billes de plomb, la même densité métallique, le même aspect froid et mat. Le 4 × 4 démarra lentement et Martel resta planté là. Il eut toutes les peines du monde à regagner sa caisse.

Et il ne cessa pas de pleuvoir de toute la journée.

Le lendemain matin, Bruce se pointa dans le local syndical de l'usine avec l'argent. Il était très content de lui et jeta l'enveloppe sur le bureau de Martel qui la glissa illico dans un tiroir.

— Cinq mille, nota Bruce. J'ai pris ma part.

— Ta part ? dit Martel.

— Ben ouais.

Martel éternua avant de se moucher avec force.

— Quelle part ?

— Ben ma part. Je te file bien ta part pour les concerts non ? Normal quoi.

— Et combien c'était ta part ?

Bruce hésita :

— Deux mille je crois.

— Tu crois ?

— Ben ouais, confirma Bruce en se dandinant d'un pied sur l'autre.

— Je comprends, fit Martel avant d'éternuer une nouvelle fois. Tu tentes, c'est humain. Combien t'as pris ?

— Cinq mille, admit le bodybuilder.

— Mets-les dans le tiroir avec le reste. Je garderai le tout, t'as pas à t'en faire.

— Je les apporte en fin de semaine.

Martel opina, absorbé dans la contemplation de ses ongles qu'il porta à sa bouche.

— Qu'est-ce qu'ils veulent alors les Benbarek?

— Ils m'ont donné le nom d'une rue à Strasbourg. Des filles font le tapin. Ils veulent qu'on en chope une.

Martel se redressa comme s'il venait prendre une gifle :

— Qu'est-ce que c'est que cette connerie? Pour quoi faire?

Il cracha la rognure d'ongle qu'il avait sur le bout de la langue.

— J'en sais rien. C'est pas sorcier en même temps. On arrive, on chope une fille, *basta*.

— Mais putain, mais… Et pourquoi dans cette rue?

— Ils veulent une de ces deux-là.

Bruce sortit deux photos de son portefeuille. Une brunette au regard triste, une fille aux traits asiates un peu tapée. On les voyait au turbin, emmitouflées et en minijupes. Les photos devaient dater de quelques jours à peine. Bruce les avait pliées en deux pour les ranger plus commodément. Martel les examina pendant un moment.

— Pas question, conclut-il.

— Comment ça?

— Enlever des filles? T'es maboule ou quoi? Même pour cinquante mille, c'est non.

— Mais le pognon?

— Tu me ramènes ta part, on leur rend tout.

— Ça va être chaud, fit Bruce en baissant la tête.

Martel éternua une fois de plus et jura :

— Bordel, qu'est-ce que t'as fait de cet argent?

— J'ai investi. J'aurai doublé la mise en fin de semaine, t'inquiète.

Martel se leva et vint tout près de lui. Bruce avait le sentiment que Martel le reniflait. Peut-être était-ce juste parce qu'il avait le nez bouché.

— Je t'assure, y a pas de souci, répéta Bruce. Y a aucun risque. On chope une des filles, on la garde un peu comme veulent les Benbarek et puis on récupère le reste du fric.

— Parce qu'ils veulent qu'on la garde en plus. Ils veulent pas qu'on les viole à tour de rôle pendant qu'on y est?

— À la Ferme, j'ai toute la place que je veux. On a une caravane, t'as pas à t'en faire. Personne vient jamais. Tu devrais pas te miner comme ça, j'ai déjà réfléchi à tout.

— Dis pas ce genre de connerie, ça me rassure pas du tout. Et ton grand-père, tu vas lui dire quoi, que t'as ouvert une garderie?

— C'est bon, ça va j'te dis. C'est un plan béton. T'as plus l'habitude c'est tout.

Martel n'en revenait pas. Il dévisageait Bruce comme s'il venait de découvrir le sosie parfait d'Adolf Hitler ou un truc du genre. Il n'était même plus en colère, c'était pire.

— Je te demande un rencard avec deux petits péteux et on se retrouve embringués dans un kidnapping. Je te rappelle que l'idée de départ, c'était quand même de se tirer des emmerdes.

— Je sais, mais c'est bon, je te jure.

Martel regagna son bureau et se laissa tomber dans son fauteuil de velours orange, une relique des seventies. Il se balança un moment.

— Ramène le pognon, démerde-toi. Fais comme tu veux mais demain, je veux le fric. On est bien d'accord?

— C'est bon ça va.

Martel prit son temps, se moucha et demanda :

— Tu m'as déjà entendu faire des menaces, des menaces physiques je veux dire?

— Non.

— Est-ce que tu m'as déjà vu faire le caïd, dire que j'allais casser la gueule à untel ou des trucs de ce genre-là?

— Ben non. Qu'est-ce qui se passe?

— Est-ce que tu as l'impression que je suis un mythomane ou que je me raconte des histoires?

Bruce fit non de la tête.

— Bon. Alors écoute bien. Si jamais j'ai pas le fric demain, je te pète tous les doigts à coups de marteau. Compris?

Bruce profita de la sonnerie du téléphone pour se tailler.

Martel décrocha.

C'était une fille du service administratif. Elle était tout émue au bout du fil. Elle venait juste de mettre des convocations au courrier, pour une réunion de CE extraordinaire en fin de semaine. Cette fois ça y était, l'usine était bonne pour un plan social.

Martel resta un moment à contempler les copains qui bossaient dans le Hall 2. Il se sentait drôlement seul tout à coup, dans son bocal.

PATRICK LOCATELLI

Martel saurait quoi faire.

Voilà ce que Patrick Locatelli se répétait depuis deux jours, depuis que les représentants du personnel avaient été convoqués par la direction pour un CE extraordinaire. Vu la situation, la machine emportée à la sauvette en novembre, l'état des carnets de commandes et des stocks, tout le monde à l'usine présumait le pire.

Martel saura quoi faire. C'était sa rengaine, tandis que nu dans son peignoir transparent aux coudes, Patrick Locatelli prenait son petit-déj', le même chaque matin, un bol de café au lait, deux tartines beurrées et un peu de jus d'orange en pack.

Cette semaine-là, il était du matin. Il s'était donc levé à quatre heures et demie, deux minutes avant que le réveil sonne, comme toujours. Il aimait bien être debout avant tout le monde, prendre sa douche et se préparer tandis que Jordan était encore au lit, et sa femme aussi, quand elle était encore du monde. Il appréciait le silence, sa liberté de mouvement, cette couleur particulière que prend la nuit en s'effaçant, cette impression revigorante de prendre de l'avance sur la terre entière.

Mais pour le moment, assis dans sa cuisine, les yeux fixés sur le relief lointain et foisonnant que la forêt dessinait derrière la maison, il se faisait du mauvais sang. Pourtant, Patrick Locatelli était plutôt content de son sort en temps normal. Après tout, il gagnait sa vie, il avait son gamin et puis sa R8. Elle finirait bien par rouler, malgré ce que disaient les copains à l'usine.

Bien sûr, Christine était morte et ça lui avait causé un chagrin insensé, un mal de bête, comme s'il allait y passer lui aussi. Mais il fallait bien l'avouer, si moche que ça puisse être, le temps faisait son œuvre. Par exemple, et même s'il refusait de l'avouer, il regardait de nouveau les femmes dans la rue. Il s'imaginait des choses.

Au boulot, quand la petite intérimaire chargée de la qualité se pointait dans l'atelier pour utiliser le distributeur de cochonneries sucrées, les mecs aimaient bien déconner. C'était une fille du coin, Muriel, culottée, vigoureuse, d'une envergure aéronautique. Les gars l'avaient surnommée la girafe. Elle était jeune, et sur son passage, les vannes allaient bon train. Mais quand Patrick était là, pas spécialement morose d'ailleurs, on n'osait plus. Les gars se taisaient, par égard. Patrick avait apprécié l'attention. Et puis la semaine dernière, il s'était surpris à mater les guiboles de Muriel. Et pour tout dire, ça l'avait un peu emmerdé.

Longtemps, il avait supposé que Christine pouvait le voir, qu'elle veillait sur lui, qu'elle était encore là, pas très loin, un peu en surplomb, ce qui l'avait consolé. Puis c'était devenu une idée embarrassante. D'ailleurs, pendant plusieurs mois, il avait évité de s'accorder certaines satisfactions intimes.

Finalement, même s'il conservait d'elle une image précise, que son souvenir lui inspirait toujours des élans de tendresse, des coups de blues et ce sentiment de perte irréparable, il s'y était fait.

Quand même, les collègues s'étaient montrés chouettes. Pendant quelque temps, leurs épouses avaient cuisiné pour lui et Jordan. Chaque soir, elles apportaient un Tupperware de quelque chose de bon, leur spécialité le plus souvent, pommes de terre rôties et lardons, lasagnes maison, tête de veau vinaigrette, gratin dauphinois. À tour de rôle, elles avaient défilé, demandant des nouvelles, ne s'attardant pas. Et puis au boulot, Denis, qui n'était pourtant pas réputé pour sa grande bonté, Denis l'avait couvert quand il s'était mis à déconner. Des choses qui arrivent. Le contremaître aussi avait fermé les yeux par rapport aux cadences qu'il ne tenait plus, dont il se foutait éperdument, ça pouvait se comprendre. Enfin, Martel avait organisé une cagnotte, pour le soutenir. Tout le monde s'y était mis. Les copains comptaient.

C'était ça l'usine, un monde de peine et de réconfort, un monde qui n'avait cessé de rapetisser d'ailleurs, passant de plus de deux cent cinquante bonshommes à trois fois rien. Quarante qu'ils étaient désormais. Patrick aimait mieux ne pas penser à ce qu'il adviendrait si l'usine devait fermer. Les gars se connaissaient tous depuis l'enfance ou quasiment. Certains ouvriers avaient vu leur père travailler là avant eux, d'autres passaient la main à leur fils. Par le passé, les patrons venaient vous cueillir à la sortie du collège, après le certif', et il arrivait qu'on s'engouffre là-dedans jusqu'à la retraite. L'usine avait dévoré des générations complètes, survivant aux grèves, nourrissant les familles, défaisant les couples, esquintant les corps et les volontés, engloutissant les rêves des jeunes, les colères des anciens, l'énergie de tout un peuple qui ne voulait plus d'autre sort finalement.

Bien sûr, il existait des haines recuites, des jalousies, des choses qu'on n'avouerait pas. Comme ce "Le Pen vite", gribouillé au feutre indélébile sur les casiers de deux Marocains qui étaient pourtant du coin depuis belle lurette. Mais à tout prendre, les gars aimaient bien l'ambiance, tâchaient de faire leur boulot comme il faut, rouspétaient forcément après les patrons mais sans trop de conviction, et conduisaient tous des voitures équipées Velocia. Leurs vies se tenaient en somme, bien supportables, des vies d'hommes.

Patrick ne finit pas sa seconde tartine et alla porter son bol à moitié plein dans l'évier.

Lavé et rasé, il passa un jean, un tee-shirt Vittel et sa laine polaire Décathlon. Avant de déguerpir, il alla jeter un coup d'œil dans la chambre de Jordan. Il avait pris cette nouvelle habitude depuis le départ de Christine. Le môme et lui s'étaient beaucoup rapprochés. Ils avaient pas mal discuté, dans la mesure de leurs moyens. Ils s'étaient souvenus de vacances à la mer, de pique-niques, de calottes que Jordan n'avait pas volées, de câlins qu'il avait refusés parce qu'il était trop grand, ils s'étaient rappelé les goûters qu'elle lui préparait, pain beurre chocolat, du temps où Jordan était encore en primaire. Ensemble, ils avaient passé les albums de photos en revue. Il avait fallu tuer bien des regrets. Patrick l'avait vu pousser d'un coup.

Une fois, le gamin avait trouvé son père en train de chialer, un matin, avant d'aller bosser justement. Il s'était pourtant promis. Seulement, il n'y avait pas que le chagrin, le changement, le vide. Il y avait la fatigue aussi. En dehors des heures à l'usine, le père de Jordan devait désormais se farcir les courses, les repas, les factures, toutes choses que Christine avait l'habitude de faire. Sans compter les nuits sans sommeil, l'esprit tourneboulé par le manque d'elle, la peur de ne pas être à la hauteur. Un matin donc, en peignoir, ses rares cheveux en désordre, les pieds dans ses savates en velours, il avait flanché, tout bêtement. C'était l'aube et Jordan n'aurait pas dû être là. Seulement si. Et comme son père tâchait de cacher son visage dans ses mains, les épaules secouées, son crâne lisse et blanc luisant sous la lumière du néon, le fils avait allumé la radio et refait du café. Ce matin-là, ils avaient pris leur petit-déjeuner tous les deux.

À présent, ça allait mieux. Le temps du drame cédait la place aux embêtements ordinaires. D'ailleurs, le môme passait par l'âge bête ces temps-ci. Il était tout le temps mal embouché, excessivement susceptible, tantôt sinistre, tantôt surexcité. Son père ne savait pas trop par quel bout le prendre et n'aimait pas tellement ces sautes d'humeur, son cinéma comme il disait. Mais il sentait bien que ça allait dans le bon sens. C'était la vie, sotte et douloureuse, qui reprenait son cours. Jordan grandissait. Bientôt, tout serait arrangé.

Et pour l'usine, Martel saurait quoi faire.

Patrick Locatelli referma la porte derrière lui, éteignit les lumières et après avoir enfilé ses pompes de sécurité qu'il avait laissées sous le radiateur la veille, il prit le chemin de l'usine.

L'Opel Kadett s'immobilisa à l'embranchement des routes de Bruyères et de Corcieux. Comme tous les matins depuis deux semaines, Denis Demange attendait que Patrick vienne le prendre. Debout dans le froid, les mains enfoncées dans les poches de sa canadienne en cuir, il fumait sa cinquième Pall Mall de la journée. Une casquette en chevrons protégeait son crâne rasé. À ses pieds, son sac de sport, souvenir du service militaire. D'un même mouvement, il jeta sa cigarette dans le fossé, prit son sac et ouvrit la portière côté passager.

— Salut.

— Salut, répondit Patrick sans même le regarder. Il pensait à autre chose. Et l'autre ne s'en plaignit pas, il ruminait les mêmes emmerdements.

Ensemble, ils devaient rouler près de vingt-cinq bornes avant d'arriver à l'usine. Bientôt, la ventilation aidant, la température intérieure grimpa. Denis quitta son manteau et jeta une série de coups d'œil au chauffeur, cherchant un biais pour entamer la conversation.

— Cette fois, c'est foutu, dit-il à mi-voix.

Patrick ne broncha pas.

— Et ton Martel, il pourra rien y faire ce coup-ci.

Comme son chauffeur ne répondait toujours pas, Denis se renfrogna. C'était une mauvaise tête. Et depuis qu'un accident l'avait privé de son permis de conduire, c'est Patrick qui venait le prendre. Ils s'étaient arrangés avec le contremaître pour avoir les mêmes horaires. Cette affaire de CE extraordinaire le mettait hors de lui. À bien y réfléchir, ce job, c'est à peu près tout ce qu'il avait sur terre.

— C'est chaque fois la même histoire, grogna encore Denis après un instant de réflexion. On gueule, on fait grève, on perd du fric et on se fait baiser.

Patrick alluma la radio. Dire Straits lui apporta un peu de répit, avant que Denis n'embraye.

— Les vieux, vous en avez rien à foutre. Vous êtes tranquilles si l'usine ferme, avec votre ancienneté. Pour nous, c'est pas la même. Moi, j'ai sept ans de boîte. Si je suis foutu à la porte, qu'est-ce que ça me rapporte?

Maintenant, c'est Cabrel qui voulait se foutre en l'air. C'est ce qu'il chantait en tout cas. Patrick chercha les infos et Denis la ferma. Sous sa casquette, il sentait perler de grosses gouttes de sueur. Il fouilla dans sa veste en cuir et trouva son paquet de cigarettes. Il était tenté d'en griller une dans la bagnole juste pour emmerder Patrick. Mais bon, c'était pas la peine d'aller jusque-là. Après tout, Patrick était déjà bien brave de passer le prendre, de faire ce détour, sans compter sa bonne femme qu'était claquée.

De son côté, indifférent aux nouvelles de la radio comme à son passager, Patrick ne savait qu'une seule chose : Martel saurait quoi faire.

BRUCE

Son grand-père n'avait pas bronché de tout le trajet. Juste avant que Bruce quitte la voiture, il lui avait seulement dit :
— Je viens te reprendre à six heures.
Puis après une seconde et sans le regarder :
— Tiens-toi bien maintenant.
Ensuite, la BX s'était soulevée dans un soupir pneumatique avant de filer pour disparaître au coin de la rue. Sur le trottoir, Bruce avait hésité. Autour de lui se dressaient de hauts bâtiments bardés de balcons fleuris. Le ciel paraissait étroit entre les rangées d'immeubles. Des gens rentraient du travail. Il faisait bon et la ville était pleine d'une rumeur de délassement. Bruce n'aimait pas la ville. Il ne comprenait pas ce resserrement de l'espace, ce plaisir d'entassement aux terrasses des cafés. Quand il serait grand, il vivrait dans une ferme lui aussi. Et comme la rue l'intimidait, il s'était dépêché de rentrer dans le cabinet du docteur.
Il venait pour la première fois. Alors il avait attendu tout seul un moment en feuilletant des magazines, sans rien dire. La dame de l'accueil avait tout de même fini par le voir. Elle s'était montrée très gentille, mais un peu fâchée.
— Tu es venu tout seul ?
Il avait acquiescé.
— Personne ne t'a accompagné ?
Et comme il ne répondait pas, la dame avait désapprouvé avec ostentation.
— Et tu as quel âge, bonhomme ?
— Douze, avait menti Bruce.

— Bon va t'asseoir. Le docteur va te prendre dans une minute.
Il avait bien pris soin de dire merci.

Plus tard, quelqu'un était effectivement venu le chercher.
C'était un homme aux cheveux longs, qui portait des lunettes
et la moustache. Son pantalon en velours grenat était usé aux
genoux et il sentait un peu la transpiration.

Dans son bureau, il y avait des affiches avec des enfants et
des animaux. L'une d'elles montrait un garçon qui n'avait pas
l'air dans son assiette. Apparemment, ça tenait beaucoup à la
cigarette qu'on fumait à côté de lui. Une autre affiche disait
qu'il ne fallait pas hésiter à appeler le numéro vert.

Au milieu de la pièce, trônaient une petite table et une chaise
pour enfant. Il y avait des feutres, des crayons, du papier, des
jouets dans une caisse en plastique rouge, des cubes sur le sol.
Une fois que Bruce s'était retrouvé assis, l'homme était venu
s'agenouiller à côté de lui sur la moquette. Bruce comprit alors
pourquoi son pantalon était tout abîmé au genou. À cette idée,
il éprouva comme un pincement. Il avait toujours peur d'abî-
mer ses habits, mais il avait beau faire, il finissait toujours par
les ramener dans un état lamentable.

Avec l'homme à la moustache, ils commencèrent à discuter
de tout et de rien. Il lui demanda son âge et dans quelle classe il
était. Bruce n'aimait pas qu'on lui pose successivement ces deux
questions, parce que les gens en tiraient toujours des conclu-
sions et hochaient la tête d'un air compréhensif. L'homme lui
dit que c'était bien au contraire. La conversation n'était pas
désagréable. L'homme le félicitait et pendant qu'ils papotaient
comme ça, tranquillement, ils s'amusaient tous les deux à faire
un puzzle. C'était un puzzle tout bête, pour des petits, qui
représentaient la Belle et le Clochard en train de manger des
spaghettis. L'homme ne posait jamais la bonne pièce au bon
endroit et Bruce était obligé de corriger ses erreurs. Pourtant,
Bruce ne fit rien remarquer à l'homme au pantalon usé, parce
qu'il ne le connaissait pas et redoutait ses réactions. Parce qu'il
le trouvait gentil aussi et ne voulait pas lui faire de peine.

— Comment tu vas à l'école le matin ?

— C'est mon père qui m'emmène.

L'homme avait hésité avant de positionner la dernière pièce du puzzle à sa place, et Bruce lui avait souri, content.

— Tu veux en faire un autre?

— Non, pas tellement.

— Tu veux jouer à quelque chose?

— Bof.

— Tu veux bien dessiner quelque chose?

— Si vous voulez.

Alors l'homme lui avait donné une feuille et avait choisi pour lui quelques feutres, lui demandant de dessiner sa maison.

— Tu aimes aller à l'école?

— Oui, ça dépend.

— C'est embêtant l'école.

— Souvent oui.

— Tu aimes que ton papa t'emmène?

— Oui.

Il était particulièrement difficile de dessiner une cheminée bien droite. Bruce avait remarqué que les mômes de sa classe la dessinaient perpendiculairement à la pente du toit, ce qui était idiot bien sûr. Ce n'était que des mômes. Alors Bruce se concentrait, le bout de sa langue pointant entre ses lèvres. Les questions de l'homme l'embêtaient à présent. Surtout, il détestait qu'il lui dise "ton papa". C'était son père, il n'était plus un gamin.

L'homme lui posa une quantité incroyable de questions, sur l'école, ce qu'il pensait de telle ou telle chose, ce qu'il aimait regarder à la télé et pourquoi, et puis sur sa mère et son grand-père. À chaque fois, l'homme approuvait sa réponse, mais sans desserrer les lèvres. Hum hum, hum hum. À force, c'était comme une berceuse. Bruce dessinait avec application. Il avait commencé par son père, puis son grand-père, ensuite sa mère et sa sœur.

— Qu'est-ce que c'est que ça? avait demandé l'homme en pointant son index dans un coin du dessin.

— C'est nos valises.

Il avait en effet pris soin de dessiner des bagages dans différentes pièces. Six valises. On les reconnaissait parfaitement à leur poignée.

— Tu veux partir en voyage ?

Bruce avait haussé les épaules. Il fallait bien remplir la maison et les valises, il s'en était rendu compte, étaient particulièrement faciles à dessiner. Il en mettait presque toujours dans ses dessins.

— Qu'est-ce qu'il fait comme travail ton papa ?

— Mon père, avait rectifié Bruce sans réfléchir.

— Oui ton père.

— Je sais pas.

— C'est lui qui t'a amené tout à l'heure ?

— Non.

— Il n'était pas libre ?

— Je sais pas.

— Tu préfères qu'on parle d'autre chose ?

— Oui.

Ensuite, il avait été pas mal question de sa mère, ce qui ne posait pas trop de problèmes.

Enfin, il lui avait demandé :

— Tu sais pour quelle raison tu es là ?

Bruce avait levé les yeux de son dessin.

— Il est presque fini.

Les cheminées montaient droites vers le ciel.

— C'est bien.

L'homme avait fait pivoter le dessin pour mieux l'examiner.

— C'est un très beau dessin, avait-il ajouté alors en adressant un sourire à Bruce.

Bruce n'avait pas besoin qu'on le lui dise. N'empêche, ça faisait plaisir.

— Tu as remarqué, la taille des gens autour de toi ?

Évidemment qu'il avait vu. C'est lui qui les avait dessinés.

— Tu saurais expliquer pourquoi celui-là est si grand et toi si petit.

L'homme continua de l'embêter comme ça un bon moment. S'il avait su, il aurait plutôt accepté de faire un deuxième puzzle. Le temps se mit à durer drôlement. Ses jambes le démangeaient. Il recommença à lire les affiches.

— Tu te souviens de Sandra?

— Oui.

— Tu veux m'en parler?

— Pas tellement.

— Tu es sûr?

— Je sais pas.

— Qu'est-ce que tu penses de Sandra?

— Rien.

— Tu trouves qu'elle est gentille?

— Oui.

— Tu trouves qu'elle travaille bien?

— Ben oui.

— Tu la trouves jolie?

L'homme à la moustache, qui était toujours agenouillé, avait posé sa main sur le dossier de sa chaise. Il parlait d'une voix très douce. On aurait pu croire comme ça, rien qu'à l'entendre, que n'importe quelle réponse lui conviendrait. Mais Bruce n'était plus un gosse.

— Des fois, tu voudrais bien être à sa place peut-être?

— Non.

Bruce s'était trémoussé sur sa chaise pour prendre un peu de distance, mais la grosse main était posée sur le dossier et la chaise n'avait pas bougé. Il y avait une odeur piquante qui venait des aisselles de l'homme. Cette odeur le dérangeait vraiment et l'homme le dérangeait aussi maintenant.

— Tu voulais lui dire quelque chose?

— Non.

Bruce se leva et tourna le dos. Il avait fermé les yeux. Parfois, le temps passait plus vite si on fermait les yeux. En fait, il ne l'avait jamais vérifié, mais si ça avait pu arriver à ce moment-là, ça l'aurait bien arrangé.

— Je voudrais bien que tu reviennes t'asseoir. On discutait bien tous les deux. Tu veux bien venir t'asseoir?

Bruce fit non de la tête. Il avait envie de pisser en plus. Et il se dit tout à coup qu'il était là depuis très longtemps et que son grand-père devait l'attendre.

— J'aurais bien aimé qu'on discute encore un peu. De ce que tu as fait à ta camarade. Ça te ferait du bien à mon avis qu'on en discute.

Bruce se dirigea vers la porte en pas chassés, comme pour de faux.

— Je comprends que tu en aies assez, le rassura l'homme en se levant à son tour. Nous n'en avons plus pour très longtemps.

— Mon grand-père m'attend.

— Il peut attendre encore un peu.

— Non ! s'exclama Bruce, soudain très inquiet.

— Tu ne dois pas t'en faire.

Et l'homme s'avança, une main tendue vers la tête de l'enfant, qui se détourna brutalement et ouvrit la porte avant de filer.

— Hé attends, cria la dame à l'entrée, tandis qu'il se précipitait vers la sortie.

Il avait oublié son blouson dans le bureau de l'homme. Il s'en fichait. Il ne fallait pas faire attendre pépé.

Au retour, son grand-père ne se montra pas tellement plus loquace. L'air était doux ce soir-là et le soleil en se couchant faisait monter de l'horizon des chatoiements orange et roses.

Le balancement de la BX le berçait, l'odeur des Gitanes que son grand-père allumait l'une après l'autre était rassurante, il somnolait, il était bien.

— J'ai discuté avec ton docteur, fit soudain le grand-père, le tirant de sa torpeur.

Bruce le regarda avec perplexité.

Le profil d'aigle du grand-père, la cigarette fumante se tournèrent vers lui.

— L'école l'a appelé. Il m'a dit que les parents de la petite la changeaient d'école.

Bruce se pencha jusqu'à ce que sa tête touche la vitre. Elle était chaude, et à travers elle, il sentait chaque accident du sol. Les méplats, les bosses montaient jusqu'à sa tête par secousses. C'était bon.

— Tu n'as rien à dire ?

Bruce avait fermé les yeux. Il dormait. Je dors, se répétait-il.

Le grand-père lui tira brutalement les cheveux au niveau de la tempe. La douleur lui arracha un cri et le grand-père se tourna de nouveau vers lui :

— Ne te moque pas de moi. Qu'est-ce que tu as à dire ? Pourquoi tu as fait ça ? À voix basse, il ajouta : Comment peut-on faire un truc pareil ?

Bruce sentait les larmes monter dans sa gorge. Ses lèvres ne les contenaient plus qu'à grand-peine. Ses yeux le brûlaient. Il ne comprenait pas et il ne trouvait rien à quoi se raccrocher. Il voulut contenir son chagrin.

— C'est pas la peine de faire le singe. Tu vas voir en rentrant.

Sur les routes sinueuses, la longue BX grise plongeait avec une formidable application. À chaque instant, elle donnait l'impression de devoir quitter le sol, mais ses pneumatiques étroits demeuraient fixés au grain du bitume, épousant idéalement les courbes, tandis que la carcasse tanguait et gîtait paresseusement. La voiture roulait vite, délicate et véloce, emmenant après elle le chagrin et la violence.

MARTEL

Pour une fois, Bruce était arrivé en avance. Avec les deux autres intérimaires, il buvait un café à l'écart, dans le Hall 2. En dépit de son nom, c'était le plus ancien corps de bâtiment de l'usine. Des murs de briques et des poutrelles métalliques montaient à plus de vingt mètres. À mi-hauteur, d'étroites fenêtres couraient tout le long du bâtiment, laissant passer un jour affadi par deux décennies de poussière ; mais pour l'heure, il faisait encore nuit. Les autres ateliers étaient conçus dans des matériaux plus récents, abritaient des machines plus performantes, plus coûteuses aussi. Les ouvriers avaient pourtant un faible pour le Hall 2. Là, leurs prédécesseurs s'étaient battus et échinés. Des hommes étaient morts même. De temps à autre, un accident grave faisait encore écho aux dangers d'autrefois. Surtout, le Hall 2 abritait une machine à café toute neuve et le local syndical. Dans le Hall 2, les patrons étaient peut-être un peu moins chez eux qu'ailleurs.

— Pour ce que ça nous fait de toute façon, dit Hamid, fataliste par expérience.

— Ouais, je comptais pas passer ma vie ici non plus. T'as vu les anciens, les têtes de cons, renchérit Martial.

— Fermez-la un peu, grogna Bruce qui cherchait Martel du regard dans le local syndical.

Les deux autres se turent et se mirent à épier pareil, cherchant à comprendre ce qui pouvait se tramer là-dedans.

Le local en question était vieux de vingt ans. Les syndicats avaient eu bien du mal à l'obtenir et au dernier moment, la direction avait quand même trouvé le moyen d'emmerder l'adversaire en lui installant une sorte de cabine absolument transparente, tout verre et plastique, un truc de cinq mètres sur huit au beau milieu des machines. Voilà votre local, amusez-vous. On avait vite posé des stores et placardé des affiches, mais après quelque temps, la transparence du lieu avait fait partie du paysage. On s'était habitué à militer dans cet aquarium, au vu et su de tout le monde.

Plantés devant la machine à café, les trois derniers intérimaires de Velocia guettaient donc la réunion des vrais ouvriers, les CDI, à laquelle on ne les avait pas conviés. Ils apercevaient les gars assis en désordre, sur des chaises, des cartons et Martel debout derrière son bureau métallique. Pour le moment, le secrétaire du CE écoutait. Par instants, un gars plus virulent que les autres se mettait à gueuler et on entendait les échos étouffés de son coup de colère. La parole circulait vite, chacun y allait de son couplet. Des vagues semblaient parcourir la petite assemblée. Une main se levait, plusieurs bouches s'ouvraient, on voyait Léon Michel se dresser, trente ans de boutique, pensez s'il avait son mot à dire ; ou bien encore, Pierrot Cunin, déjà délégué dans les années 1970, sachant tout, ne comprenant rien, qui beuglait avec un accent à couper au couteau que la grève seule valait le coup. Les intérimaires tâchaient de comprendre qui disait quoi, empêchés par les affiches électorales qui tapissaient les parois vitrées. Ensemble avec la CGT, La CFDT vous protège, FO avec vous.

Il était sept heures du matin et les machines ne tournaient plus depuis près de deux heures maintenant. Au moment où les gars avaient abandonné leur poste, les chefs d'atelier et les contremaîtres s'étaient sagement repliés dans les bureaux. Ils avaient reçu des consignes. Le Hall 2 était donc désert, creux et sonore comme une grotte. Dans ce grand vide, le local syndical ressemblait à une cabine spatiale à la dérive.

— Qu'est-ce qu'ils peuvent bien foutre là-dedans ? s'impatientait Martial en se roulant une cigarette d'Amsterdamer.

— Ils discutent.

— Sans déconner ?

— De toute façon, notre contrat s'arrête en fin de semaine. On peut toujours se brosser pour être prolongés. Va falloir se faire d'autres copains, Mars.

— Putain ouais, admit Martial.

— Je croyais que tu pouvais blairer personne ici.

— Ça n'empêche pas.

Depuis plus de deux ans, leurs contrats étaient systématiquement renouvelés. Grâce au CE, Hamid avait pu amener ses deux mômes à Eurodisney. Martial était même parvenu à faire des économies pour la première fois de son existence. C'est comme ça qu'il avait acheté sa Lancia, une bagnole tape-à-l'œil et fragile comme un œuf. Martial avait une femme aussi, et deux petites filles, mais c'était une autre histoire. Quant à Bruce, il avait trouvé Martel. Alors bon, les trois intérimaires n'avaient pas le cœur à se marrer.

— Matez ça les gars, fit Hamid qui s'était retourné.

Les deux autres l'imitèrent. Dans la cour, un lourd Break Audi venait de se garer.

— C'est la mère Meyer.

— Avec Subodka.

— Sont matinaux pour unc fois.

Deux silhouettes sortirent de la berline gris métallisé, courbées sous le poids de leurs porte-documents. Sonia Meyer passa devant, pressant son cache-nez sur sa bouche. Le DG n'avait pas pris le temps d'enfiler son pardessus. Surpris par le froid coupant du petit matin, il se hâta de rejoindre la DRH.

— Les vautours, dit Mars en regardant la direction qui filait vers les bureaux administratifs où brillait une chaude lumière jaune.

— N'empêche que la Meyer, elle dirait oui, je dirais pas non.

Hamid avait souligné ses intentions d'un mouvement obscène qu'il regretta tout de suite. Ce genre de bonnes femmes, on n'avait pas tellement envie de leur manquer de respect. Comme si on risquait de leur donner raison, de justifier le peu d'estime dans laquelle elles vous tenaient sûrement. Et puis aussi, Sonia Meyer n'avait pas toujours été vache. Un ouvrier retrouvé ivre n'avait pas été sanctionné comme il aurait dû ; elle avait arrangé un ancien à qui il manquait deux ou trois trimestres de cotisation pour une retraite à taux plein. Des coups de pouce, des indulgences, on s'en souvenait.

— Vous saviez qu'il viendrait le DG ? demanda Bruce.

— Non, je pensais qu'il y aurait que le dirlo de l'usine, répondit Martial en écrasant sa roulée sous sa semelle.

— C'est pas bon si tu veux mon avis, fit Hamid. Il tira de la poche de son bleu une boîte de Tic-Tac, se servit et en proposa aux autres qui firent non de la tête. Là-bas, dans les bureaux à l'étage, des ombres circulaient. On s'agitait en haut lieu.

Pendant ce temps-là, dans le local, c'était le tour de Martel. Chacun avait vidé son sac, il pouvait conclure. Le cœur de Bruce se mit à cogner plus fort.

Depuis bientôt un an, Bruce s'était pris de passion pour Martel. Il s'était retrouvé à bosser chez Velocia sans l'avoir voulu, après que son grand-père lui avait coupé les vivres. Pas qu'il ait tellement besoin de fric d'ailleurs. Avec son petit trafic, il se faisait des trois quatre mille balles facile. Mais il fallait bien faire quelque chose, sans quoi le grand-père lui serait encore tombé dessus. C'est comme ça qu'il s'était inscrit dans une agence d'intérim et ces cons avaient réussi à lui dégoter un job.

Au départ, Bruce avait fait preuve d'un je-m'en-foutisme féroce, se mettant très vite tout le monde à dos. Qu'est-ce qu'il en avait à foutre ? De toute façon, il ne ferait pas de vieux os dans la boîte. Et puis Martel l'avait pris entre quatre yeux, ça avait tout changé. Depuis, Bruce ne savait plus quoi inventer pour attirer son attention. Alors quand Martel avait dit oui pour assurer la sécurité des concerts avec lui, Bruce s'était cru son meilleur copain. Ensemble, ils allaient faire des trucs incroyables.

Dans l'aquarium, Martel expliqua donc aux gars ce qu'il comptait faire, à quoi il fallait s'attendre. Avant qu'il ait fini, Subodka et Meyer rappliquèrent dans l'atelier. D'un signe de la main, Martel leur demanda de patienter. Ils obéirent, n'osant même plus se regarder. La mine grave, ils constatèrent le silence des machines, la démission des hommes.

Puis les ouvriers sortirent du bocal, Martel le dernier pour fermer la porte. Subodka et la DRH firent le tour, serrant des mains, disant bonjour. Aucun des gars ne se déroba malgré les paroles prononcées un quart d'heure plus tôt, alors qu'il avait tout de même été question de démonter les machines et de foutre le feu à la boutique. Chacun était embêté finalement. Le petit jeu de la détestation réciproque, des rapports de force, des compromis négociés tirait à sa fin. Quelqu'un demanda où était M. Caron, le PDG. Il viendrait bientôt, c'était convenu. Alors bon. Mme Meyer, affable, belle sur ses talons plats, promit qu'elle leur parlerait tout à l'heure, après la réunion du CE. Elle ressemblait à une infirmière. Les gars avaient compris. Les huiles partirent avec les délégués et Martel.

— Voilà. Vous savez tout.

M. Subodka avait projeté un PowerPoint où figuraient des graphiques édifiants. La trésorerie, le marché, les marges, le chiffre d'affaires, que des courbes qui se cassaient la gueule ; à part les charges bien sûr, affolantes et exponentielles. Velocia était comme une baleine échouée. Cette fois, il fallait mettre la clef sous la porte.

— De toute façon, on ne vous apprend rien, reprit le DG. Votre site est déficitaire depuis au moins cinq ans. À chaque fois qu'on allume l'électricité dans les ateliers, on perd de l'argent.

Le vieux Cunin, qui affichait une mine incrédule et faisait des signes de dénégation depuis le début, intervint :

— C'est quand même pas la faute de notre usine si le marché est en train de plonger.

— Nous n'avons pas dit ça, monsieur Cunin, tempéra la DRH, avec une mine prophylactique.

— Bon ben alors pourquoi ce serait à nous de payer les choix que vous avez faits ?

— Vous n'êtes pas les seuls à souffrir. Nous allons supprimer soixante et onze postes au niveau du siège.

— Que vous dites. Je sais comment ça se passe. C'est le troisième de plan social qu'on a ici. On commence à connaître la chanson.

— Nous n'avons pas le choix. En tant que direction, nous avons la responsabilité d'assurer la pérennité de l'entreprise.

Le représentant des cadres, présent pour une fois, prit la parole à son tour :

— Toute votre démonstration se fonde sur des éléments conjoncturels. Des crises on en a connu. C'est pas une raison pour fermer le site.

— Le poids des charges, le coût du travail, ce sont des éléments structurels ça, rétorqua le DG. Le site est déficitaire par nature. Vos équipements sont trop vieux, les salaires trop élevés, les coûts de transport monstrueux. Et j'en passe.

— Vous trouvez qu'on est trop payés ! s'agaça Léon Michel. Je gagne mille cinq cents euros nets après trente ans de boîte. Vous trouvez que c'est trop ?

— Nous n'avons pas dit ça, assura la DRH. On voulait simplement dire qu'au regard des salaires pratiqués ailleurs, on ne peut pas s'aligner. Surtout sur ce site qui a su négocier certains avantages. Et ce n'est pas un jugement de valeur, juste un constat.

Les gars sourirent. Souvenir bienfaisant des luttes anciennes, quand l'afflux de travail imposait des cadences folles. Au plus haut de son existence industrielle, le site avait compté près de quatre cents ouvriers. Les journées de dix ou douze heures se prolongeaient par des contingents d'heures sup'. Les paies valaient le coup alors, les accidents étaient fréquents, les familles prospères. Léon Michel et Pierrot Cunin étaient les derniers à avoir connu cet âge d'or. À les croire, les ouvriers vivaient alors des camaraderies superbes, combattant pied à pied avec les patrons, du boulot comme s'il en pleuvait et la révolution en ligne de mire. Ils se glorifiaient encore d'avoir sorti deux cents pièces à l'heure, dix mille pièces par jour. Ils oubliaient au service de quels maîtres ils avaient accompli ces records stakhanoviens.

À l'époque, les grèves n'étaient pas rares. Par moments, sans qu'on sache très bien pourquoi, l'usine était prise de convulsions. Les fatigues individuelles, les heures volées, les casse-croûtes écourtés, toutes ces indignités formaient subitement l'alliage d'une colère univoque. Des figures s'étaient distinguées au plus vif de l'affrontement, dont on parlait encore trente ou quarante ans plus tard. C'était le Bernard Schmitt, le René Humbert, le

Dédé Scoppa. Ces types-là avaient obtenu la prime de panier, les heures sup' à deux cents pour cent, le treizième mois. À leur mort, on avait vu des cortèges de deux mille personnes suivre le cercueil jusqu'au cimetière, la famille devant, les représentants ensuite, les élus municipaux pas loin derrière.

À force de tricoter leur mythologie, les vieux en oubliaient la réalité. Des vies brisées par le boulot, des corps rognés, tordus, des existences écourtées, des horizons minuscules.

Mme Meyer annonça la suite des réjouissances. Un courrier serait envoyé à chaque salarié. Des modalités d'accompagnement seraient arrêtées en concertation avec les représentants du personnel. Il faudrait parler gros sous, elle était prête à négocier, on y mettrait le temps nécessaire. Malheureusement, Velocia était aux abois. Des millions de dettes, des pertes, des actionnaires sollicités une nouvelle fois pour mettre la main au porte-monnaie : les licenciés devraient donc se montrer raisonnables.

— Raisonnables ! s'estomaqua le vieux Cunin.

— Vous trouvez raisonnable de nous foutre à la porte sans rien ? fit un autre.

— Qui retrouvera du boulot dans le coin d'après vous ? Les usines ferment les unes après les autres. On était quasi les derniers déjà.

Sonia Meyer, qui était debout, retrouva sa chaise, croisa les mains, se pencha vers eux. Derrière elle, une photo en noir et blanc représentait les bois, inextricables et verticaux.

— Je vous assure qu'on va faire le maximum pour ne laisser personne sur le carreau. Vous pourrez compter sur nous pour apporter toutes les réponses dont vous aurez besoin.

Puis elle prit une chemise rose dans son porte-documents Madarina Duck. Elle distribua des photocopies. Quand chacun eut pris connaissance de son exemplaire, les yeux s'arrondirent, des jurons s'échappèrent. On entendit les pieds de chaises crisser sur la vilaine mosaïque de grès qui couvrait le sol.

— Vous êtes pas sérieux ?

Le sourire de la jolie Mme Meyer s'était légèrement crispé :

— Ce calendrier correspond aux dispositions légales.

— Mais vous pouvez quand même accorder plus de temps.

— Attendez! fit Martel.

C'était sa première intervention. Tous se tournèrent vers lui, avec un certain soulagement. Subodka pensa : le voilà qui sort du bois. La DRH adopta un air concentré, résolu, humanitaire.

— Si je comprends bien, dit Martel, les salariés reçoivent leur notification de licenciement la semaine prochaine. Deux jours plus tard, c'est-à-dire le 16, nous avons notre première réunion. Le 18, on voit les mesures d'accompagnement. Le préavis commence le 22. Le 28 c'est plié. Le site ferme définitivement le 9 mars.

Il sourit gentiment.

— C'est bien ça?

Il avait modulé sa voix de gros fumeur pour adopter un ton bénin, mais son calme ne rassurait personne. Tapotant le calendrier de l'index, Martel insista, détachant chaque syllabe :

— Est-ce que j'ai bien tout compris?

Mme Meyer feignit de confronter ses propos aux dates qui figuraient sur le document.

— En fait, il s'agit d'un calendrier prévisionnel.

— S'il vous plaît, insista Martel, plus affable encore. Vous me confirmez bien que le 28 février tout est plié, et que le 9 mars, l'usine est fermée?

— C'est effectivement ce que nous prévoyons. Il s'agit d'une base de discussion. Des aménagements sont évidemment possibles. Les partenaires…

Se levant brusquement, Martel fit tomber sa chaise à la renverse. Le métal résonna sur le carrelage. Il prit son portable et composa un numéro de tête. Conscient de l'impression que le secrétaire du CE faisait sur ses collègues, Subodka tenta un mouvement de riposte :

— Il n'est pas utile de faire ce genre de démonstration. Nous sommes entre adultes, monsieur Martel. Vous connaissiez la situation du site. Nous sommes tous là pour négocier.

Comme tout à l'heure, lorsque le DG et la DRH s'étaient approchés du local syndical, Martel leva la main, leur intimant l'ordre de se taire. Le téléphone à l'oreille, la tête inclinée, son menton touchant presque sa poitrine, il attendait. Personne ne mouftait, un silence glacial était tombé dans la pièce. Ainsi, tout le monde put entendre la tonalité, puis le déclic au moment de la mise en communication.

— Bonjour, dit Martel. Je voudrais parler à Mme Kleber. Oui, l'inspectrice du travail.

Les représentants de la direction prirent des mines navrées, faisant non de la tête. Ils avaient compris. Le secrétaire allait jouer la montre. La DRH pensa à son agenda des semaines à venir. Une succession de réunions à répéter les mêmes choses et à se faire enguirlander comme si elle incarnait le capitalisme à elle toute seule.

On prit donc rendez-vous avec l'inspectrice, on s'engueula tant qu'on put puis on convint de se revoir le 16 février.

— Entre-temps, rappela la DRH, il faudra qu'on tienne cette fameuse réunion pour examiner les comptes du CE, monsieur Martel.

— Bien sûr, répondit l'intéressé.

— L'inspectrice peut venir si vous le souhaitez. Ça pourrait peut-être l'amuser.

— Qu'est-ce que vous insinuez ?

— Rien du tout. Vous nous reprochez notre gestion. J'attends de voir la vôtre.

Il y eut encore un peu de houle et quelques invectives. Subodka calma le jeu. D'un sens, la Meyer était plus coriace que lui.

Dehors, quarante bonshommes attendaient, goguenards, ravigotés par les cris qu'ils avaient entendus pendant la réunion. À leurs côtés, on trouvait aussi quelques femmes qui travaillaient dans les bureaux et qui étaient venues en renfort. Elles arboraient une mine inquiète, la même que celle qu'on voyait aux fiancées et aux mères à l'annonce des grandes conscriptions d'autrefois. Elles avaient tâché de tempérer la colère des hommes, il ne servait à rien de se mettre dans des états pareils. Et puis la plupart d'entre elles retrouveraient du boulot.

À bien y réfléchir, le DG et la DRH ne s'étaient pas laissé intimider. Après tout, ils étaient sûrs de leur coup, ils connaissaient le fonctionnement de la machine. Ils savaient que le nombre est un leurre, la grève un délire, l'Inspection du travail une vieille lune. Tout bonnement, ils savaient le Droit.

Tout de suite, Martel croula sous les questions. On lui demandait si ça irait au bout, s'il existait un moyen et si peut-être, en se montrant conciliant, et au sujet des comptes, qu'est-ce qu'elle avait voulu dire…

— Plus tard, promit-il en se dégageant. On verra plus tard.

Il cherchait Bruce et quand il l'aperçut enfin, il fondit sur lui, l'attirant à l'écart. Martel avait eu le temps de réfléchir pendant la réunion. Il n'y avait plus d'issue.

— C'est pire qu'on croyait, dit-il. La boîte est foutue.

— Comment ça?

— On va le faire.

— Mais quoi? bredouilla Bruce.

— Les Benbarek. On va le faire leur truc. Mais une seule fille OK?

Et pour être certain de s'être bien fait comprendre, Martel saisit Bruce par le bras. L'autre opina précipitamment.

— Je vais m'en occuper. Je te promets, ça va aller.

— Et je te conseille de pas merder cette fois.

Curieusement, Martel semblait rajeuni, beaucoup moins rassurant aussi.

Ce soir-là, Bruce se massa longuement le bras avec du Synthol, mais il fallut plus d'une semaine avant que les bleus laissés par la prise de Martel ne commencent à disparaître.

DEUXIÈME PARTIE

But in the end, I know you'll be the one standing.

Rocky IV

RITA

Ils se garèrent côte à côte sur le parking du Manhattan, un petit rade isolé à la sortie de Saint-Dié. Il faisait nuit et les premiers flocons d'une tempête annoncée pour le lendemain tombaient déjà. L'enseigne au néon vert du Manhattan se reflétait sur le bitume humide. Un bar, cinq lampadaires, vingt places de parking autour. C'était plutôt sinistre et Rita se demandait un peu ce qu'elle fichait là.

Quand Martel lui avait proposé de prendre un verre, elle s'était fait prier, pour la forme. Pourtant, elle attendait qu'il se jette à l'eau depuis un bon moment. Ces dernières semaines, ils avaient passé pas mal de temps tous les deux. Le plan social de Velocia aurait au moins eu ce mérite.

Pour l'inviter, Martel s'était penché tout près d'elle. Il avait cette drôle de manie, il se collait à vous pour parler. Au départ, Rita s'était demandé ce qu'il fabriquait.

— J'ai eu des problèmes d'otite quand j'étais gamin. On m'a opéré mais j'ai une oreille un peu faiblarde maintenant.

— Je peux parler plus fort si vous le souhaitez.

— C'est bien comme ça, vous en faites pas.

Elle n'avait pas relevé. Et puis il lui avait proposé de boire un verre, juste comme ça. Maintenant, ils étaient là.

Rita quitta sa 206 de location et remonta la fermeture éclair de son parka jusque sous son nez. Elle se sentait excitée, et vaguement contrariée aussi. Le lendemain, elle devait ramener la môme aux gendarmes, elle ne pouvait s'empêcher d'y penser. Qu'est-ce qu'elle pouvait faire d'autre ? Victoria n'avait pas de papiers. Elle ne pouvait pas sortir toute seule, s'inscrire dans une école ou prendre des cours de conduite, encore moins trouver un job. Il fallait arrêter de jouer à la nounou et rentrer dans le dur.

Martel la rejoignit et s'excusa :

— Je sais que c'est pas terrible comme endroit, mais au moins on devrait pas tomber sur un des copains de l'usine ici.

— Ça me va très bien, vous faites pas de bile.

Ils se dirigèrent vers l'entrée. Leurs épaules se touchaient presque et ils veillaient à regarder droit devant eux.

Ils eurent à peine le temps de passer la porte que le patron leur demanda de bien refermer derrière eux. Cent vingt kilos, des grosses moustaches et des yeux candides, il ressemblait un peu à une otarie. Une enseigne Budweiser se réfléchissait sur son crâne et lui donnait un teint maladif. Tout près de l'entrée, un mec en jogging-baskets jouait aux fléchettes sur une cible électronique. À part ça, une femme mal fagotée sirotait un diabolo banane au bar et deux ados se faisaient un billard un peu plus loin dans le fond. Martel proposa à Rita de s'asseoir au bar et le moustachu baissa la radio pour prendre leur commande. Rita hésitait.

— Je vais prendre un Picon, fit Martel.

— Bon. Mettez-moi la même chose.

Martel rapprocha son tabouret tandis que le gros type actionnait les pompes à bière.

Martel portait une veste en cuir toute neuve et une chemise en jean. Rita ne l'avait jamais vu sapé comme ça. Il lui rappelait ce type dans *Reservoir Dogs,* un beau brun un peu voûté, avec le front plissé et des yeux clairs. En rentrant, elle vérifierait sur Internet.

Ils trinquèrent et burent en silence.

— En tout cas, merci pour ce que vous avez fait.

Rita haussa les épaules. Elle n'avait rien fait de spécial, s'était contentée de rappeler le code du travail à la DRH, qui le connaissait d'ailleurs aussi bien qu'elle. Quand même, cette bonne femme un peu trop sûre d'elle lui avait tapé sur le système. À un moment, il avait fallu qu'elle lui explique :

— Pour commencer, vu la machine qui a déménagé en douce, je vous conseille de faire preuve d'un peu de bonne volonté.

— On a respecté la loi.

— Je sais bien, mais imaginez l'effet dans le journal. À votre place, je lâcherais un peu de lest sur le calendrier. Ensuite, vous pourrez toujours discuter des critères d'ordre de licenciement.

— On n'a rien à se reprocher, avait répété la DRH. Avec sa petite bouche pincée, elle n'était plus si mignonne finalement.

— Écoutez, on sait tout ça. L'usine vous appartient, vous faites ce que vous voulez. Après moi je peux parfaitement ouvrir une enquête. Ou deux. Seulement, j'ai pas tellement de personnel. Avec tous les licenciements qu'il y a un peu partout en ce moment, ça risque de prendre du temps. C'est pour ça, si tout le monde y met du sien…

Finalement, la DRH avait mis de l'eau dans son vin, la fermeture de l'usine était repoussée d'un mois. On avait le temps de voir venir.

— Vous feriez bien de prendre un expert-comptable, dit Rita qui venait de finir son verre.

Martel fit signe au patron qui leur remit ça. Rita ôta son parka et demanda du papier et un crayon pour noter les coordonnées d'un expert qu'elle connaissait.

— Appelez-le. C'est un bon. Après, ne vous attendez pas à des miracles, mais il a l'habitude des plans sociaux. Il fera ce qu'il faut.

— Qu'est-ce que ça veut dire "Ne vous attendez pas à des miracles"?

— Que le truc ira jusqu'au bout. L'usine est foutue.

Martel resta suspendu, attendant qu'elle ajoute quelque chose de positif, d'encourageant. Ça n'arriva pas. Ils se remirent à boire. Martel pensait aux copains. Avec le changement de calendrier, les gars s'étaient monté la tête. Si la direction reculait là-dessus, on pouvait peut-être reprendre espoir. On allait rameuter la presse, faire pression sur le maire. Pourtant, depuis le début, l'inspectrice n'avait pas fait de mystère. Martel imaginait déjà les gamins du coin s'amusant à descendre les vitres de l'usine déserte à coups de caillou. Deux hivers et il ne resterait que des ruines.

Au troisième verre, le moustachu leur offrit des olives.

— On pourrait peut-être aller s'installer à une table du fond, dit Martel. On serait plus tranquilles pour discuter.

Elle le suivit. Au passage, Martel salua un des gamins qui jouaient au billard.

— Comment ça va ton père ?

— Ça roule, répondit le môme en rougissant.

— Ça fait un moment que je l'ai pas vu.

— Il est du matin je crois.

Martel ne releva pas. Patrick Locatelli n'avait plus mis les pieds à l'usine depuis plus d'une semaine. Ils étaient quelques-uns comme ça, qui ne prenaient plus la peine de quitter leur plumard ou à peu près.

— Tu lui passeras le bonjour.

— Ouais.

Avec l'inspectrice, ils s'installèrent dans un box près des toilettes. Ils se sourirent en voyant le tableau accroché au mur, des chiens qui jouaient au poker.

— Vous connaissez tout le monde on dirait, fit Rita.

— Moi qui avais justement choisi cet endroit pour éviter les rencontres. C'est tout petit par ici, on peut jamais être tranquille.

— De toute façon, ça ne fait aucune différence.

— Il faudrait pas qu'on tombe sur votre mari, ironisa Martel.

— Pas de danger.

— Vous n'êtes pas mariée ?

— Plus tellement.

Ils étaient un peu éméchés à présent et parlaient plus librement. À un moment, le joueur de fléchettes réussit un triple 20 et la cible électronique se mit à sonner et clignoter comme c'est pas permis.

— Qu'est-ce que c'est que ce bordel ? fit le patron en rigolant.

— J'ai mis dans le mille, Bruno.

— Ce serait peut-être l'occasion de payer ta tournée, observa la femme au diabolo banane.

Le patron se mit à rigoler, les pouces glissés dans son gilet de cuir. Mais il finit quand même par leur payer un coup, une pression et un kir.

Il était dix-neuf heures et l'ambiance commençait à se réchauffer. La radio diffusait un vieux tube de Billy Joel. Bientôt, deux autres types entrèrent dans le rade, genre bidasses, le crâne rasé sur les côtés avec une houppette sur le devant. Ils portaient les mêmes blousons d'aviateur et des pompes de chantier. Ils commandèrent des pintes et se postèrent juste derrière le type en jogging, qui devint très maladroit.

Pendant un moment, Rita et Martel parlèrent de leur vie. Ils se sentaient fatigués et confiants. Les mots venaient facilement et ils avaient envie de se dire des choses qu'on garde généralement pour soi. Des histoires de famille, de coucheries, des trouilles qu'on s'efforce de cacher et qui vous définissent mieux que tout le reste.

— Ce truc de secrétaire du CE, je l'ai pris un peu par hasard. J'aime bien ça, mais j'ai jamais pensé que j'étais à la hauteur. On bidouille comme si on savait, mais au fond, ça reste un peu comme à l'école. On continue de faire semblant. Et puis de temps en temps, il se passe un truc comme ce PSE. Comme lorsque ma mère est tombée malade. C'était presque trop vrai pour y croire.

Rita l'écoutait, un demi-sourire aux lèvres.

— Vous avez des enfants? demanda Martel sans même y penser.

— Non.

Il hésita une seconde.

— Ça vous fait quelque chose?

— Sûrement. Enfin, je ne sais plus très bien.

Ils furent tirés de leur conversation par des éclats de voix. Les bidasses charriaient le joueur de fléchettes, devenu tout rouge et qui défendait sa place, alors qu'il avait manifestement envie de prendre ses jambes à son cou.

Martel s'était retourné sur sa chaise. Il tâchait de comprendre ce qui se disait malgré sa mauvaise oreille.

— Qu'est-ce qu'ils racontent?

— Rien. Ils font les cons.

Il fit mine de se lever, mais Rita posa la main sur son bras.

— Laissez couler, on s'en fout après tout.

Martel éprouva cette impression de simplicité, de soulagement, un peu comme lorsqu'on vient à bout d'un nœud dans ses lacets.

— On pourrait dîner.

Elle ne disait pas non. La fille du patron qui commençait son service choisit précisément ce moment-là pour venir débarrasser leur table.

— Je vous remets ça?

— Je sais pas trop, dit Martel en haussant les sourcils.

— Comme vous voulez, répondit Rita.

— Alors oui.

Sous la table, leurs genoux se touchèrent. Rita regarda sa montre et se redressa.

— J'avais oublié. J'ai un truc prévu. Je vais devoir y aller.

— Vous pouvez pas remettre ça à une autre fois?

— Non.

Elle s'était ressaisie et faisait le tour de ses poches. Elle trouva les clefs de la 206 et regarda sa montre une nouvelle fois.

— Je suis vraiment désolée. J'ai prévu de dîner avec ma mère. Il faut absolument que j'y aille.

— Bon, fit Martel, beau joueur.

— Je vais aux toilettes et après je me sauve.

Il la regarda s'éloigner. Il ne put s'empêcher de l'imaginer en petite culotte, ses longues jambes nues, le coton noir sur la blancheur de ses fesses un peu molles. Il avait envie de prendre son bassin entre ses bras et de coller son visage contre son sexe. Elle poserait ses mains sur ses épaules, il y aurait l'odeur de sa chatte et ses mains dans ses cheveux. Cette pensée l'intimida, parce qu'elle pourrait bien se matérialiser finalement. Il se leva et paya tous les verres avant de revenir à leur table.

— Vous allez cuisiner? demanda-t-il.

— C'était l'idée. Mais vu le temps qu'il me reste, ça me semble mal barré.

— Je connais un petit resto plutôt sympa près de chez vous.

Elle sembla se figer.

— Je vous ai raccompagnée l'autre fois. Votre voiture, vous vous souvenez?

Rita avait vraiment envie de partir maintenant, mais Martel s'était mis à noter quelque chose sur un petit bout de papier qu'il avait sorti de son portefeuille.

— Voilà l'adresse. C'est une pizzeria située dans la vallée, le Capri. Rien d'incroyable, mais c'est un endroit que j'aime bien. Ils ne passent pas de musique et ils ont des nappes à carreaux.

Rita avait déjà endossé son parka. Elle jeta un coup d'œil au bout de papier que Martel lui avait donné.

— J'avais déjà votre numéro.

— Je sais, dit Martel. Pour le travail. Je vous le donne pour que vous m'invitiez à dîner, une prochaine fois.

Rita joua quelques secondes avec sa fermeture éclair avant de se décider.

— Bon allez. Au revoir.

— À bientôt.

Ils hésitèrent maladroitement, elle s'avançant, lui se levant. Finalement ils se serrèrent la main. Elle disparut sans se retourner. Il la regarda jusqu'à ce qu'elle ait franchi la porte en espérant qu'elle se retourne.

Dehors, une fine pellicule de neige fraîche recouvrait les voitures, le sol et tous les environs. De rares voitures se hâtaient dans l'obscurité. À la radio, on incitait les automobilistes à la prudence. La tempête était presque là.

BRUCE

Bruce dévala l'escalier de la tour 9 le dos au mur, son Colt .45 à la main. Il respirait précipitamment et pouvait sentir son cœur cogner contre ses côtes. Depuis qu'il ne bossait plus à l'usine, il avait tendance à forcer sur la coke. Sans compter les stéroïdes qu'un pote de la salle de muscu lui refilait. Du coup, il était tout le temps comme ça, énervé, tendu, incapable de se concentrer.

Il avait presque rejoint la cave quand la lumière s'éteignit dans la cage d'escalier. Plus haut dans les étages, quelqu'un se mit à rouspéter en arabe. Quelque part dans un appartement, un chien aboya puis la lumière revint. Bruce finit de descendre les marches deux par deux et s'engouffra dans la cave.

Basse de plafond, elle comptait une quinzaine de box qui sentaient la terre retournée, le mélange de mobylette, le vieux cageot. Une lumière fade tombait des soupiraux. Bruce se mit à progresser en crabe, serrant toujours son flingue. Il passa devant le box des Miclot où se trouvaient un vieux clic-clac Conforama, des bocaux de quetsches, un vélo d'appartement qui n'avait jamais servi. Puis il contourna le scooter du fils Ladjimi, cadenassé de haut en bas. Plus loin, il reconnut la porte blindée qui fermait le box aménagé des Lambert. De temps en temps, le père Lambert dormait là, quand ce n'était vraiment plus possible chez lui.

Enfin, il atteignit le box du vieux Kemali, le cantonnier qui était tombé dans sa baignoire l'été précédent et qu'on avait emmené à l'hospice de force, alors qu'il suppliait les brancardiers de le laisser crever chez lui. Depuis, ses enfants se battaient pour savoir ce qu'ils allaient faire de l'appartement du vieux, un F2 minuscule qui avait coûté vingt ans de Smic à leur père. Toujours est-il que son box était à l'abandon, juste là. Bruce s'immobilisa. Au bas de ses reins, il pouvait sentir son tee-shirt trempé de sueur. Il s'humecta les lèvres d'un petit coup de langue circulaire comme il le faisait dix fois par minute ; la coke lui faisait toujours cet effet-là. Bon Dieu, il avait mal aux pattes, tellement envie de courir. Il ouvrit la bouche et chercha de l'air, comme un poisson sur le sable.

C'est précisément à ce moment-là qu'il entendit des éclats de rire étouffés derrière la porte du box. Sans réfléchir, il se jeta en avant et l'enfonça d'un coup d'épaule. À l'intérieur, c'était minuscule, sombre, plein de cris et d'insultes qui sortaient de tous les côtés. La lumière d'un néon jaillit du plafond, aveuglante. Bruce se trouva désorienté l'espace d'un instant. Dans son affolement, il tendit le Colt droit devant lui et pressa la détente à dix reprises. Des corps tombèrent sur le sol. Et le chien du Colt continuait à mordre dans le vide : Clic clic clic clic.

— Je vous nique tous ! gueula Bruce, les yeux ouverts comme des soucoupes.

Devant lui, deux mômes se roulaient par terre, mourant sans fin comme à la télé.

— Va te faire enculer, gueula Nonosse, un troisième gamin qui ripostait en lui balançant une grosse bille de plomb au visage.

Bruce esquiva sans problème. Dans l'état d'excitation où il se trouvait, il aurait aussi bien pu passer à travers un tir de mitrailleuse lourde.

— Loupé, merdeux. Tu vas voir maintenant.

Il voulut choper le mioche par le cou, mais Nonosse qui avait l'habitude de se prendre des beignes se déroba. Dans son élan, Bruce heurta une étagère métallique, un patin à glace dégringola et atteignit Younès à la tête. Surpris par la douleur, ce dernier cessa aussitôt de geindre et de se tortiller par terre. Une marque bien nette parut sur son front. Quelques gouttes d'un rouge très dense se mirent à perler, puis le sang coula pour de bon et Younès commença à chialer à pleins poumons en criant maman maman maman.

— Vas-y, ferme-la, supplia Bruce, en tâchant de le bâillonner avec sa main libre.

— Ouaaaah, comment elle va nous défoncer maman, dit Mounir en se redressant sur un coude.

Bruce jurait en tirant Younès par le bras pour le relever, mais le gamin se débattait et criait de plus belle.

— Vas-y, ferme-la, si tu la fermes, je te prête mon flingue.

Il tendit le Colt au gamin. L'enfant considéra le calibre. Ses épaules étaient encore agitées de soubresauts, mais ses larmes s'étaient déjà taries. Il s'empara du flingue et son grand frère essuya la morve qui lui coulait du nez avec sa manche. Le petit môme ne se rendit compte de rien ; dans sa tête, ça frisait comme à Noël.

— Il est tout pourri son flingue, fit Nonosse, vaguement jaloux.

— Et tu nous fileras des balles ? s'inquiéta Mounir en inspectant le front de Younès.

— Bien sûr, promit Bruce.

Younès approuva de la tête en reniflant encore à plusieurs reprises. Dans ses mains minuscules, le Colt était d'une beauté renversante.

Bruce se magna de regagner l'appartement avant les gamins. Entre-temps, il avait récupéré son flingue et chargé Mounir d'aller à la pharmacie pour trouver de quoi soigner son petit frangin. Il leur avait également conseillé de ne pas rentrer tout de suite, le temps que ça s'arrête de saigner. Quand Marie-Rose le vit passer dans le couloir alors qu'elle servait le thé à la voisine, elle lui courut après.

— Hé ! Où sont les enfants ?

Bruce avait filé tout droit sans répondre et s'était déjà enfermé dans sa piaule. Dans la cuisine, les deux femmes indignées se mirent à papoter avec frénésie. Elles avaient de quoi.

Voilà deux semaines que Bruce vivait chez Hamid, son pote l'intérimaire de chez Velocia. Quand Bruce lui avait demandé s'il pouvait le dépanner pour une nuit ou deux, Hamid avait essayé de se dérober, normal. Après tout, ce n'était pas si grand un F4. Sans compter que sa femme n'était pas commode. Mais Bruce avait allongé un billet de cinq cents. Pas grand-chose vu qu'il comptait rester là au moins deux mois, mais un billet de cinq cents, on n'en voit pas si souvent. C'est mauve, toujours neuf et ça figure un pont à haubans. Finalement, on s'était arrangés.

Mounir, l'aîné, avait donc cédé sa piaule et les deux gosses s'étaient retrouvés avec un genre de cousin bizarre, drôlement nerveux et pas très futé, mais vachement sympa quand même. Bruce leur montrait des tas de trucs, comme rouler des pet' ou voler un CD en masquant l'antivol avec une pièce de deux euros. En plus, il leur avait acheté une Xbox et des jeux. Marie-Rose avait d'ailleurs instauré un couvre-feu après avoir surpris les trois zouaves qui jouaient encore à la console à deux heures du mat'. Il fallait voir la tête des mômes quand ils allaient à l'école le lendemain.

— Mais tu ne vas pas le laisser s'en tirer comme ça! s'emportait la voisine.

— Ah mais ça!

Bruce les écoutait débattre de son sort, se demandant ce qu'il allait bien pouvoir faire. Un billet de cinq cents ne suffirait pas cette fois. En tout cas, il ne retournerait pas à la Ferme. Quand le grand-père avait découvert la disparition du Colt, il était devenu complètement cinglé. Pour la première fois depuis des années, il avait décroché le nerf de bœuf et s'était remis à le cogner. C'était horrible à voir, un tout vieux mec comme ça s'échiner à vous taper dessus. Bruce avait préféré foutre le camp. D'autant que le vieux avait menacé d'appeler les gendarmes.

Ouais, Bruce en avait sa claque qu'on lui dise quoi faire, qui voir, il en avait ras le bol de ce vieux con. Il s'était toutefois bien gardé de le lui dire en face.

Parce que quand même, le grand-père n'était pas n'importe qui. À chaque fois que Bruce avait pu traiter avec des caïds des environs, c'est à son nom de famille qu'il l'avait dû. Pour pas mal de gens, Pierre Duruy restait une légende, un nom auquel s'attachait une réputation de violence et d'impunité. Depuis tout gamin, Bruce avait pu constater le respect que suscitait le vieux, chez les voyous, les voisins, les flics même.

Et ce malgré leur mode de vie, la Ferme, la ferraille, sa mère qui tisait. N'empêche, il abusait.

Déjà, quand son père s'était tiré, le vieux lui avait interdit de le revoir. C'est vrai qu'il était pas super-recommandable, qu'il trompait sa mère tout ce qu'il savait, mais bon, c'était son père malgré tout. Quand il était ado, Bruce l'avait tout de même croisé à l'occasion, dans des circonstances un peu spéciales, cafés de la gare, bars de nuit, discothèques. Pas chien, son père payait toujours sa bouteille quand ils se retrouvaient comme ça, à l'improviste. Une fois ils avaient même pris une chambre d'hôtel avec des filles. Ces temps-ci, il ne le voyait plus du tout. Il n'aurait même pas su où le trouver. Quoi qu'il en soit, Bruce n'était plus un môme, que le vieux aille se faire foutre, il se débrouillait très bien tout seul désormais.

Sans déconner, depuis qu'il s'était tiré, Bruce n'avait pas perdu son temps. Il s'était associé avec un grossiste de la ZUP d'Épinal et écoulait maintenant de la coke et du shit un peu partout dans le département. Il avait laissé tomber les concerts pour se concentrer sur les discothèques et les lycées. Et puis Younès et Mounir sous-traitaient des barrettes par-ci par-là. Tout le monde était content.

Bruce adorait l'importance que lui conférait son petit business. Dans la cité, les gamins le prenaient pour Tony Montana. La nuit, il frayait avec le petit monde des noctambules, fils à papa et voyous de pacotille, jolies filles et paumées en fin de course. Des beautés blondes qui finiraient avocates ou cardiologues lui faisaient la bise dans des endroits où l'on écoutait les derniers tubes de Pharrell Williams en sirotant du mojito. On lui parlait à l'oreille en le tenant par l'épaule. Il entrait partout avec cet air arrogant et cool du mec qui fait la navette entre les bas-fonds et les beaux quartiers. Le bonheur quoi.

Pour bien faire, il s'était payé une nouvelle caisse aussi, une vieille série 5 avec cent vingt-cinq mille kilomètres au compteur, et avait souscrit un abonnement dans une salle de fitness qui venait d'ouvrir à Saint-Dié. Avec les produits qu'il ingurgitait, il prenait vraiment une ampleur surnaturelle. Là où Bruce avait un peu merdé, c'était au niveau des guiboles. En caleçon, avec sa poitrine hypertrophiée, il avait plus ou moins la même silhouette qu'une grue cendrée. Peu importe, il se faisait des injections d'hormones dans les cuisses et pédalait trois heures par semaine, ce serait bientôt rectifié. En attendant, il se baladait partout comme ça, un débardeur Gold's Gym sous son cuir entrouvert, les pupilles comme des têtes d'épingle, grinçant des dents et cherchant des emmerdes à tout ce qui se trouvait sur son chemin.

De temps en temps, il passait prendre Younès et Mounir à la sortie du bahut et ils allaient zoner tous les trois en bas de l'immeuble, avec les autres mioches du quartier. Bruce prenait la pose pour les épater, il actionnait ses dorsaux, ses lombaires, faisait du yoyo avec ses triceps. Il avait même pris froid à faire le con comme ça en plein hiver. Mais il était au moins aussi accro à l'admiration de ces mômes qu'à ses compléments alimentaires.

Dès que la voisine se fut tirée, Marie-Rose se précipita vers sa chambre.

— C'est quoi cette histoire? se mit-elle à crier en frappant contre la porte. Où sont les enfants? Et tu crois que tu peux faire comme chez toi, sans s'occuper ni rien hein?

Il était encore tôt et Bruce n'avait pas l'intention de se tirer tout de suite. Il mit donc son casque sur ses oreilles, lança une compil' de Meshuggah, se désapa et après s'être envoyé un petit rail de coke, entama une série de trente pompes. Quand il fut bien tendu, il prit des poses devant le miroir. Les gens pouvaient bien le faire chier, avec des bras comme ceux-là, qu'est-ce qu'il en avait à foutre? Il les écarta, les paumes vers le ciel, et sa poitrine se déploya à la manière d'une fleur étrange. Il tint la position un moment et son portable se mit à sonner. C'était Martel. Il décrocha aussitôt. Derrière la porte, Marie-Rose continuait à jaser.

Deux jours plus tôt, Martel lui était justement tombé dessus alors qu'il glandait avec une dizaine de mômes au pied de la tour 9. Il faisait déjà nuit, mais Bruce avait reconnu la Volvo au premier coup d'œil. Il aurait aussi bien pu se tirer, il en avait d'ailleurs eu envie, mais Martel avait pris son temps pour les rejoindre, un pas après l'autre. Ça lui avait semblé de bon augure. Il s'était levé avant de dire aux mômes de déguerpir.

— Allez tirez-vous, je dois voir quelqu'un.

— Toi tu fous le camp.

— C'est clair.

— Ouah sans déconner cousin, tu te crois où?

Et les mômes s'étaient mis à l'insulter comme c'est pas permis, les pires étant deux gamines, une petiote en rollers avec des tresses et sa grosse frangine qui la cramponnait pour lui éviter de tomber. Finalement, Bruce avait préféré prendre les devants en allant à la rencontre de Martel, non sans cracher entre ses incisives, histoire de dire.

— Hé mec, ça fait plaisir de te voir. J'avais l'intention de t'appeler justement.

— T'as retrouvé la fille?

Dans la pénombre, les yeux sombres de Martel accrochaient la lumière tombée des tours environnantes. Difficile de dire s'ils exprimaient de la colère ou du vague à l'âme.

Bruce avait commencé par lui faire des compliments au sujet de son cuir. Elle était super cette nouvelle veste, où est-ce qu'il l'avait trouvée? Au lieu de répondre, Martel l'avait tout de suite emmené à l'écart, pour discuter paraît-il. C'est comme ça qu'ils s'étaient retrouvés dans le square, sans personne autour. Martel s'était posé sur une balançoire et Bruce avait préféré rester debout, à distance, en faisant des dessins dans le gravier avec son talon.

— Je suis passé chez ton grand-père.

— Quand?

— Ce serait plutôt "pourquoi" la bonne question.

Bruce s'était raidi. Martel avait pris le temps d'allumer une cigarette. Les onze tours de la ZUP se dressaient tout autour. La plupart des fenêtres étaient illuminées et dans chaque appartement ou presque, on pouvait apercevoir le battement bleuté d'un écran de télé. Il faisait froid et on entendait la rumeur d'une nationale au loin. Martel avait repris la parole :

— Si j'avais su tout ça dès le départ, je me serais jamais mis dans un truc pareil.

— Qu'est-ce qu'il t'a raconté ce vieux con ?

— Ça n'a plus d'importance maintenant. Seulement, dans ce genre de situation, on a besoin d'avoir confiance. Et toi tu disparais, tu réponds plus au téléphone, tu te tailles de chez toi. Qu'est-ce que je dois penser à ton avis ?

Bruce avait hésité.

— Tu peux me faire confiance.

— Putain Bruce…

Martel semblait extrêmement las. Il avait pris une dernière bouffée avant de jeter sa cigarette vers Bruce.

— On peut pas régler ça comme ça, Bruce. Il faut qu'on retrouve cette fille. Et c'est à toi de t'en occuper.

— Et pourquoi moi ?

Bruce avait alors adopté un drôle de ton ; on aurait juré un cancre qui vient de se ramasser des devoirs supplémentaires. Pour lui, toute cette affaire appartenait au passé. Cette petite connasse s'était volatilisée, tant mieux pour elle. Pour le fric, on verrait. Si les Benbarek insistaient, il trouverait toujours un moyen. C'est ce qu'il avait expliqué à Martel.

— Je crois que tu saisis pas bien. Tes petits copains campent en bas de chez moi dans leur 4 × 4. Toutes les nuits mec. En plus, il faut que je m'occupe du PSE. C'est à toi de retrouver cette fille. Je suis pas en train de te demander un service là. Je te dis ce que tu dois faire.

Martel se balançait doucement et la conversation s'était poursuivie un bon moment. De toute façon, Bruce disait amen à tout, pourvu que Martel se casse. Au bout d'un moment, ils en étaient quand même venus à l'usine et Martel lui avait donné des nouvelles. De son côté, Bruce lui avait raconté sa nouvelle vie chez Hamid, les mômes et Marie-Rose qui rouspétait sans arrêt.

— Bon, je vais y aller, avait fait Martel en se remettant debout.

Les deux hommes s'étaient retrouvés face à face, Bruce se rapprochant, tout sourire, soulagé quelque part. Ils étaient de nouveau copains maintenant, plus besoin de tellement se planquer. Ils s'étaient serré la main.

— Tu renifles drôlement, avait remarqué Martel. T'as chopé la crève ou quoi ?

Bruce avait juste haussé les épaules. Martel souriait, Bruce aussi et puis une douleur effroyable était passée au travers de sa main. Il s'était immédiatement retrouvé les genoux au sol. Martel était en train de lui péter le pouce et au moment où la prise se desserrait, il avait senti la grosse pogne de Martel se refermer sur sa gorge. Presque aussitôt, il s'était mis à voir des étoiles.

— Écoute-moi bien pauvre demeuré. Tu te défonces, tu t'amuses avec des mômes de cité, tu joues les caïds, j'en ai rien à foutre. C'est pas mes oignons. Par contre, les Benbarek sont dangereux. C'est pas seulement des emmerdeurs. Ces mecs sont près à n'importe quelle connerie pour être pris au sérieux. Tu comprends ça ?

Bruce avait fait oui de la tête et Martel s'était agenouillé à son tour, tout près, pour lui parler à l'oreille. Il avait prononcé quelques phrases courtes, répétant chacune d'entre elles et Bruce avait acquiescé à la fin de chaque phrase. Puis Martel lui avait demandé s'il avait bien tout compris.

— Oui.

— Quoi ?

— Je dois retrouver la fille.

— Quoi ?

— À tout prix putain…

— Voilà.

Et pour marquer le coup, Martel avait voulu lui casser le pouce pour de bon, d'une torsion vers l'arrière. La douleur avait foudroyé Bruce qui s'était mis à se contorsionner et à gueuler comme un veau, si bien que Martel avait fini par lâcher prise. C'est là qu'il les avait vus. Ils n'étaient plus seuls dans le square.

Une dizaine de silhouettes se dressait à quelques mètres. Certaines portaient une capuche, d'autres avaient la tête nue. Les mômes s'étaient rapprochés, leurs pieds traînant sur le gravier. Tous avaient leur téléphone à la main. Martel avait cherché à distinguer leurs visages, mais malgré le faible halo des portables, il n'y avait pas de visages. Ils se déployaient, ils n'avaient pas peur, ils ne disaient rien. Derrière eux, les tours montaient vers le ciel et faisaient comme un renfort extraordinaire. Rampant sur ses fesses, Bruce avait cherché à les rejoindre, pour se mettre à l'abri.

— Vous feriez mieux de rentrer chez vous, avait dit Martel.

— Toi, tu rentres, avait rétorqué la grosse gamine qui cramponnait sa petite frangine en rollers. Les mômes avançaient en pianotant sur leur téléphone.

— Barre-toi mec.

Martel avait reculé, sans même s'en rendre compte.

— La fille, Bruce, avait-il dit une dernière fois avant de se tailler.

Quand Bruce vit le nom de Martel sur son portable, il décrocha donc dès la première sonnerie. Au bout du fil, Martel ne dit même pas bonjour ni rien.

— Alors la fille ?

C'est tout ce qui l'intéressait.

— Je crois que c'est bon.

— C'est-à-dire ?

— Je suis en train de chercher, j'ai une piste.

Il y eut un silence puis Martel reprit :

— J'avais un message sur mon répondeur tout à l'heure.

— Et alors ?

— Un message vraiment bizarre.

Bruce se demandait s'il s'agissait d'une sorte de test, comme ces questions à double sens que les profs vous posaient parfois à l'école. Genre "Est-ce que tu crois qu'on peut additionner des choux et des carottes ?" En général, il valait mieux se la fermer. C'est ce que Bruce fit cette fois encore et Martel poursuivit :

— Un truc… Comme des gémissements d'enfant.

— Mais t'as même pas de gosse…

— Putain mais c'est pas le problème. Je veux pas de messages comme ça. Je veux surtout pas être mêlé à des gens qui sont capables de te laisser ce genre de saloperie sur ton répondeur. Il faut qu'on en sorte et vite.

— Non mais t'inquiète.

— Bruce…

— Ouais ?…

— Je vais m'en prendre à toi tu sais.

MARTEL

Arrivé chez lui, Martel fit couler du café, puis fila sous la douche.

Il avait quitté le Manhattan vers vingt heures trente, passablement éméché, et plutôt irrité par les deux tondus qui emmerdaient le joueur de fléchettes. Le vieux break Volvo l'avait ramené chez lui sans problème. En revanche, il avait eu plus de difficultés à gravir les trois étages qui menaient du garage à son F2. L'ascenseur était en panne depuis deux mois, mais Martel avait prévenu la copropriété : j'ai pas un sou pour ces conneries. La représentante du syndic avait gloussé. C'était pas la peine de s'énerver.

Sous le jet d'eau brûlante, il recouvrait progressivement ses esprits. Ses épaules étaient engourdies comme s'il avait grimpé à la corde et sa nuque raide. Chaque matin, il se réveillait plus crevé que la veille. Il tenait en ingurgitant des litres de café ; en picolant pas mal aussi. Il devait penser au plan social, à Bruce, à cette fille. Il regarda ses mains, il se sentait vieux. La flotte ruisselait sur sa peau, ravivant l'encre de ses tatouages.

Martel avait passé une bonne partie de son existence à fuir les engagements. Il s'était tenu à l'écart des vacances en bande, des clubs de foot, des petites amies trop régulières. Bien sûr, il y avait eu l'armée, mais à bien y réfléchir, ça revenait surtout à se désengager. Les décisions étaient prises par d'autres, il suffisait d'obéir.

À chaque fois, il pensait à ce film avec De Niro et Pacino, il l'avait peut-être vu dix fois. Dedans, De Niro explique qu'un bon braqueur doit pouvoir tout plaquer en moins d'une minute chrono, sa voiture, son appart', ses potes, sa femme, ses mômes.

Le moindre attachement et t'es baisé, les flics ont un fil à tirer pour remonter jusqu'à toi. La morale de l'histoire coulait de source. Les possesseurs sont possédés, les propriétaires détenus ; une éthique du dépouillement qui convenait bien à Martel dans le temps, quand il n'avait pas grand-chose à perdre justement. Mais depuis qu'il était revenu de l'armée, la vie lui avait tricoté une véritable camisole.

Tout avait commencé avec sa mère dont il avait fallu prendre soin. Maintenant, il était pieds et poings liés. Il avait la trouille des dégâts des eaux, des crises économiques, des épidémies de grippe, de perdre sa réputation ou les clefs de sa bagnole. Et puis sa dette envers les Benbarek. À l'heure qu'il était, leur 4 × 4 était peut-être en bas à l'attendre. Il chercha son souffle. Si seulement l'inspectrice...

Sorti de la douche, il passa une serviette autour de ses reins. Du bout des doigts, il chassa la buée sur le miroir de la salle de bains. Son visage portait encore cet air égaré et content de soi, mais les effets de la boisson commençaient à refluer. Il passa un jean et un tee-shirt. L'odeur du café frais se répandait dans l'appartement, rassurant. Il se servit une tasse avant de se rendre dans le salon pour jeter un coup d'œil au parking. La neige tombait à gros flocons, mais il n'y avait pas trace du 4 × 4. Tant mieux. Qu'est-ce qu'il pouvait faire maintenant? Attendre que Bruce appelle, comme tous les soirs? Peut-être qu'il aurait dû la chercher lui-même cette fille. Il avait plutôt envie de rester tranquille au chaud. Peut-être qu'il allait regarder un film, pour changer. Un truc avec Clint Eastwood par exemple. Sa tasse à la main, Martel passa ses DVD en revue, juste comme ça. Un western, peut-être *L'Inspecteur Harry*, ou cette histoire d'enlèvement avec Kevin Costner.

Le jour du kidnapping, Bruce était venu le chercher très tôt. Il faisait encore nuit noire. Direction Strasbourg. Comme convenu, le jeune homme avait récupéré une bagnole puissante et passe-partout, une 605 bordeaux mue par un V6 qui faisait du seize litres au cent. Ce genre de bagnole pouvait aisément monter à deux cents ou passer à travers un mur.

Pendant tout le trajet, Bruce sembla agité. Il reniflait sans arrêt et conduisait les yeux rivés au rétroviseur. Martel alluma la radio. Il voulait écouter les infos, mais il était encore trop tôt et il dut se contenter d'un jazz poussif.

— Il faut qu'on arrive avant que le soleil soit levé, dit Martel.

Bruce fit oui de la tête.

À l'horizon, la nuit commençait à s'effilocher.

— T'es pas très causant.

— Y a pas grand-chose à dire.

Martel regardait la route, bras croisés, des plis maussades aux coins des lèvres.

— Y a quand même un truc qui me tracasse.

— Quoi?

— Pourquoi cette rue, pourquoi ces deux filles? Et pourquoi il faut qu'on les garde planquées pendant une semaine comme ça?

Bruce haussa les épaules :

— Comment savoir avec des bicots? De toute façon, maintenant c'est parti.

Martel se renfrogna dans son siège et ferma les yeux. Bruce avait raison, il fallait y aller maintenant.

Ils continuèrent à rouler comme ça pendant près d'une heure, puis Bruce immobilisa la 605 sur le bas-côté. Dans le coffre, il avait préparé un bac en plastique rempli de terre et un jerricane d'eau. Il versa un peu d'eau sur la terre et mélangea le tout avec ses mains. Puis il commença à maquiller les plaques minéralogiques à l'aide de la boue fraîche qu'il avait obtenue. Pour finir, Martel l'aida à se laver les mains avec l'eau du jerricane.

— Putain, j'ai les mains gelées, dit Bruce.

— Il doit faire moins cinq. Je vais reprendre le volant à partir de là.

Ils oublièrent le jerricane sur le bord de la route. Martel conduisait vite, occupant le milieu de la route et lançant des appels de phare dans les virages. Mais ils ne croisèrent personne.

Ils débouchèrent sur le quai Pasteur peu après six heures. Un peu de brume stagnait sur le cours de l'Île. De l'autre côté, se dressait un mur couvert de graffitis. Sur les trottoirs, l'ombre des arbres commençait à s'étirer.

— Y a pas un chat, observa Martel.

— Il fait trop froid, c'est normal.

— Et donc ? Elles sont où ?

La 605 roulait au pas et au moment où Martel posait la question, il se trouva presque nez à nez avec une fille très maquillée qui patientait dans une voiture stationnée.

— Elles se foutent à l'abri quand il caille comme ça, expliqua Bruce.

— Et tu sais où se trouvent les deux qu'on cherche ?

— Juste là.

De l'index, Bruce désignait une Focus bleue. Ils passèrent à sa hauteur en gardant la même allure.

— J'en ai vu deux.

— Moi aussi, convint Martel.

— Qu'est-ce qu'on fait ?

— On fait encore un tour.

— Faudra que j'emmène la caisse à l'Éléphant Bleu après, dit Bruce en retirant un peu de boue qui s'était nichée sous ses ongles.

— Quoi ?

— Les plaques sont toute dégueu.

— Je croyais que tu devais la brûler ?

— Ah ouais merde.

Arrivé sur le quai Menachem-Taffel, Martel fit demi-tour. À bien y regarder, les lieux n'étaient pas si déserts. Dans les voitures garées le long des trottoirs, une silhouette bougeait, un plafonnier s'illuminait, on voyait la flamme d'un briquet puis la fumée d'une cigarette moutonner derrière un pare-brise. Martel avait l'impression de visiter une grotte : peu à peu ses yeux se faisaient à l'obscurité et il commençait à discerner tout un tas de trucs planqués dans les coins.

En revanche, pas l'ombre d'un client. Les filles finissaient la nuit enroulée dans un gros pull-over, écoutant la radio et fumant des clopes, des lunettes noires sur le nez. Le jour sortait de terre et les trouvait là, crevées, molles, une vague envie de chialer au fond de la gorge.

Martel passa une nouvelle fois à hauteur de la Focus puis immobilisa la 605 quelques mètres plus loin. Il régla son rétro pour mieux voir. De l'autre côté du quai, un visage apparut derrière la vitre d'un combi Volkswagen et une femme un peu boulotte se mit à les épier. Le moteur de la 605 ronronnait. La femme souffla sur la vitre et dessina un cœur dans la buée puis leur fit signe de venir voir. Martel posa ses deux mains sur le volant, comme on l'apprend à l'auto-école :

— On y est. Vas-y. Et magne-toi.

Bruce fit craquer les jointures de ses doigts puis sortit de la voiture en fermant précautionneusement derrière lui.

Martel enclencha le chronomètre de sa montre et ses mains reprirent leur position sur le volant. Les dixièmes de seconde se mirent à cavaler et les secondes tombèrent l'une après l'autre. Dans le rétro, Martel voyait Bruce se faufiler le long des voitures. Arrivé à hauteur de la Focus, Bruce souffla dans ses mains pour se réchauffer puis actionna la poignée de la portière passager, sans résultat. Il tira aussitôt un tuyau métallique d'une trentaine de centimètres de son blouson et frappa la vitre à la volée. Des bris de glace s'envolèrent. Il frappa encore à deux reprises en détournant la tête pour protéger ses yeux, puis enfonça son avant-bras dans l'habitacle pour ouvrir la portière.

Martel n'entendait pas le moindre son. Il inspirait par les narines, expirait par la bouche. Une minute dix. Bruce ouvrit la portière, laissa tomber le tuyau métallique et tira la passagère en l'empoignant par les cheveux. C'était une fille typée asiatique qui portait une doudoune argentée, des bas résille et des talons très hauts. Elle ne se débattait pas.

À ce moment-là, Martel perçut un mouvement dans le rétroviseur extérieur. Une autre fille était sortie d'une voiture un peu plus loin. Il y eut alors tout un branle-bas silencieux sur le quai. Des portières s'ouvraient, des silhouettes apparaissaient ici et là. Les yeux de Martel parcouraient l'espace en mesurant les distances. Il passa la première et appuya sur l'accélérateur, prêt à relâcher la pédale d'embrayage.

— Merde, qu'est-ce qui lui prend?

Là-bas, Bruce avait laissé la fille en doudoune argentée se barrer et il s'engouffrait dans la Focus. La portière du côté conducteur s'ouvrit et Martel entrevit des cheveux très noirs qui s'envolaient dans un appel d'air. La deuxième fille détalait à son tour. Un foulard rouge, des vêtements noirs, les jambes longues. Bruce s'extirpa de la voiture pour se lancer à sa poursuite. Sur le trottoir, les autres filles hésitaient. L'une d'elles, une Africaine aux cheveux ras, porta alors un sifflet anti-agression à ses lèvres. Le son strident sembla ouvrir le ciel comme une fermeture éclair. Tout à coup, il faisait jour.

— Meeerde!

Martel passa la marche arrière, glissa son bras droit derrière l'appuie-tête passager et la 605 partit en trombe, émettant une sorte de longue plainte aspirante. Il fut tout de suite à la hauteur de la fille qui cavalait, la dépassa, pila net et se rua dehors. Il n'eut qu'à ouvrir les bras pour la cueillir. Sans réfléchir, il la cogna au niveau de la tempe : la fille s'amollit comme une poupée de chiffon, sonnée.

— Démerde-toi! cria-t-il à Bruce en regagnant la voiture.

À présent, il y avait peut-être une dizaine de filles qui piaillaient et criaient sur les trottoirs environnants. Elles tenaient toutes leur portable à la main. Certaines téléphonaient et d'autres prenaient des photos de la scène. L'Africaine sifflait à pleins poumons.

Bruce jeta la fille sur la banquette arrière et monta à l'avant. On entendait des cris à présent, le mot police et des insultes. Martel enfonça l'accélérateur, première, deuxième, troisième. Il remonta les quais à plus de 130, suivant une ligne aussi droite que possible. Plusieurs automobilistes qui venaient en face furent forcés de se ranger sur le côté en catastrophe. Le V6 rugissait dans l'air neuf du matin, une lumière crémeuse se répandait sur la ville et Bruce, les yeux grands ouverts, s'accrochait comme il pouvait. À l'arrière, le corps de la fille valdinguait d'une porte à l'autre. Ils furent très vite sur l'autoroute de l'Est. À partir de là, Martel respecta scrupuleusement les limitations de vitesse.

Ils avaient pris la première sortie et décrit un itinéraire compliqué pour s'assurer que les flics n'étaient pas derrière. Maintenant, ils roulaient pépère sur une départementale. Dans deux kilomètres, ils seraient dans les Vosges, ce serait presque bon. Bruce était passé à l'arrière et il ligotait la fille avec de l'adhésif.

— Tu la connais? demanda Martel.

Bruce trouva le regard de Martel dans le rétroviseur. Il détourna la tête. La campagne était brune, sale, la route bordée de clôtures en barbelé. Le ciel devenu gris occupait presque tout l'espace.

— Je t'ai posé une question.

— Je la connais pas.

— Qu'est-ce qui t'a pris?

— Comment ça?

— Pourquoi t'a pas chopé la première?

— Je sais pas. Je me suis dit que l'autre était plus jeune, qu'elle serait moins chiante.

Martel reporta son attention sur la route.

— Et tu peux pas te moucher, bordel? C'est gonflant de t'entendre renifler comme ça à longueur de temps.

Un peu plus tard, Martel s'arrêta sur le bas-côté.

— Qu'est-ce que tu fais?

— Rien, je vais pisser. Elle est réveillée?

Bruce jeta un œil sous la couverture qu'il avait étalée sur la fille.

— Non, elle a pas l'air. Tu lui as collé une sacrée beigne.

— Tais-toi. Et la touche pas.

— Comment ça?

En frappant le sol, l'urine de Martel provoquait une fumerolle blanche. Il cogitait. Depuis le début, quelque chose le dérangeait. Cette enveloppe des Benbarek avec les photos des filles. Et puis tout s'était enchaîné, il avait tellement besoin de ce fric, il n'avait pas pris le temps.

Le fric justement, il n'en restait rien. À partir du moment où il avait décidé de tenter le coup, tout était parti en fumée.

Il avait un peu renfloué la caisse du CE, mais il s'était fait plaisir aussi. Son cuir, des disques de Johnny Cash, de Jerry Lee Lewis, des films et un fusil sport Browning. Un lecteur de Blu-ray aussi. Il avait même racheté *Platoon* pour voir. D'après lui, DVD ou Blu-ray, c'était kif-kif.

Il se mit à fouiller ses poches, mais ses clopes étaient restées dans la voiture. Il regagna donc la 605. Bruce était encore en train de tripatouiller la fille.

— Qu'est-ce que tu fabriques ?

— Rien.

— Laisse-la tranquille.

Martel lui tendit son paquet de cigarettes puis se servit à son tour.

— On va la mettre dans le coffre et je vais te payer un café. Il faut qu'on discute tous les deux.

— Comment ça ?

— On va arrêter de jouer. À chaque question que je pose, tu fais semblant de pas comprendre. Tu vas répondre maintenant.

— Tu veux pas qu'on planque la fille d'abord ? On n'est plus très loin.

— On va la mettre dans le coffre. Je veux régler ça tout de suite.

Il lui donna du feu avant d'allumer sa propre cigarette.

Une femme aux cheveux gris défaits les servit avant de retourner à son lave-vaisselle qu'elle bricolait fébrilement. De temps à autre, elle disait : "C'est pas possible, c'est pas possible" et soupirait comme si sa vie était foutue.

Ils étaient seuls dans le café et Martel parlait à voix basse, presque en murmurant. Leurs tasses reposaient sur le formica rouge de la table, les mains de Martel également. Celles de Bruce restaient dans ses poches. Il n'avait pas touché à son café et ses yeux étaient rouges.

— Arrête de faire cette tête maintenant.

— Quoi ?

— Il fallait m'en parler bon Dieu. Depuis le début je trouvais ça bizarre.

— J'ai juste entendu des bruits qui courent. Et je vois pas ce que ça change de toute façon.

— Ça change qu'on se retrouve pris entre les deux, les russkoffs et les Benbarek.

— Comment ça ?

— Ce truc de kidnapper cette fille, c'est forcément pour régler un compte avec ce mec.

— Tokarev ?

— Ouais.

— Et alors ?

Le visage de Martel s'était figé. Il articula entre ses dents :

— Alors ce Tokarev pourrait aussi bien nous buter pour emmerder les Benbarek. On est pris dans un truc là, on sait pas quoi. Tes bougnoules, c'était déjà pas un cadeau ; mais des Russes, c'est plus le même niveau.

— Ils peuvent pas nous retrouver de toute façon. Ils m'ont jamais vu et je les connais pas moi ces connards.

— Baisse d'un ton, fit Martel en vérifiant que la femme au bar n'avait rien entendu. Tout à l'heure, les putes prenaient des photos je te signale. Et on peut pas dire que t'aies un physique passe-partout.

Bruce se redressa, content de lui. Avec tout ça, il avait presque oublié que son tour de torse dépassait le mètre vingt.

— Il faut que tu fasses profil bas dans les semaines à venir. On va leur livrer la fille. En espérant que ça aille.

— Bien sûr que ça va aller.

— Et mouche-toi bordel !

La femme jeta un œil par-dessus son comptoir. Le costaud obéit tandis que l'autre sortait. À travers la devanture, elle le vit qui téléphonait en faisant les cent pas. Il était très grand, plutôt bien bâti. Peut-être qu'ils étaient frères ou cousins. Le costaud n'avait pas fait le malin en tout cas lorsque le grand avait élevé la voix. Deux cafés, c'est pas comme ça qu'elle ferait sa matinée. Si ce bon Dieu de lave-vaisselle voulait pas repartir, autant fermer boutique. C'est vrai qu'il était gonflant ce jeune type à renifler sans arrêt.

Finalement, Martel avait commencé à mater *Rocky*. Mais il n'avait presque rien vu. Il était incapable de se concentrer. C'est con la vie, il fallait que l'usine ferme pour qu'il rencontre une fille. Il s'était rejoué la conversation au Manhattan avec Rita au moins dix fois. Il ne lui trouvait pas de défaut. Même à côté de la DRH, Rita n'avait pas à rougir. La DRH, elle en imposait pourtant.

Martel sursauta. On venait de sonner à la porte. Il était vingt-deux heures passées, un vendredi soir, personne venait jamais l'emmerder à cette heure-là. Il alla vérifier à la fenêtre. Toujours pas de 4 × 4 dans le parking. Il était pieds nus, il chercha ses savates avant de vérifier par le judas. Le noir complet. On sonna encore.

— Une seconde, fit Martel.

Il hésitait. Est-ce qu'il allait demander "c'est qui" comme une petite vieille? Allez merde, j'en suis quand même pas là. Il tira la chaînette et ouvrit la porte. Personne, pas de lumière et pourtant la sonnerie retentissait pour la troisième fois.

BRUCE

Depuis qu'ils avaient eu cette petite conversation avec Martel au téléphone, Bruce s'était mis à enquêter pour de bon. Ce qui consistait principalement à rouler pendant des heures, les yeux perdus dans le vague en écoutant les Guns N'Roses.

Souvent, sous le ciel blanc, au détour d'un lacet, il était pris d'une impression de fin du monde. Il avait l'impression qu'une main se refermait sur sa poitrine et des pensées bizarres se mettaient à le traverser comme des trains. Il voyait Martel, sa sœur, son grand-père, sa mère surtout. Et puis venait une tristesse pas si désagréable qu'il savourait en écoutant des ballades de Scorpion ou de Springsteen. Il montait le son et pensait à son Colt dans la boîte à gants. Il était quelqu'un, sûrement.

Entre-temps, il avait fallu renoncer à l'hospitalité d'Hamid aussi, son pote l'intérimaire. Marie-Rose n'avait pas cru à cette histoire de chute dans l'escalier quand Younès était rentré avec une bosse de la taille d'un œuf sur le front. Elle avait piqué une crise intarissable et Bruce s'était taillé, fourrant ses affaires dans un sac sans demander son reste. Depuis, il avait passé deux nuits dans un Formule 1. Pas très réjouissant, d'autant qu'il craignait à tout instant de voir les Benbarek débarquer, ou bien Martel. La coke qu'il s'enfilait à longueur de temps n'arrangeait pas sa parano. Maintenant, avant de démarrer sa BM, il soulevait le capot, regardait sous son siège. Une fois, il avait retrouvé son autoradio réglé sur Chérie FM alors qu'il n'écoutait que Skyrock ou, au pire, RTL2. En entendant la voix de Laura Pausini, il avait failli mouiller son fut'.

Finalement, Bruce eut un coup de pot. À moins que ce coin du monde soit si petit, ratatiné, consanguin qu'on ne puisse rien y perdre sans finir par retomber dessus. C'était déjà son sentiment quand il allait à Leclerc. On arrivait toujours par tomber sur une connaissance, un ancien copain d'école, une bonne femme qui connaissait votre mère, n'importe quoi. Ce bled n'avait pas de porte de sortie.

C'était un jeudi soir. Il roulait depuis une heure au moins, sous un ciel limpide. La température était basse, sèche, on sentait venir la neige et par moments, une odeur de feu de bois qui flottait dans l'air. Il roulait sans penser à rien. Il n'avait pas envie de rentrer. Il n'avait nulle part où aller. C'est comme ça qu'il finit par se retrouver dans un village paumé à deux trois bornes de la Ferme. Une rue, vingt maisons, une boucherie et le Café de la Poste, rade miteux et pourtant très fréquenté le week-end. Les jeunes du coin venaient s'y saouler à la Stella Artois, manger des croque-monsieur et jouer au baby. Jusqu'à une heure du mat', la musique était forte, l'ambiance plutôt masculine et quand on cherchait la bagarre, on n'avait généralement pas trop de mal à la trouver. Et puis au moment de fermer, on éclusait quelques mirabelles pour la route. Chaque année, quelques clients finissaient plantés dans un fossé, certains y laissant leur peau. Grâce à Dieu, la nécessité de maintenir des petits commerces en zone rurale l'emportait encore sur les impératifs de la sécurité routière.

Bruce ne fréquentait plus tellement ce genre d'endroit ou alors pour mesurer sa supériorité, faire le malin parce qu'il prenait de la coke au lieu de boire des perroquets. Mais ce soir-là, il se sentait dégoûté, las et l'enseigne du Café de la Poste, avec sa typographie démodée, lui fit du bien, comme s'il revoyait un générique de son enfance. En plus, il connaissait le barman, un maigrichon à moustache qui s'appelait Jonathan et avec lequel il était allé à l'école. Bruce décida donc de faire une pause, garant sa BM pile devant le café, aussi ostensiblement que possible.

Pour le coup, en semaine et à huit heures du soir, l'endroit était plutôt désolé. Deux bonshommes, la cinquantaine couperosée, vidaient un dernier rouge lim' avant de se rentrer. Un apprenti boucher et un chômeur longue durée jouaient au baby en laissant tiédir un fond de monaco. Derrière le bar, armé d'un cutter et de Superglue, le barman changeait le procédé de sa queue de billard. Le lendemain tôt, il avait une compétition à Bains-les-Bains. Il avait hâte de fermer pour aller se coucher.

— Salut la compagnie, fit Bruce en passant la porte.

Le barman sourit, consulta sa montre puis jeta un œil à la pendule murale.

— Salut Bruce, tu bois quelque chose?

— Sers-moi un demi va, répondit l'intéressé en s'accoudant au bar.

Il but vite, guettant les autres du coin de l'œil. Ses cuisses tressautaient nerveusement sur son tabouret. À la radio, Eugène Saccomano s'égosillait sans conviction. Bruce crevait de chaud, mais hésitait à retirer son blouson d'aviateur. En dessous, il ne portait qu'un débardeur et ses épaules étaient couvertes d'acné, conséquence des injections d'hormones qu'il s'envoyait dans les cuisses. Il commanda un autre verre.

— Et mets un peu de musique mec, je peux pas saquer ces connards de footeux.

Jonathan chercha une autre station et les deux quinquagénaires levèrent le camp, faisant bonsoir d'un signe de tête. Roberta Flack se mit à chanter *Killing me Softly*. L'apprenti boucher et le chômeur longue durée abandonnèrent le baby pour rejoindre le zinc.

— Vous prenez quelque chose les gars? demanda Bruce. Sa jambe droite continuait à cavaler sur place.

Les deux autres haussèrent les épaules et commandèrent des demis en le remerciant du bout des lèvres.

Il régnait dans ce café un calme modeste, résigné, où Bruce faisait tache avec sa carrure, ses questions, ses yeux en têtes d'épingle.

— Qu'est-ce que vous faites dans le coin? Je vous ai jamais vus par ici.

— Je bosse chez Colignon, le boucher là-bas, répondit l'apprenti en essuyant la mousse sur sa lèvre supérieure. Enfin, je bossais.

— Et toi?

— Je bricole par-ci par-là, dit le chômeur, vaguement gêné.

— Ah bon. Et par acquit de conscience, Bruce ajouta tout de même : Vous avez rien vu de bizarre ces derniers temps ?

Les trois autres s'échangèrent des regards incrédules, se demandant si on les charriait ou quoi.

— Non.

— Ben bizarre comment ?

— Non rien, je demandais ça comme ça.

Jonathan passa l'éponge sur le bar, ramassa le verre déjà vide du chômeur et le déposa dans l'évier.

— Hep hep hep, fit Bruce, on n'a pas fini *amigo*. Ressers donc mon copain.

Le chômeur le remercia d'un mouvement de la tête et vida aussitôt la moitié de son verre.

— Toi aussi bois un coup, ordonna Bruce. C'est pour moi.

Jonathan se servit un Coca et les autres en profitèrent pour l'emmerder. Il ne buvait jamais, et puis pas de gonzesse, en plus il roulait en mob. Ça dura comme ça un bon quart d'heure et les trois compères vidèrent encore une tournée. Le chômeur et l'apprenti étaient très sympas désormais. Ils riaient pour un rien, questionnaient Bruce au sujet de sa BM, ça devait drôlement tosser une belle bagnole comme ça. À un moment même, le culturiste laissa tomber son blouson et les deux autres le tâtèrent avec considération.

— Les mecs, ce qui compte c'est pas le volume, c'est la qualité du muscle.

— C'est clair, confirma l'apprenti boucher qui en connaissait un rayon.

— Des types font de la gonflette, c'est de la flotte, on pourrait les tordre comme une éponge. Tiens, viens voir toi.

Et le chômeur fut bon pour un bras de fer qu'il perdit sans se forcer.

Vers vingt-deux heures, ils passèrent au whisky et l'ambiance s'anima encore un peu. L'apprenti profita d'un solo de guitare de Pink Floyd pour grimper sur le zinc et faire valoir ses talents à l'air guitar. Le barman voulut le faire descendre, mais les deux autres qui l'appelaient déjà "petit slip" depuis une demi-heure lui conseillèrent obligeamment de fermer sa gueule.

Au bout d'un moment, le chômeur devint philosophe et il se mit à parler des femmes, de politique, d'immigration et de pouvoir d'achat. L'apprenti boucher, qui était un peu novice en la matière, raconta cette drôle d'histoire, l'inspectrice du travail qui était venue, la femme du patron qui s'était barrée. Il allait en dire davantage, parler de l'accident avec la Saab, mais il fut interrompu par le chômeur :

— Si les Chinois ne nous piquaient pas tous nos marchés, on n'en serait pas là !

Les trois buveurs se marrèrent et trinquèrent à la santé du barman qui attendait que ça passe en peignant sa moustache avec ses incisives.

Ils picolèrent comme ça pendant pas mal de temps, devenant progressivement les meilleurs copains du monde. Pour finir, ils prirent un café allongé, histoire de se remettre les idées en place. Dans le village désert, la devanture du rade diffusait une lumière paresseuse et jaunie. De l'extérieur, on pouvait apercevoir trois mecs affalés sur le comptoir, le regard perdu, la tête dans les épaules. L'apprenti se souvint alors de ce qu'il voulait dire tout à l'heure, avant d'être interrompu par le chômeur :

— Putain les mecs, vous me croirez jamais.

Pour sa part, Bruce ne douta pas une seconde de cette histoire de fille toute nue qui courait dans les bois. Il demanda des détails, il se dit que Martel serait content. Il pensa l'appeler tout de suite, mais décida finalement de lui faire la surprise.

Pour fêter ça, il tira trois traits de coke sur le zinc et roula un billet de cent euros qu'il fit passer au chômeur puis à l'apprenti. Ensuite, ils se prirent dans les bras les uns les autres et se promirent de remettre ça très vite. Alors l'apprenti dégueula sur le sol. Son visage cireux dégoulinait de sueur et il grelottait. Pris de frénésie, le barman se mit à répéter en boucle que le gamin ne pouvait pas rester là ; alors le chômeur proposa de le ramener chez lui. Bruce en profita pour lui dire qu'il venait aussi. Bien emmerdé, le chômeur accepta. Il avait plutôt intérêt de toute façon.

C'était déjà vendredi et Bruce pensa qu'il allait avoir une grosse journée.

RITA

Assise en tailleur sur le canapé, les écouteurs de son iPod dans les oreilles, Victoria feuilletait le dernier *Cosmo* en battant la mesure avec son pied nu. Sur la table basse, ses magazines formaient des piles compactes. Avec une paire de ciseaux, elle y découpait des photos qu'elle collait ensuite dans un grand cahier à spirale.

Ses yeux étaient moins cernés à présent. Elle avait beaucoup dormi et s'était remplumée aussi. Elle baragouinait même un peu de français. Rita l'épiait depuis la cuisine, un verre à la main, le téléphone sans fil collé à l'oreille.

— Maman?

— Chérie?

— Écoute, je sors à peine du boulot, je ne vais pas pouvoir faire à manger ce soir. Je vous invite au resto pour la peine.

— Ah. Mais je n'ai rien à me mettre.

— Enfile une culotte et puis ça ira comme ça. Je ne vais pas vous emmener au Ritz de toute façon.

— Écoute chérie…

— Maman, ça me ferait vraiment plaisir. Et je veux te présenter quelqu'un.

— Ahaa? fit la mère soudain ragaillardie.

— Ouais, eh bien détends-toi, ça n'a rien à voir avec ce que tu crois.

— Ah bon tant pis alors. Sinon, ton frère est là. Et si j'en juge par les signes qu'il me fait, il n'aurait rien contre un repas chaud gratuit.

— Bon. Dis-lui de venir alors. Tiens, passe-le moi.

La môme s'était levée. Elle arpentait le salon comme un chat, sans but, se frottant aux meubles, laissant glisser ses doigts sur les livres de la bibliothèque. Rita pouvait entendre la musique qu'elle écoutait à plusieurs mètres de distance. Par moments, Victoria fermait les yeux pour écouter plus sérieusement.

Elle avait beaucoup changé en très peu de temps. Ses formes avaient pris une courbure plus prononcée. On la sentait tendue, impatiente, pleine d'une énergie qui ne servait à rien. Elle se dandinait, prenait des poses. Quand Laurent venait, il fallait la voir. L'autre jour, elle s'était retrouvée sur ses genoux avant qu'il ait rien pu dire. Elle cherchait le regard, elle voulait sortir.

Ce qui énervait surtout Rita, c'était son manque d'égard. Elle se conduisait exactement comme une môme de quatorze ans. Elle laissait traîner ses fringues un peu partout dans la maison, passait des heures à se bichonner dans la salle de bains, se coupait les ongles de pieds à table, renversait son vernis sur le canapé, avait de grands éclats de rire et pleurait sans raison, se maquillait mal et trop, voulait vivre en Amérique, faire de la chanson, tomber amoureuse – d'ailleurs elle l'était. De Laurent bien sûr. Et de Rita aussi, un peu, même si elle la détestait en même temps, surtout quand Rita refusait de lui prêter ses fringues ou la tirait du lit à midi.

En attendant que son frangin daigne lui parler au téléphone, Rita observait donc les va-et-vient de Victoria à travers le salon, écervelée et bandante. Qu'est-ce que je vais faire de cette môme? Et la montrer à son frère, c'est la dernière connerie à faire.

— Allo?

C'était lui justement.

— Ouais Greg?

— Alors, il paraît que tu nous présentes le nouveau monsieur Kleber ce soir. Je tiens absolument à faire sa connaissance.

— T'as pas des copains qui cherchent le nouveau Pascal Obispo plutôt? Vous pourriez passer la nuit à écrire des chansons tristes en sirotant du Malibu.

— Le rock'n'roll, c'est pas tout dans la vie frangine. Y a la famille aussi.

— À la fin du mois notamment.

— Tu vois le mal partout.

— Bon écoute, coupa Rita après quelques échanges du même genre. Je vais venir avec Laurent et une copine à lui. Et tu vas me promettre de pas faire le con, OK ?

— T'invites les copines de ton ex au resto maintenant ?

— T'occupe. D'ailleurs, c'est pas vraiment sa copine. C'est plus comme une correspondante si tu veux.

— Une correspondante ?

— C'est ça.

— Mais…

— J'ai pas fini. Je vais payer l'addition. Tu pourras te taper une calzone, des profiteroles et t'auras même le droit de boire du vin. Mais tu nous épargnes ton numéro pour une fois. Tu te plains pas, tu te bourres pas la gueule, t'essaies pas de monopoliser l'attention et surtout, tu t'avises pas de draguer la correspondante de Laurent.

— Hé ! Doucement…

— Stop. Tu m'as comprise. Si tu te tiens à carreau, je te revaudrai ça. Allez, repasse-moi la reine mère, on est déjà à la bourre.

Rouspétant sans conviction, Gregory fit comme Rita avait dit.

— Hé ben, je sais pas ce que tu lui as raconté, mais Sa Majesté fait une drôle de tête.

— Maman, je compte sur toi. C'est important. Je t'expliquerai. C'est une pauvre môme dont on s'occupe avec Laurent. Elle est pas trop dans son assiette et je voudrais pas que Greg en profite. Tu vois ?

— On fera ce qu'on pourra chérie.

— À tout à l'heure m'man.

Ensuite, Rita composa le numéro de Laurent, guettant depuis la cuisine les fenêtres éclairées de son voisin. Il décrocha et presque aussitôt sa silhouette se découpa dans l'encadrement de la porte-fenêtre, à vingt mètres de là. Il lui adressa un petit signe de la main et Rita lui répondit en levant son verre vide.

— Salut Kleber. Passé une bonne journée ?

— Je me plains pas. Dis, j'ai un service à te demander.

— Si tu veux que je surveille ta Victoria, pas question.

— Oh arrête ton cinéma. T'es pas aussi irrésistible que tu le crois. La pauvre gosse a pas vu un vrai mec depuis des semaines. Tu ferais bien d'en profiter, ça durera pas.

— Et c'est donc pour un service que tu m'appelais ?

Rita porta mécaniquement son verre vide à ses lèvres, le reposa sur la table avant de gagner sa chambre au premier.

— Tu te souviens que je vais présenter Victoria aux flics demain ?

— Quand même.

— Ouais. Mais quoi qu'il en soit et d'où qu'elle vienne, elle n'y retournera pas.

— Tu comptes l'adopter.

— C'est pas exclu. En tout cas, je peux pas être sûre qu'ils ne vont pas la garder pendant un moment. C'est pour ça que j'ai prévu un petit dîner avec ma mère, histoire de lui présenter la petite.

— Ta mère ? Encore un mauvais exemple que Victoria va pouvoir s'empresser de suivre.

— Exactement. Deux générations de femmes insoumises, ça peut pas lui faire de mal. Enfin, en attendant, je suis hyper en retard et devine quoi.

Elle fouillait sa garde-robe sans conviction. Finalement, elle referma son armoire et se laissa tomber sur le lit.

— Mon frangin va être de la fête.

— Merde.

— Comme tu dis. Quand il va la voir, je te dis pas le cirque qu'il va nous faire.

Laurent gloussa.

— Rigole pas. C'est une vraie gamine. Quand je suis rentrée tout à l'heure, j'ai trouvé le frigo grand ouvert et elle dormait avec un de mes tee-shirts sous le nez. Et demain, je sais pas ce qu'ils vont faire d'elle. J'aimerais autant que ça se passe bien.

— Et tu comptes sur ma présence virile pour calmer le jeu.

— Exact. Tu peux faire ça ?

— Tu comptes nous emmener où ?

Rita fouilla dans ses poches. Sur le petit bout de papier, l'écriture de Martel était étonnamment lisible, presque enfantine. Elle lut :

— Le Capri. C'est une pizzeria dans la vallée. Un petit truc sans prétention qu'un mec de Velocia m'a recommandé.

— Ça fait une trotte. Un vendredi soir en plus, on aurait peut-être dû réserver.

— Passe me prendre dans vingt minutes. Je récupère ma voiture demain au fait.

— Avant ou après avoir ramené la petite?

— Après je suppose. J'irai à la gendarmerie demain matin.

— Bon OK, à tout de suite.

Rita raccrocha et jeta le téléphone sur la couette à côté d'elle. Elle se sentait claquée tout à coup. Des bruits lui parvenaient du rez-de-chaussée. Des cliquettements, comme si un lapin courait sur le parquet. Une présence. Elle se laissa tomber en arrière, ferma les yeux un moment. Dans sa main droite, elle serrait le mot de Martel.

JORDAN

Jordan était rentré du Manhattan au ralenti, les pieds au ras du sol, de peur de se ramasser. Tout au long de la route, sa bécane avait soulevé des gerbes de neige d'une transparence sale qui avait plus ou moins le même aspect que du granité citron. Mais plus haut en altitude, près de chez lui, elle avait pris un aspect poudreux, blanc et doux.

Avec son père, ils habitaient un petit pavillon de plain-pied, en contrebas de la forêt. D'ailleurs, il y avait toujours une odeur de sous-bois chez eux. De son vivant, la mère de Jordan s'était esquintée à faire des lessives pour chasser le léger parfum de moisissure qui ne quittait pas les armoires. Mais on avait beau isoler, pousser le chauffage, brancher des diffuseurs de parfum, la forêt finissait toujours par rentrer à l'intérieur.

C'était une petite baraque simple et carrée, avec un toit excessivement pentu. Une allée menait à la porte du garage, la façade était percée de deux fenêtres, on y entrait par une porte sur le côté. Contre le mur, on apercevait quelques stères de bois méticuleusement empilés. C'était sans prétention.

En pénétrant dans l'allée, Jordan coupa le contact et éteignit les phares, se laissant aller jusqu'à la porte du garage. Le silence était d'un relief exceptionnel, comme toujours quand il neige. Dans le vide ouaté, on n'entendait rien d'autre que le cliquetis posé des roues en mouvement. Jordan freina à quelques mètres de la porte, laissant l'engin glisser dans la poudreuse avant de s'immobiliser. Alors, une ombre sortit de derrière un massif de thuyas blanchis.

— Salut gros.

C'était Riton. Jordan sourit sous son casque. Depuis quelque temps, lui et Riton se détestaient à distance. Il n'aurait pas imaginé que Riton fasse le premier pas. Après tout, c'était lui le plus âgé, le meneur, celui avec qui ça valait le coup d'être pote.

Jordan laissa sa moto pour venir lui serrer la main. La neige craquait sous la semelle de ses Docs.

— Qu'est-ce tu fous ici?

— Je suis passé comme ça, fit Riton.

Un filet de salive jaillit entre ses incisives et creusa un trou dans la neige à ses pieds. Derrière lui, quelques mégots et une nuée de cratères du même genre indiquaient qu'il avait poireauté là un bon bout de temps.

— En fait, je voulais te faire un petit cadeau, ajouta Riton en clignant de l'œil.

Et il tira un joint de son blouson Yamaha.

— Qu'est-ce t'en dis?

Jordan tiqua. Il envisageait plutôt une petite soirée tranquille avec son vieux. Un peu de tambouille, une conversation sans conséquence, peut-être une bière ou deux. Ils en avaient besoin tous les deux. Pourtant, il répondit :

— C'est cool, suis-moi.

Même de nuit, on distinguait clairement les traces que Jordan et Riton avaient laissées dans la neige et qui menaient à la cabane de jardin du voisin. Les deux adolescents avaient poussé des sacs d'engrais et la tondeuse pour se faire un peu de place. Courbés et claquant des dents, ils tiraient sur le joint à tour de rôle, se marrant comme des bossus et tâchant de ne pas faire trop de bruit, ce qui les faisait se marrer deux fois plus.

— Je suis content que tu sois passé, dit Jordan, en reprenant son souffle.

— T'inquiète frangin, répondit Riton en lui assénant une petite tape derrière la tête. Puis il le chopa par le col histoire de le secouer un peu.

Trop content, Jordan feignit de se débattre. Riton insista. Ils riaient, se contrecarraient, maladroits, s'énervant progressivement. Mais Riton voulut montrer sa force et coinça la tête de

Jordan sous son bras. Aussitôt, l'autre se raidit, vexé, voulant que ça s'arrête, mais alors tout de suite. Il attrapa Riton par les cheveux et s'arc-bouta de toutes ses forces contre une paroi de la cabane pour le déséquilibrer. Il y eut alors un craquement énorme, des outils en métal dégringolèrent d'un râtelier, à croire que des chevaux venaient de rentrer là-dedans au galop, tant le vacarme avait été immédiat, traversant une douche de ferraille. Calmés, les deux garçons se lâchèrent aussitôt, tendant l'oreille, n'osant plus se regarder, le cœur battant. Dans ce silence, on avait sans doute pu les entendre à l'autre bout du monde, et le voisin était un ancien maître-nageur, un bonhomme de deux mètres qui avait déjà chopé Jordan par le colback à plusieurs reprises, se plaignant notamment des pétarades de sa bécane. Jordan s'était d'ailleurs bien gardé de le répéter à son père, de crainte que le vieux se sente obligé d'affronter cette armoire à glace amphibie.

Après une minute, Riton se décida à ramasser le joint pour l'écraser contre le mur de la cabane. Une myriade de boulettes incandescentes tomba sur le sol et palpita un instant sous la caresse du vent. Jordan crevait de froid maintenant et il n'était plus d'humeur. Il se mit à ranger les outils qui étaient tombés. Riton le regardait faire.

— Faut que j'y aille, dit Jordan après avoir vérifié que tout était en ordre.

— Deux secondes. On n'est pas aux pièces.

Riton le regardait à distance, l'œil injecté, la moue de dédain.

— T'es quand même une belle flippe.

— Ça va, lâche-moi.

Jordan était vraiment déchiré et il avait surtout envie d'être au chaud maintenant, quitte à perdre la face. L'autre l'avait prévenu, c'était de la skunk de Maastricht, une beuh de super-qualité, censée vous faire rigoler toute la nuit. Évidemment, un coup de frayeur n'était pas très indiqué quand on fumait ce genre de truc. Jordan se sentait en dessous de tout, raide, inquiet, désarticulé. Et Riton buvait sa détresse comme du petit-lait. Ce dernier inclina la tête et observa son pote avec un drôle d'air, comme s'il venait d'apprendre qu'il pissait encore au lit.

— Dire que j'avais presque des remords.

— Qu'est-ce que tu racontes ?

Jordan avait absolument besoin de boire un coup. Pour chasser ce sale goût de sa bouche, mélange de terre et d'acidité gastrique, il lui fallait un bon Coca glacé, avec des glaçons, peut-être même une rondelle de citron. Il chercha à contourner Riton pour sortir. Bon Dieu, il fallait qu'il se casse, qu'il rejoigne vite sa piaule et s'y enferme tout le week-end. Là, il relirait ses vieux albums de Michel Vaillant, mangerait des cookies et sifflerait des litres de soda Aldi. Mais Riton prenait son pied et n'avait aucune intention de le laisser filer.

— Ta copine là. La fille Duruy. On l'a vue tout à l'heure avec Lucas et Samir, à l'Alchimiste.

— Ah ouais ? Et qu'est-ce tu veux que ça me foute ?

Riton se marra.

— Ben j'aime autant que tu le prennes comme ça.

Au cours de la journée écoulée, Jordan avait aperçu Lydie à plusieurs reprises, la plupart du temps alors qu'elle n'était même pas là. Il l'inventait comme ça, n'importe où, la devinant à partir de rien, une queue de cheval, le dos d'un blouson en jean, une nuque dans un escalier, un cul dans un couloir. Lydie était belle, douce, ronde et chaude et ses mains à lui n'avaient pas accès à cette douceur, cette rondeur, cette chaleur. Surtout, il y avait ces autres qui la touchaient, qui avaient leurs lèvres contre les siennes, leur ventre contre le sien, leur sexe parmi la douceur, la chaleur, la rondeur de Lydie. Putain, cette fille le rendait dingue.

— Allez tire-toi maintenant, fit Jordan. Mon père doit m'attendre.

Heureusement, la skunk lui avait aussi collé une fringale incroyable. Tout à l'heure à la maison, il pourrait se consoler en dévorant des tas de trucs gras, salés, qui laissent des traces sur les doigts et ensevelissent la peine dans leur matière lourde et compréhensive. Bêtement, il songea à sa mère. C'était une super-cuisinière. Il se souvenait de ses lasagnes et de son hachis Parmentier, ses spécialités. Elle était très forte pour les desserts aussi. Sa charlotte poire-chocolat avait laissé une empreinte magique sur toute son enfance. Les saveurs de maman. Elle ne serait pas là quand il rentrerait et il en conçut un chagrin inattendu, enfantin. Ses yeux le brûlaient. Depuis qu'il portait des lentilles, ça lui arrivait de temps en temps. Tout à l'heure, il mettrait ses lunettes, ça irait mieux.

— On l'a vue avec sa copine, continua Riton, salaud jusqu'au bout. L'autre mocheté, je sais plus son nom. Elles cherchaient quelqu'un pour les emmener au Sphinx. Tu sais qu'elle est plus avec son mec là. Celui avec la Clio Williams. Ce con la suit partout à ce qui paraît.

— Laisse-moi passer, s'énerva Jordan, je m'en bats les couilles de tes histoires.

— Oh oh oooh. Faut qu'on discute tous les deux. Je voudrais pas que tu l'apprennes par quelqu'un d'autre.

— Putain, s'irrita Jordan en repoussant franchement Riton. Si ce connard voulait vraiment qu'ils s'empoignent, tant mieux, il avait bien envie d'avoir mal de toute façon.

— Attends je te dis. Elle m'a parlé de toi.

Son cœur se retourna comme un gant.

— Elle te trouve sympa en fait. Tu vois, c'est pas la peine de t'exciter. Moi, j'en ai rien à battre de cette fille. On sort un peu ensemble, tu vois, tranquilles, on fait nos petites affaires, ça n'empêche pas.

— Vous faites un truc ce soir ?

— Ouais, on bouge avec Mars, mon cousin.

— Où ça ?

— Ça va dépendre. On verra bien.

— Mars, c'est celui qui bossait aussi chez Velocia ?

— Ouais. Il a une nouvelle caisse, une Alfa, il est comme un dingue. On passe les prendre et on va aller danser quelque part.

— Je croyais qu'il avait une Lancia ton cousin.

— Exact.

— Et une femme.

— Ça empêche pas de sortir quand il a envie. Bon allez, fais pas ta tête de lard – et se penchant vers lui, fraternellement, Riton philosopha : Les gonzesses, ça va ça vient. Les copains, c'est ça qui compte.

Dehors, les intempéries redoublaient. Un rideau de coton enveloppait la petite cabane et recouvrait les traces des deux fumeurs.

— Tu crois que vous pourriez passer me prendre ? demanda Jordan.

— Faut que je voie avec mon cousin. Je sais pas trop si on aura la place. De toute façon, je te tiens au courant.

— Vas-y, le nombre de fois où je t'ai dépanné.

— Je t'envoie un texto si ça marche, trancha Riton avant d'ouvrir la porte, laissant pénétrer de puissantes bourrasques dans la petite cahute. Ses sourcils papillonnèrent significativement tandis qu'il serrait la main de Jordan, genre on va s'en payer une bonne tranche. Puis il referma la porte derrière lui, laissant Jordan à ses idées noires.

Jordan resta là encore un moment, écoutant la bécane de Riton qui s'éloignait dans le blanc puis il enfourna un chewing-gum. Le goût de la chlorophylle ne lui fit aucun bien.

VICTORIA

D'ordinaire, Victoria se levait vers quinze heures. Avec Jade, sa colocataire, elles prenaient leur petit-déjeuner en peignoir, se racontaient les dernières nouvelles de la nuit dans un mélange d'anglais, de français et d'expressions empruntées à leurs langues respectives. Chaque phrase s'accompagnait de gestes, de mimiques et de hochements de tête qui donnaient à leur dialogue des airs de conversation entre sourds-muets.

Jade avait presque dix ans de plus qu'elle et puis surtout, elle faisait ce boulot depuis cinq ans tandis que Victoria était encore une débutante. C'est ce qui en faisait vraiment son aînée. Victor les avait collées ensemble, dans un F1 refait à neuf rue de Louvain, avec une kitchenette, une chambre pour Jade et un clic-clac pour Victoria. Elles ne recevaient jamais personne dans cet appartement. Ni clients, ni collègues, ni amis. Jimmy Comore passait parfois. Quant à Victor Tokarev, le patron, il évitait. Il avait horreur des intérieurs féminins, ours en peluche, bougies, couleurs pastel, toutes ces babioles décoratives que les filles disséminaient un peu partout dès qu'elles prenaient possession d'un lieu. Quand il était forcé de leur rendre visite, il restait sur le seuil de la porte, l'air détrempé dans sa gabardine en mastic, les yeux naturellement pochés, couleur de flaque. Même l'été, avec ses chemisettes criardes, il conservait cette allure humide. À tel point que certaines filles s'amusaient à l'appeler l'homme-grenouille. Dans son dos bien sûr.

C'était sa méthode de caser les petites nouvelles avec des filles qui avaient de la bouteille. L'exemple devait payer. La résignation des anciennes, la discipline, acquises à force de prendre des coups et d'être larguées par de faux sauveurs et de vrais connards devaient déteindre sur ces gamines ramenées de Pétaouchnok qui dégringolaient là sans rien comprendre et se retrouvaient au turbin avant même de savoir où elles étaient. Les panneaux de signalisation sur le quai Pasteur les renseignaient vite.

Jade était une brune boulotte qui cachait ses premiers cheveux gris et exhibait des seins en forme de verre à Martini. Elle devait son surnom vaguement asiate à ses yeux en amande. Elle était née en Bulgarie.

Au début de leur cohabitation, Victoria s'était accrochée à Jade comme à une bouée et Jade l'avait soutenue, vacharde mais sûre. Elle lui avait fait découvrir ces petits verres de Coca avec un peu de rhum dedans qui étaient comme une friandise et faisaient tellement de bien. Plus rien ne prêtait à conséquence après ça ; les clients s'étaient bien fait rouler, on avait envie de se serrer et de rigoler. Pas trop de rhum, comme un bonbon qui redonne le sourire. Victoria en raffolait.

Pourtant, la jeunesse de Victoria, sa candeur avaient vite tapé sur les nerfs de sa coloc'. Sans cesse, cette petite conne s'émerveillait, passait des cris de joie aux crises de larmes. Elle suppliait pour qu'on la laisse rentrer chez elle, elle ne voulait plus sortir de son lit, planquait de l'argent pour s'acheter des chaussures, se goinfrait de chocolat, tombait malade, lui chipait des fringues, avait le béguin pour un comédien de la télé, se faisait une meilleure amie de la première tapineuse venue, demandait pardon, voulait des câlins. Jade se faisait vieille rien qu'à la regarder faire ses simagrées.

Bientôt, Victoria eut un admirateur, un flic en plus. Après deux ou trois passes, il insista pour l'emmener déjeuner dans une chouette brasserie qu'il connaissait rue du Vieux-Seigle. Victoria fit comme si elle ne comprenait rien, puis refusa. Quand elle se couchait, elle les imaginait pourtant ces rendez-vous, entrée plat dessert, la table centrale et le vin blanc comme dans les comédies romantiques. À la fin, ils sortaient tous les deux du restaurant, la nuit était douce et peut-être qu'il allait lui prendre la main. Manque de bol, un malotru déboulait et manquait de respect à Victoria. Alors le flic lui cassait la gueule en un tournemain, avant de la raccompagner sans rien tenter, gentleman.

Cette fable fut sa berceuse pendant un moment. Et comme elle ne cédait toujours pas, le flic s'obséda. Il se mit en tête de la sortir de là, de la rendre heureuse pour toujours. Victoria se crut sauvée, elle en parla à Jade. Elle commença à se donner des airs, même au tapin, refusant des clients, parce qu'ils étaient laids, gros ou parce qu'elle ne voulait soi-disant plus coucher avec des infirmes. Jade encaissait, ça ne durerait pas de toute façon.

Avec son flic, ils finirent par y aller rue du Vieux-Seigle, pour déjeuner seulement. Victoria avait mis des sous de côté en cachette. Elle avait pu s'acheter comme ça un jean Diesel, des bottines Prada soldées et un tee-shirt Zadig & Voltaire qui glissait sur son épaule, laissant paraître une bretelle de soutien-gorge. Les yeux dans les yeux, Victoria et son flic avaient dévoré un plateau de fruits de mer, bu du gewurtz et partagé une poire Belle-Hélène. Ensuite, il l'avait raccompagnée en voiture jusqu'à son arrêt de bus. Dans l'habitacle bien chauffé de sa 308, ils avaient échangé des baisers et Victoria en avait eu gros sur la patate. La tête sur l'épaule du flic, elle avait pensé au ventre mou des hommes, à leurs bites qui sentaient fort, à leurs bouches ventousardes et molles sur sa peau.

Mais vers la fin, l'attitude du flic avait changé. Il avait paru bien tristounet tout à coup. Il faut dire que c'était leur premier vrai rencard, la première fois qu'ils se voyaient sans baiser, et ce détail avait pas mal changé l'idée que le flic se faisait de toute l'affaire. Voilà que son avenir professionnel le tracassait tout compte fait. Il avait guetté les environs, mal à l'aise, s'était pressé, il la rappellerait bien sûr. Victoria s'était retrouvée sur le trottoir sans avoir eu le temps de remettre sa veste. Dehors, il faisait beaucoup moins bon que dans la 308.

Vers dix-sept heures, migraineuse et un peu ballonnée, elle avait regagné l'appartement. Elle était en retard pour bosser. De toute façon, ils pouvaient tous aller se faire foutre, elle n'y retournerait pas. Elle était en France après tout, on ne pouvait pas la forcer. Merde, elle portait un jean à cent cinquante euros quand même.

Dans l'appartement, Victor l'attendait. À peine la porte entrouverte, il la saisit par les poignets et la jeta au sol, avant de lui coller deux coups de pied dans le ventre, comme s'il tirait des penalties. Victoria se mit à supplier et à chialer tout ce qu'elle savait. Avec une moue écœurée, Victor étala le Rimmel qui avait coulé sur son visage avec la semelle de sa chaussure.

Puis il se dirigea vers le placard du couloir où il prit un cintre en métal. Il le dénoua, le plia en deux avant de le torsader dans le sens de la longueur. Il coinça Victoria sur le clic-clac, un genou derrière la nuque, avant de lui enlever son jean et de lui arracher sa culotte. Sous l'effet de la trouille, Victoria ne put se retenir de pisser. Dans l'entrebâillement de la porte, Jade n'en perdait pas une miette, le visage dégoulinant de Victoria, ses cheveux collés par les larmes et le maquillage, ce drôle de bruit animal qui sortait de sa gorge. Victor transpirait à grosses gouttes et sa sueur tombait sur Victoria, de son front jusque sur la peau nue de la jeune fille. À chaque goutte, elle frissonnait et râlait de plus belle. Puis le premier coup de cintre était tombé sur le gras des cuisses. Elle avait presque aussitôt perdu connaissance.

Le lendemain, Victoria avait constaté les dégâts dans le miroir de la salle de bains, gémissant en appliquant de la crème antiseptique sur ses cuisses, son sexe et ses fesses balafrés. Elle avait longtemps gardé les marques violettes et noires de cette épouvantable raclée. Jade avait été comme une grande sœur sur ce coup-là. Pendant les quelques nuits de convalescence que Victor avait bien été forcé de lui accorder, elle lui avait apporté de la tisane au lit, avait massé ses plaies avec des huiles essentielles pour aider la cicatrisation. L'idée qu'elle puisse conserver des marques toute sa vie était la chose la plus insupportable. Comme si les queues de tous ses clients restaient fichées en elle pour toujours. Victoria avait pleuré jusqu'à l'épuisement et Jade l'avait bercée, elle lui avait fait des crêpes au Nutella, elle lui avait fait couler des bains aromatisés, elle avait même nettoyé le tapis taché d'urine. Pourtant Victoria était certaine que c'était cette garce qui l'avait dénoncée.

Après cet événement, Jade et Victoria avaient poursuivi leur vie côte à côte, affectant une amitié pleine de petits rires et de papouilles, mais se vouant en réalité une haine surnaturelle. Leur quotidien était répétitif, plein de menaces, carcéral pour ainsi dire. En général, après le petit-déj', Jade passait dans la salle de bains tandis que Victoria rangeait la cuisine et le salon en écoutant la télé d'une oreille distraite. Elle prenait un rhum-Coca en cachette, parfois deux, puis mâchait du chewing-gum à la chlorophylle pour masquer l'odeur de l'alcool. Ensuite c'était à son tour de prendre une douche, après elle allait se maquiller. Le noir charbon et le rouge sang étaient ses couleurs. Elles faisaient mieux ressortir la pâleur de sa peau à travers laquelle on voyait ondoyer de fines veines bleu-vert. Ses clients, les habitués, adoraient cette blancheur de lait. Certains y voyaient de la pureté, d'autres y devinaient le cadavre ou supposaient la petite fille. Chacun s'excitait à sa façon.

Quand elle bossait, Victoria souffrait tout le temps du froid. Pourtant elle semblait mieux préparée que d'autres à l'affronter. Sur les trottoirs de Strasbourg, on trouvait en effet pas mal d'Ivoiriennes, de Libériennes et de Ghanéennes qui monnayaient leur cul très loin de chez elles pour rembourser des dettes intarissables. Elles se tapaient les pires trucs, avec des animaux, des excréments, les machins les plus tordus. Bien souvent, elles se trouvaient à la merci d'anciennes putains, de vieilles sorcières combinardes qui menaçaient la vie de leurs parents et jetaient des sorts ultramarins. Sur le quai Pasteur, le vent passait sur elles comme la lame d'un rasoir. Perchées sur leurs talons, les filles se frottaient les bras, l'air renfrogné, les genoux s'entrechoquant. Une goutte au bout du nez, elles rêvaient. Elles rêvaient d'un mec qui viendrait les tirer de là. Elles rêvaient de devenir chanteuses, actrices, d'ouvrir une boutique de fringues, n'importe quoi. Elles rêvaient de reprendre leurs études, de fonder un foyer, du fix qu'elles se feraient en rentrant, de la bouteille de blanc qui les attendait dans le réfrigérateur.

Victoria était peut-être la plus rêveuse de toutes. L'évasion était une seconde nature chez elle, depuis toute gamine. Elle imaginait des palmiers, des lagons, de grosses voitures et des tapis blancs. Et depuis que partie au pair, elle s'était retrouvée entre les mains de Victor, elle avait pris l'habitude de s'évader en un battement de cils, se retrouvant des heures durant dans des songeries ouatées et consolantes, tandis que la vie continuait à battre autour, loin, pas du tout croyable. C'est qu'il fallait conjurer le présent et surtout, oublier. Parce que derrière les couchers de soleil inventés et les petits rhum-Coca, il y avait des choses interdites, ses premières semaines en France, au moment du dressage. C'était quelque chose de vague, des aboiements presque éteints, des reflets dégradés, des lumières au néon, des douleurs aux genoux et au ventre, la gorge écorchée à force de crier, une impression de fatigue. À son arrivée, Victor l'avait confiée à des spécialistes, des Bulgares qui vivaient dans une grande bicoque toute défoncée. Ils prenaient les filles et commençaient par les battre à coups de planche, sur les cuisses et les bras, sur le ventre aussi. Puis ils leur pinçaient les seins jusqu'à la syncope. Après deux ou trois jours de ce régime, les filles laissaient leurs cuisses ouvertes, sans rechigner, plus mortes qu'autre chose. Le défilé pouvait commencer. Victoria fuyait ces visions, ces sensations de frottements révoltants, d'odeurs douceâtres, génitales, le goût pisseux dans sa bouche. Elle détournait la tête, ne comprenant pas pourquoi elle avait soudain la gorge serrée et les mains qui tremblaient. Elle se gavait de musique, s'abrutissait devant la télé. Elle se disait : tout va bien je me vengerai n'y pensons plus.

La nuit de travail s'étirait plus ou moins selon le rendement. Quand elle avait fait huit ou dix clients, elle appelait Jimmy Comore avec le portable qu'on lui avait donné. Il se pointait bientôt au volant d'un Série 6 bleu nuit, vitres teintées, jantes Replica 18 pouces. Elle montait à côté de lui. Il était noir, très jeune. Il écoutait du rap West Coast et portait des vêtements trop larges. Au début, elle avait pensé qu'il serait gentil ; les jeunes filles confondent presque toujours la beauté et le bonheur et Jimmy était très beau. Seulement, les yeux de Jimmy n'avaient pas de pupilles. Ils étaient gris et mats comme des billes en acier. Et son crâne rasé portait une large cicatrice. Il prenait l'argent que ramenait Victoria, lui proposait de tirer sur un joint, prélevait dix sacs pour sa pomme. Il l'avait prévenue : si

Victor apprenait quoi que ce soit au sujet de ces dix sacs qu'il se réservait, il lui couperait la pointe des seins avec son couteau. Jimmy lui avait montré le couteau et mimé le geste, pinçant entre l'index et le pouce, tranchant d'un coup bien net. Parfois, il enfilait un gant en caoutchouc et fouillait son sexe, pour s'assurer qu'elle n'y cachait pas de l'argent. Cette fouille ne lui inspirait rien, ni dégoût ni excitation. Il faisait le boulot. Victoria était une chose. Elle ne pleurait pas, à quoi bon ? Elle pensait à autre chose.

Selon Jade, Jimmy Comore était pire que Victor, pire que n'importe qui. D'après elle, il venait de Sierra Leone, même si son nom n'était pas de cet avis.

— Il paraît qu'il était enfant soldat. Cette petite ordure de nègre a tué des tas de gens, à la machette, à la mitraillette, avec n'importe quoi, c'est un animal.

D'autres fois, Jade prétendait que Victor l'avait déniché dans un bordel. En tout cas, on ne risquait pas d'apprendre quoi que ce soit dans son regard. Ni sur un oreiller. Jimmy Comore ne couchait pas avec les filles.

En général, quand Victoria rentrait du boulot, Jade était déjà là. Victoria lui adressait un petit coucou hypocrite, se douchait rapidement, les yeux fermés. Elle s'enfilait un plat préparé en sirotant du Coca au rhum devant la télé puis prenait un comprimé de Tranxène avant de s'endormir immédiatement, ses mains glacées calées entre ses genoux, pelotonnée dans son pyjama de coton, des chaussettes de tennis aux pieds, des boules Quies dans les oreilles. Parfois, elle pensait à sa famille.

RITA

Après plus de quarante minutes de route, ils finirent tout de même par apercevoir une enseigne de néons aux couleurs de l'Italie. Laurent gara la Mercedes sur le parking du Capri. Il avait roulé prudemment, en suivant les traces laissées par les autres voitures. De tout le chemin, Rita n'avait pas desserré les dents. À l'inverse, Victoria avait eu bien du mal à refréner son excitation. Elle se tripotait les cheveux, chantonnait, se retournait sans arrêt pour regarder les voitures qu'ils venaient de croiser disparaître dans la lunette arrière. De temps en temps, elle collait son oreille à la vitre pour écouter le bruit des pneus filant dans la neige fondue.

Maintenant, ils y étaient. Rita faisait la gueule, Laurent pensait déjà au retour.

— Ce serait bien qu'on s'éternise pas. La neige commence à tenir. Ça risque d'être un peu tendu pour rentrer.

— T'inquiète, j'ai pas l'intention de traîner, le rassura Rita.

— Ce serait bien que tu picoles pas trop aussi.

— Ça va, je sais me tenir.

— Ah bon ? En famille aussi ?

Rita sourit :

— J'aime pas Noël, j'y peux rien.

Laurent se marra à son tour. Le réveillon précédent, Rita avait insisté pour flamber la bûche au Grand Marnier. Les rideaux avaient failli y passer.

— Allez, je vais fumer une clope avant qu'on entre.

Elle ouvrit la portière et le vent s'engouffra dans l'habitacle. Laurent eut l'impression que la Mercedes allait décoller.

— Quel temps, la vache! dit-il en tâchant d'apercevoir le ciel à travers le pare-brise.

Avec son toit pentu, son balcon en bois et les décos de Noël qui clignotaient encore aux fenêtres, le Capri ressemblait plus à un chalet suisse qu'à une trattoria. Pendant que Laurent récupérait la façade de son autoradio, Rita était allée s'accouder à la rambarde qui longeait le canal tout proche. Elle cracha dans l'eau couleur d'encre, juste pour voir, et regarda les rides se former à la surface pour disparaître aussitôt. Des flocons se piquaient dans ses cheveux courts. Un peu plus loin derrière elle, Victoria sautait sur place en se frictionnant les bras pour se réchauffer.

Juste avant de partir, Rita avait passé un coup de fil à Jean-Philippe, un vieux copain avocat au barreau d'Épinal. Dans le temps, Rita avait suivi ses cours, quand il était prof à la fac de Nancy. À présent, il n'enseignait plus et passait plus de temps à lire *L'Équipe* et à gueuletonner qu'à bosser ses plaidoiries. Au tribunal, on l'appelait couscous-whisky. Rita l'avait contacté pour évoquer le cas de Victoria. Une môme sans papiers qu'elle avait récupérée sans rien dire à personne. Qu'est-ce qui l'attendait? Qu'est-ce que les flics allaient en faire de cette gamine?

Houlaaa avait fait l'avocat. Il n'avait pas été capable d'en dire tellement plus.

— Tu sais, c'est pas trop mon rayon ces histoires d'asile ou de sans-papiers.

— Ouais, mais à vue de nez, avait insisté Rita.

Comme praticien, il était lamentable, trop brouillon et débraillé pour impressionner une cour ou gagner un jury. Mais c'était une tronche dans son genre. À la fac, il avait toujours eu ses fans, son style impressionnait. Il fumait le cigare en cours, ouvrait le dernier bouton de son pantalon après le déjeuner et l'hiver, il lui arrivait de garder sa chapka dans l'amphi. Des singeries qui participaient de son aura, mais n'avaient pas favorisé sa carrière. Au fond, il n'aimait pas tellement bosser et se trouvait content de son sort, notable paumé, un verre dans le nez à n'importe quelle heure du jour ou de la nuit. Désormais, il s'occupait d'affaires mineures, des histoires de voisinage, de cornecul et passait le plus clair de son temps à l'Étoile d'Or, un bouiboui situé à deux pas du palais de justice, dans une ruelle derrière la basilique. Là, il s'était fait des copains, il avait son rond de serviette. La patronne le forçait à prendre ses médicaments. D'ailleurs, Rita entendait à sa respiration, encombrée, vaguement dégoûtante, que ça n'allait pas très fort.

— Écoute, *a priori*, c'est pas très bon, avait quand même expliqué Jean-Philippe. Tout ce qui touche aux sans-papiers de toute façon, ça pue en ce moment. Elle est pas mineure au moins ?

— Je sais pas.

— Pfiouuu. Là, tu t'es embarquée dans un truc merdique. Et tu la détiens depuis combien de temps ?

— Je la détiens pas. Je l'ai recueillie le temps qu'elle se retape.

— À ta place, je filerais chez les flics le plus vite possible.

— C'est bien ce que je compte faire. Je voulais seulement savoir ce qui allait lui arriver.

— Ils vont sûrement l'enfermer quelque part. Si elle est mineure, ça devrait aller. Sinon, il se peut qu'elle aille en centre de rétention.

— C'est justement ce que je voudrais éviter.

— Tu peux toujours lui prendre un avocat. J'en connais des bien.

— Je vais faire ça ouais. Merci Jean-Phi.

— Je t'en prie. Et on pourrait se casser une croûte un de ces quatre. Ça fait une éternité.

Voilà pourquoi Rita était d'une humeur de dogue. Et l'enthousiasme de Victoria, son côté petite conne innocente, lui faisait encore plus mal au ventre. En plus son frangin allait rappliquer ; ce serait le bouquet.

Dans la salle aux murs saumon, on comptait une petite quinzaine de tables avec nappes à carreaux et bougies assorties. La plupart étaient inoccupées. Il faisait bien chaud et une agréable odeur de pâte à pizza flottait dans l'air. Le frère de Rita et sa mère étaient assis dans le fond. Dès qu'il les vit rentrer,

Gregory se leva. La vieille dame se contenta de faire un petit signe de la main. Le frangin avait mis son pantalon en cuir, ce qui n'était pas bon signe. Sinon, il portait un sweat gris près du corps, une veste noire, des bottes de motard et des bagouzes en argent à presque tous les doigts.

— Hééééé! fit-il en rajustant les lunettes noires qui lui tenaient lieu de serre-tête.

Merde, pensa Rita. Elle fit les présentations. Sa mère serra Laurent dans ses bras et prit la main de Victoria, la dévisageant un moment.

— Arrête un peu maman, on dirait que tu vas lui lire les lignes de la main.

— Elle est belle. Elle me fait penser à quelqu'un.

Quand elle fit la bise à son frère, Rita reconnut son odeur et ça lui fit quand même quelque chose. Puis ils s'installèrent, Victoria à la gauche de Rita. Grégory changea de place pour s'asseoir près de la jeune fille. Tout de suite, il se mit à parler de tout et de rien, en souriant sans arrêt, faisant toutes sortes de mimiques et de bruitages pour se faire comprendre de la jeune fille. Tout le monde l'écoutait ; il était aux anges. Et Rita ne pouvait s'empêcher de prendre plaisir à le voir comme ça, rayonnant. Il était pas foutu de mettre un pied devant l'autre, vivait constamment entre deux coups de blues et adorait qu'on le plaigne, mais quand il était décidé à plaire, il était capable de changer l'eau en vin. La pièce où il se trouvait devenait le centre du monde. On n'avait plus envie d'être nulle part ailleurs.

Victoria ne disait rien. À voir la lumière dans ses yeux noirs, on aurait juré qu'elle avait huit ans et assistait à la grande parade du cirque Pinder.

— Vous prendrez l'apéritif?

Un serveur voûté leur tendait des menus. Ils choisirent une bouteille de vin italien et pendant que le serveur prenait les commandes, Grégory passa son bras derrière Victoria, sur le dossier de sa chaise.

— Merde, qu'est-ce que je t'ai dit au téléphone, fit Rita, agacée.

— C'est bon, je vais pas la manger ta copine.

Laurent, qui se trouvait un peu isolé au bout de la table, semblait compter les points.

On apporta les plats, deux pizzas Reine, une Capri, une Orientale et une salade Vosgienne. Rita servit du vin à tout le monde, à l'exception de sa mère qui avait commandé une demi-bouteille de Badoit. Tandis qu'elle retournait sa salade pour mélanger les croûtons et les lardons, la vieille dame se pencha vers sa fille :

— Alors ?

— Alors quoi ?

— C'est qui cette petite ?

— C'est toute une histoire.

Laurent s'était dévoué et posait toutes sortes de questions à Grégory dans l'espoir de détourner son attention de Victoria. Rita en profita pour raconter toute l'histoire à sa mère.

— Et tu n'as pas prévenu la police ?

— Non.

— Tu as bien fait.

La mère de Rita avait fui l'Espagne franquiste avec ses parents alors qu'elle n'était encore qu'une gamine. Une vie d'exilée, d'immigrée, de militante ; elle se méfiait des uniformes.

— Cela dit, je l'emmène demain.

— Où ça ?

— À la gendarmerie. Là, ça devient compliqué. Elle peut rien faire sans papiers. Je sais même pas son âge.

— Elle t'a rien dit ?

— Elle baragouine deux mots d'anglais. Elle est dans sa bulle. On peut imaginer n'importe quoi.

— Mais toi, qu'est-ce que tu imagines ?

— En fait, je préfère pas trop y penser.

— J'ai gardé des contacts avec l'association tu sais. Les filles pourraient te conseiller, pour te trouver un avocat si tu veux.

— Ce serait une idée. Tu y retournes de temps en temps ?

— Oh non, les jeunes n'ont plus besoin de vieilles biques comme moi. Et puis je vais te dire un truc : elles sont trop molles.

L'idée amusa Rita. Pour sa mère, Saint-Just était timoré et Lénine manquait de conviction.

— C'est l'impression que ça te donne parce que vous avez fait le gros du boulot quand t'avais leur âge. L'IVG, la pilule, etc.

— Je connais la chanson. Il reste quand même les salaires. Les filles sont toujours payées comme des boniches.

— C'est une manière de leur faire payer leurs grossesses, fit Laurent qui n'avait pas réussi à retenir l'attention de Grégory et s'était rabattu sur la conversation des deux femmes.

— Qu'est-ce que t'entends pas là ? demanda Rita.

— Rien du tout. Je voulais dire que tant que les mecs prennent pas leur part dans l'éducation des enfants, ben ils passent plus de temps au boulot, ils ont plus de responsabilités, ils sont mieux payés.

— C'est un peu simpliste, observa la mère de Rita avec condescendance.

— Je voulais pas dire que c'était normal.

— Manquerait plus que ça, dit Rita.

— Oui, enfin bon, je disais ça comme ça. Vous voulez reboire un coup ?

— C'est ça ouais, fais donc le service.

Pour la peine, la mère de Rita tendit son verre.

On commanda bientôt une deuxième bouteille. Rita avait remarqué que sa protégée n'hésitait pas à se resservir. Elle vidait son verre comme une grande et prenait des couleurs à vue d'œil. Rita put même constater qu'elle parlait bien mieux français qu'elle ne l'avait cru. D'ailleurs, elle ne pouvait s'empêcher de la trouver ravissante, pompette comme ça, un rien sauvageonne avec ses cheveux trop longs et son museau d'adolescente attardée. Grégory était du même avis apparemment. Lui et la jeune fille échangeaient maintenant des regards langoureux. Rita observait le manège de son frangin, la manière dont il mettait Victoria à l'aise, comme il la touchait sans en avoir l'air. De plus en plus irritée, l'inspectrice n'en finissait plus de triturer son paquet de Winston et comme elle ne pouvait pas fumer, elle vidait verre sur verre. C'est comme ça qu'elle finit la bouteille, le fond était âpre, sa langue se hérissa. Ça suffisait comme ça :

— Je suis contente de te voir, Greg.

Le jeune homme s'interrompit, souriant toujours mais sur la défensive.

— Moi aussi.

— Et qu'est-ce que tu fais de beau ces temps-ci?

— C'est-à-dire?

— Au niveau carrière, la gloire, le rock'n'roll, vivre vite, mourir jeune, tout ça quoi.

Le sourire de Gregory redoubla. Il repoussa sa chaise et se leva.

— Je crois que je vais aller prendre un peu l'air.

— C'est ça ouais.

Il fit signe à Victoria de le suivre pour fumer une cigarette dehors. La jeune fille lui emboîta le pas sans hésiter.

— Hé attends un peu! fit Rita.

Mais sa mère la retint.

— Laisse. Il lui fera pas de mal. À l'heure qu'il est, je suis sûre que c'est lui le plus amoureux des deux.

Rita empoigna sa veste et les suivit néanmoins, allumant une cigarette avant même d'avoir franchi la porte. Des regards réprobateurs coururent dans la salle et vinrent s'échouer sur la vieille dame et Laurent. Ils firent comme si de rien n'était.

Gregory sait parfaitement qu'il agace sa sœur, et pas mal de gens qui réprouvent son mode de vie. Depuis toujours, la liberté fait peur à ceux qui n'ont pas le courage d'en payer le prix. C'est l'histoire qu'il se raconte.

Depuis des années, Gregory bricole dans les MJC, les salles de spectacles, ici et là. Il est serveur, fait les vendanges, bosse comme *roadie* sur des tournées de fortune. En tout cas, il n'a jamais arrêté de jouer de la musique, de composer des chansons et de croire à ce qu'il fait.

Il a la bougeotte. Pendant l'été, avec quelques vieux potes de plus en plus rares et des nouveaux copains rencontrés en cours de route, plus jeunes et qui l'admirent, il parcourt les festivals, descend jusqu'en Espagne, sur la Costa Brava, vend des beignets sur la plage, dort dehors, fait la fête, l'amour et se fout de la gueule des touristes rougis par les coups de soleil. Le grand air n'est pas pour tout le monde.

Quand il était tout petit, Gregory a joué dans une publicité pour un shampoing qui ne pique pas les yeux. Il était très blond à l'époque. Il ne s'en est jamais tout à fait remis. Par la suite, il a mené une scolarité médiocre, passant presque tout son temps à draguer les filles et à apprendre à jouer de la musique. Un beau jour, Oliver Stone a eu l'idée de tourner un film consacré aux Doors. Depuis, Gregory aime porter des fut' en cuir.

Il ne faut pas croire, Grégory est un mec sensible. Il lui arrive souvent de pleurer en écoutant des chansons tristes, en pensant aux filles qu'il n'a pas su aimer comme elles le méritaient et à sa famille qui n'a jamais été foutue de le comprendre.

En général, il vit à l'hôtel ou chez des copains. Il est de passage. Il se moque de ce qu'on pense de lui et de ne pas avoir percé alors qu'il aura bientôt quarante balais. Le succès est une idée relative. Il lui suffit d'ouvrir son étui à guitare pour être chez lui n'importe où.

Il aime bien Rita. Il la plaint un peu aussi. De temps en temps il lui fait son numéro, l'homme libre, le saltimbanque aux poches vides. Il n'a rien et il la prend de haut. Putain, Rita déteste ça.

Ce qui l'irrite le plus en réalité, c'est que parfois, lorsqu'elle est vraiment crevée, ou qu'elle pleure à la fin d'un film ou qu'elle applaudit et siffle à un concert, elle ne peut s'empêcher de se demander si ce n'est pas son petit frère qui a raison après tout. En général, le doute se dissipe rapidement, parce qu'elle apprend que Gregory a encore tapé sa mère de dix sacs ou qu'il a perdu ses bottes au poker.

Dehors, la neige avait redoublé d'intensité. La route, le parking, tout le paysage n'était plus qu'un aplat blanc dont on devinait l'épaisseur, le moelleux, le craquant. Le canal seul conservait sa couleur sombre, comme une lame sur un ventre nu.

Rita aperçut Victoria et son frère qui discutaient au bas de l'escalier. Ils fumaient, leurs cigarettes rougeoyaient par instants, on voyait alors le noir brillant d'un regard, une lèvre vite effacée, un battement de peau, presque un visage. Pour se garder du froid, ils se tenaient l'un contre l'autre, mains dans les poches et têtes rentrées. Le minois de Victoria disparaissait presque entièrement sous son écharpe rouge. Gregory se pressa contre elle et la prit par la taille. Ils ressemblaient à deux adolescents dans un couloir de lycée. Gregory allait l'embrasser quand une voiture venue de la route vira pour pénétrer sur le parking. Ses phares ronds et jaunes éclairèrent le couple qui, ébloui, se sépara d'instinct.

Rita fit demi-tour et regagna le restaurant. Elle en avait marre, elle voulait rentrer à la maison maintenant. L'idée qu'ils pourraient avoir un accident sur la route lui fit presque plaisir.

— Et toi Laurent, qu'est-ce que tu en penses ?

— Je sais pas trop. En tout cas, Rita s'est vachement attachée. Ça va être dur.

— Et les autres ?

— Qui ça ?

— Je crois pas que cette gamine ait décidé de courir dans la forêt en petite culotte toute seule.

— On n'y a pas trop pensé.

— Rita a toujours ce fusil que tu lui as donné ?

Laurent fit mine de se marrer, mais il comprit très vite que la vieille femme ne plaisantait pas.

— Je pense pas que ce soit dangereux à ce point-là. Enfin de là à avoir besoin d'une arme…

La mère de Rita prit le temps de la réflexion, puis sa main parcheminée se posa sur celle de Laurent.

— Tu as raison. Je me fais sûrement des idées. On s'ennuie tellement pendant l'hiver aussi.

C'est emmerdant se dit Laurent, avec les vieux on ne sait jamais s'ils vont pleurer ou si c'est leurs yeux qui coulent.

LYDIE

À six heures, le radio-réveil sonna comme tous les matins et Lydie écouta le dernier tube de Beyonce en s'étirant entre ses draps. Elle n'était pas du genre matinal, sauf que le vendredi était une journée vraiment spéciale. La première du week-end avec la meilleure soirée de la semaine. Tout était plus facile du coup, tellement plus intéressant. À mesure que les heures passaient, son corps devenait conducteur, l'électricité ambiante lui passant au travers, des cuisses vers le ventre, du dos dans la nuque, et il fallait parfois qu'elle prenne vachement sur elle pour ne pas se mettre à cavaler comme une dingue dans les couloirs du bahut.

En plus, le vendredi matin avec Nadia, elles avaient dessin industriel. Lydie se pelotonna comme un gros chat rien que d'y penser. Depuis la rentrée, elles avaient un jeune prof, un nouveau, M. Gomez, il était trop mignon. Avec Nadia, elles se faisaient des films, elles en pouvaient plus. Il était à peine plus grand qu'elles, un petit mec costaud comme c'est pas permis, avec un dos à tomber et des cheveux châtains un peu longs. Et des mains, on aurait dit des mains de docteur, on ne pouvait pas s'empêcher d'imaginer des trucs.

Pendant tout le cours, Nadia et Lydie n'arrêtaient pas de le reluquer en faisant des messes basses. Nadia surtout dépassait les bornes. Elle levait la main, elle avait jamais rien compris, il lui fallait des explications personnalisées. Alors M. Gomez se déplaçait, il venait tout près, les filles pouvaient entendre sa respiration, sentir son odeur, mélange de gel douche sportif et de déo qui tient deux jours. Elles se trémoussaient sur leur chaise, au bord du fou rire, le regardaient par en dessous, œil de biche noyé de mascara. À force, elles avaient réussi à se convaincre que c'est lui qui les cherchait. C'est clair, il nous kiffe, c'est obligé.

En revanche, et là Lydie faisait moins la maline, l'après-midi, elles devaient se farcir trois heures de techno avec le vieux Hirsch. Cheveux gris fixés au Pento, bouche chuinteuse, le vieux puait le tabac froid et vous assommait de consignes surarticulées. Et puis ce petit éventail d'écume qu'il se trimbalait toujours à la commissure des lèvres, c'était vraiment trop dégueulasse.

En tout cas, le vendredi était une journée spéciale, ça c'est clair. Lydie rejeta les draps, enfila ses pantoufles, un pantalon de jogging et gagna la salle de bains, sa trousse de toilette sous le bras. Son grand-père était déjà levé. Elle pouvait l'entendre qui préparait le café en bas dans la cuisine. Lydie aimait bien la routine du matin, ces bruits rassurants, toujours les mêmes, l'odeur du pain grillé, les bols qu'on pose sur la table, la cafetière qui roucoule, c'était normal, comme chez les autres, comme à la télé.

Dans la salle de bains, elle ouvrit sa trousse de toilette et dissémina ses affaires, déo, rasoir rose, pots de crème en verre opaque, shampoing au karité, après-shampoing à la gelée royale, lotion et cotons démaquillants, brosse à dents, élastiques, chouchous et barrettes, limes à ongles et pince à épiler et même une bougie à la noix de coco qu'elle alluma pour parfumer la pièce. Elle trimbalait son petit fourbi chaque matin. Comme ça au moins, Bruce ne pouvait pas fourrer son nez dans ses affaires quand elle n'était pas là pour voir.

Elle chercha Fun Radio sur le vieux transistor Philips qui prenait la poussière dans l'armoire de toilette avant de pousser le chauffage à fond. Elle fit couler l'eau dans la douche et attendit que le miroir s'embue avant d'y aller. Comme tous les vendredis, elle prit le temps de se laver les cheveux. À chaque fois, c'était tellement long de les laver, de les sécher, de se coiffer, elle loupait presque son bus et le grand-père se mettait à la stresser comme un ouf. En même temps, il fallait ce qu'il fallait. Sur la faïence, de longs tifs serpentaient entre ses pieds. Elle les roula en boule et les jeta à la poubelle, sinon le vieux allait encore lui faire toute une histoire. Ce qui l'inquiétait, c'était ses racines. Elles devenaient de plus en plus sombres. Si jamais elle devenait brune... Ça sonnait plus ou moins comme la fin du monde. Elle se désola un moment en maniant le sèche-cheveux, puis s'occupa de ses ongles, instants de précision et de recueillement. Enfin les dents.

Au moment de s'habiller, elle observa que c'était toujours pareil, pas moyen de mettre la main sur un soutif et une culotte assortis. Elle fit avec, se regarda dans le miroir un petit moment. Elle se cambra, bomba sa poitrine. Il fallait les faire bander tous, jusqu'à ce qu'ils en crèvent.

Ça y est le grand-père commençait à rouspéter. Elle pouvait l'entendre à l'étage en dessous qui grognait et déplaçait les chaises. Elle se dépêcha d'attacher ses cheveux et enfila son jogging Complice dix fois trop large avant de descendre les marches deux par deux.

Depuis toujours, avec le grand-père, ils déjeunaient en écoutant RTL, chacun les yeux dans son bol.

— Tu n'as pas de nouvelles de ton frère?

Le vieux posait la question tous les matins depuis deux semaines. D'ailleurs, c'était moins une question qu'un constat. Lydie fit non de la tête.

Le vieux se versa du café et commença à fumer. En sentant l'odeur du tabac, Lydie grimaça. Il la regardait sans dire un mot. De temps à autre, il prenait une gorgée de café, puis se remettait à fumer. Il ne la quittait pas des yeux.

— Tu dois quand même bien savoir où il est?

— Non. Et puis je m'en fous en fait.

— Ne parle pas comme ça.

C'était pourtant vrai. Encore avant, quand il l'emmenait au bahut en bagnole, mais là même plus. Il fallait qu'elle se tape le bus avec les autres. C'était pas si loin pourtant, la rigolade, les chouettes moments ; Bruce venait souvent dans sa piaule et ils restaient tous les deux à glander devant la télé en fumant des joints. Avachis sur la moquette, ils s'amusaient à critiquer les programmes, les fringues des vedettes, leurs histoires de couple, toutes ces conneries qu'elles racontaient pour avoir l'air enviable et exemplaire. Ce bonheur publicitaire, le débordement de couleur et de lumière, cette précision des lignes, ça vous scotchait complètement. Et pourtant vous haïssiez ces gens pire que s'ils vous avaient fait des trucs perso. Ça finissait toujours par des injures au poste de télé.

Parfois, Bruce parlait de leur père et Lydie n'aimait pas trop ça. Elle n'en avait aucun souvenir et elle n'aimait pas que Bruce se mette à inventer des trucs et fasse son mystérieux.

Bruce parlait de leur mère aussi, mais pas souvent. Ce sujet-là avait le don de lui coller les boules. Avant que Bruce soit obligé d'aller vivre au Centre, vers treize quatorze ans, c'était pas la même chose, mais ensuite leur mère s'était tellement laissée aller. "Mon cancer" qu'elle disait comme si elle avait parlé d'un petit animal à fourrure qu'on aime bien dorloter. Elle était pourtant guérie. Si Bruce soulevait des haltères à longueur de temps, c'était pour ça. Il avait peur d'engraisser, il fallait qu'il transpire, qu'il sue tout ce poison qu'elle leur mettait dans le cœur.

De toute façon, Bruce boudait maintenant. C'était bien son genre de faire la gueule. Quand ils étaient mômes, il se vexait pour un oui ou pour un non. Quand elle lui avait dit de ne plus venir dans sa piaule n'importe quand, sans frapper, à moitié à poil en plus, Bruce ne lui avait plus parlé pendant deux semaines par exemple. Et il lui faisait des scènes parce qu'elle sortait avec des mecs, il l'avait même suivie des fois. Voilà pourquoi elle avait pris l'habitude de ne plus rien laisser traîner, de fermer la porte de sa chambre à clef. Après tout, elle n'avait jamais su pour quelle raison il s'était fait virer du bahut, mais vu comme tout le monde était mal à l'aise à ce sujet…

En réalité, il avait vraiment changé à partir du moment où il s'était mis à bosser chez Velocia. Il avait pris la grosse tête, avec son Martel et toutes ces conneries. À choisir, Lydie préférait encore quand il faisait l'Arabe, à écouter du rap, la capuche, la démarche comme dans les films. Il l'appelait même cousine, au moins c'était marrant. Le grand-père n'avait pas trop rigolé par contre. Il lui avait revendu son scoot pour la peine. Bruce avait pointé deux doigts sur le grand-père comme un flingue, et fait "boum". Nerf de bœuf direct.

Maintenant, ce con oscillait entre Tony Montana et Besancenot, le fric facile et la lutte finale. C'est ce Martel sûrement qui lui bourrait le mou. Le pire, c'est qu'il voulait causer politique avec le grand-père. Fallait voir ce que le vieux montrait à ces moments-là, le venin, la haine, ce plaisir dingue à supposer le pire. Lydie montait vite fait dans sa piaule.

Après avoir fini ses tartines, Lydie lava la vaisselle du petit-déj' et passa l'éponge sur la toile cirée. Son grand-père écoutait les nouvelles à présent. Comme elle commençait à préparer le thé et les Choco BN pour sa mère, elle entendit l'indicatif RTL, toum toum toutoum toum, il est sept heures du matin bonjour. Voilà elle était à la bourre. Elle prit le plateau et s'envola vers l'étage. Des voix enjouées venues de très loin au-delà de l'hiver se mirent à détailler le cours du monde pendant que le grand-père allumait une nouvelle cigarette.

Dans la chambre de sa mère, Lydie retrouva cette même odeur d'antiseptique et de moisissure. Elle n'avait pas frappé, ça ne servait à rien. Assommée par les médicaments et le vin, la mère ronflait comme un sonneur. Elle alla à la fenêtre et ouvrit les volets en grand. Le vent glacé la saisit, elle sentit sa peau se hérisser.

— Ferme vite, supplia la mère d'une voix enrouée.

Lydie attendit quelques secondes avant d'obéir.

— Ma chérie, par pitié, faisait la mère.

Lydie vint s'asseoir près d'elle. Elle alluma la lampe de chevet pour mieux voir le pansement. Par endroits, il s'était imbibé de sérosités jaunes.

— Laisse, tenta la mère, ça ira bien comme ça jusqu'à ce soir.

— Je vais le changer. J'préfère le faire tout de suite.

— Ah voilà, on est vendredi, mademoiselle a des projets pour ce soir.

— Ne bouge pas.

La mère buvait trop et ses plaies cicatrisaient mal. De la tempe droite à la hanche en passant par le sein, la peau était molle, noire, jaune et mauve. La chair prenait des colorations contrenature, des profondeurs de marécage. On aurait dit une naissance, comme si quelque chose germait du pourrissement. Mais ce quelque chose n'avait pas de forme, son état variait, refluant et dégorgeant selon le moment. Lydie avait parfois l'impression que cette brûlure était un autre habitant de la Ferme.

Pendant que Lydie changeait son pansement, la mère cria un peu. Lydie regarda sa montre. Elle devait encore s'habiller et le car passait à sept heures et demie. Pourtant, sa mère la retint.

— Tu rentreras tôt dis ?

— Ne t'inquiète pas.

— À quelle heure tu rentres ?

— J'en sais rien m'man. J'irai sûrement faire un tour avec Nadia.

— Tu sors trop. Regarde ta mère, ce que ça lui a rapporté de sortir.

— Maman.

— Regarde, et la mère cherchait à se redresser pour mieux se montrer dans la lumière.

— C'est bon, je rentrerai tôt maman.

— Tu promets ?

— Mais oui.

La mère la toucha de son bras valide. Sa bouche béait légèrement. Lydie qui connaissait bien ses habitudes mélodramatiques attendait la fin de la représentation.

— Personne t'aimera comme maman tu sais.

La grosse femme au crâne tondu se mit à pleurer doucement. Lydie sortit à reculons. La mère ne la voyait plus. Elle savourait.

Dans sa chambre, Lydie alluma la télé où passait un clip de Rihanna. Elle monta le son, se maquilla, s'habilla : chemisier western, gilet bleu lagon, slim noir avec des coutures roses, talons noirs. Son cuir avec un col de fourrure pour finir. Elle ouvrit la fenêtre pour laisser rentrer le matin. Elle avait chaud, elle était excitée et un peu rouge. Elle monta encore un peu le son de la télé et se mit à danser. Ses hanches suivaient le rythme des basses, sa tête allait et venait sur ses épaules, elle se mordait les lèvres. Ça venait, c'était bon, par les reins. Dans le miroir, elle était belle, contente, un peu pute, ses lèvres brillantes couleur bubble-gum. À des milliers de kilomètres de la Ferme.

— Qu'est-ce que tu fabriques bon sang!

Aïe, pépé avait fait le voyage jusqu'au premier rien que pour lui dire de se magner le train.

— Oui oui j'y vais.

Il maugréa encore un peu, mais regagna vite le rez-de-chaussée. Et Lydie se tailla par l'échelle du garage, comme d'habitude, ses talons à la main, les anses de son sac entre les dents. Parce que si jamais le vieux voyait comme elle était fagotée, c'était même pas la peine.

Lydie remonta l'allée du bus comme un podium de mode. Nadia l'attendait au fond et deux trois mecs se retournèrent sur son passage. Elle se laissa tomber à côté de sa copine et fit claquer son chewing-gum en fouillant dans son sac. Nadia la regardait :

— Alors?

— Alors c'est vendredi baby.

— Tu parles.

— Et Gomez alors…

— Ce sale pervers!

— Arrête, fit Lydie, ce soir, on va danser.

Elle se mit à onduler sur place, les mains en l'air, les yeux fermés.

— C'est ça ouais.

— Rholalala…

Lydie qui détestait qu'on lui plombe le moral, c'était bien sa chance. Elle se retrouvait à traîner à longueur de temps avec une moitié de gothique, une fille qui portait des Docs, les cheveux coupés ras sur un côté et un baladeur constamment vissé sur les oreilles. Et puis vas-y les goûts musicaux! Que du dark, le plus dansant étant peut-être Mano Solo. Nadia était jamais contente de rien, il fallait toujours la forcer, elle mentait sans arrêt, et puis atroce avec les mecs en plus de ça. Elle faisait quarante kilos toute mouillée et leur rentrait dedans dès qu'elle avait l'occasion, rien à battre. Pourtant, Lydie l'aimait bien. En même temps, y avait pas d'autre fille dans sa classe. Et Nadia n'avait pas tellement de père non plus. Ça créait des liens, forcément.

Le trajet se poursuivit en silence. Il faisait encore nuit. Dans le car, on percevait l'écho assourdi des musiques que les ados écoutaient en somnolant. Un peu de lumière commença à filtrer par-dessus le vallonnement. Progressivement, les passagers se mirent à discuter et rire. Les garçons avaient déjà des voix rudes. Ils parlaient de mécanique et de sport, avec un fort accent des Hauts. Les filles papotaient en petits cercles resserrés où elles réchauffaient des secrets et des calomnies. Par moments, on voyait deux bras s'élever au-dessus d'un appuie-tête ; quelqu'un s'étirait. Le bus descendait vers la vallée, virant amplement dans les tournants avec une majesté de pachyderme, reprenant péniblement son élan après chaque stop, couinant et lâchant régulièrement de longs soupirs hydrauliques. À chaque arrêt, une bouffée d'air glacé remontait le couloir et ça rouspétait un peu. Le chauffeur ne relevait pas.

Nadia et Lydie furent les dernières à quitter le bus. Sur leur passage, des garçons qui se serraient pour se protéger du froid tournèrent la tête. Elles firent comme si de rien n'était et se rendirent aux toilettes pour vérifier leur maquillage. Lydie remit du gloss. Ses joues étaient toutes rouges, ce qui lui donnait un air de fermière, elle détestait ça. Elle mit un peu de poudre, mais ça ne changeait pas grand-chose. Elles se partagèrent une clope, tirant quelques taffes avant de jeter leur mégot dans la cuvette. Les premières taffes étaient vraiment dégueu, mais il fallait bien commencer. À la sortie, un jeune pion les attrapa.

— Hé les filles ! Qu'est-ce que vous étiez encore en train de foutre là-dedans ?

— Je remontais mon collant, répondit Nadia.

Elle portait un jean.

— Vous savez ce que vous risquez avec vos clopes !

— Un cancer et j'espère que ça va venir vite fait parce que j'en ai ma claque de voir ta face tous les matins.

Le pion se raidit, la prenant par le bras.

— Tu devrais pas me parler comme ça.

— Et tu devrais pas sortir avec des élèves mec.

Lydie n'avait pas prêté attention à cet échange. Quelque chose de plus urgent l'occupait déjà, un attroupement bizarre au milieu de la cour où se mêlaient des gens qui d'habitude n'avaient rien à voir ensemble. Parce que, en général, la cour obéissait à une organisation plutôt rigide. Dès la rentrée, les élèves se coagulaient par affinités, squattant tel coin, se réservant tel emplacement. C'est comme ça que les joueurs de baby préféraient les abords du foyer, que le grand Kamel et ses copains s'étaient fixés à une poubelle comme des moules à un piquet et que Riton et sa bande passaient des heures à cracher par terre adossés au mur du fond. Lydie et Nadia avaient élu domicile sur le rebord d'une fenêtre. Elles restaient assises là tout le long des récrés, très occupées à mépriser leurs congénères et à déplorer de ne pas vivre ailleurs.

Alors cet attroupement avait vraiment de quoi surprendre, d'autant que tout le monde avait l'air content, intéressé, rien à voir avec ces tas fébriles que suscitaient les bagarres.

Lydie s'avança et Nadia la rejoignit très vite. De loin, elles pouvaient déjà entendre des voix empressées, des questions qui fusaient, des silences. D'où tu viens? Combien de temps tu restes? Et comment tu t'appelles?

— Ah d'accord, fit Nadia.

— Ouais, carrément, admit Lydie.

C'était un nouveau.

On apprit rapidement qu'il avait débarqué la veille. Les élèves de l'internat avaient eu le temps de faire sa connaissance et propageaient déjà les bonnes nouvelles. Il s'appelait Joe Dekkara, son père était garde mobile, ils venaient de Tahiti – sans déconner? – muté dans les Vosges, un coup dur pour la famille qui était passée par Nouméa, Nîmes, Bastia et découvrait l'hiver, le vrai. Joe ressemblait à un acteur de *Prison Break*, en plus mat, un métis en plus. Lydie sut immédiatement à quelle occupation elle allait consacrer le prochain trimestre.

La sonnerie retentit alors que Joe n'avait même pas eu l'occasion de la repérer. Lydie resta plantée là, laissant Nadia et les autres élèves monter en cours. La mêlée autour de Joe se défit et leurs regards se croisèrent enfin. Aussitôt, Lydie tourna les talons et s'engouffra dans les couloirs, en volant ou presque. Il était vraiment trop mignon, tout neuf, et tellement d'ailleurs.

Et là, comme elle se transportait dans les escaliers, une forme s'interposa, lui disant salut dans un murmure, tandis que le flot des élèves continuait à s'écouler autour. C'était encore ce mec un peu bizarre, avec de longs cils et qui avait constamment l'air d'attendre quelqu'un. Depuis qu'ils s'étaient retrouvés dans le bureau du proviseur pour une sombre histoire de clope derrière la piscine, il ne la lâchait plus. Sur le coup, elle l'avait trouvé gentil. Le pauvre avait d'ailleurs tout pris sur son dos et leur avait épargné pas mal d'heures de colle. N'empêche, elle avait l'impression de le retrouver à chaque coin du bahut, implorant et serviable. Elle lui rendit son bonjour sans ciller, elle n'allait quand même pas lui faire la bise, surtout maintenant qu'elle était amoureuse.

Il était la demie et le réfectoire était bondé, comme d'hab. Lydie faisait la queue avec Nadia, son plateau vide à la main, en tâchant d'apercevoir le nouveau.

— Quel salaud quand même!
— Qui? demanda Lydie.
— Gomez!
— C'est clair.
— De toute façon, j'm'en bats les couilles, j'irai pas.
— Ouais c'est clair, répéta Lydie qui parcourait inlassablement les tablées du regard.
— En plus, j'essayais d'être cool avec lui, t'as vu.
— Trop.

Ce matin-là, pendant le cours de dessin industriel, Nadia avait quitté sa place pour aller directement voir le prof à son bureau. Elle n'était pourtant pas du genre à faire des vagues. Sauf des fois, l'ennui, ses trucs de famille qui lui remontaient, l'indiscipline devenait une médecine contre le vague à l'âme. Enfin, elle s'était levée et avait foncé comme si de rien n'était.

— Restez à votre place, avait fait Gomez.

— C'est bon monsieur, j'ai juste un truc à vous dire vite fait.

Des gloussements et des bruits suggestifs avaient fusé dans la classe. Surpris, Gomez s'était redressé :

— Nadia, restez à votre place s'il vous plaît. J'arrive tout de suite.

— Vous en faites pas m'sieur, avait répondu la jeune fille en avançant toujours.

— Votre carnet de correspondance. Tout de suite.

Nadia avait alors secoué la tête d'un air peiné, comme si elle surprenait son petit frère essayant de faire rentrer un cube dans un trou circulaire.

— Vous comprenez pas, m'sieur.

Dans la classe, l'excitation avait grimpé d'un seul coup, déjà l'orage.

— Bon très bien, avait finalement lâché Gomez. Si c'est comme ça, je mets deux heures à toute la classe.

— Quoi?

— Ouaaah, m'sieur!

— Hé non mais oh!

L'indignation s'était répandue comme une traînée de poudre. Tout à coup, ils étaient vingt-cinq justiciers, c'était trop abuser, j'ai rien fait moi, m'sieur. Latif Diop s'était alors levé pour choper Nadia. Il mesurait plus d'un mètre quatre-vingts et pesait pas loin de cent kilos.

— Tu vas t'asseoir toi.

Nadia s'était débattue sans grand résultat et d'autres élèves s'étaient levés à leur tour, la plupart pour encourager Latif. Gomez avec presque sauté par-dessus son bureau pour séparer le mangeur de Big Mac et le moineau incendiaire.

— Vous en faites pas monsieur, disait le garçon, en traînant Nadia derrière lui. Je l'ai bien en main.

Les autres avaient sifflé encore pire, le prof était sur eux, mais Nadia s'était trop énervée avec cette histoire de bien en main.

— Putain toi.

Elle avait passé ses doigts dans l'encolure du sweat du garçon et avait tiré de toutes ses forces. Il y avait eu un grand déchirement et la poitrine très sombre, le ventre bedonnant du jeune homme avaient semblé exploser dans la lumière des néons. Il s'était immédiatement mis à insulter la jeune fille et à lui taper sur la tête. Gomez ne savait plus quoi faire, se prenait même un coup dans le nez. Dans la classe, le feu avait pris, tout le monde s'était levé, criant, jetant des trucs, des insultes, le gros délire.

À la fin, le prof de la classe voisine avait dû s'en mêler et il avait fallu la moitié du cours pour revenir à une situation à peu près normale.

Pour finir, Nadia s'était retrouvée dans le bureau du proviseur avec Gomez. Il était dans un état, un peu plus il se serait mis à chialer ce con. Le proviseur s'était contenté de faire son sketch habituel, *good cop bad cop*, et puis finalement les heures de colle étaient tombées.

— Vingt heures! Et tu crois qu'il m'aurait défendu ce fils de pute de Gomez?

— C'est clair, fit Lydie en prenant le steak purée que lui tendait la fille de la cantine.

— Merci, ironisa cette dernière, une maigrichonne aux sourcils trop épilés, en retenant l'assiette.

— Merci, répéta Lydie avec un sourire forcé.

Nadia refusa toute nourriture. En signe de protestation apparemment.

— C'était de la légitime défense sans déconner.

— C'est clair.

Son plateau dans les mains, Lydie cherchait une place. Où est-ce qu'il pouvait bien se planquer le nouveau? Tiens encore l'autre, le bizarre aux longs cils qui la dévisageait et tâchait de sourire.

— Qu'est-ce que tu fabriques? demanda Nadia.

— Rien. Je cherche une place.

— Ben y en a plein de la place. Vas-y on se met là. Surtout que je t'ai pas dit le pire. Ce fils de pute de Diop il a rien eu. Sérieux c'est trop des machos dans ce bahut.

Elles venaient juste de s'asseoir quand le nouveau parut à l'entrée du réfectoire. Il se trouvait avec toute une foule de mecs qui ne savaient plus quoi faire pour lui être agréables. C'était l'attraction. Après tout, on n'avait pas si souvent l'occasion de voir un mec débarquer comme ça du bout du monde, avec ce genre de fringues en plus, et cette tête d'ange. Devenir son pote, c'était comme passer à la télé ou se payer la dernière paire de Vans. Un grand type rouquin se précipita pour lui prendre un plateau et lui expliquer comment ça marchait au self. Le nouveau écoutait, hochait la tête. Il avait l'air un peu gêné. Lydie n'avait pas fait gaffe à sa petite taille tout à l'heure. Les autres le dépassaient d'une tête facile. Sauf que Joe avait déjà les bonnes proportions, comme un homme. Les garçons qui se bousculaient à côté faisaient comme des tiges de pissenlit, des pantins désarticulés, mal fichus, pas terminés. Lydie le détaillait. Il portait une doudoune à capuche, un jean clair, des chaussures Caterpillar et une écharpe genre motif Burberry. Il avait neigé un tout petit peu et dans ses cheveux bouclés, on voyait briller des flocons qui fondaient déjà.

Lydie laissa sa fourchette retomber dans son assiette. D'un coup, la lourde matérialité du steak purée ne passait plus.

— C'est dégueulasse, fit-elle, en fronçant le nez.

— Tu m'étonnes, admit Nadia. Je suis dégoûtée sérieux.

— Viens on se casse.

— Hé attends! On vient juste d'arriver.

Lydie se dirigea vers la sortie, emportant son plateau auquel elle n'avait pratiquement pas touché. Dans son dos, elle espérait le regard de Joe. Elle marchait lentement, marquant son indifférence en fixant son regard sur un point lointain, abstrait, quelque chose de vraiment chouette que personne d'autre ne voyait.

Dans ce bahut pourri, les autres filles la traitaient de pute, c'était le prix à payer. Il y avait aussi des baisers qu'elle aurait préféré oublier, des mains baladeuses, le souvenir d'un grenier où on se rajuste en tâchant de ne pas chialer, plus les commérages. N'empêche. Depuis qu'elle avait treize ans, elle menait une vie spéciale, en avance. Des mecs la conduisaient en voiture, ils l'emmenaient dans des endroits interdits aux mineurs, ils lui payaient ses consos. Elle traînait avec des gens qui avaient déjà leur appart', un boulot ou qui touchaient le chômage. La plupart fumaient du shit et se montraient sympas avec elle. En général, elle ne participait pas vraiment aux soirées. Elle restait lointaine, mieux valait ne rien dire, on la supposait toujours plus maline comme ça. À sa manière, elle menait grand train. Aussi marchait-elle comme une altesse cannibale, sûre de son cul, ce sortilège.

Mais Nadia la fit redescendre sur terre.

— Tiens, le nouveau là-bas.

— Qui ça ?

— C'est ça ouais, genre.

Elle se retourna quand même puisque Nadia insistait. Joe mangeait son poulet-frites avec les doigts, manches retroussées. Quand il s'aperçut que Lydie le regardait, il lâcha la cuisse qu'il tenait entre ses doigts, vaguement confus. Puis sourit. Personne dans la cantine ne manqua la scène. Lydie se sentit rougir et fila à toute vitesse. Elle avait une envie folle de courir et de crier.

— Ben dis donc, dit Nadia lorsqu'elles furent dans la cour.

— Quoi ?

— C'est ça ouais. Je sens que j'ai pas fini d'en entendre parler du nouveau.

C'est pile le moment que choisit l'autre bizarroïde avec ses longs cils pour refaire son apparition. Décidément, il devenait flippant à se matérialiser sans arrêt comme ça.

— Salut.

— Salut.

Pour le coup, Lydie était mieux lunée, elle lui fit même la bise. Nadia aussi. Il commença à bredouiller quelque chose au sujet de l'autre fois derrière la piscine. Lydie l'écouta distraitement et le laissa planté là dès qu'elle put. Curieusement, Nadia ne la suivit pas immédiatement. Elle resta un petit moment avec Bizarroïde à lui raconter je sais pas quoi.

— Qu'est-ce que tu foutais ?

— Rien. Il est sympa ce mec.

— Quoi ?

— Ben ouais ?

— T'as fumé ou quoi ?

Nadia n'insista pas et elles se dirigèrent vers le foyer pour acheter du Coca et des chips. Elles crevaient de faim en fait.

Pour la récré de l'après-midi, Lydie préféra rester à l'écart, au quatrième étage. Le nez collé à une fenêtre, avec Nadia, elles observaient la cour. Dans le couloir, on n'entendait rien, que le silence plein de résonance, fonctionnel comme celui des hôpitaux. Par instants, un claquement de porte ou un cri poussé au rez-de-chaussée résonnait dans la cage d'escalier, laissant derrière lui un écho bref et froid. Vus d'ici, les élèves dans la cour semblaient se déplacer avec une lenteur de rêve, négligeables comme des fourmis. À les regarder comme ça, Lydie avait l'impression de contempler un souvenir.

— Putain, j'ai vraiment pas le moral, fit Nadia.

— Pourquoi?

— Je sais pas. J'ai pas le moral quoi. Ce putain de bahut.

— Ouais, c'est clair.

Elles se turent. Lydie se plaça un peu en retrait, les mains dans les poches. Elle faisait des bulles avec son chewing-gum. Nadia colla son front sur la vitre, les yeux dans la vague.

— Qu'est-ce qu'on va pouvoir faire ce soir?

— Je sais pas, on verra bien.

Devant les lèvres entrouvertes de Nadia, la vitre s'embuait. Elle soupira, puis se redressa subitement pour effacer toute la buée du revers de la main.

— Regarde!

— Qu'est-ce qu'il y a, demanda Lydie.

— Le nouveau. Il traîne avec les autres blaireaux.

Il rejoignait effectivement Riton et deux de ses potes. Les trois garçons lui touchèrent l'épaule et se mirent à s'agiter autour de lui.

— Il est pas mal quand même, dit Nadia.

— Ouais, ça va.

— Tu me prends vraiment pour une conne. Tu vas sortir avec?

— Je sais pas.

Nadia gloussa et se mit à souffler sur la vitre, puis avec son doigt, elle dessina une énorme bite dans la buée.

— Mais qu'est-ce que tu fous? pouffa Lydie en essayant d'effacer le dessin.

— Laisse, tu peux pas comprendre, c'est de l'art.

Nadia souffla encore et écrivit le nom de sa copine sous la bite dressée, comme une devise sous un blason.

— Aaaah! mais c'est dégueulasse, cria Lydie en parvenant à tout effacer. Les deux filles se poussaient et se retenaient en riant, puis la sonnerie retentit.

— Ouaaah, j'ai trop pas le moral.

— C'est clair, dit Lydie en jetant un dernier coup d'œil pour voir ce que fabriquait le nouveau.

Il avait l'air trop copain avec Riton en fait.

Après les cours, Lydie décida d'attendre Riton sous l'abri deux-roues, près de sa moto. Nadia n'avait pas tellement envie de poireauter, mais en même temps, comme elle n'avait rien d'autre à foutre… Elle était donc là aussi, faisant la gueule sans plus, ses écouteurs sur les oreilles. Finalement, Riton se ramena, avec deux de ses potes.

— Salut les filles.

— Salut. Et en dépit de ce que ça lui coûtait, Lydie se jeta à l'eau : Vous faites quoi ce soir?

Riton était du genre entreprenant, il prit tout de suite les choses en mains. Une demi-heure plus tard, ils étaient tous attablés à l'Alchimiste, le bar repaire à deux pas de la gare TER. Riton s'était chargé des commandes, deux monacos, un Ice-Tea. Ses deux potes s'étaient un peu plaints qu'on ne leur ait pas demandé ce qu'ils voulaient.

— Je suis pas votre mère, démerdez-vous.

Ils avaient fait comme ça.

Aussi sec, Riton se mit à baratiner Lydie à tour de bras. Quand ses potes revinrent avec leur demi, il s'arrangea même pour leur tourner le dos. Il parlait sans arrêt, enjôleur, très content de lui, en mentant juste ce qu'il fallait.

C'était l'heure de pointe à l'Alchimiste. Le vendredi en début de soirée, tous les élèves du bahut venaient là, pleins d'espoir pour la soirée. Tout était encore tellement possible à ce moment-là. Plus tard, on irait peut-être manger un morceau au kebab d'à côté. On se donnerait rendez-vous quelque part. Des grands frères, des cousins viendraient en bagnole, direction Épinal, Remiremont, Nancy pour les VIP. Plus tard encore, les veinards qui avaient l'âge, les moyens de locomotion nécessaires, le pognon qu'il faut, se croiseraient dans les discothèques du coin. En général, Lydie était de ceux-là. On la trouvait presque à coup sûr au Papagayo, au Sphinx, au Gaulois, mal accompagnée, un peu pétée, faisant nettement plus que son âge dans les flashs intermittents des stroboscopes. Pas loin, Nadia faisait souvent tapisserie en sirotant un whisky-Coca tiède. Elle attendait que ça se passe, en espérant que sa copine qui pigeonnait dans son débardeur, les cheveux collés aux tempes, n'irait pas se fourrer une fois de plus dans une de ces histoires qui finissent en bagarre de parking ou en dégueulis dans une 206. Lydie dansait les yeux fermés, les mecs s'agglutinaient autour. Elle dansait comme si elle était toute seule, tenant sa tête entre ses mains, les coudes écartés. On voyait ses aisselles, la transpiration dans son décolleté. La lumière des spots fondait tout le monde dans le même moule, flambeurs suréquipés, releuleus en goguette, fils à papa et pétasses mélancoliques, étudiantes qui s'étaient trompées de soirée et quadragénaires avec leur chemise coûteuse et un ventre qui ne se rentrait plus. Nadia finissait par se tirer et Lydie se faisait raccompagner. Le lundi, elles n'en parlaient pas.

Riton parlait et Lydie n'écoutait pas. Elle attendait que le nouveau entre dans le bar. Ensuite, elle ferait de son mieux pour l'ignorer. Alors il viendrait vers elle, elle se laisserait faire, tout serait parfait.

— Genre ce soir c'est soirée mousse, insistait Riton. C'est clair que ça va être chaud.

BRUCE

Le vendredi matin, Bruce se réveilla avec une gueule de bois monumentale et il lui fallut près de cinq minutes avant de comprendre où il était, c'est-à-dire chez le chômeur rencontré la veille au Café de la Poste. Il avait passé la nuit tout habillé sur le clic-clac. Il n'avait même pas eu le courage d'enlever ses pompes. Il se leva et se mit à inspecter les lieux en reniflant. Au moins, il savait où chercher la fille maintenant.

Il ne faisait pas très jour dans le salon, mais Bruce pouvait voir que l'appartement du chômeur était drôlement coquet pour un mec qui vivait tout seul : des rideaux de couleur à toutes les fenêtres, des sculptures en bois du genre perroquet ou penseur de chez Gifi, des tapis exotiques et même quelques plantes vertes qui crevaient patiemment dans les coins. Le plasma 50 pouces était resté allumé toute la nuit sur l'écran de veille de GTA 3. Ils avaient dû jouer avant de se pieuter. Bruce n'en avait aucun souvenir pourtant. Sur la table basse, il y avait encore un cendrier plein de mégots de joints, des cannettes de soda, des emballages de Twix et de Balisto.

S'étirant, il lâcha un long pet maladif. Sa tête lui faisait l'impression d'être une boule à neige pleine d'acide de batterie. Il continua à déambuler dans l'appartement en se tenant aux murs jusqu'à dénicher la salle de bains. Sur le rebord de la baignoire, il y avait encore du shampoing démêlant et un rasoir Bic rose. Le chômeur avait visiblement du mal à tourner la page. Dans l'armoire de toilette, il trouva de l'Advil. Il goba deux comprimés avant de se passer de l'eau glacée sur la nuque. Il se moucha et cracha dans le lavabo. Il commençait à se sentir un peu mieux. Il en profita pour réveiller tout le monde, le maître des lieux pour commencer parce qu'il avait la dalle et pas l'intention de préparer le petit-déj' lui-même. Après tout, il n'était pas chez lui.

Le chômeur fit bien un peu des manières, mais il finit par préparer le café et sortit ses Doo Wap du placard. L'apprenti boucher n'avait pas l'air dans son assiette en revanche. Les autres lui parlaient, il ne mouftait pas. Il était tout jaune, et bleu sous les yeux. Très vite, il dut quitter la table pour retourner s'allonger. À un moment, Bruce et le chômeur l'entendirent même claquer des dents.

— On va sûrement devoir l'enterrer au fond du jardin, dit le chômeur pour déconner.

— Je vais rester un peu, annonça Bruce. J'ai nulle part où aller.

Il respirait fort, évitant le regard du chômeur. Il se mit à farfouiller dans son blouson et en tira des cachetons et des gélules de différentes tailles et de différentes couleurs. Il les aligna sur la table avant de les avaler avec son café.

— Qu'est-ce que c'est? demanda le chômeur.

— Des vitamines.

— Ah…

Le chômeur compta sept cachetons.

— Et tu veux rester là longtemps?

— On verra.

— Ma copine va pas être trop d'accord j'pense.

— On lui expliquera. Si elle revient.

Bruce se servit un autre café avant de remplir la tasse du chômeur. C'est là seulement qu'il osa lever les yeux.

— Je vais devoir passer des coups de fil. Ce serait bien que je puisse être tranquille dix minutes un quart d'heure tu vois.

Le chômeur faisait sa mauvaise tête, hésitant. Finalement, il haussa les épaules et après avoir ramassé sa tasse et le dernier *Télé 7 Jours*, il s'enferma dans les toilettes.

Bruce s'installa sur le clic-clac avec le téléphone et l'annuaire. Il avait eu du pot de croiser l'apprenti boucher. Le môme lui avait tout raconté, la fille qui déboule des bois en petite culotte, l'accident avec l'inspectrice du travail. C'était un drôle de hasard, parce que au rythme où allaient ses recherches, il n'était pas près de la retrouver cette petite pute.

Il commença à feuilleter l'annuaire, avant de se rendre compte qu'il n'avait pas la moindre idée de ce qu'il cherchait. Il tâcha de remettre ses idées en place. Pour commencer, il valait mieux ne rien dire à Martel. Si jamais il foirait son coup et ne parvenait pas à récupérer la fille, l'autre lui ferait encore un cinéma pas possible. Il pourrait même devenir méchant. Il ne le reconnaissait plus depuis qu'ils s'étaient lancés dans cette histoire. Le mieux, c'était de trouver l'inspectrice et puis la fille. Ensuite, on verrait.

Pour bien faire, il se prépara comme son grand-père lui avait appris. Il nota les noms des personnes à contacter et ses questions sur une feuille à petits carreaux. Il ajouta aussi une formule de politesse en haut de la page, pour ne pas oublier. Il potassa son antisèche un petit moment puis passa son premier coup de fil, à Locatelli pour commencer.

Locatelli était ravi qu'on l'appelle, on sentait qu'il s'emmerdait comme un rat chez lui. Il lui confirma tout de suite que leur inspectrice à l'usine s'appelait bien Kleber. Une coriace, pas mal en plus, enfin dans son genre. Quel genre ? Le genre qu'on n'emmerde pas, avait fait Locatelli en se marrant. Il s'étonnait d'ailleurs que Bruce ne l'ait pas croisée dans les ateliers, elle était venue une paire de fois depuis le début du PSE.

Bruce l'écouta déblatérer un moment. Locatelli partait un peu en sucette depuis quelque temps, avec sa bonne femme morte et l'usine foutue. Il fallait qu'il parle. Il lui raconta le plan social de long en large, les drames, les coups de sang, avec l'inspectrice en plein milieu et Martel évidemment. La Kleber, il fallait voir comment elle te retournait le directeur général en un tourne-main, comme un petit steak haché. Subodka en était resté sur le cul. La DRH s'en sortait mieux évidemment ; elle aussi faisait partie de la famille des subtils. Locatelli ne lui lâchait plus la grappe. Tu vois, lui avait-il répété au moins trois fois, cette usine, elle nous en a fait baver, mais finalement on la regrettera.

— Mais c'est pas encore terminé, dit Bruce par politesse. Faut se battre.

— Ouais. Mais c'est déjà plus la même chose. Mangin veut partir dans le Sud. Si jamais l'usine ferme pas et qu'ils font un plan de départs volontaires, il prendra le fric et ira s'installer du côté de Perpignan. Il a de la famille là-bas.

— Qu'est-ce qu'il irait foutre à Perpignan ?

— Ouvrir une pizzeria. Avec le tourisme, tu peux faire des affaires. C'est pas tellement sorcier à ce qu'il paraît.

— Tu parles, qu'est-ce tu veux qu'il parte Mangin ? Ce con n'a même pas de bagnole, il vient au taf à vélo.

Locatelli se mit à rigoler.

— Faudra que tu passes nous voir. On les voit plus les intérims maintenant. Ça fait bizarre, on avait pris l'habitude.

Bruce promit et raccrocha dès qu'il put. Les ouvriers en CDI avaient passé leur temps à casser du sucre sur le dos des intérimaires et maintenant qu'on leur retirait leur précieuse usine, les voilà qui faisaient du sentiment. Quelle bande de connards.

Ensuite, Bruce appela les garages du coin, histoire de savoir où la Saab se trouvait. Il ne fallut pas plus de deux tentatives pour trouver le bon. À se demander si ces péteux de Nancy n'avaient pas raison : les Vosges c'était vraiment un trou de trois fois rien, fallait pas plus de deux coups de fil pour en faire le tour. Sourcils froncés, Bruce lut sa petite note.

— Oui bonjour monsieur, excusez-moi de vous déranger là. C'était pour savoir si la voiture de Mme Kleber était prête.

— Mais bon Dieu ! gémit le garagiste, je lui ai déjà dit pour combien de temps j'en avais. Elle commence à charrier votre femme.

— C'est pas ma femme, dit Bruce aussitôt, de crainte de se faire engueuler davantage.

— Ah oui, elle s'occupe de ses affaires elle-même, elle m'a bien fait comprendre.

Ensuite, Bruce pianota sur son iPhone et trouva l'adresse et le numéro de téléphone de l'inspectrice. Elle vivait dans une maison à mi-chemin d'Arches et de Dinozé. Sur Google Maps, on voyait clairement l'endroit. Vue du ciel, l'habitation avait l'air d'un carré quasi parfait, entouré d'un petit terrain, le tout adossé à la forêt. Il n'y avait qu'une seule route pour y accéder, qui serpentait depuis la D157, dépassait la maison, filait ensuite parmi des champs, vers Guménil, Géroménil, des petits bleds comme ça. Ce qui frappait, c'était l'isolement. L'inspectrice vivait vraiment en pleine cambrousse. Pas un chat à des kilomètres, à part une autre maison toute proche, du même côté de la route, sensiblement de la même taille. À croire qu'un promoteur avait eu l'idée d'un lotissement et s'était ravisé de justesse.

Bruce fit quelques captures d'écran. On y voyait le serpent clair de la route, le vert étale des prés, les deux points plus clairs où vivaient l'inspectrice et son voisin, puis l'opacité de la forêt. Il décida d'y aller le soir même, voir ce qu'elle avait fait de la fille.

La journée se passa devant l'écran plasma.

Quand l'apprenti boucher se fut tiré, Bruce et le chômeur se mirent à jouer à *Call of Duty* en fumant des joints. Bruce, qui ne s'était plus intéressé aux jeux vidéo depuis deux trois ans, était estomaqué par la qualité des trucs qui se faisaient maintenant. Il fallait voir ces images, le rendu de la violence, c'était juste incroyable. Ils jouèrent comme ça neuf heures d'affilée, une campagne complète, du débarquement en Sicile jusqu'au nid d'aigle. Pour tenir, ils organisèrent des pauses pipi et se gavèrent de chips et de Coca du Aldi. À un moment, Bruce fila même un peu de fric au chômeur pour qu'il aille faire le plein de bouffe. Passablement défoncé, le chômeur fit son récalcitrant, mais Bruce ne voulut rien savoir. L'autre enfila donc ses baskets, sa doudoune et se planqua sous la visière de sa casquette pour partir chasser à la supérette du coin. Une heure plus tard, il revenait les bras chargés de pains à hot-dog, de fromage et de saucisses, de Doritos et de Coca Light.

— Vas-y, fais à bouffer, je crève la dalle, dit Bruce.

— T'en es où?

— On vient de passer les Alpes. L'avion qui se crashe dans l'église, j'ai halluciné. Il est quelle heure là?

— Cinq heures, répondit le chômeur.

— C'est cool, j'ai encore le temps.

— Et c'est quoi dans la bouteille là? demanda le chômeur.

— J'ai eu la flemme d'aller pisser tout à l'heure.

— Quoi?

— Allez, arrête de me saouler et va nous cuire des saucisses. Je vais rouler un gros trois feuilles, dans cinq minutes tu sauras même plus comment tu t'appelles.

— Avec mon shit, tranquille.

— Mission sniper mec, me casse pas les couilles j'te dis.

Toute la journée, l'appartement résonna de rafales de mitraillette et d'explosions de panzer. Les yeux rouges, Bruce et le chômeur restèrent affalés par terre, mangeant et fumant comme des porcs. De temps à autre, pris par l'action, ils se mettaient à crier "banzaï!" ou "enculé!". En représailles, un voisin cognait contre les murs. Aussitôt, les deux guerriers se mettaient à flipper. Dans l'appartement, il faisait quelque chose comme vingt-cinq degrés, la lumière était tamisée, ils avaient tout ce qui fallait. Mais dehors, il y avait le reste : le froid, les gens, et tout ce qu'on était censé faire pour être comme il faut. Alors, quand le voisin cognait, Bruce mettait la partie sur pause, tout devenait silencieux et avec le chômeur, ils se dévisageaient en attendant la suite, le cœur battant. C'est comme ça que le chômeur remarqua que Bruce avait un Doritos collé sur la joue. Il avait bouffé sans arrêt, son tee-shirt était plein de miettes, il y avait même un peu de moutarde séchée entre deux plis. Il s'était essuyé les doigts au fur et à mesure, sur son jean et sur le clic-clac, sans faire gaffe. L'histoire du Doritos fit bien marrer le chômeur, pas tellement Bruce.

La nuit tomba d'un coup. Un peu après vingt heures, ils arrêtèrent de jouer. Finalement, ils n'étaient pas allés au bout, ils manquaient de temps. Ils se retrouvèrent là, mal, englués dans ce sentiment de trop-plein et de vide. L'abrutissement des images, la digestion, cette sorte de ralenti.

— Je vais devoir y aller, annonça Bruce d'un ton morose.

— Où ça?

— Des trucs à faire.

— Moi je bouge pas d'ici, annonça illico le chômeur.

La remarque irrita Bruce.

— Tu vas me filer un tee-shirt et un sweat propres, je peux pas sortir comme ça.

— Tu rentreras jamais dans mes sapes.

Bruce fouilla dans ses poches et en tira les clefs de sa BM.

— Tiens, descends et va chercher mon sac dans le coffre de la bagnole.

— Tu peux pas y aller ?

— Vas-y, je te dis, moi je dois encore prendre une douche.

Le chômeur le défia du regard, mais obéit tout de même. Avant qu'il ait le temps de passer la porte, Bruce eut le temps de lui lancer :

— Et au fait, c'est quoi ton nom mec ?

Bruce roula un peu au hasard en écoutant la radio, des tubes des années 1980 : Jean-Pierre Mader, les Cure, *Enola Gay*. Après un après-midi comme celui-là, il avait vraiment du mal à se remettre d'aplomb. Même avec la vitre entrouverte et le froid du dehors, il se sentait encore tout ensuqué.

Il connaissait un coin tranquille, un parking réservé au personnel d'un cabinet de comptabilité, le week-end, il n'y avait jamais personne. Il alla s'y garer. De là, il pouvait regarder les allées et venues autour de l'Intermarché qui se trouvait cinquante mètres en contrebas. Il s'absorba un moment dans le ballet des phares et des caddies pleins. Il avait coupé le chauffage pour se donner un coup de fouet. La température dégringola très vite et il s'amusa un peu avec son souffle qui s'était mué en fumée blanche. Il se laissa grelotter comme ça pendant dix minutes un quart d'heure, jusqu'à avoir mal au dos. Il allait rallumer le moteur quand une bande de gnomes passa juste devant son capot, leur capuche rabattue sur la tête, un skate sous le bras. Le premier sauta sur sa planche et fila. Ses potes l'imitèrent. Le plus grand devait mesurer un mètre cinquante maximum. Bruce les regarda glisser dans l'obscurité, leurs trucks claquant sur le bitume. Puis les premiers flocons s'abattirent sur le pare-brise de la BM. L'autoradio diffusait *So Far Away from L.A.* Sa mère aimait bien ce genre de vieux truc. Quand il était tout petit, peut-être même que Lydie n'était pas encore née, elle écoutait tout le temps la radio. On la trouvait toujours dans la cuisine en train de préparer des trucs, des odeurs de bœuf haricots verts, de viande en sauce qui mijote, le bruit de la cocotte qui sifflait le mercredi matin quand il n'avait pas école, le jingle de RTL. Sa mère chantonnait. Elle connaissait toutes les chansons, Sardou, Lenorman, Delpech. Son père aussi était là, enfin d'après ce qu'il se rappelait. Tous les soirs, après le goûter, il faisait ses devoirs sur la toile cirée. Quand il avait fini, il avait droit à son œuf Kinder. Son grand-père rouspétait, il ne fallait pas lui donner ce genre de cochonnerie juste avant de dîner. À l'intérieur, il y avait la surprise, souvent des trucs de merde. Le monde d'avant se poursuivait quelque part en lui, avec ses rituels, l'odeur des bottes en caoutchouc, les marrons dans la cour, la hotte aspirante, la buée sur les fenêtres avant le déjeuner, le pyjama avec une étoile de shérif sur la poitrine.

— Putain, fit Bruce en allumant le moteur.

Et il se mit à fouiller dans le cendrier. Au milieu des mégots et de la cendre, il trouva deux grammes de coke emballés dans une papillote de cellophane. Avec sa carte Vitale, il se prépara deux traits bien nets au dos du *Black Album*. La poudre était d'un blanc rosâtre sur la pochette noire du CD. Il roula un billet de vingt euros et se tapa les deux rails à la suite.

Il fit Aaaaaah! en clignant des yeux, mais le cœur n'y était pas vraiment.

Il attendit. Monta le son. Se mit à pianoter sur le volant. Tous ces cons avec leur caddy, haha. Sa tête dansait sur ses épaules et il s'humectait fébrilement les lèvres. Il n'aurait jamais dû bouffer toutes ces merdes. À quoi bon bouffer? Le mieux c'était encore ça, se sentir comme une lame de rasoir. Il se regarda dans le rétro et passa ses mains sur son crâne. Sous ses doigts, il sentait le contact râpeux des cheveux coupés ras. Il était prêt. Quand même, il prit un troisième rail de coke. *Enjoy the Silence* passait à la radio. Il se sentait dur maintenant, froid, comme une pierre tombale. Il vérifia le Colt dans la boîte à gants, alluma les phares, passa la marche arrière. La BM décrivit une ample courbe dans la mince couche de neige encore fraîche. Après avoir vérifié l'adresse de l'inspectrice, il prit la direction de Dinozé.

Il arriva à destination un peu avant vingt-deux heures. La BM s'immobilisa devant l'allée de graviers qui menait au garage de l'inspectrice, tous phares éteints. Elle vivait dans une belle baraque. Bruce tiqua en imaginant le genre d'existence qu'on pouvait mener là-dedans. Ce qui était drôle, c'est que la maison voisine était presque exactement pareille. Et pas trace de vie, ni dans l'une ni dans l'autre. Derrière les vastes baies vitrées, tout était noir. On aurait dit de grands aquariums pleins d'ombre, avec au fond très loin, des bêtes inquiètes qui nageaient en se frôlant.

— Putain, cracha Bruce, c'est pas le moment.

Déjà tout à l'heure sur la route, il s'était fait une frayeur. Il avait reçu un appel de Martel, mais personne au bout du fil. Peut-être à cause de la neige, ou alors à cause de la campagne, cette merde. Ce vide au bout de la ligne... Il valait mieux penser à autre chose. La fille était peut-être là.

Bruce patienta un moment. Il écoutait la nuit, le vent qui secouait la voiture, qui sifflait là-bas derrière dans les sapins. Pendant tout le trajet, il avait neigé sans cesse et l'arrière-train de la BM avait chassé à plusieurs reprises. Bruce était tellement tendu, quand il voulut glisser une cigarette entre ses lèvres, il eut du mal à desserrer les mâchoires. Après avoir baissé la musique, il composa le numéro de téléphone de l'inspectrice en fixant la maison. Il pouvait presque entendre la sonnerie du téléphone à l'intérieur, retentissant dans le vide. Il l'imaginait. Pas de lumière, personne, rien. Le répondeur se déclencha. Bruce raccrocha et appela une nouvelle fois. Même chose. La maison était vide.

Il alla se garer un peu en amont, à deux cents mètres de là. Avant de quitter sa voiture, il glissa le Colt dans sa ceinture. Ensuite, il vérifia qu'il avait bien ses clopes, son téléphone, hésita. Et puis merde, il s'envoya un dernier trait de coke. Puis un autre, parce qu'il se sentait claqué, et qu'au fond de lui, la peur du noir faisait son chemin.

À l'extérieur, la neige le cueillit de plein fouet. Il serra son col et se mit en route, courbé contre le vent, reniflant sans arrêt. De gros flocons cinglaient son visage. Ses boots s'enfonçaient dans la neige et il pouvait déjà sentir l'humidité passer à travers le cuir. Le chemin du retour serait pénible. Pourvu que la fille soit là ; au moins, il n'aurait pas fait la route pour rien. Juste avant de s'engager dans l'allée qui menait chez l'inspectrice, il se ravisa. Il devait déjà s'assurer que le voisin ne lui causerait pas d'ennuis. S'il était là, il lui expliquerait qu'il était tombé en panne à deux trois bornes de là, qu'il était gelé. L'autre lui offrirait bien un café. Il s'occuperait de lui, on verrait bien comment. Sur sa boîte aux lettres, il lut *"Laurent Debef"* puis alla frapper à sa porte. Mais là encore, personne ne répondit. Bruce insista, laissant son doigt enfoncé sur la sonnette. Derrière la porte, il percevait le riiiing horripilant s'étirer dans le vide. Après une dizaine de secondes, il laissa tomber. Il n'y avait personne, il était tranquille.

Pourtant, un truc l'ennuyait. Il souffla dans ses mains gelées pour se réchauffer. Quelque chose de désagréable, comme un regard dans son dos.

Il se tourna vers la forêt. Un mur de sapins. Il frissonna. Il y avait ce silence. Quand vient la neige, le silence change ; il devient plus épais, comme une étoffe pleine de replis où se cachent des choses auxquelles on préfère ne pas penser. Et les voix remontent.

Bruce cracha par terre et se dirigea vers la maison de l'inspectrice, un peu affolé. Il avait du mal à marcher, ses jambes le portaient à peine. Il tira le Colt de sa ceinture pour se rassurer. Ce sentiment d'être épié s'intensifiait. Soudain, il entendit un murmure. Presque rien. Il pressa encore le pas. Un murmure sur son cou. Il se mit à courir dans la neige tout en fourrageant dans les poches de son blouson pour prendre son téléphone. Mais ses mains étaient glacées et l'appareil lui échappa. Il dut se mettre à genoux pour fouiller la neige. Il fallait qu'il se dépêche, il voulait appeler quelqu'un, Martel peut-être. Après quelques secondes, il trouva enfin son iPhone mais il n'y avait pas de réseau. Bruce était tout seul. Une voix montait. La forêt, derrière la neige, au fond des bois.

Bruce avait terriblement envie de pisser tout à coup. Il se leva et rejoignit très vite la maison de l'inspectrice. En se retournant sur ses pas, il put voir qu'il avait laissé des empreintes bien nettes, assez profondes. Il ne pouvait plus se retenir. Malgré la menace qui planait, il ouvrit sa braguette et pissa. Un cratère fumant se creusa aussitôt entre ses pieds. Il n'avait pas encore fini que la voix revenait. Il se reboutonna en hâte et gagna la façade nord de la maison, celle qui faisait face à la forêt. Sous l'avancée du toit, il n'y avait pas de neige. Le contact de l'herbe durcie le rassura un peu. La maison de l'inspectrice frappait par son austérité, son aspect géométrique qui jurait avec la nature alentour. Il se pressa contre la baie vitrée et, se servant de sa main libre comme d'une visière, il tâcha de voir à l'intérieur. La voix susurrait de nouveau, elle devenait plus précise et Bruce commençait vraiment à paniquer.

Quand il était ado, au Centre où on l'avait placé après toute cette histoire, la voix venait parfois, pendant la nuit. À un moment, il en avait eu tellement marre, il avait même essayé de se trancher les veines sous les douches, avec une lame de rasoir. Un mec de l'entretien l'avait retrouvé évanoui sous l'eau glacée. Après, le psy l'avait cuisiné à tel point, il avait failli tout lui raconter. En même temps, rien que de penser à la réaction de son grand-père, il avait préféré se la fermer. La voix avait disparu de toute façon. Et c'était la mode là-bas, tout le monde se taillait les veines pour un oui ou pour un non, un paquet de clopes confisqué, la télécommande qu'un plus grand vous fauchait. Un môme s'était pendu parce qu'on lui avait volé sa Game Boy. Bruce n'avait plus pensé à cet endroit depuis des années.

Pour se donner du courage, il se mit à siffloter. Il rangea le Colt et essaya de faire coulisser la baie vitrée. Évidemment, elle était fermée de l'intérieur. Il fit un pas en arrière pour réfléchir. Ses mains avaient laissé deux empreintes bien nettes sur le verre dépoli. Il faisait si sombre, on aurait pu croire que ces paumes appartenaient à quelqu'un d'autre, quelqu'un qui attendait de l'autre côté. Bruce commença à chercher autour de lui, n'importe quoi pour faire levier ou attaquer la vitre. Il se retrouva de nouveau face à la forêt. Elle semblait plus proche à présent. Il passa la main sur son visage pour essuyer les flocons qui s'y étaient écrasés. Il respirait par à-coups. Il aurait donné à peu près n'importe quoi pour être au chaud quelque part. Il se concentra, des souvenirs de Noël anciens. Dehors la neige tombait, encore plus fort que cette nuit, mais il était bien à l'intérieur. Dans la cuisine, le fourneau ronronnait comme une forge, à tel point qu'il pouvait regarder les dessins animés en maillot de corps. Sa mère tournait dans la maison comme un lion en cage. Il suffisait de se concentrer sur l'écran et d'éprouver la vive chaleur du fourneau pour que tout disparaisse. Il pouvait presque sentir l'odeur des clémentines.

MARTEL

Martel avait ouvert la porte et il n'y avait personne. La sonnette retentissait pourtant pour la troisième fois. Il appuya sur l'interrupteur dans le couloir, sans résultat. La cage d'escalier restait plongée dans le noir et quand la sonnette se tut, l'obscurité redoubla. Martel fouilla ses poches et prit son téléphone portable pour se donner un peu de lumière. La moitié de son immeuble était occupée par des vieillardes cadenassées et s'il se cassait la gueule dans les escaliers, il y avait peu de chance que l'une d'elles se risque dehors pour lui porter secours. Il pensait à tout l'agrément qu'il y aurait à passer le week-end avec une jambe brisée dans l'escalier, tandis qu'une tempête de neige rugirait au dehors. C'est là que son téléphone se mit à vibrer. Comme il consultait le numéro entrant, l'écran jeta un jour bleuté sur son visage. C'était les Benbarek.

Il hésita et fit demi-tour pour rentrer chez lui. Mais il n'eut pas le temps de faire un pas. Une silhouette sortie de nulle part s'était dressée derrière lui et le précipitait dans l'escalier. Il sentit comme une aspiration, le sol se déroba sous lui, il plongeait, tête la première. Il voulut se retourner pour amortir la chute avec ses mains, mais n'y parvint pas tout à fait, dégringola la première volée de marches et sa tête alla heurter le mur qui lui faisait face. Mais le pire, c'était son genou. La rotule avait cogné l'un des barreaux en métal de la rampe d'escalier, sur un angle, la douleur dépassait l'imagination. Il aurait voulu crier, il n'avait plus de souffle.

Étalé par terre, Martel cherchait donc de l'air comme un poisson sur la grève, tremblant de tous ses membres pendant que son portable continuait à vibrer sur le sol, égrenant une toccata de Bach archiconnue. La silhouette descendit les marches, massive sur des jambes légèrement arquées. Un faisceau lumineux jaillit d'une lampe torche avant de se poser sur son visage. Sur sa langue, il reconnut le goût du sang. Après s'être traîné sur le carrelage, il réussit quand même à s'adosser au mur. Là, il se mit à gueuler au secours, avant de se taire très vite, mouché par le ridicule de la situation. Le retentissement de son cri dans la cage d'escalier sonnait faux. On aurait juré un truc de môme pour emmerder les voisins.

Le type derrière la lampe torche se marra.

— Je serais vous, j'arrêterais ça.

— Qu'est-ce que vous voulez, bon Dieu?

Martel effleura son genou endolori d'une main tremblotante. Il constata alors que son index avait une drôle d'allure tarabiscotée. Il leva sa main droite dans la lumière pour mieux voir. Ça ressemblait à un trombone désarticulé. Dans la vive clarté, il voyait des gouttes de sang se détacher de ses doigts et tomber sur le sol. Sa tête tournait un peu, mais il ne sentait plus rien. Il avait très soif tout à coup. Connement, il pensa à Rita. Elle était loin.

— Vous ne vous en sortez pas si mal, dit le type. Sa voix avait un relief rocailleux, deux paquets de Gitanes par jour à vue de nez.

— Qu'est-ce que vous voulez? répéta Martel, en réprimant un trémolo.

— Vous devriez répondre au téléphone, monsieur Martel.

— C'est les Benbarek qui vous envoient? C'est ça?

Il essaya de se relever, geignit comme une bête et s'affaissa.

— Vous souffrez, constata la voix.

— Merde, je leur avais dit que c'était une question de jours.

— Vous fatiguez pas mon vieux, je ne sais même pas de quoi vous parlez. Je ne suis qu'un prestataire moi. Je viens de me farcir six cent cinquante bornes pour vous voir. Ça fait une trotte. Surtout que j'avais pas prévu un temps de merde pareil.

Et l'homme tint son pied en l'air un instant, lui faisant constater les dégâts. Il portait des mocassins Weston. Sur le cuir fauve, un mince liseré blanc signalait la morsure de la neige.

Son agresseur soupira, sincèrement affligé.

— Bon, c'est pas tout ça. Il faut plus faire le mort monsieur Martel. Vous n'êtes plus un môme. Sans quoi vous pourriez finir par avoir des ennuis.

— On va la retrouver, promit Martel en pensant à cette petite pute, à Bruce, à l'enchaînement des événements, à sa vie soudain si mal barrée.

— Tut tut tut. Je veux rien savoir. Ça me regarde pas vos petites histoires. Je suis un prestataire je vous ai dit. Je viens, je fais ce que j'ai à faire et puis c'est tout.

L'homme lui expliqua les tenants et aboutissants de son petit business. Selon lui, on gagnait beaucoup à travailler en toute autonomie. Avec la mondialisation, le statut d'autoentrepreneur, on ne pouvait plus raisonner comme par le passé. Bien sûr, il fallait facturer un max pour s'en sortir, mais pour ce qui le concernait, il n'avait pas à se plaindre. D'autant qu'une fois les frais de transport déduits, c'était des quatre-vingts, cent pour cent de marge brute.

Martel ne comprenait rien à ce que ce cinglé lui racontait.

— C'est les Benbarek qui vous envoient ? demanda-t-il encore une fois.

— Je vais devoir y aller maintenant, répondit le type. Je vous laisse la lampe, c'est cadeau. Si je peux vous donner un conseil, ne faites pas la connerie d'essayer de voir mon visage ?

L'homme posa la lampe torche sur le sol, le faisceau vers le bas. Martel entendit les semelles de cuir des Weston claquer sur trois étages. D'après sa silhouette, sa foulée, le bruit de ses pas, ce salaud devait peser dans les cent vingt, cent trente kilos. Quand il était passé devant lui, Martel avait détourné les yeux.

Tout en bas, la porte d'entrée se referma sur un courant d'air. Martel ne bougea pas pour autant. Il attendit. Un bruit de marche arrière rapide monta du parking. Martel attendit encore. Quand il fut bien sûr que l'autre avait foutu le camp, il se décida. Mais l'adrénaline refluait déjà, laissant place à la douleur. Sa grande carcasse était parcourue de tressaillements. Son nez coulait et il dut prendre sur lui pour ne pas dégueuler. En prenant appui contre le mur, il parvint à se remettre debout. Plié en deux, les jambes en coton, il empoigna la lampe de sa main valide, la gauche, et commença à chercher son téléphone par terre. L'appareil n'avait pas trop souffert. Martel le glissa dans sa poche et regagna son appartement en claudiquant.

Après avoir fermé à double tour, il s'affaissa près du browning. Il suait comme une vache, claquait des dents. La douleur montait par vagues. Il composa le numéro de Bruce qui pour une fois décrocha. Mais Martel fut incapable de dire quoi que ce soit.

— Allo ? Allo, c'est toi ?

La voix de Bruce résonnait comme celle d'une machine au bout du fil. Allo, disait-il mécaniquement, allo c'est toi ?

Martel ouvrait la bouche, mais aucun son ne sortait de sa gorge. Sa tête tournait. Il raccrocha, cherchant un appui contre le mur, tout en faisant bien gaffe de ne rien toucher avec son doigt démantibulé. C'est alors seulement qu'il se rendit compte que son pantalon était trempé de pisse.

Il se traîna jusque dans la cuisine et trouva une paire de ciseaux avec laquelle il se débarrassa de son col roulé, de son tee-shirt et de son pantalon. Il tâchait de faire vite, surtout pour son pantalon taché de pisse. C'était pas évident de la main gauche. Les lames des ciseaux mâchouillaient le tissu. Son nez sifflait, il transpirait et râlait, il avait froid et chaud en même temps, cette impression dégueulasse d'être dans un corps qui vous lâche. À la fin, il arracha tout comme il pouvait.

Ensuite, il se rendit dans la salle de bains, fit couler de l'eau très chaude, s'en passa sur le visage, la nuque, puis se glissa une nouvelle fois sous la douche, en faisant bien gaffe de ne pas mouiller sa main blessée. L'eau coula longtemps, jusqu'à devenir tiède puis froide. Il restait debout, la tête basse. Sa bite lui semblait bien minuscule de ce point de vue.

Après avoir chassé la buée du miroir, il constata les dégâts. En dehors de ses coudes égratignés et de son dos qui comptait quelques ecchymoses assez moches, il y avait sa gueule. Sur tout le côté droit, il portait la marque du crépi et son front était entaillé bien en profondeur au-dessus de l'arcade sourcilière. Il passa son doigt dans la plaie, sans trop savoir pourquoi. Ce geste ne le fit pas particulièrement souffrir, mais quand il vit son doigt fouiller sa chair, son cœur se souleva et il dégueula dans le lavabo. Il se traîna jusqu'à son lit, nu dans les draps, tenant sa main blessée contre lui, comme s'il la couvait. Par instants, des frissons le soulevaient du matelas. Ses dents claquaient toujours, il crevait de froid, puis la température monta progressivement sous la couette et Martel s'endormit.

Un peu après vingt-trois heures, il se réveilla en sursaut, trempé de sueur. Il vérifia tout de suite son téléphone. Bruce avait laissé plusieurs messages sur sa boîte vocale. Il n'avait pas entendu, il n'avait pas non plus le courage de les écouter pour l'instant. En même temps, il y avait urgence maintenant. Ces deux bougnoules lui avaient envoyé du monde. Ils devaient réagir. Il écrivit un texto à Bruce, sans abréviation, histoire d'être bien sûr que cet abruti comprenne ce qu'il disait :

C'est la guerre avec les Ben. J'appelle plus tard.

Grâce à son petit somme, Martel avait récupéré un peu de force. Il en profita pour désinfecter ses blessures. L'index et le majeur de sa main droite étaient brisés et tout bleus. Il les passa sous l'eau froide, ce qui lui fit du bien. En revanche, quand il versa du désinfectant sur les plaies, il faillit tourner de l'œil. Il dut se cramponner au lavabo pour ne pas tomber. Dans le miroir, il se trouva méconnaissable. Ses traits étaient mous, affaissés, comme ces bonnes femmes qui picolent et ont des cernes sur trois épaisseurs. Quant à ses yeux, on aurait dit qu'ils avaient été dessinés par un parkinsonien, hésitants, flous dans leur contour, sans parler de son teint qui semblait fait de nappes, entre la vase et le brouillard. Est-ce qu'il allait crever là, dans sa salle de bains ? Il se posa sérieusement la question.

Assis sur le tapis de bain, il attendit que la douleur reflue. Ensuite, il passa un slip, enfila des chaussettes et se rendit dans la cuisine, vérifiant au passage que la porte d'entrée était toujours bien fermée. Ça allait mieux ; il avait même un peu la dalle maintenant. Le réfrigérateur était quasiment vide, des sardines, un peu de beurre, des feuilles de salade défraîchies, des pots de moutarde, de cornichons, de mayo, quelques bières.

Il fit avec, se tapant les sardines debout sous le néon, fouillant de ses doigts la boîte de métal qu'il n'était pas parvenu à ouvrir complètement. Il but un peu d'eau au robinet et se dit qu'il avait besoin d'un coup de fouet. Dans le casier congélateur, il trouva un fond de Zubrowka. Il ouvrit la bouteille avec les dents et avala plusieurs gorgées. La chaleur monta de son ventre et il sentit ses mâchoires se serrer un petit peu. La bouteille à la main, toujours en slip chaussettes, il se rendit dans le salon, se laissa tomber dans son fauteuil et se mit à fumer. Il cogitait, contemplait ses doigts désarticulés en reniflant. De temps en temps, il prenait une rasade de vodka. La bouteille fut séchée en un rien de temps. Ses idées se remettaient en place tout doucement.

Ces ordures ne l'avaient pas loupé. Le type avec ses mocassins, il aurait tout aussi bien pu le tuer. Dans l'appartement, le silence était total et Martel pouvait entendre le crépitement du tabac à chaque fois qu'il tirait sur sa cigarette. En se rappelant qu'il s'était pissé dessus, il fit la grimace.

À présent qu'il était sûr de ne plus pouvoir s'en sortir indemne, d'une certaine manière, il se sentait soulagé. À quoi ça servait de se planquer, d'attendre que ça se passe? Après tout qu'est-ce qu'il avait à perdre? Dans la pénombre, l'extrémité de sa cigarette rougissait, éclairant son visage. Il pouvait le voir se refléter dans l'écran de la télé. La peur fondait. Il se retrouvait comme avant. Avant de faire la navette de l'usine au Leclerc, quand il ne se plaignait pas encore que trop d'impôts et trop d'Arabes, quand il avait autre chose en tête que les congés et les trente-cinq heures. C'était dingue, la manière dont il vivait, tout le mouron qu'il se faisait, et pour quoi? Un job qui lui rapportait trois fois rien, la caisse du CE alors que l'usine était foutue, les mecs qui l'avaient élu et savaient rien foutre à part se plaindre et critiquer, cette petite pute qui avait dû crever contre un arbre dans la forêt. Et les Benbarek, putain les Benbarek. Il se marra.

Après l'armée, Martel avait pas mal voyagé, fait la sécu dans des casinos nigériens, pour des boîtes de nuit en Italie, sur la Côte. Il connaissait bien la faune qui dirigeait ce genre d'endroit. En comparaison, les Benbarek ne lui avaient pas semblé très affolants, des petits cons sans envergure, dangereux mais gérables. Pourtant, avec ces gens-là, on ne se méfiait jamais assez.

Dans sa famille, il y avait toujours eu des militaires. Un cousin parti dans les Aurès en 55 n'était jamais revenu. Sa mère avait gardé toute une collection de vieux *Paris-Match* de l'époque. Oran, Philippeville, Palestro. Des vieilles couvertures jaunes et vertes. Un sentiment latent qui avait plané sur son enfance. Des mots qui venaient tout naturellement. Bicots, crouilles, bougnoules. Dans les montagnes, ils avaient égorgé des villages entiers. Hommes, femmes, enfants. Même les chiens. Des animaux disait sa mère en secouant la tête. Il y avait ces histoires, des femmes au ventre ouvert, leur bébé assassiné fourré dedans. Des petits jeunes du contingent allongés en plein soleil, leurs testicules dans la bouche, les nuées de mouches noires comme des vagues. Des enfants dans les fournils de boulanger. Et après ça, il avait fallu qu'ils rappliquent, qu'ils viennent foutre la merde jusqu'ici. Il suffisait de regarder aux infos. Les prisons en regorgeaient. Les Benbarek, les mômes dans les cités, les collèges, les quartiers, tout se poursuivait, quarante ans après. En comparaison, les actionnaires qui faisaient fermer l'usine, c'étaient des gentlemen.

Avant d'enfiler un jean propre, Martel but quelques gorgées de bière pour chasser le goût mat des cigarettes. Il avait encore faim. Une sorte de fringale même, une euphorie mauvaise qui le prenait. La violence était de son côté maintenant.

Dans son armoire, il chercha une chemisette avec des manches assez larges, qu'il puisse l'enfiler sans se faire mal. La seule qui convenait était bleu lagon avec des orchidées jaunes. Tant pis. Ensuite, il commanda un taxi pour aller à l'hosto, se faire soigner et passa sa veste en cuir. Sa montre indiquait minuit moins le quart. Avant de sortir, il noua une écharpe autour de son cou pour porter sa main, puis se mit à fouiller un peu partout dans l'appartement. Derrière les sacs d'aspirateur, dans le cagibi, il finit par retrouver un pistolet d'alarme qu'il avait acheté d'occase sur eBay. Une imitation de Colt Detective, crosse en bois, canon court ; il le glissa dans sa poche. À une époque, avant que la banque n'annule sa carte bleue, il achetait des tas de trucs en ligne. Ce petit flingue tirait des cartouches de gaz, pas de quoi faire de gros dégâts, mais l'idée de l'avoir dans sa poche lui faisait du bien. Il se mettait dans la peau du personnage.

Quand le taxi arriva enfin, il était presque minuit et demi. C'était une Laguna blanche qui disparaissait dans les bourrasques de neige. Martel traversa les quelques mètres qui le séparaient du véhicule en baissant la tête, s'efforçant de tenir sa main blessée à l'abri sous un pan de sa veste. Il prit place à côté du chauffeur et lui demanda de filer aux urgences.

Le type acquiesça et le taxi s'ébranla lentement dans la neige épaisse. Martel fixait le chauffeur. Un type de petite taille, frisé, la peau olivâtre. Un bougnoule, putain, quelle ironie. Il glissa sa main gauche dans sa poche et toucha le faux Colt. Il se demandait. Après un quart d'heure, il rompit le silence :

— Arrête-toi.

— Quoi? fit le chauffeur, en lui jetant un regard inquiet.

— Arrête-toi là-bas, devant la gare. J'ai besoin de manger un truc avant d'aller à l'hosto.

La Laguna vint s'immobiliser sans bruit devant une petite gargote que tenaient deux Turcs. Mêmes têtes, mêmes moustaches, mêmes calvities, peut-être bien des frères jumeaux.

Martel quitta la voiture et commanda un Américain avec un supplément fromage avant de s'installer à une table du fond. Le resto ressemblait à un couloir, les frites étaient grasses et chaudes, le steak haché bien saignant. Martel mangeait vite, sans prendre le temps de mâcher, il pensait au compteur qui tournait toujours. Les jumeaux le regardaient faire. Quand il eut fini, il jeta un coup d'œil à l'extérieur. Le chauffeur de taxi faisait un Sudoku. Il était si petit, on le voyait à peine dans l'encadrement de la portière. Martel sortit et frappa à la vitre du taxi qui s'abaissa aussitôt dans un glissement feutré.

— Faudra déduire le temps que j'ai passé là-dedans.

— Quoi?

— Je paierai pas pour le temps que j'ai passé à bouffer.

Le petit mec le dévisagea un moment, puis il sourit.

— D'accord.

— Alors on y va.

Une fois dans la voiture, Martel se pencha vers son voisin. Il le dominait de sa haute taille. Il articula calmement.

— Vous avez de la chance.

Le chauffeur ne disait rien. Il attendait en regardant droit devant lui. Il n'osait pas mettre le contact et le pare-brise s'embuait progressivement.

— Vous êtes le dernier à qui je fais une fleur.

— Je comprends, admit le petit mec.

Il tourna la clef et le moteur se mit à ronronner.

Il était trop tard pour s'étonner. À cette heure-là, les clients étaient toujours bourrés ou à moitié en train de baiser sur la banquette arrière. Le chauffeur pensa à sa mère qui l'attendait à la maison. Elle parlait mal le français. Elle dormait durant la journée pour pouvoir être là quand il revenait du travail.

— Je vais vous conduire aux urgences maintenant.

Sur la route, ils échangèrent quelques paroles. Martel précisait par où il fallait passer. La Laguna roulait très lentement et après chaque feu, on pouvait entendre le crissement des pneus sur la neige avant que le bruit du moteur ne masque les rumeurs feutrées de la nuit.

Le chauffeur conduisit jusqu'à l'entrée des urgences, sans avoir eu l'occasion de passer la troisième. Avant de sortir, Martel lui demanda d'attendre. Le chauffeur piocha une carte de visite dans un boîtier qui était fixé au tableau de bord.

— Appelez-moi quand vous aurez fini plutôt.

Martel prit la carte et la lut à haute voix.

— Non. Vous allez m'attendre.

À l'accueil des urgences, Martel eut beau insister en agitant ses doigts sous le nez de la grosse infirmière blonde qui triait les patients, il dut faire comme tout le monde et attendre son tour. Il était à cran, il avait mal. Il refusa néanmoins de prendre des antalgiques. Il craignait de s'endormir et la nuit était loin d'être finie. Il fallait qu'il contacte Bruce. Plus il y pensait et plus il se disait qu'il fallait s'occuper des Benbarek, c'était le seul moyen. Heureusement, il n'y avait pas grand monde aux urgences. Une mère et son môme. Un jeune type en anorak, capuche sur la tête, avec un petit clébard sous sa chaise. Une femme seule, avec des béquilles, les cheveux sales. Un gros mec endormi avec un chandail de Noël. Tout le monde se taisait. De temps à autre, la mère déposait un baiser sur les cheveux du gamin, c'était tout. À un moment, Martel chercha le numéro de Rita dans son répertoire et hésita. Finalement, après une bonne heure d'attente, un médecin le reçut.

C'était un jeune diplômé déjà chauve qui portait des lunettes à la mode. Pour commencer, il s'occupa de son arcade sourcilière, trois points de suture.

— L'infirmière vous fera un pansement et vous expliquera comment désinfecter.

Ensuite, le médecin lui demanda de se déshabiller et l'ausculta. Au moment où il lui touchait les côtes, Martel grogna.

— Il va falloir faire des radios. De votre main et de l'abdomen. Cette nuit, on vous rafistole, mais ça ne suffira pas.

Comme Martel restait silencieux en remettant ses frusques, le médecin insista.

— Vous comprenez ce que je vous dis, monsieur ?

Martel fit signe que oui. Ça ne se passa pas tellement mieux avec l'infirmière qui lui posa une attelle et fit son bandage. Avec son mètre quatre-vingt-quinze, l'odeur de friture et d'alcool, sa chemise hawaïenne en plein mois de février, Martel se sentait vraiment con. La fille fronça le nez pendant toute l'opération et lui recommanda de ne pas boire avec les médicaments que lui avait prescrits le docteur. Martel ne releva pas, enfila sa veste et sortit. Le taxi avait disparu. Il vérifia sur sa montre, il était deux heures et quelques. Heureusement, il ne neigeait plus tant que ça. Il alluma une cigarette. Il faisait froid, mais le vent était tombé. Il rajusta le bandage qui soutenait son bras et se mit en route. Sa silhouette sortit du halo des néons pour s'enfoncer dans l'obscurité. Dans la neige épaisse, chacun de ses pas s'accompagnait d'un froissement puis d'un craquement. Derrière lui, il abandonnait des empreintes profondes. Du 47 à vue de nez.

VICTOR TOKAREV

Comme tous les matins depuis bientôt deux semaines, Victor Tokarev s'installa au comptoir du restoroute et salua la serveuse, une rouquine avec des yeux noisette. L'odeur du café chaud embaumait toute la salle et la serveuse vint tout de suite remplir sa tasse avant de prendre sa commande, la même chose que d'habitude. Victor avait bien besoin d'un café. Il avait dormi quoi, deux ou trois heures à tout casser. De toute façon, il n'avait plus passé une nuit décente depuis des mois. Il tira de son imper mastic un magazine fripé qu'il trimbalait partout avec lui, puis lissa la page qui l'intéressait du plat de la main. Il était tombé sur cet article chez son dentiste. C'est le titre qui avait retenu son attention et depuis, il revenait dessus chaque matin, tâchant de traduire les phrases qui lui échappaient encore. Ces efforts rituels tenaient un peu de la superstition. Victor sentait que quelque chose se trouvait là-dedans qui pourrait bien être la solution à ses problèmes. Une nouvelle fois, il lut le titre.

STRESS ET MANAGEMENT : COMMENT SORTIR DE L'ENGRENAGE

Un paragraphe surtout avait retenu son attention.

Damien a réussi. Sorti bien classé d'une grande école de commerce, il travaille depuis sept ans dans une multinationale du secteur informatique. Bon salaire, perspectives d'avenir, bonus en fin d'année, une famille et des amis, Damien a tout pour être heureux. Et pourtant.

241

"Je passe douze heures par jour au bureau et pour quoi ? On fait des projets pour faire des projets, sans savoir où ça nous mène ni à quoi ça sert. On passe un temps fou à rédiger des newsletters que personne ne lit ou à faire des Power-Point qui ne veulent rien dire. Quand j'en parle à mon boss, il hausse les épaules. Et plus on grimpe, plus j'ai l'impression qu'on se retrouve dans un truc insensé qui fonctionne sans raison."

Victor ne s'était jamais identifié à ces gros cons gominés dans les films de gangsters. En revanche, ce témoignage l'avait pris aux tripes. Ce môme dans sa multinationale, c'était lui. Lui aussi avait tout sacrifié, sa vie, son temps, son énergie, pour réussir et devenir quelqu'un. Et finalement, il dormait deux heures par nuit, se bouffait les ongles jusqu'au sang et s'attendait à ce que le ciel lui tombe sur la tête à chaque fois que son téléphone sonnait. Tout ça pour quoi ? Il avait oublié.

Il se frotta les yeux. La lumière au néon le tuait. Là-bas derrière le comptoir, la fille attendait que ce soit prêt. Elle était marrante quand même. À chaque commande, elle se démenait comme si sa vie en dépendait. On aurait juré un oiseau faisant son nid, le même empressement minutieux, le même zèle. Elle devait avoir seize, dix-sept ans. C'était sûrement son premier job. Par moments, Victor avait le sentiment qu'elle jouait à la dînette. Chaque jour, il laissait un billet de cinq euros sur le comptoir.

C'était un chouette endroit finalement ce restoroute, un établissement pour les initiés, pas une de ces franchises à la con où les touristes défilent pour utiliser les pipi-rooms. L'adresse lui avait été recommandée par le gardien de nuit. Victor vivait dans un hôtel de Kehl, à dix minutes de Strasbourg. Depuis que Radomira avait disparu dans la nature avec ces deux mecs, il avait résilié les baux de tous les studios. Les filles avaient bien chouiné un peu, mais il valait mieux revenir aux bonnes vieilles méthodes. On ne s'attirait que des emmerdes à leur lâcher la bride, la preuve. Victor avait donc trouvé un arrangement avec le proprio de l'hôtel, à Kehl. Les cinq filles revenaient de Strasbourg en taxi et dormaient là pour cinquante euros par piaule et lui bénéficiait d'une chambre gratos. *Idem* pour le petit-déjeuner du restoroute, il avait négocié un forfait. Il venait là tous les matins. Il faisait des économies. Sauf le pourboire, mais c'était différent.

Quand la serveuse revint avec ses saucisses, ses toasts et la confiture à la fraise, Victor était occupé à se nettoyer les ongles avec un cure-dents. Il la remercia d'un signe de tête et une mèche de cheveux trop longs tomba sur son visage. Il prit soin de la ranger derrière son oreille avant d'attaquer son assiette. Il coupa un morceau de saucisse avec sa fourchette, l'enfourna et se mit à fouiller les poches de son imperméable pour trouver son carnet.

La veille, ils avaient causé un petit peu avec la serveuse. Elle parlait un anglais minimal, le même qu'au collège, avec la langue entre les dents pour dire *"the"*. Victor lui avait demandé si les clients ne l'emmerdaient pas trop. Elle avait rigolé. Oh non, tout le monde était plutôt gentil, même la chef. Il suffisait de faire son boulot comme il faut. Elle n'était pas tellement jolie. Sa peau était pâle, épaisse, et autour de sa bouche, elle portait encore des marques d'acné. Quand il lui avait demandé si elle avait un petit copain, elle avait répondu : bien sûr, sans réfléchir. Lui aussi il avait un travail, il bossait dans une pépinière, et ils habitaient tous les deux chez ses parents à elle. Heureusement d'ailleurs, parce que son père était sans emploi depuis un moment et la famille avait bien besoin des sous des jeunes pour faire bouillir la marmite. Elle était fière en racontant son histoire. Elle n'avait pas posé la moindre question à Victor. Ses projets l'occupaient tout entière.

Victor sentit la main d'Ossip sur son épaule et ferma son vieux carnet.

— Alors, encore en train de compter ?

Victor ne répondit pas. Il rangea le carnet dans sa poche, plia son magazine et suivit Ossip vers une table à l'écart, sa tasse dans une main, son assiette dans l'autre. Deux autres types, des routiers, prenaient également leur petit-déj', chacun de son côté, les yeux rivés sur le JT du matin. Il était question d'un coup de grisou dans une mine chinoise.

Quand ils furent installés, Ossip claqua des doigts pour appeler la serveuse. Elle allait venir mais l'homme lui fit comprendre de loin qu'il voulait seulement prendre un café. Comme elle hésitait à venir tout de même, Ossip balaya l'air de la main avec agacement, qu'elle se dépêche d'aller lui chercher son café. Elle rougit très fort, tourna les talons et se pressa vers la machine à café. Ossip revint à Victor :

— Alors, tu viens demain soir ?

— Je verrai.

La réponse amusa le jeune homme. Victor avait la réputation d'être plutôt casanier. Contrairement aux autres, il détestait le poker, ne foutait presque jamais les pieds dans une discothèque et s'il daignait regarder un match de foot de temps en temps, c'était généralement dans sa piaule. Ossip prit soudain une mine inquiète.

— Tu tires une de ses gueules.

— Mal dormi.

— Tu devrais partir quelques jours en vacances, te détendre un petit peu.

Et Ossip retrouva aussitôt son air ahuri et gai, comme s'il venait de sortir la vanne du siècle.

L'année précédente, Victor avait emprunté pas mal de fric pour se faire construire une maison sur les bords de la mer Noire, en Turquie. Il y était allé durant l'été pour voir. En fait, tout le fric avait été dépensé depuis longtemps et trois murs seulement étaient debout. Quant à l'entrepreneur, disparu. À sa place, on trouvait désormais un vendeur d'électroménager. La vitrine était pleine de lave-linges. Victor avait passé toutes ses vacances à rechercher le type, sans résultat. Au-delà du fric, c'était surtout une question de principe. D'autant que les autres avaient appris toute l'histoire. Depuis, ils le charriaient sans arrêt avec ses projets de résidence secondaire. Pour l'instant, ils n'allaient pas trop loin. Victor faisait encore peur.

Il reprit la parole :

— Des mômes ont foutu le bordel toute la nuit à l'hôtel. J'ai quasiment pas fermé l'œil.

— Des nègres ?

— Des Français.

— C'est la même chose.

Les deux hommes échangèrent un sourire.

— Des Arabes, précisa Victor. Ils ont appris que les filles vivaient à l'hôtel.

— Et ils se sont pointés ?

— Pour un anniversaire d'après ce que j'ai compris.

— Les filles étaient là ?

— Bien sûr que non. Elles bossaient.

— Et alors ?

— Ils ont pris une piaule et se sont défoncés une bonne partie de la nuit en attendant qu'elles reviennent. Avec leur putain de musique.

— Ces cons n'ont jamais l'occasion de baiser. Ils foutent rien de leurs journées. Tout ce qu'ils savent faire, c'est cracher par terre et fumer leur merde.

Victor acquiesça.

— Et donc ?

— Et donc rien. Ils ont fini par se battre.

— Et tu les as laissés faire leurs conneries la moitié de la nuit ?

Ossip se régalait par avance.

— Ils étaient cinq ou six. Ils ont traité le gardien de nuit de tous les noms.

— Ces demeurés peuvent être armés en plus. Tu imagines te faire descendre par un de ces puceaux ?

— Non, fit platement Victor.

— Alors quoi ? T'as quand même pas laissé les filles à ces animaux.

— Vers quatre heures, ils se sont mis à gueuler et à courir dans tous les sens. Le gardien m'a dit qu'il avait retrouvé du sang sur la moquette dans leur chambre. Et ces petits cons avaient embarqué les draps.

Ossip demeura songeur quelques secondes.

— La prochaine fois, appelle-moi.

— Ils ne reviendront pas.

Le visage d'Ossip s'illumina.

— Ah ?

Mais au lieu de raconter, Victor ferma les yeux et soupira.

Ossip n'insista pas. Il savait que Victor était du genre taciturne. Sa gueule délavée, son expression figée faisaient partie de la légende. Il avait une drôle de dégaine, des manies, un air vaguement cradingue, mais personne ne se serait avisé de le lui dire en face. Ossip était d'ailleurs assez fier de fréquenter un vieux de la vieille comme Victor. On racontait tellement d'histoires. On disait qu'il avait foutu un mec dans le rotor d'une benne à ordures. Au fond, personne n'y croyait, mais ça posait le personnage.

La serveuse revint avec la commande d'Ossip. Pendant qu'elle marchait, un peu de café avait débordé dans la soucoupe. Elle s'excusa et épongea avec une serviette en papier. Agacé, Ossip lui fit signe de se tirer une nouvelle fois. Victor entendit ses talons claquer dans son dos.

Ensuite, les deux hommes discutèrent de tout et de rien. Comme il brassait pas mal de fric, Ossip s'inquiétait beaucoup de la situation économique. Il passait un temps fou dans sa voiture et écoutait constamment la radio. Du coup, il n'était pas rare qu'il sorte des trucs du genre : La politique monétaire de la Chine est une aberration. Ou bien : Le plan de relance d'Obama est sous-dimensionné. C'était d'autant plus surprenant qu'il parlait français comme une vache espagnole. À chaque fois, Victor acquiesçait, souffrant surtout du bruit de ferraille que faisait Ossip en agitant sa gourmette et le bracelet trop large de sa Breitling.

Tout de même, au bout d'un moment, Ossip se décida :

— Bon, alors ?

— Six mille, fit Victor.

— C'est pas le compte.

— Je sais.

— Tu es en train de te mettre dans une situation compliquée, Victor.

— Je sais.

— Donne toujours.

Victor posa une clef de vestiaire sur la table. Elle était fixée à un bracelet en plastique qui portait le numéro 559. Chaque jeudi soir, Victor se rendait à la piscine municipale et déposait l'argent qu'Ossip venait collecter le vendredi. C'est Ossip qui avait eu l'idée, il allait nager tous les matins.

— Bon. Tu sais comment ça marche, reprit le jeune homme.

Victor savait. Sur son carnet, les chiffres défilaient, comme des insectes obstinés, et tenaient le décompte précis de son endettement. Il devait remettre dix mille euros par semaine à Ossip. C'était comme ça. Une dette ancienne qui remontait à son installation, quand il avait fallu acheter les premières filles. D'autres dettes étaient venues par la suite, pour sa maison sur les bords de la mer Noire notamment. Chaque vendredi, Ossip venait prendre ses dix mille, la dette plus les intérêts. S'y ajoutait aussi une sorte de taxe, pour être en bons termes avec les autres, là-bas, au pays. Quand Victor avait un souci de trésorerie, la différence s'ajoutait à sa dette. En versant six mille euros, il s'endettait donc de quatre mille euros supplémentaires, sur lesquels allaient courir les mêmes intérêts. Dix pour cent par semaine. Il cumulait des retards depuis plusieurs semaines maintenant. Sur les pages quadrillées de son carnet, sa ruine galopait, raturée, recalculée dix fois par jour.

Pourtant, quand les affaires tournaient rond, ces versements hebdomadaires n'étaient qu'une formalité. Par le passé, il était arrivé à Victor de payer plusieurs semaines d'avance, parce qu'il devait s'absenter quelque temps. Il lui était également arrivé de prêter de l'argent à d'autres qui ne parvenaient pas à s'acquitter de leur dû. Victor avait de quoi, il les aidait, fixant des taux d'intérêt de trente ou quarante pour cent. Les pauvres cons pensaient qu'ils avaient moins à craindre de Victor que de leurs créanciers. Et puis un jour, Victor passait en coup de vent, au petit matin en général, et les pauvres types comprenaient. Il en avait drainé quelques-uns comme ça, leur prenant tout, voire davantage. À chaque fois, Victor s'était demandé comment ces crétins s'y prenaient pour se mettre dans une merde pareille.

Les choses avaient commencé à mal tourner chez le radiologue. Depuis quelque temps, Victor avait du mal à arquer. Il marchait peut-être cinq minutes et il fallait qu'il s'arrête pour récupérer. Il avait vu un généraliste. Le type avait prescrit des antalgiques, rien de très concluant. Ensuite, il s'était laissé manipuler par un manouche, dans sa caravane, le mec était supposé avoir le fluide. Un vrai kiné n'avait rien fait de plus et l'ostéo, c'était le même genre de merde en plus coûteux. Ses hanches restaient grippées et par moments, il avait l'impression qu'on lui enfonçait des aiguilles rouillées dans la colonne vertébrale. Finalement, un radiologue avait diagnostiqué des becs de perroquet sur les vertèbres. À terme, ça pouvait conduire à un rétrécissement du canal lombaire. Et alors ? Le radiologue avait paru sincèrement désolé. La paralysie n'était pas exclue, le fauteuil roulant. D'ici là, il fallait tenter les traitements de rigueur.

Perdu dans ses pensées, Victor glissa machinalement une clope entre ses lèvres. Il allait l'allumer, mais se ravisa. Il fumait comme un pompier depuis l'enfance et n'arrivait pas à se faire à toutes ces interdictions. Il reposa la cigarette sur la table, prêtant une attention vaseuse aux paroles d'Ossip. Apparemment, cet abruti lui parlait de sa bagnole. Victor pouvait continuer à se faire de la bile tranquillement.

Les soins lui coûtaient un fric monstrueux. Pendant ce temps-là, les filles se l'étaient coulée douce dans leurs studios. Encore heureux que Jimmy Comore veillait au grain, sinon ces petites traînées auraient aussi bien pu bosser en indépendantes. Quoi qu'il en soit, c'était la merde, les dépenses médicales enflaient, il avait du mal à faire rentrer du cash et la petite dernière s'était évanouie dans la nature. Une histoire à dormir debout. Deux mecs étaient venus la prendre à l'aube, dans une 605 bordeaux, une bagnole qui n'existait même plus. Heureusement, Jade avait reconnu un des types, un bodybuilder avec un prénom américain. Le genre de petite frappe qui fait son beurre en dealant de la coke coupée au laxatif pour nourrisson jusqu'au jour où elle a une idée. C'est généralement sa dernière. Un jeune mec qui soulevait de la fonte, traficotait de la came et se prenait pour un caïd. Comme portrait-robot, c'était pas grand-chose. N'empêche, Jimmy Comore avait suivi sa piste. Il était tombé sur toute la famille qui vivait dans une vieille ferme à une centaine de bornes de la frontière. Jimmy les guettait depuis un moment. Il avait vu le culturiste. En revanche, pas trace de la fille. Il faudrait faire gaffe. Ces gens dans leurs montagnes, on ne savait jamais.

Victor était tellement absorbé dans ses pensées, il ne comprit pas tout de suite ce que lui proposait Ossip. Il attendit donc, sans rien dire.

— Tu peux toujours réfléchir, fit Ossip.

Et comme Victor se taisait toujours, Ossip ajouta :

— Je te ferai un prix d'ami. Disons vingt-cinq pour cent. Avec quarante ou cinquante mille, tu te remets à flot et après, on s'arrange tous les deux.

Victor commençait à comprendre.

— Et pourquoi je voudrais de ton fric ?

— Là-bas, ils sont inquiets. Avec les banques qui se cassent la gueule, ils cherchent à rapatrier le plus de cash possible.

— Je vois pas le rapport avec les banques.

— Peu importe. Il vaudrait mieux que tu traites avec moi, que tu sois clean vis-à-vis des autres.

Victor hocha de la tête d'un air pénétré, puis il prit la clope qu'il faisait rouler sur la table et l'alluma. Aussitôt, les deux routiers commencèrent à s'agiter. Ils ne voyaient pas pourquoi l'autre se permettait, alors que c'était interdit. Hors d'eux, les deux mecs se mirent à hocher la tête, se prenant à témoin et lançant des regards noirs en direction de Victor qui continuait à fumer comme si de rien n'était. Pour sa part, Ossip était aux anges. Par précaution, il glissa la clef du vestiaire dans sa poche et posa sa Breitling à plat sur la table, au cas où il y aurait du grabuge. La serveuse préféra aller faire un tour dans les toilettes. Le routier le plus maigrichon se leva le premier, jugeant que ça suffisait comme ça.

— Hé ! dit-il.

Victor prit calmement sa tasse et avala une gorgée de café, sans même regarder le type qui l'avait interpellé. Puis il considéra Ossip avec amusement.

— Tu te souviens la première fois qu'on s'est vus ?

— Bien sûr, répondit Ossip, soudain méfiant.

— Tu savais rester à ta place à l'époque.

Ossip laissa glisser. Il regrettait d'avoir proposé son aide à ce vieux con. La violence ne lui faisait pas peur, surtout pas avec des routiers. En revanche, il n'avait jamais très bien su ce qu'il y avait derrière les grands yeux liquides de Tokarev. Avec tout ce qu'on racontait. Il passa sa main sur son front et l'essuya sur sa cuisse. Il tâchait de sourire. L'autre type, le routier qui avait du bide, s'était levé à son tour et avait rejoint son pote maigrichon. Les deux hommes se concertaient, outrés mais hésitants.

Le son du poste de télévision monta d'un cran. Une page de pub. Victor reprit :

— Et aujourd'hui, tu veux me prêter de l'argent.

— Pour te rendre service.

— Me rendre service, répéta Victor.

Il prit le temps de retirer un brin de tabac collé au bout de sa langue et se tourna vers les deux routiers. Surpris, les deux hommes se raidirent. Puis Victor revint à Ossip. Il était très pâle. Depuis quelques minutes, il avait l'impression qu'on lui enfonçait un tournevis cruciforme entre deux vertèbres. Il pensait aux comprimés de codéine dans sa poche, mais il ne pouvait pas prendre ses médocs devant Ossip. Il continua à fumer aussi calmement que possible.

— Tu sais pourquoi ils n'iront pas plus loin, dit-il en désignant les deux types du menton.

— Parce qu'ils ont la trouille.

Le routier avec du bide avait effectivement jugé plus prudent de regagner sa place. L'autre se trouvait bien emmerdé du coup. Il regardait alternativement l'écran de télé et Victor. Finalement, il se concentra sur l'écran.

— Ils se méfient parce qu'ils me connaissent pas. Ils ne savent pas de quoi je suis capable.

Ossip voulait bien l'admettre.

— Ça les rend très supérieurs à toi, expliqua Victor en écrasant son mégot dans son assiette, à côté d'une saucisse qu'il n'avait pas touchée. Toi, tu crois savoir. Tu crois me connaître. Tu penses savoir de quoi je suis capable.

— Victor, tu devrais pas te monter la tête comme ça. Je te proposais seulement de l'aide.

— Ta gueule.

Victor parlait très bas à présent. Il souffrait.

— La seule personne à peu près intelligente dans cette pièce, c'est cette môme qui est allée se planquer. Et tu sais pourquoi ?

Ossip fit non de la tête. Il se jura qu'il aurait la peau de ce vieux débris. Un jour ou l'autre, il finirait par le crever.

— Parce qu'elle s'occupe de ses affaires.

Ossip jeta un coup d'œil par-dessus l'épaule de Victor. La fille n'était toujours pas revenue. Il détestait ces gonzesses, à

250

l'aise dans leur banalité, contentes de leur sort, bosseuses et souriantes.

— Une conne, constata Ossip.

— Le rôle du con, c'est le tien, Ossip, répliqua froidement Victor.

— Tu vas trop loin.

— Essaie d'allumer une cigarette.

— Quoi?

— Tu verras. Essaie. Les deux types vont venir tout de suite. Parce qu'ils savent que tu es un jeune con. Ils savent ce que tu vaux.

Ossip se trémoussa sur la banquette en skaï rouge. Son paquet de Marlboro était posé sur la table, à côté de ses clefs. Il hésitait.

— Vas-y. Tente le coup. Ils te connaissent. Ils savent à qui ils ont affaire. Surtout : ils savent que tu le mérites.

Un sourire de circonstance tremblotait sur le visage du jeune homme. Il jeta un coup d'œil vers les deux routiers qui avaient fini de manger. Celui qui avait du bide se curait les dents, une main passée sous sa ceinture. L'autre pianotait sur son Smartphone. Sur son visage, on voyait se succéder la concentration et l'amusement.

Finalement, Ossip secoua la tête et se leva. Il essayait de se montrer beau joueur, comme s'il laissait Victor à ses caprices. Ce dernier paya l'addition et laissa un pourboire de quinze euros. Puis il suivit Ossip jusqu'à sa voiture. Ils échangèrent encore quelques mots tandis qu'Ossip passait derrière le volant. Un bras appuyé sur le toit de la berline, Victor dit à voix basse :

— Te fais pas trop de bile pour moi, Ossip. Je voudrais pas que tu sois inquiet.

Ossip haussa les épaules.

— De quoi veux-tu que je m'inquiète, Tokarev?

Il avait prononcé ce dernier mot avec dédain, comme s'il s'agissait de quelque chose de ridicule, ou d'un peu dégoûtant.

Le visage d'Ossip disparut derrière la vitre électrique et il quitta le parking pour prendre la bretelle d'autoroute toute proche. Les larges roues de la 600 SL avaient laissé leur empreinte éclaboussée sur la surface humide du parking. Victor resta planté là un moment, écoutant le barrissement du V12 qui montait en régime avant de se perdre loin là-bas.

Puis il fouilla ses poches, trouva ses pilules et en goba deux. Le vent glacial venu de l'est soulevait les pans de son imperméable. Il rejoignit sa propre voiture, une vieille Audi 80 qui faisait du dix litres au cent. Il se rendit immédiatement à son hôtel, il avait besoin de s'allonger un moment. Pendant tout le trajet, il se cramponna au volant pour ne pas trembler.

Arrivé à hauteur de l'accident, Victor ralentit tout de même. Il ne restait plus que des plots bicolores à présent, une voiture de police et de la sciure répandue sur le sol. À l'aller, il avait vu des camions, des ambulances, un pompier casqué debout sur l'épave et qui maniait une disqueuse d'où jaillissaient des gerbes d'étincelles. C'était l'aube, les voitures peu nombreuses roulaient au pas. Un agent avec un gilet phosphorescent faisait la circulation à l'aide d'un bâton lumineux. Victor avait reconnu la Passat dans laquelle les petits Arabes avaient quitté l'hôtel. Aucun d'entre eux n'avait tiré son coup finalement.

Jimmy Comore l'attendait devant l'hôtel, assis sur le capot de sa Série 6. Ensemble, ils gagnèrent la chambre de Victor et discutèrent un moment. Victor lui expliqua qu'il fallait se méfier d'Ossip désormais. Jimmy se déshabilla, semblant ne prêter aucune attention à ce que Victor racontait, puis se glissa dans le lit. Sa peau était sombre entre les draps et il s'endormit immédiatement. Victor prit encore un peu de codéine et s'assit avec un bouquin, un vieux Stephen King qu'il avait trouvé dans une autre piaule, quelques semaines plus tôt. L'histoire d'un chien possédé par le diable. Putain, s'il avait eu un corniaud pareil, il se serait fait une véritable fortune au pays. Deux ou trois combats et ses dettes n'auraient plus été qu'un lointain souvenir.

Une heure plus tard, Jimmy se leva, s'étira. Sa nudité ne gênait pas Victor, mais le jeune homme passa tout de même un slip avant de s'asseoir.

— Les Vosgiens. Je vais m'en occuper ce soir.

— Très bien.

— Ensuite, on verra pour Ossip.

— Tu veux manger quelque chose ?

— Non. Je vais prendre un Coca.

— Bien. Méfie-toi des bouseux. On ne peut rien prévoir avec ces gens-là.

Jimmy opina. Il souriait peu. Là, il avait souri. Et finalement, la codéine commençait à faire son effet.

JORDAN LOCATELLI

Après l'embrouille avec Riton, Jordan trouva son père endormi devant la télé, la bouche ouverte, une couverture en travers de la poitrine. Sur la table basse du salon, il y avait un verre vide et une canette de Kronenbourg, vide aussi. Jordan vérifia le niveau du Picon dans le placard. Depuis quelque temps, il faisait des marques sur la bouteille.

Jordan avait hâte que cette histoire finisse. L'usine allait fermer bien sûr, c'est ce que les usines font. Son père appartenait juste à une génération qui restait incapable d'admettre ce genre de truc. Autant lui faire comprendre que Johnny n'avait peut-être pas vraiment grandi dans la rue.

Encore défoncé, Jordan se laissa happer par les images du poste de télé. Un type en bottes de caoutchouc se promenait à travers un paysage de forêt dévasté. Des arbres déracinés jonchaient le sol. Son chien le devançait, bondissant de droite et de gauche, grimpant sur un tronc pour attendre son maître, la truffe en l'air. Jordan se demanda si tout ça, l'usine, son père qui dormait, le joint avec Riton, les images du JT, si tout ça n'était pas un rêve. Peut-être qu'il se démenait dans l'imagination de quelqu'un. Peut-être que tout ça, la réalité dans son ensemble, ça n'était qu'une pensée fugitive dans un esprit infiniment étendu et étranger. Et peut-être même que ses pensées à lui produisaient des mondes à leur tour, où des usines fermaient, où des pères et des fils essayaient de s'en sortir. Où des mères mouraient avant l'heure.

Mieux valait laisser tomber. Il entreprit de débarrasser la table basse. À chaque fois qu'il était raide, il se laissait prendre à ce genre de pensées gigognes. En général, il trouvait ça plutôt agréable. Mais cette fois, Riton lui avait foutu le moral en l'air avec cette histoire de discothèque. Il se sentait pris dans un truc sombre et vaguement déprimant, comme un de ces vieux épisodes de la *Quatrième Dimension*. Lydie.

Il retourna dans la cuisine et but de longues gorgées de Coca. Les bulles lui montaient jusqu'aux yeux, lui piquaient le nez, c'était bon. À part ça, il n'y avait pas grand-chose à se mettre sous la dent. Autrefois, sa mère prévoyait les menus pour toute la semaine, elle allait à l'Inter' le mercredi après-midi avec sa liste de courses, toute une organisation. Quand il était môme, Jordan l'accompagnait, assis sur le petit strapontin amovible du caddy. S'il était sage, il avait droit à son paquet d'Hollywood à la fraise quand ils passaient à la caisse. Plus tard, il n'avait plus pris la peine de venir avec elle. Elle avait tout de même continué à lui prendre ses chewing-gums. Il avait laissé tomber la fraise pour le goût menthol. De temps en temps, pour l'embêter, elle lui prenait quand même ses bons vieux Hollywood roses. Il devait toujours rester son bébé.

Malgré ses efforts, son père n'était jamais parvenu à les approvisionner correctement. Il fallait toujours retourner au supermarché en milieu de semaine ou bien manger des nouilles trois soirs de suite. Depuis quelque temps, Jordan et lui se contentaient le plus souvent de casse-dalles au jambon ou de plats préparés, genre Findus en moins cher.

Cette pénurie était tout de même très emmerdante en pleine fringale. Jordan ouvrait les placards, les tiroirs, le frigo, deux, trois fois, pour être bien sûr. Quand il fumait, c'était chaque fois la même chose, il fallait qu'il dévalise la cuisine. À force de fouiner, il trouva quand même des lasagnes surgelées dans le casier congélation. Un quart d'heure au micro-ondes. En attendant, il s'enfila deux Kiri et un reste de cacahuètes un peu rances qui mouraient dans le placard. Le goût du sel était délicieux. On avait envie que ça dure. Jordan récupéra le sachet de cacahuètes qu'il avait jeté à la poubelle et trempa son doigt mouillé dedans pour récupérer les petits bouts, les copeaux, la poussière salée au fond. Les lasagnes seraient bientôt prêtes. Il mit la table et retourna dans le salon pour réveiller son père.

Ce dernier roupillait toujours. Il avait perdu pas mal de poids ces derniers temps. Et de cheveux aussi. Il commençait à avoir l'air d'un vieux mec. Rien à voir avec un retraité ou un papy. Il ressemblait plutôt à ces types qui sont agents d'assurances ou restaurateurs et qui investissent toutes leurs économies dans un Range Rover pour participer au Paris-Dakar. À la fin, on les retrouve tout secs dans l'avion de rapatriement, les yeux à la dérive, contents malgré tout. Pourtant, son vieux n'avait pas encore passé le cap de la cinquantaine. Jordan le regarda un petit moment avant de rajuster la couverture sur ses épaules. Le vieux adorait les lasagnes, il serait content. D'ailleurs, Jordan était sûr que l'odeur suffirait à le réveiller.

— T'es rentré?

Jordan feuilletait le programme télé. Il leva la tête et trouva son père dans l'encadrement de la porte. Il avait déjà mangé. Il se sentait lourd et bien.

— T'avais l'air crevé, j'ai préféré te laisser dormir.

Le père se laissa tomber sur une chaise. Il tirait une de ces gueules. Jordan reconnaissait notamment les deux plis amers à la commissure des lèvres. Le père ouvrit la bouche et émit un petit bruit pâteux.

— Donne-moi donc quelque chose à boire.

Jordan se leva.

— Je vais te réchauffer les lasagnes.

Le père avala un verre d'eau en grimaçant, après quoi il mangea ses lasagnes, aspirant la nourriture trop chaude du bout des lèvres. Il enfournait une bouchée après l'autre, la tête penchée sur son assiette, sans prononcer un mot.

— Alors l'école? dit-il finalement, puisque Jordan était toujours là.

— Super.

Le vieux lui jeta un coup d'œil.

— T'as intérêt à en mettre un coup.

— T'en fais pas.

Jordan se leva pour se servir un nouveau verre de Coca.

— Tu devrais pas boire autant de cette cochonnerie. Tu vas avoir l'estomac comme une passoire.

— Tu devrais lever le pied aussi, marmonna le fils.

Le silence retomba. Jordan connaissait bien ce genre de dîner. Son vieux attendait une occasion pour sortir du bois. C'était toujours la même sérénade, du vivant de sa mère aussi. Après une journée de boulot, le vieux était remonté à bloc. C'était pas les raisons qui manquaient. Les vannes des collègues, les intérimaires mieux payés que lui après quinze jours de boîte, les heures sup' qui allaient toujours aux mêmes lèche-culs. Sans compter la route du retour, le décrassage sous la douche, se dépêcher pour pas louper les infos, avant de s'endormir comme une brute devant la météo en attendant que tout recommence. En général, ce calvaire ne suffisait pas à le mettre en rogne. Il fallait un truc en plus, un catalyseur. Ça pouvait être une facture EDF un peu trop salée – alors qu'il passait son temps à éteindre la lumière derrière son fils –, Noël Mamère qui passait à la télé ou un reportage dans un bahut de Seine-Saint-Denis. Jordan et sa mère connaissaient le truc et avaient leurs combines pour éviter le grabuge. Même, sa mère prenait ça avec humour. Elle faisait des mimiques, roulait des yeux derrière son dos. Mais depuis qu'elle n'était plus là, les choses avaient changé. C'était plus tellement de la colère. On aurait dit de la haine plutôt.

Quand il eut fini son assiette, le père harponna son fils :

— Y a plus de pain?

— Ah oui, j'ai oublié.

— Comment veux-tu que je sauce sans pain?

— Tu veux que je te réchauffe autre chose?

— Ça va.

Le père tâchait de nettoyer le fond de son assiette avec sa fourchette qu'il laissa finalement tomber pour récupérer un peu de sauce tomate avec son index. Il l'enfourna dans sa bouche et l'y laissa un moment. Son geste avait laissé une ligne parfaitement blanche au fond de l'assiette. Alors, le père se tourna vers le fils. Jordan, encore un peu défoncé, chercha à fuir ce regard.

— Je vais vendre la voiture.

Il l'avait dit sur un ton insultant. Jordan ne réagit pas.

— Je vais vendre la R8 je veux dire.

— Comment ça?

— On a besoin de fric tiens. Voilà pourquoi.

— Elle est même pas finie.

— À ce train-là, elle sera jamais finie. Et pour ce que tu en as à foutre, j'aime autant m'en débarrasser.

— Tu devrais pas faire ça. Je te donnerai un coup de main, promit Jordan.

Un rire mauvais trancha la question.

— Toi et tes copains, se lamenta le père en secouant la tête.

Jordan se leva, prêt à quitter la pièce.

— Attends voir un peu.

— Quoi?

— Tu me prends vraiment pour un con hein?

— Qu'est-ce que tu veux dire?

Cette fois, ça devenait sérieux. Jordan reconnaissait cette expression, la bouche tombante, le regard dérouté, cet air de ne plus pouvoir se tenir, à croire que le vieux allait se mettre à chialer.

— Vous ne respectez rien. Toi comme tous ces petits cons qui insultent leur prof.

Le vieux passa deux doigts sur ses lèvres. Le faux sourire s'était volatilisé.

— Tu croyais quoi? Que je verrais rien?

Évidemment. La voiture. L'autre nuit en rentrant, la Yamaha était tombée dessus.

— Tu crois que c'est normal? demanda le père d'une voix suraiguë.

Ce n'était pas une question de pure forme, une manière de parler. Pour le père, il y avait quelque chose de contre nature dans les agissements de Jordan. Quelque chose qui lui levait le cœur.

— J'suis désolé, balbutia Jordan.

À bien y réfléchir, ça n'aurait pas été si mal que le père se lève à ce moment-là et lui colle une danse. Au lieu de ça, le pauvre type prit sa tête à deux mains.

— Fous le camp va.

— Quoi ?

— Va-t'en. Dégage d'ici.

Comme il ne bougeait pas, son père répéta : S'il te plaît va-t'en.

C'est la formule de politesse qui lui fit le plus mal.

Jordan recula et sortit de la cuisine. Il retenait ses larmes, il le haïssait. Il attrapa son anorak, son casque et descendit précipitamment les escaliers jusqu'au garage. La R8 était là, sa bécane à côté. Il l'enfourcha, donna un coup de kick, quitta les lieux sans prendre la peine de refermer la porte du garage derrière lui. Première deuxième troisième, le moteur de la 125 pétarada comme une tronçonneuse, répandant sa rage métallique à des kilomètres à la ronde. Il parcourut comme ça cinquante mètres, la roue arrière chassa, la moto eut l'air d'hésiter avant de se coucher dans la neige, dans une glissade au ralenti. Prenant lentement conscience de tout ce qui venait de se passer, Jordan se releva, s'épousseta et jeta un dernier regard vers la maison. Dans le quartier rien n'avait bougé, tout était calme. Son jean était trempé maintenant, il commençait à avoir froid. Pour ce qu'il en avait à foutre. Il remonta en selle et prit la direction d'Épinal.

Le troisième fut le bon. En même temps, il n'y avait pas non plus des centaines de bars ouverts, surtout en cette saison. À moitié crevé de froid, Jordan était donc passé au Commerce puis au Wellington avant de remonter la rue des États-Unis à contresens pour se garer devant le Rivoli. Des jeunes fumaient dehors, serrés les uns contre les autres sous l'enseigne verte. Il en reconnut certains avec lesquels il était allé au collège. Jordan les ignora, comme ils l'ignoraient. Ces connards fréquentaient un lycée d'enseignement général maintenant.

À l'intérieur, on passait une chanson des Red Hot. Le son était fort, il fallait crier pour se faire entendre. Jordan jeta un coup d'œil à sa montre. Dix heures passées et pas mal de jeunes mecs qui n'avaient que la permission de minuit étaient déjà passablement bourrés. On les voyait faire l'aller-retour entre les tables et le bar. Le sol était collant, des filles faisaient la queue devant la porte des chiottes, un type avec des dreads monta sur sa chaise et fit le signe rock'n'roll en gueulant. Le patron fit mine de quitter le comptoir et le type regagna sa chaise vite fait. Jordan se fraya un passage tout en ouvrant son anorak. Dans la masse confuse des corps, certains visages lui rappelaient quelque chose. Il y avait pas mal de jolies filles. Un type qui portait plusieurs verres le bouscula. C'est pourtant Jordan qui s'excusa. Il se sentait complètement à côté de la plaque. Il était là, debout, le nez rouge et le moral dans les baskets alors que tout le monde était occupé à flirter, picoler et se marrer.

À une table du fond, il reconnut Lucas qui fit signe aux autres. Riton et Samir se tournèrent vers lui. Même Boris était là. La bande n'avait pas l'air de tellement rigoler. Jordan s'avança à leur rencontre. En chemin, il remarqua Lydie. Elle était accoudée au bar en compagnie d'un type plus âgé, Martial, le cousin de Riton. Ils attendaient qu'on leur serve à boire et Lydie pépiait comme un moineau en faisant voler ses cheveux autour d'elle. Elle aperçut Jordan et poussa un cri de surprise avant de se précipiter sur lui. Dingue, Jordan se retrouvait en pleine science-fiction. En plus, elle s'était changée. Elle portait un débardeur très décolleté, un jean taille basse et des bottes à talons carrés. Un peu de sueur brillait entre ses seins. Ses cheveux étaient humides aux tempes et ses joues écarlates.

— Ouaaah, je suis trop contente que tu sois là! fit-elle en le serrant contre elle.

Il sentit son odeur, c'était doux et un peu piquant, il rougit.

— T'aurais pas vu Jo par hasard? demanda la jeune fille en restant collée contre lui. Tu veux boire un truc?

Elle se tourna vers une serveuse et lui commanda deux shots de "Petit René", une spécialité du coin à base de mirabelle et de liqueur de café. La serveuse exigea d'encaisser tout de suite, mais Lydie n'avait pas d'argent. Jordan paya. Un mec d'une cinquantaine d'années qui se trouvait au bar demanda si des fois on ne lui payerait pas un coup à lui aussi. Il portait un chapeau et des bagouses. Jordan le connaissait, le type traînait souvent dans le coin. Il s'habillait toujours en noir avec des santiags. On racontait qu'il avait chanté dans un groupe qui marchait pas trop mal, dans les années 1980. On disait aussi qu'il avait pris pas mal de came. En tout cas, il n'avait jamais passé son permis, une curiosité dans les environs. Il se déplaçait donc à pied, ou en taxi quand il était trop bourré. On voyait souvent sa longue silhouette sombre et voûtée arpenter les trottoirs. Et il y avait toujours une nouvelle génération de lycéens pour le prendre au sérieux, écouter ses histoires : première partie d'un concert de Balavoine, futal en cuir acheté dix mille balles, bouteilles de Jack Daniel's vidées avec Thiéfaine. Jordan lui paya un coup.

— Putain je suis trop bourrée, dit Lydie en s'esclaffant. Puis pressant à nouveau ses seins contre Jordan : Tu sais pas où il est le nouveau ?

— Alors qu'est-ce que tu fous là ? Riton les avait rejoints et les prit par l'épaule. Ton père t'a laissé sortir ? Putain, quelle soirée hein ?!

Jordan ne savait plus très bien où il en était. D'habitude, rien que d'apercevoir les taches de rousseur de Lydie et il avait des vapeurs. Alors là, ses seins contre lui, sa joie quand elle l'avait vu et puis son odeur, il en était tout chamboulé. Il renifla encore. Il y avait son parfum qui rappelait la barbe à papa et derrière, cette odeur piquante, ce truc inimaginable et tellement intime, Lydie transpirait sous les aisselles. Il en aurait chialé.

Riton les ramena jusqu'à leur table et s'assit entre eux. Lucas qui revenait des chiottes se mit à rouspéter, comme quoi on lui avait pris sa place. Personne ne fit gaffe à ce qu'il racontait. Engoncé dans sa veste Quechua, Boris tripotait son Samsung et Samir reluquait les filles, toujours à la recherche de l'âme sœur. Nadia qui fumait dehors les rejoignit alors, les mains dans les poches. Elle tanguait, livide, les lèvres extraordinairement pâles. Elle adressa un sourire à Jordan avant de prendre la direction des toilettes. Les autres la regardèrent passer. Il y avait la queue devant les chiottes, Nadia s'adossa au mur en attendant son tour. Juste au-dessus de sa tête, une enceinte déversait le dernier tube de Britney Spears. Elle ferma les yeux.

— Elle en tient une bonne, fit Riton.

— T'inquiète pas pour elle, assura Lydie.

On but encore quelques bières. Jordan ne se sentait pas très bien. Sa tête lui pesait et il avait sommeil. À l'inverse, Riton rayonnait, jasant non-stop à l'oreille de Lydie qui se mit à vérifier l'heure à sa montre de plus en plus souvent. Au bar, le cousin de Riton avait commencé à brancher une blonde au nez épaté.

— On va manquer de place dans la bagnole s'il continue comme ça, observa Riton.

À un moment, il passa son bras derrière Lydie, sur le dossier de sa chaise. Elle lui conseilla d'enlever ses pattes de là. Une heure passa. Jordan reconnut Beck, Kylie Minogue, Daft Punk, les Pixies. Nadia revint finalement des waters ; elle était toute grise.

— T'as pas l'air en forme, fit Riton.

— Ta gueule.

Son front était trempé, mais elle tenait bien sur ses jambes. À présent, Lydie bâillait franchement. Riton voulut lui payer un nouveau verre, un gin-fizz même ; elle refusa. Martial le cousin était parvenu à ses fins avec la fille au nez épaté. Les autres les regardaient se rouler des pelles. À un moment, le patron leur dit de se calmer, que c'était pas un baisodrome. Jordan feignait de s'intéresser à la musique en bougeant la tête. DJ Shadow, Justice, Blondie, Gnarls Barkley. C'était cool.

Samir et Lucas se taillèrent les premiers pour jouer au flipper dans le bar d'à côté, un rade pour les fous de billard qui s'appelait le Madison. Nadia avait déjà proposé de se casser au moins trois ou quatre fois. Quand elle remit ça, Riton lui demanda d'arrêter de faire chier le monde. Elle était trop claquée, elle ne releva même pas. Le téléphone de Boris vibra dans sa poche et après l'avoir consulté, il se tira sans demander son reste.

— C'est sa mère qui l'a rappelé, se marra Riton.

Personne n'en avait rien à foutre. Jordan n'en pouvait plus, il se décida.

— Bon je me casse. Salut.

— Ouais, on se casse.

Nadia s'était levée elle aussi et elle fixait sa copine en espérant qu'elle se décide enfin. Lydie hésita, puis quitta sa chaise à son tour. Riton voulut la retenir par le bras.

— Putain mais attendez! On a toute la nuit là.

Si Riton s'était mis à manger de la pâtée pour chien à quatre pattes dans le bar, Nadia ne l'aurait pas regardé autrement. De son côté, Lydie avait enfilé son pull et commençait à enrouler sa longue écharpe autour de son cou. Après une seconde d'affolement, Riton se planta devant elle.

— Attends, on devait aller au Sphinx. C'est juste le début de la soirée là, on va s'éclater, tu peux me faire confiance.

— Ouais ben y a le nouveau qui devait passer aussi. De toute façon, je suis crevée. Salut.

Johnny Cash chantait *Hurt*, ça tombait bien.

Riton commença à s'énerver et il attrapa le poignet de Lydie. Dans le même temps, Nadia avait fait le tour de la table et tirait Jordan par la manche.

— Viens. On va les attendre dehors.

Elle avait repris des couleurs. Elle avait de grands yeux très noirs. Jordan n'avait jamais fait gaffe avant. Elle lui prit la main. Il sentit la douceur de sa peau et se laissa guider.

Lydie les vit sortir pendant que Riton continuait à faire l'article comme un marchand de tapis. Elle ressentait un spleen incroyable. Elle allait rentrer, il ne s'était rien passé. Dehors, Nadia et ce type aux longs cils patientaient sous la neige, épaule contre épaule. Sa gorge se serra. Elle se dégagea et courut dehors pour rejoindre sa copine. Il était onze heures passées. La nuit n'était peut-être pas finie en fin de compte.

RITA

— Non Greg, pas question. Elle rentre avec nous.

— T'as jamais entendu parler d'un truc qui s'appelle la liberté individuelle ?

— Arrête tes conneries. Tu vas pas me réciter la Déclaration des droits de l'homme pour sauter cette gamine ? Hep hep hep, tu restes ici toi.

Rita rattrapa Victoria par le bras alors qu'elle essayait de se mettre à l'abri derrière Gregory.

— Je t'avais pourtant prévenu avant le dîner. Je t'avais bien demandé de pas faire ton cirque. Allez, assez ri, on remballe.

Rita se tourna alors vers sa mère pour l'embrasser. Elle cramponnait toujours Victoria.

— Au revoir ma chérie, dit la mère.

— Salut Nena. Je t'appelle bientôt de toute façon.

Puis revenant vers son frère, Rita se força tout de même à lui lâcher un sourire.

— Te bile pas va, tu la reverras ta copine. Allez bisous.

Grégory se laissa faire, mais il était ailleurs. Il regardait Victoria. Le menton de la jeune fille commençait à trembloter. L'inspectrice soupira. Tout ça commençait sérieusement à la gonfler. Elle avait soutenu cette gamine à bout de bras pendant des semaines, elle risquait de s'attirer des emmerdes avec la police et cette petite gourde s'amourachait du premier gland venu. Et la scène des adieux durait comme ça depuis dix minutes, sous la neige qui tombait toujours aussi fort. Elle laissa tout de même Victoria rejoindre son frère qui la prit dans ses bras et la serra contre lui. On aurait cru voir des ados se quittant sur le quai de la gare au retour d'une colo. Ils avaient le même air paumé, cette sincérité vaguement ridicule ; cette sorte d'indifférence totale au reste du monde aussi. Ça lui faisait mal de l'admettre, mais Rita les trouvait mignons tous les deux. Plus tard, quand elle serait rentrée, peut-être qu'elle enverrait un petit message à Martel.

— Allez, on va pas y passer la nuit.

Greg prit les bras de Victoria entre ses mains et la repoussa doucement. Il hochait la tête, un mouvement rassurant. La jeune fille l'imita. Elle essayait de sourire. On sentait qu'il ne faudrait pas attendre beaucoup plus longtemps avant qu'elle ne se mette à pleurer pour de bon.

— Moi, j'y vais en tout cas, conclut la mère de Rita. Je suis crevée.

— Sois prudente, Nena.

— Ne t'en fais, je suis pas loin. Vous, faites bien attention sur la route. Ils annonçaient de la tempête à la radio tout à l'heure.

— Je crois qu'on est déjà en plein dedans, observa Laurent.

— Ce sera pire cette nuit, dit Greg. Le blizzard carrément.

Autour d'eux, de gros flocons s'enroulaient dans les bourrasques. Les lumières du Capri semblaient lointaines et les environs unifiés dans une même matière sombre et mouvementée.

Laurent et la mère de Rita se dirent au revoir les derniers, la vieille dame passant une main affectueuse dans le dos de son beau-fils. C'était drôle en y repensant. Maintenant, ces deux-là s'adoraient alors qu'ils avaient été comme chien et chat pendant des années. En réalité, Nena avait commencé à considérer Laurent comme un membre de la famille à partir du moment où son histoire avec Rita avait commencé à battre de l'aile. Il leur arrivait même de s'appeler comme ça, histoire de se donner des nouvelles, Rita le savait. Sa mère était archi-convaincue qu'ils finiraient par se remettre ensemble. L'âge aidant, il faudrait bien qu'ils se rendent à l'évidence. Personne n'a envie de crever tout seul.

— J'appellerai demain, dit Gregory à sa sœur.

— Je sais pas si c'est une bonne idée.

— Je passerai un coup de fil, on verra bien.

— C'est une histoire compliquée.

— Tu me raconteras.

— Tu n'as qu'à passer. Je te ferai du thé.

L'idée les fit rire. Le frère et la sœur se faisaient face, indécis. Ils auraient bien dit quelque chose de plus, ou fait un geste. Finalement, Rita donna un coup de pied dans la neige, projetant de la poudreuse sur le pantalon en cuir de son frère.

— Fais gaffe, ton fut' en skaï va prendre l'eau.

— T''inquiète, c'est du yak, ça bouge pas sous la neige.

On se sépara comme ça.

Jusqu'à ce que Gregory soit monté dans la 4L de Nena, Victoria ne le lâcha pas des yeux. La vieille dame klaxonna à deux reprises pour dire au revoir ; Laurent et Rita lui firent signe de la main. Victoria se cala entre eux, les prenant par le bras.

— T''en fais pas ma belle, dit Rita en allumant une dernière cigarette. On va trouver une solution.

Ils gagnèrent la Mercedes côte à côte. Dans leur dos, les feux arrière de la 4L disparaissaient dans le noir. Les pneus avaient laissé un mince sillon dans la neige, comme un traîneau.

— C'est toujours quelque chose les soirées avec ton frère, dit Laurent en s'asseyant derrière le volant.

— Ouais. Je crois que je m'en serais bien passée.

— En même temps, c'était peut-être pas si mal. Comme ça, tu vois que l'oisillon est prêt à quitter son nid.

Les sourcils de Laurent s'étaient relevés pour désigner Victoria dans le rétroviseur.

— Tu parles. On verra chez les flics demain, si elle fait la maline.

La lourde Mercedes manœuvra en éclaboussant la nuit de ses feux au xénon. L'inspectrice laissa tomber son mégot par la vitre entrouverte et monta le chauffage. Ils quittèrent le parking en laissant des empreintes trois fois comme celles de la 4L. Bientôt, Laurent alluma la radio. Sardou chantait *Dans les villes de grande solitude*.

— Manquait plus que ce con, fit Rita en ouvrant son parka.

Elle avait hâte d'être à la maison. Elle avait tort.

BRUCE

— Viens, viens par ici mon gros.

Le chien suivit Bruce bien docilement, laissant derrière lui des traces de coussinets sanglants.

— C'est bien mon chien, viens par là, viens mon chien.

Bruce ouvrit la porte de la cuisine et le chien passa devant lui en le frappant de sa queue. Puis s'immobilisa, la langue pendante, les yeux débordant d'affection.

— Mais oui mon chien.

Bruce était ravi, pas loin de penser que le clebs lui avait sauvé la vie. En tout cas, la trouille démente qui lui était passée au travers avait complètement disparu maintenant. Il se mit à fouiller les placards. Pas trace de bandages ou de désinfectant. En attendant, le clébard était sur ses talons, semant ses traces de pattes ensanglantées un peu partout.

— Bouge pas mon vieux. Je vais m'occuper de toi.

Bruce prit le temps de le caresser et réfléchit un moment.

Sur le coup, quand il avait entendu le cliquetis des griffes sur la baie vitrée dans son dos, il avait bien failli faire une syncope. Et puis en se retournant, il s'était retrouvé nez à nez avec cette énorme bestiole chaude et poilue. Il en aurait chialé de bonheur, un bon gros toutou des familles, tout joyeux et pleinement physique. Tout de suite, de part et d'autre de la vitre, Bruce et la bête avaient fraternisé. La forêt pouvait bien nuire et grouiller tout ce qu'elle voulait, ils s'avaient.

— Ouais, fit Bruce en s'éloignant, tu vas rester là, je vais chercher de quoi te soigner. Et comme le mastif faisait mine de le suivre, Bruce haussa le ton en pointa son doigt vers le sol : pas bouger. Sage ! Tu restes là.

Une immense mélancolie s'empara de l'animal qui se laissa tomber sur son arrière-train et glissa son museau entre ses pattes.

— Bien. Pas bouger. Sage. Je reviens tout de suite.

Bruce referma la porte de la cuisine derrière lui et entreprit de fouiller le reste de la baraque. Il avait du boulot, c'était immense là-dedans.

Pour rentrer, Bruce n'y était pas allé par quatre chemins. Il avait fureté dans le jardin jusqu'à dénicher une jardinière qui reposait sous la neige. Creusée dans un bloc de granit, elle devait peser dans les trente ou trente-cinq kilos. Bruce l'avait soulevée au-dessus de sa tête avant de la jeter dans la baie vitrée. À sa grande surprise, celle-ci n'avait pas volé en éclats comme dans les films. La jardinière avait juste rebondi en laissant un trou en forme d'étoile au point d'impact. Bruce s'était alors servi du Colt comme d'un marteau. Comprenant tout de suite l'idée du visiteur, le clébard s'était mis à cavaler dans tous les sens, piétinant gaiement le verre brisé. Très vite, Bruce avait dégagé un trou de la taille d'un 45-tours, il avait passé son bras au travers jusqu'à l'épaule et était parvenu comme ça à faire jouer la gâchette de la porte-fenêtre. Elle avait coulissé et une bouffée de chaleur lui était montée au visage, avec les odeurs de la maison, le bois, le tabac, un parfum féminin, familier, plaisant ; l'odeur du chien aussi. Tout de suite, le mastif lui avait fourré sa truffe quelque part au niveau de l'aine. Bruce s'était défendu en rigolant. Puis il s'était mis à genoux pour frictionner la bête de haut en bas. À un moment, il avait senti que l'animal posait son museau sur son épaule.

C'est alors qu'il avait remarqué les petites empreintes sanglantes sur le sol. Le chien avait dû se blesser en piétinant le verre brisé. Histoire d'en avoir le cœur net, Bruce avait coincé l'animal sous son bras pour l'ausculter. L'antérieur droit était assez salement amoché, les coussinets ouverts. Lorsqu'il avait pressé sur la blessure pour en constater la profondeur, le chien avait gémi. Bruce s'était senti vraiment merdeux, c'était sa faute en fait. Maintenant, il cherchait de quoi soulager la pauvre bête.

Sans très bien savoir pourquoi, Bruce commença par monter à l'étage. Dans la chambre de l'inspectrice, il tira la couette, visita les placards, ouvrit les tiroirs. Jusqu'à un certain point, la garde-robe de l'inspectrice ne se différenciait pas tellement de celle d'un mec. Il aurait bien aimé trouver des photos, se faire une image. Ses sous-vêtements n'étaient pas tellement affriolants non plus. Il farfouilla dans les culottes, ça l'amusait. Il en porta une à ses narines. Ça sentait la lessive. Il tira chaque tiroir et renversa leur contenu sur le sol. Une boîte de chocolats Lindt laissa échapper son contenu.

— Fais voir ce que mijote cette salope.

Bruce s'agenouilla. Il y avait du courrier, de vieilles cartes postales, des post-it chiffonnés, des mots doux. Certaines lettres étaient écrites au crayon à papier et signées Laurent. Plusieurs cartes de vœux d'un style sophistiqué et vieillot venaient de Nara, au Japon. Bruce ouvrit différentes enveloppes et lut en diagonale. Il y avait des faire-part de naissance aussi, des courriers d'une tante Nine qui souhaitait toujours plein de belles choses et la bonne santé surtout, pour finir par une phrase de reproche bien coupante, et pourquoi qu'on ne venait jamais la voir donc? Il y avait des dessins d'un môme aussi, qui signait Léo, avec des gommettes autour de son nom. Bruce trouva encore un vieux ticket de cinéma. Au recto, on lisait *Le Grand Bleu* et au dos, un numéro de téléphone à huit chiffres. Et puis d'autres babioles, des conneries, un ruban à dragées, un sousbock avec une tête de taureau, des pièces de monnaie arabes, des lettres sur du papier à petits carreaux jauni qui commençaient toutes par "Chère marraine" et venaient de Madagascar.

Bruce brassa là-dedans un moment. Il se demandait. Puis il déchira tout ce qu'il put. Il fit ça avec soin et ça lui prit pas mal de temps, mais ça semblait important d'aller au bout.

C'est dans la salle de bains, sous le lavabo, qu'il finit par trouver du désinfectant et du coton. Il se sentait bizarre, contrarié sans trop savoir pourquoi. Après tout, qu'est-ce qu'il en avait à foutre ? Il se regarda un moment dans le miroir. Il pensait à sa mère, à la Ferme. Il prit un flacon de parfum Cartier qui se trouvait sur la tablette en verre, dévissa le bouchon et versa le contenu dans le lavabo. Il fit de même avec le dentifrice, ouvrit un pot de crème antirides et tartina le miroir. Il espérait que c'était une de ces crèmes qui valent un fric fou. Il commençait à faire le sanglier dans l'armoire à toilette quand son téléphone se mit à vibrer.

C'était Martel, un texto. Il eut soudain très chaud, comme s'il venait d'être pris la main dans le sac. Le message était à la fois clair et très vague :

C'est la guerre avec les Ben. J'appelle plus tard.

Qu'est-ce qu'il devait comprendre ? Il le relut jusqu'à ce que les mots perdent leur sens. Tout à l'heure déjà, Martel avait cherché à le joindre. Bruce ferma les yeux, il devait se concentrer.

En faisant affaire avec les Benbarek, Bruce s'était dit qu'il passait enfin de l'autre côté du miroir, là où se trament les affaires vraiment juteuses. À Nancy, ces mecs faisaient la pluie et le beau temps. Ils avaient des ramifications jusqu'à Strasbourg. Dans les soirées, on les voyait claquer des masses de blé sans sourciller ; ils ne semblaient même pas s'amuser. Bruce les avait aperçus à l'Arquebuse qui payaient des bouteilles de Cristal à des blondes montées sur dix centimètres de talon, des meufs sans soutien-gorge, l'air aussi aimable que des pics à glace. Il se souvenait du plus petit, cherchant sa Visa dans sa poche intérieure, écartant un pan de veste doublé de soie rouge. C'était comme de voir les coulisses du paradis, un monde où la baise était sale, mais les draps toujours propres. Le flamboiement de la soie dans la pénombre, ce confort, cet excès.

On racontait une histoire aussi. Un môme du Haut-du-Lièvre était parti étudier en Égypte pour revenir prêcher dans sa cité trois ans plus tard. Ce petit mec ressemblait à Djamel, le rigolo de la télé, le même regard pétillant sous des cils de fille. D'ailleurs, il n'était pas loin d'être aussi marrant et il avait fait un véritable malheur avec son caftan et ses Pumas rouges. Les journalistes de France 3 Région étaient même venus l'interviewer, voir le phénomène. C'était quoi ce mec qui t'enrobait le Coran avec des vannes tout droit sorties du SAV des émissions ? À croire que l'islam pouvait se réconcilier avec le steak frites. On respirait.

Chez les Benbarek, on n'avait pas vu tout ça d'un très bon œil. Le petit mec devenait vraiment influent, des jeunes du Haut-Dul commençaient à parler de morale, de foutre les dealers à la porte, ce genre de conneries. Alors, ils avaient sorti leur portefeuille et payé le pèlerinage à une poignée de pauvres vieux, des immigrés des années 1970 qui n'avaient plus que ça en tête, voir La Mecque avant de claquer. L'imam aux baskets rouges avait rouspété, mais quoi, c'était pour la bonne cause. Et comme ça, perfides, les Benbarek avaient commencé à faire le bien. Un tour de bus à la mer pour des mioches qu'étaient jamais allés plus loin que Bar-le-Duc, trois bouteilles de Banga et des paquets de chips pour la fête des Voisins, des enceintes neuves pour le local de prière, l'écran plat pour la mère du petit mec, des riens, du bon voisinage quasiment. Et un jour, le petit mec s'était retrouvé au volant d'une 307 HDI flambant neuve. C'était bon, les affaires pouvaient reprendre tranquillement, tout le monde avait compris.

Au fond, ce que craignait surtout Bruce, c'est que les Ben mettent Tokarev au parfum. Ce connard était russe, ou alors bulgare. Il avait fait l'Afghanistan ou alors la Tchétchénie, un truc du genre. Apparemment, il avait une sale manie. Tokarev ne se contentait pas de vous dérouiller. Il voyait avec votre famille aussi. Bruce pensa alors à son grand-père et ça le fit marrer.

Le chien se laissa soigner. Il soupirait, et quand Bruce eut fini de désinfecter sa patte blessée, l'animal lui lécha les mains et le visage.

Après ça, Bruce ne sut plus très bien ce qu'il foutait là. La fille ne se trouvait nulle part et il regrettait un peu d'avoir trifouillé dans les tiroirs et déchiré le courrier de l'inspectrice. Il se sentait confus, mal à l'aise. Les mains dans les poches, il se mit à tourner de pièce en pièce, au rez-de-chaussée. Il regardait par les fenêtres, impatient, les mains moites. Le mastif le suivait, ses griffes cliquetant régulièrement sur le carrelage. Par instants, Bruce vérifiait la présence du Colt dans son dos. Il parlait à voix haute, des insultes, des prières : faites qu'ils arrivent, pourvu qu'elle soit là. Il était tenté de se tirer, mais pour aller où? Si au moins l'inspectrice rappliquait, si au moins la fille était avec elle.

Dehors, la neige avait déjà recouvert les traces laissées par sa voiture tout à l'heure. Le monde avait l'air tout neuf. Il avait un peu la dalle aussi. Il inspecta le frigo et s'enfila un Actimel puis se prépara un sandwich avec du pain de mie et du jambon. La nourriture avait un goût de carton-pâte. Après deux bouchées, il refila ses restes au chien. Il alluma la radio en sourdine pour se tenir compagnie. Du jazz. Elle ne doutait décidément de rien cette bonne femme. Il fit défiler les stations pendant un moment, que de la merde. L'ennui venait. Il finit par dénicher le bar, dans le four, drôle d'idée. Il revint dans le salon avec le Bushmills dix ans d'âge et un verre à moutarde Bob l'éponge. La bouteille était presque vide. Il la finit devant la télé. Bientôt, il se sentit nerveux, excité, triste. Un petit rail de coke ne lui ferait sans doute pas de mal. C'était juste un petit coup de déprime. La fatigue, le fait de vivre à droite à gauche, les soucis. Le chien était là, assis sur son arrière-train, le fixant de ses grands yeux vides et doux.

— Qu'est-ce tu veux gros sac? T'as pas assez mangé?

La langue pendante, l'animal se redressa et vint poser son museau sur les genoux de Bruce qui le caressa. Il y avait une rediffusion de rugby à la télé, la radio dans la pièce voisine, la chaleur du chien contre lui. Sa gorge se noua. Un bruit de moteur résonna à l'extérieur.

Aussi sec, Bruce quitta le canapé, éteignit la télé, la radio et les lumières avant d'aller se poster à une fenêtre. Le chien se collait à lui et tournait en rond.

— Chut! Couché! Pas bouger!

Comme l'animal ne voulait pas se calmer, Bruce lui asséna une forte claque sur les flancs. La bête geignit et fila dans la cuisine.

Une Mercedes se garait chez le voisin. Une femme sortit la première, côté passager, puis le conducteur. Il y eut un moment de discussion avant qu'un troisième passager ne quitte l'arrière de la bagnole. C'était la fille. Le cœur de Bruce se mit à cogner dans sa poitrine comme un tambour. Il empoigna le Colt.

Après des embrassades, l'homme rejoignit la maison d'en face tandis que la fille et la femme se ramenaient vers Bruce. La jeune fille traînait les pieds, marchait en retrait, trois ou quatre pas derrière l'autre bonne femme. Bruce regrettait d'avoir frappé le chien. Il actionna la culasse pour faire monter une balle dans la chambre du canon. Il se rendit alors compte qu'il saignait du nez. L'idée l'excita.

JORDAN

— Je vous préviens les jeunes, on va fermer dans une demi-heure.

Jordan et les filles acquiescèrent poliment et la patronne se replongea dans ses mots croisés tandis qu'ils allaient s'asseoir. Avec son twin-set bleu et ses perles, on l'aurait plutôt vue dans une bijouterie ou un magasin de porcelaine que dans ce vieux café. C'était un rade avec un sol en mosaïque, un comptoir orange et de hauts tabourets en bois. Sur la devanture on pouvait lire *Café du Marché* dans une typo de boucherie-charcuterie. Jordan, Lydie et Nadia venaient de rentrer à la queue leu leu, Lydie en tête. La lumière tombait jaune, les consos étaient pas chères et France Gall chantait *Si, maman, si.* Il n'y avait personne, à part un jeune type avec une veste en jean et une casquette de base-ball. Il se tapait un croque-monsieur et un verre de rouge. Au moment où Jordan et les filles avaient fait leur apparition, il avait jeté un coup d'œil par-dessus son épaule pour s'assurer qu'ils ne laissaient pas la porte ouverte. Au passage, il avait reluqué les filles, sans exagérer non plus. Les trois jeunes trouvèrent une place dans le fond, près de la porte des toilettes. Lydie parla la première.

— Qu'est-ce qu'on fout là ? Qu'est-ce qu'on va faire putain ?

— C'est toi qui nous as soûlés que t'avais froid, répondit Nadia.

Jordan ne mouftait pas. À vrai dire, il ne comprenait pas exactement ce qui était en train de se passer. Depuis qu'ils avaient quitté le Rivoli, les filles n'avaient pas arrêté de se prendre la tête. Elles voulaient rentrer, elles voulaient sortir,

Lydie accusait sa copine d'avoir foutu la soirée en l'air, Nadia prétendait le contraire, ça tournait en rond comme ça depuis au moins une heure.

De son côté, Jordan cherchait un moyen pour que ça dure.

À un moment, alors qu'ils descendaient la rue des États-Unis pour rejoindre le centre-ville, Nadia lui avait pris le bras, il neigeait, elle avait froid. Aussitôt, Lydie avait fait pareil. Pas facile de cacher sa joie. Le matin même, Lydie ne voulait même pas lui dire bonjour. Et puis Nadia était vraiment cool. Il avait toujours plus ou moins supposé que c'était une gothique à la con, une emmerdeuse qui déteste les mecs et passe son temps à broyer du noir en écoutant des chansons tristes. En fait, pas tellement. Elle était plutôt futée, elle le mettait à l'aise. C'était tant mieux, ça pouvait sûrement l'aider avec Lydie. En tout cas, le premier truc, c'était de faire durer. L'ennui, la nuit, l'alcool pourraient faire le reste. Mais il ne fallait surtout pas qu'ils se séparent.

— Alors qu'est-ce qu'on fait ? répéta Lydie.

— Qu'est-ce j'en sais ?

— On a qu'à aller danser comme je vous le répète depuis le début.

— Danser où ça ?

— J'sais pas. Au Sphinx.

— Ah ouais, à trois sur sa moto.

— J'peux en amener une et revenir prendre l'autre.

— Laisser tomber. On va s'geler pour rien.

— Quelle déprime…

Lundi, ils se verraient au bahut et tout serait à recommencer. Jordan se creusait, il y avait sûrement un moyen pour éviter ça.

Une bouffée de jasmin les tira de leurs pensées. La patronne était là pour prendre leur commande. Elle souriait comme au catéchisme, patiente, le visage illuminé du dedans. Aucun d'eux n'avait retiré sa veste. Ils étaient assis, le menton enfoncé dans leur col, le nez rouge, les mains dans les poches. Ils se consultèrent du regard.

— Un café s'il vous plaît, fit Nadia.

— Avec trois verres d'eau, ajouta Jordan, en essuyant son nez avec sa manche.

— Ce sera tout ?

Jordan fit oui de la tête et la femme tourna les talons. Elle n'avait même pas soupiré, rien dit. Ils se seraient crus dans un refuge. On s'occupait d'eux, c'était bien. Le type à la casquette et à la veste en jean, pensant qu'il était couvert par le barrissement contenu du percolateur, murmura :

— Hé Marie-Jo, t'as trouvé des clients là.

Son verre étant presque vide, la patronne lui refit le plein.

— Tu parles. Toi et tes copains, vous me l'avez fait combien de fois le coup des verres d'eau ?

Les trois jeunes entendaient tout, ils étaient mal à l'aise. Ils commençaient quand même à se réchauffer, sans oser ôter leurs vestes pour le moment. Ils se regardaient. Lydie ouvrait de grands yeux impatients, alors quoi on prend racine. Nadia faisait la gueule et Jordan n'avait pas grand-chose à dire. Lydie haussa les épaules. Le type au bar pivota alors sur son tabouret, les toisant avec un petit sourire ironique. Lydie fut la seule à ne pas détourner les yeux.

— C'est vrai qu'on s'emmerde sec par ici, admit le jeune type en revenant à son assiette.

La patronne leur apportait leur consommation quand un taxi se gara devant le bistrot.

— Ah ! Le chauffeur de madame, annonça le client.

La patronne fit comme si elle n'avait rien entendu et regagna son comptoir. Elle souriait, un homme entra.

— Bonsoir la compagnie.

Il avait des cheveux frisés, très bruns et portait un duffle-coat couleur rouille. Son visage était doux malgré des traits aigus et ses joues bleuies par la barbe. Il se frottait les mains pour se réchauffer et adressa des petits signes de tête à chaque personne qui se trouvait là, en s'inclinant un peu plus pour les dames.

— Ça marche les affaires ? demanda l'autre client en lui serrant la main.

— Couci-couça, répondit l'homme brun en passant le buste par-dessus le comptoir pour embrasser la patronne. Elle le prit affectueusement par l'épaule. Les gens sortent pas par ce froid de canard. Sauf les fous.

Et l'homme adressa un clin d'œil en direction des trois lycéens.

— Je ferme dans une demi-heure, avertit la patronne, en vérifiant sur la pendule derrière elle.

— Je passe juste prendre un petit café pour me réchauffer.

Avec son accent, on entendait "piti cafi". Et il s'était frotté les mains de plus belle.

— Tu fais bien, dit la patronne.

Cette femme rayonnait, mais semblait tout de même un peu triste. Jordan la regardait. Il avait cette manie de regarder les gens, dans la rue, le bus, dans les couloirs du bahut. Peut-être que c'était lui qui se sentait un peu triste en réalité.

— Vas-y, arrête de les regarder comme ça, dit Nadia en posant sa main sur sa joue pour lui faire détourner la tête.

Une main glacée, douce, Jordan la sentit à peine mais resta hébété pendant quelques secondes. Ne sachant plus trop quoi faire, il renifla bruyamment et porta son verre d'eau à ses lèvres. Les adultes se mirent à parler à voix basse. Lydie faisait des calculs.

— On va pas rester là toute la nuit.

— C'est clair, confirma Jordan.

— En plus c'est fermé dans cinq minutes.

— On pourrait aller chez moi, fit Lydie. Si on passe par le garage, mon grand-père y verra que dalle. Je l'ai déjà fait des dizaines de fois.

— Et ta mère ? objecta Nadia. Elle va encore péter un plomb ?

— T'inquiète, elle entendra rien je te dis.

— On peut essayer, tenta Jordan.

— Ah ouais, tu veux y aller toi bien sûr, dit Nadia avec agacement. Et comment on y va ?

— Je peux faire deux voyages.

— C'est ça ouais. On peut aussi se tirer deux balles dans la tête si on n'a pas assez avec une seule.

— Putain, mais on va bien trouver un truc.

— On pourrait aller à l'hôtel.

— Avec quelle thune ? Juste, on est à trois sur un café je vous rappelle.

— Ouais, pis l'hôtel, c'est un peu bizarre comme plan.

Ils se turent un moment. Leur silence attira l'attention de la patronne et de ses deux clients.

— Ces mômes… fit le type à la casquette.

— Hé, c'est pas très drôle ici pour les jeunes, constata le chauffeur de taxi

— Quand j'avais leur âge, je trouvais toujours quelque chose à faire, dit la patronne.

— Comme aller chercher de l'eau au puits ou vider les lampes à pétrole, se marra le client à la casquette.

La patronne lui asséna un coup du torchon sur l'épaule tandis que le chauffeur de taxi secouait la tête.

Mais les trois jeunes restaient là, immobiles et crevant d'ennui. La soirée était foutue. Demain, tout serait à refaire. *Nougayork* passait à la radio.

Ils étaient tous les trois debout devant la porte de verre du troquet. Ils venaient juste de sortir et ils grelottaient déjà. La lumière oblique d'un lampadaire tombait juste à côté, et un vent polaire balayait la rue derrière le marché. Ils sautillaient sur place, reniflant, se poussaient de l'épaule sans même s'en rendre compte.

— C'est tout alors ?

— Ouais.

— Putain j'y crois pas.

— Pareil.

— Putain.

— Grave.

— Vivement mes dix-huit ans. Je me casse de là direct.

Ils gagnaient du temps. Il fallait rester encore. Éviter demain.

— En plus, j'peux même pas rentrer, dit Jordan.

— Pourquoi ?

— On s'est pris la tête avec mon père.

— C'est rien ça.

— Si, là si.

— Tu peux peut-être venir chez moi, osa Nadia.

— Quoi ? fit Lydie.

— Ma mère bosse ce soir.

— C'est maintenant que tu le dis ?

— Non, mais elle est pas trop chaude pour que je ramène du monde.

— Ah ouais ?

— Enfin tu vois, s'il est à la rue, c'est pas la même.

— C'est clair, ta mère elle va trop comprendre que tu ramènes un mec pendant qu'elle est pas là.

— Tu peux venir aussi. Seulement, faudra vous casser vite fait demain matin avant qu'elle rentre.

— Et elle rentre à quelle heure ta mère ?

— Je sais pas. Normalement, elle finit son service vers six heures. Après faut le temps qu'elle rentre.

— Ça peut le faire, fit Jordan. On peut passer la fin de la soirée tranquille et après on s'tire.

Lydie le toisa avec dédain.

— T'enflamme pas toi. Déjà, on peut pas bouger, on n'a personne pour nous transporter.

Jordan se retourna vers l'intérieur du café où les deux derniers clients aidaient la patronne à ranger les chaises sur les tables.

— Faudrait peut-être voir avec le taxi. Il a pas l'air trop occupé.

Les deux filles avaient suivi son regard.

— Mais on n'a pas une thune.

— On négocie la course, on s'en fout.

— Vas-y toi négocier.

— Ouais, on le connaît pas ce type.

— De toute façon, il faut bien qu'on rentre chez nous, s'agaça Jordan. Le plus simple, c'est de voir avec le taxi et demain matin, je ramène Lydie en moto.

Elles hésitèrent. Le chauffeur de taxi s'était remis au comptoir, son duffle-coat bien plié sur le tabouret voisin. Ses épaules étaient étonnamment larges. Il portait un curieux chandail gris barré d'une frise rouge. Il se tourna vers l'homme à la casquette. Quand il ne souriait pas, sa physionomie n'avait plus rien à voir. Il semblait moins inoffensif, plus beau et plus inquiétant en fait. Ses yeux étaient extraordinairement sombres. On les voyait luire, même de loin.

— Moi j'y vais pas, dit Lydie.

— C'est clair.

— Bon. J'y vais alors.

— Ils ont pas l'air de vouloir décamper les mômes.

Le chauffeur de taxi hocha la tête, sans prendre la peine de se retourner. Il pouvait apercevoir leur silhouette dans le miroir qui lui faisait face. La patronne récupéra la tasse vide posée devant lui. Sa main très pâle entra en contact avec la main très brune de l'homme. Ils firent comme si de rien n'était.

Le chauffeur venait chaque soir ou presque pour prendre un café juste avant la fermeture. En général, il n'y avait pas grand monde, juste la patronne, le type à la casquette, un ou deux habitués qui occupaient toujours les mêmes places. Le type à la casquette aimait bien le charrier. Ça n'avait pas d'importance. Il n'y a pas si longtemps, il menait une vie différente. Mais ici, ses diplômes ne valaient plus rien. Le chauffeur avait presque oublié, l'école de génie civil, les réunions dans les caves, les affiches sorties des presses, l'odeur de l'encre, la colle et la lumière du soir, les portes toujours ouvertes, les effluves d'eucalyptus et de charbon de bois, les discussions sans fin avec les camarades du syndicat. Quand ils avaient arrêté sa mère, il n'avait pas hésité. Il avait tout plaqué, même Sarah. Il n'y pensait presque jamais. À part quand il sentait certaines odeurs, qui n'avaient pourtant pas tellement de rapport avec le pays. Chez le coiffeur ou bien dans le garage où il laissait son taxi. Parfois aussi, il apercevait un profil, la chevelure d'une femme et son estomac se serrait. En revanche, les lieux s'effaçaient, les noms aussi, c'était mieux.

Tout à l'heure, il rentrerait retrouver sa mère. Ses jambes avaient beaucoup enflé ces derniers temps. Elle ne se plaignait pas. Patiente et affligée, elle commentait la météo.

La patronne avait fini de ranger et elle se tenait debout à côté de lui maintenant. Elle posa une main sur son épaule. Elle souriait au jeune homme à la casquette.

— Bon Messieurs, c'est l'heure.

— Je sais pas s'ils vont nous laisser sortir, fit le jeune type en désignant la porte d'un mouvement de la tête.

Les trois ados étaient plantés là depuis plus de dix minutes. On aurait dit des chiots qui attendaient leur mère.

— Qu'est-ce qu'ils veulent ?

— Va leur demander ?

— Ils attendent peut-être pour le taxi, supposa le chauffeur.

— Tu parles. Ils ont pris un café et trois verres d'eau.

— Ils ont pas l'air méchant en tout cas, dit le chauffeur en enfilant son duffle-coat.

— Ils s'emmerdent comme des rats, c'est tout, confirma le jeune type.

— Et qu'est-ce qu'ils veulent d'après toi ?

— Danser sûrement, dit le chauffeur. C'est l'heure. Beaucoup de clients qui me demandent pour aller en discothèque quand les cafés sont fermés.

De part et d'autre de la porte, on s'épiait, comme font les poissons et les visiteurs de l'aquarium.

— Tiens, les voilà.

Jordan venait d'ouvrir la porte et il prit bien soin de la refermer avant de prendre la parole.

— 'soir.

— On est fermé jeune homme.

— Je sais.

Il baissa la tête pour éviter les trois paires d'yeux qui s'étaient posées sur lui.

— On se demandait si vous pourriez… Enfin, on aurait voulu savoir pour rentrer du côté de Charmes, combien ça nous coûterait.

— Ça dépend, sourit le chauffeur en quittant son tabouret.

— C'est mes copines. Elles doivent rentrer.

— Vous avez des sous ?

— On a dix euros à peu près.

— Vous irez pas loin avec ça, dit l'homme à la casquette.

La patronne souriait de l'embarras de Jordan. Dehors, elle pouvait voir les filles qui, les yeux écarquillés, attendaient le résultat de cette démarche de la dernière chance.

— Bon, on y va, annonça le chauffeur en se dirigeant vers la sortie. En passant, il tapota le bras de Jordan.

— Moi je vous suivrai en moto, fit ce dernier, arrangeant.

— Très bien alors. Vous mettrez le café sur ma note, lança le chauffeur avant de sortir.

La patronne et le type à la casquette ne purent s'empêcher de rire en voyant la réaction des deux filles en apprenant que c'était bon. La petite bande suivit le chauffeur, ils disparurent.

— Bon, conclut la patronne en regardant ostensiblement sa montre.

— Ouais, fit le type à la casquette en réglant. Tiens. Je prends son café aussi.

— C'est bien, répondit la patronne en enfournant l'argent dans la caisse enregistreuse.

— Il va faire bon au lit, conclut le type à la casquette en s'étirant.

La patronne le raccompagna et ils se firent la bise sur le seuil de la porte, avant que le type à la casquette ne prenne la direction de la basilique Saint-Maurice, les mains dans les poches et la tête bien rentrée dans les épaules. La patronne fit tomber le rideau métallique. Alors quelques petites notes caractéristiques s'égrainèrent de son téléphone qui était resté à côté du percolateur. Ting ting titing ting. Il lui avait envoyé un petit mot, un petit texto, comme tous les soirs. Demain, il viendrait prendre un café pour se réchauffer entre deux courses.

MARS AVRIL

Le réveil sonne trop tôt, cinq heures trente. La veille, Rita s'est couchée de bonne heure exprès. Le mois de mars sera bientôt fini. Comme chaque année, changement de programme.

Elle est debout dans sa cuisine, une culotte de coton blanc, un tee-shirt XL. Dans son dos, Blondie affiche une moue dédaigneuse. La douce lumière du petit matin baigne toute la pièce et Rita boit un jus d'orange en prenant son temps. Elle se déplace sur la pointe des pieds sur le carrelage glacé. Ses longues jambes se tendent. De dos, on pourrait croire que c'est une môme de dix-huit ans, sauf peut-être ce relâchement, cette sorte de mollesse crémeuse en haut des cuisses, juste sous le pli des fesses. C'est joli d'ailleurs.

Dans la pièce voisine, elle entend le cliquetis qui accompagne toujours les déplacements de son chien, sa grosse chaîne de métal qui bat sa poitrine tandis qu'il se dandine. L'animal fait le tour du propriétaire comme chaque matin. C'est son rituel, dès que sa maîtresse est debout. Sa queue robuste et courte fouette les murs. Des bruits rassurants.

Rita a sommeil, les yeux collés de fatigue, elle n'a qu'une envie, se refoutre au lit. Peut-être qu'elle ferait mieux d'arrêter ce genre de conneries. Déjà, le soleil grimpe et jette sur le sol la géométrie aiguë de ses aplats dorés. Dehors, l'herbe est blanche et une brume légère se dissipe en enroulant ses paresseux boas. Sur le four micro-ondes, Rita regarde l'heure et se décide.

Devant la porte d'entrée, elle enfile son collant, ses baskets, des gants en lycra et une veste en laine polaire. Dans sa poche droite, elle retrouve son baladeur et enfonce les écouteurs dans ses oreilles. Le mastif est là qui la regarde en tirant la langue. À chaque fois, il espère être de la balade.

Sur le seuil de la maison, la lumière la gifle et c'est comme si l'hiver s'ouvrait d'un coup de fermeture éclair. Elle s'étire. Des gestes oubliés depuis des mois. Ses genoux craquent tandis qu'elle s'assoit sur ses talons et se déplie plusieurs fois. Elle papillonne des bras et souffle son haleine blanche dans le matin rayonnant. Elle peut sentir le froid dans sa bouche, dans son nez, jusque dans son ventre. Elle grelotte, le visage inondé de lumière, les yeux blessés par l'impeccable éclat du ciel. Il a gelé durant la nuit et elle peut sentir le froid, l'odeur du froid. L'odeur de son enfance. Froid de printemps. Sur les premières mesures de *Johnny and Mary*, elle y va. Elle cale sa foulée sur le rythme de la musique. Ses pieds frappent le bitume et elle file, calme et droite, les lèvres closes, ses mains rentrées dans les manches de sa laine polaire.

Elle court au milieu de la route et les sapins bleus et noirs lui font une haie d'honneur. L'asphalte plonge loin devant elle et elle domine de sa haute taille la surface plane où cognent ses semelles. Elle manque de force. Elle sent dans ses genoux la violence répétée de chaque foulée. Ses cuisses sont lourdes, ses fesses embarrassantes, son ventre contracté lui fait mal. Elle a encore sommeil.

Depuis près de vingt ans, dès que l'hiver fait un pas en arrière, Rita file sur la départementale. Elle rachète les verres de trop, le mal qu'elle se fait en général, clopes, colère, coups de blues. Tout est lavé dans la course.

Dix minutes passent, puis vingt, et la lumière déjà moins oblique déborde la verticalité des arbres. La journée se dresse et la route s'allonge, glisse comme un tapis sous la foulée régulière de Rita. Elle n'a plus besoin de protéger ses mains et sort la tête de ses épaules. Elle commence à transpirer. Elle a des regrets. Cette vie qu'elle mène, il faudrait tout changer. Elle se tient droite, perpendiculaire à la route, trace une ligne parfaite, sans à-coup, mécanique dans sa progression, ses jambes très longues comme les bras d'un compas, si bien qu'on ne sait plus si elle avance ou si la route recule.

Après vingt-cinq minutes, elle ne sent plus, elle prend de la hauteur. Au loin, apparaît le petit bourg, quinze maisons étalées le long de la route, où elle fera demi-tour. L'odeur du froid s'atténue. Elle laisse la place à l'humide parfum de la forêt, humus, sapins, pourrissement détrempé de la terre noire, odeur d'ombre et de fourmillement.

À son retour de Montpellier, cette odeur lui avait serré la gorge.

Elle avait vingt ans et revenait du Sud, pas fière. Elle était partie de chez elle en claquant la porte, ses parents étaient des cons, elle allait vivre en femme libre. Avec son prof de droit, ils s'étaient taillés sans trop réfléchir. On voyait la route à travers le plancher de la 104. Rita tenait le volant et le prof parlait. Ce type avait toujours quelque chose à dire. C'est Rita qui avait voulu foutre le camp. Montpellier, pourquoi pas, son prof avait des copains là-bas, un couple de pédés écolos très sympas qui essayaient de monter une petite maison d'édition et ont fini restaurateurs. C'était la première fois que Rita rencontrait des militants qui aimaient rigoler. À la fac, les mecs se prenaient au sérieux, fumaient sans arrêt, la chemise ouverte, nés trop tard, 68 loin dans le rétro déjà. Ils voulaient tout foutre en l'air mais auraient préféré crever plutôt que de céder la parole à une fille.

Les deux pédés en question s'appelaient Bernard et Bernard. Rien que ça, il valait mieux qu'ils aient le sens de l'humour. Ils s'engueulaient à longueur de temps, mais pour le reste, on ne trouvait pas de pires déconneurs. Rita avait longtemps continué à correspondre avec eux.

Son prof connaissait un monde fou, des gens qui avaient presque tous des maisons de vacances, ça tombait bien. Ramatuelle, Nice, Antibes, Menton. On y parlait du programme commun et d'immobilier en buvant du rosé à l'ombre des pergolas. On utilisait des grands mots, on pensait surtout à ses petites vacances. Le prof avait l'habitude de quitter les lieux au petit matin, en laissant un gentil mot de trois lignes où il s'excusait de n'avoir pas eu le temps de faire le ménage. Ce qui le faisait rire mais pas Rita. Un matin, il avait laissé un petit mot de trois lignes qui s'adressait à Rita. Leur histoire avait duré le temps d'un été.

À son retour, Rita avait trouvé l'automne. Elle se souvient de l'odeur de la terre, de la pluie, elle se souvient du froid précoce. Elle revenait toute bronzée, le moral dans les godasses. Ses parents lui ont fait la morale sans trop insister et elle a repris le chemin de la fac, pas pour longtemps. Un peu plus tard, son père est tombé malade et elle a regretté les problèmes qu'elle croyait insurmontables, ses histoires de mecs, d'examens ratés, de vacances gâchées par la pluie ou le manque de fric. Quand elle a vu son père les cheveux trempés sur l'oreiller, les lèvres retroussées dans son sommeil sur des dents inexplicablement longues, elle a compris que la vraie vie commençait. Et que ça s'annonçait moyennement.

Maintenant, la douleur devient un décor où Rita éprouve sa volonté. Elle se dit qu'elle pourrait courir indéfiniment. Demain, elle aura mal aux jambes et aux fesses et ses genoux lui rappelleront son âge, mais pour l'instant elle impose sa loi et son corps obéit. Dans ses écouteurs, les titres minéraux et galvanisants de Depeche Mode. Elle se sent comme une église, un stade, pleine d'une clameur qui monte.

Bientôt, la pente s'atténue et elle pénètre dans le bourg. Des machines agricoles aux fauteuils couverts de rosée patientent. Aux fenêtres des fermes, les bacs à géraniums sont vides. Tous les volets sont ouverts ; ici ne vivent plus que des vieux, couchetôt, lève-tôt. Une voix tombe d'un premier étage.

— Hé là ! crie un pépé miniature, son cou de poulet pris dans une chemise à carreaux.

Il lève son bol de café au lait à la santé de Rita. Rita le salue.

— Allez roulez jeunesse ! fait encore le vieux en gloussant.

Il est là presque tous les matins et c'est toujours les mêmes rengaines, souvenirs de critériums et de Tours de France. Rita est contente de le voir. On ne sait jamais après tout, l'hiver a été long.

Elle contourne la fontaine. Maintenant, il faut revenir, le faux plat à la sortie du bourg, puis la côte. Une ivresse grave gagne progressivement Rita. C'est le meilleur moment, quand la fatigue commence à inventorier ses conquêtes, quand Rita se laisse aller à quelque chose de vaste, de déchirant. Sa gorge se serre. Elle voit les choses de loin, de haut, comme un oiseau de proie. Elle ne parvient plus à se tenir droite désormais. C'est maintenant que sa foulée prend du sens. Il faut tenir, être dure au mal.

Car Rita n'appartient pas à la race des vainqueurs. Elle le sait et ne s'en attriste plus. Autrefois, à la fac de droit, des jeunes filles en duffle-coat ont fouetté son orgueil. Rita guettait ces petites Françaises pimpantes dans les couloirs, avec leurs airs propriétaires et historiques, leurs manières douces, comme si elles savaient par avance que tout allait bien se passer. Rita a pu rêver d'appartements à moulures et de conforts légitimés. Sa colère est peut-être née là, d'un mouvement d'humeur travesti en philosophie. Aujourd'hui, elle sait bien qu'elle ne sera jamais de ce monde des facilités, aux violences allusives et au moelleux assis. Sa mère a toujours travaillé, elle gagnait moins à la fin qu'au commencement, c'est tout dire. Quant à son père, il a passé sa vie dans les silos, finissant dans un poumon de métal, comme c'est l'usage une fois qu'on a respiré trente ans de poussière de grain. Qu'elle le veuille ou non, Rita appartient à ce monde où les gens meurent au travail. Elle voit ces gens qui ferment leur gueule, encaissent, grattent à la fin du mois et qui ne trouvent presque rien à y redire. Pourvu qu'ils finissent dans leurs murs, le pavillon comme résumé des peines, trente ans de dette et puis crever. Elle en est, quoi qu'elle fasse.

Rita n'en tire pas de fierté particulière. Elle ne se dit pas que les siens sont le sel de la terre ou ce genre de truc. Les braves gens sont des salauds comme vous et moi, c'est tout. À peine s'ils ont des circonstances atténuantes, comme les pauvres, les malades ou les vieux, quand ils sont méchants et bêtes. Comme Nena vient d'une famille de républicains espagnols, elle ne dit pas de mal des étrangers. Cela dit, elle pourrait ; ces choses-là arrivent quand on appartient au monde d'où vient Rita. Familles où l'on se chamaille autant qu'on s'aime, les parents qui débinent le patron mais vont au boulot avec trente-neuf de fièvre, qui ne consulteront jamais un psy mais n'ont rien contre les rebouteux, qui parlent de grande musique et achètent des bouquins chez France Loisir. Ils divorcent maintenant comme les autres, votent de moins en moins et s'imaginent être la norme à partir de laquelle on se calcule ailleurs. Ils sont la moyenne.

Rita dévore la côte, respire plus fort, elle a mal et prend son pied. Elle cherche de l'aide sur son baladeur. C'est Kim Wilde qui s'y colle et tout devient d'une limpidité douloureuse. Elle n'en peut plus, elle accélère.

Mais ceux de Rita, cette race obstinée, inquiète, qui se plaint constamment, des immigrés, des impôts, des limitations de vitesse, des camps volants comme des technocrates, du pouvoir d'achat et de la nullité des programmes télé, de la neige en hiver et de la canicule en été, cette race a pour elle de ne pas lâcher. Et Rita grimpe, le mors aux dents, son dos trempé de sueur, les cheveux sales, une odeur de transpiration et d'alcool qui flotte autour d'elle comme une auréole. Son corps obéit encore. Elle tient bon. Enfin, elle aperçoit la maison. Une fois encore, elle s'est prouvé qu'elle peut vivre.

Alors elle rentre, jette ses vêtements sur le chemin de la salle de bains et se colle sous le pommeau de douche. L'eau s'abat, brûlante et lourde. De ses mains, en se lavant, elle parcourt son corps aux formes préservées. Il est dur. Elle sent la douleur palpiter sous la surface de sa peau comme le cœur emballé d'un petit mammifère. Elle peut encore courir. Elle a conjuré le masque de son père. Elle se promet de ne pas boire l'apéro ce soir. Elle a un peu envie de faire l'amour. Bientôt, l'hiver sera parti.

RITA

La route avait été longue et personne n'avait bronché dans la Mercedes. Victoria parce qu'elle dormait, Rita et Laurent parce qu'ils savaient que par ce temps, quand il neigeait à ce point-là, la prudence ne suffisait plus. Il fallait autre chose, du recueillement peut-être bien ; de l'humilité en tout cas. Ils avaient fixé la route à se faire mal.

Une fois arrivés, ils reprirent leur souffle et Rita eut envie que Laurent vienne prendre un café à la maison, qu'il reste un petit peu. C'était tout de même chouette de l'avoir dans les parages. Bien sûr, elle pouvait se débrouiller, elle savait changer un pneu ou se servir d'une perceuse. N'empêche, Laurent était là. Mais elle vit la tronche que tirait Victoria et préféra laisser tomber.

— Bonne nuit.

— Ouais dors bien.

— Je suis claquée. Elle peut bouder tant qu'elle veut, je vais me pieuter direct.

Lorsqu'elle ouvrit la porte, Rita siffla les deux notes qui l'annonçaient toujours au chien. En général, ce dernier se jetait aussitôt dans ses jambes et manquait de la jeter par terre. Mais pas là. Baccala n'était pas au rendez-vous. Elle siffla une nouvelle fois avant de se tourner vers Victoria qui traînait les pieds à quelques mètres de distance.

— Allez dépêche-toi un peu, ça caille!

L'inspectrice éprouvait un drôle de sentiment, comme lorsqu'on quitte son appartement et qu'on est certain d'avoir oublié quelque chose. Elle cherchait l'interrupteur quand elle sentit un courant d'air s'enrouler autour de son cou. Un courant d'air qui venait de l'intérieur.

— Merde, la fenêtre, fit-elle à voix basse.

Victoria arrivait finalement, Rita s'effaça pour la laisser passer. C'était bizarre. Elle ne pouvait quand même pas être sortie en laissant la fenêtre ouverte ; pas par ce temps. Elle trouvait enfin l'interrupteur quand elle sentit qu'on l'attrapait par le poignet. Elle fit Hééééé et se retrouva tout de suite à quatre pattes au milieu du salon. La porte claqua brutalement dans son dos, elle voulut se retourner, la lumière jaillit simultanément de différentes sources, inondant toute la pièce de son éclat jaune et franc. Un type monstrueux était debout devant elle, pas déconnant du tout.

— Qu'est-ce que vous foutez là !? Où est le chien ?

— Vous feriez mieux de la fermer.

Victoria laissa tomber son sac à main par terre, le visage dévoré par la trouille. Et puis ses yeux se voilèrent. Elle n'était plus là.

— Mon chien bordel ! cria Rita.

— Moins fort putain !

Le type fit deux pas en avant et la gifla de toutes ses forces. Le bruit de la chair cingla dans la pièce comme un coup de fouet et Rita retomba en arrière, sonnée. L'homme la surplombait, jambes écartées. Dans sa main gauche, il tenait une arme. Rita voulut se redresser mais sa tête retomba sur le tapis. Sur sa langue, le goût du sang. Elle entendit le chien gratter derrière la porte de la cuisine.

— Qu'est-ce que vous avez fait à mon chien ?

Le type l'enjamba et laissa rentrer l'animal qui se précipita vers sa maîtresse, tout gémissant et baveux. Rita vit tout de suite que l'une de ses pattes était emmaillotée d'un pansement grossièrement ficelé.

— Qu'est-ce que vous lui avez fait ? dit-elle encore.

— Je l'ai soigné votre chien.

Rita se blottit contre le mastif et ils se firent des mamours comme ça jusqu'à ce que le type lève l'arme vers eux. L'inspectrice se retrouva nez à nez avec la bouche du canon, un puits parfaitement circulaire, noir, indifférent. Le dessin de l'arme donnait une impression d'extrême vélocité.

— On va faire simple, annonça le type en reniflant à plusieurs reprises. Si la fille essaie de se tirer, j'te bute. Si tu essaies de te tirer, j'te bute. Si vous arrivez à vous barrer, je traverse la pelouse et je bute le voisin. Compris?

Rita acquiesça. Elle le dévisageait par-dessus le canon du Colt. Cette tête, ce front étroit grêlé d'acné lui disaient quelque chose. Quand il se taisait, sa bouche béait légèrement et il ressemblait à un mérou. Elle était archicertaine d'avoir déjà croisé cette tête-là quelque part.

En attendant, le jeune type avait collé Victoria sur le canapé.

— Toi tu te mets là, tu bouges plus.

La pauvre semblait complètement dans les vapes et sa peau avait pris un aspect cireux qui lui donnait une physionomie aquatique, une tête de noyée. Rita se dit qu'à partir de là, chaque seconde allait peser très lourd sur l'avenir de la môme. Elle respira profondément et essaya de réfléchir.

— Vous voulez de l'argent?

— Non. Enfin oui… Ta gueule.

Le gros type avait rejoint la porte d'entrée et jetait un coup d'œil par la fenêtre haute. Son arme restait pointée sur Rita. Cette gueule noire, avec son air de fausse promesse.

— On va attendre que le petit voisin soit pieuté. Tout le monde va rester tranquille. Après, on verra.

Comme Rita continuait à cajoler le mastif, elle prit la patte emmaillotée entre ses mains pour mieux l'examiner.

— Il s'est coupé tout seul, expliqua le type avec empressement. En marchant sur le verre. Mais c'est moi qui l'ai soigné.

Et comme il attendait, vaguement inquiet, Rita le remercia.

— De rien, c'est normal.

Une première étape venait de prendre fin. On rentrait dans le dur : l'attente.

— C'est un bon clébard. Un peu trop gentil quand même…

Le type arborait maintenant ce genre de sourire qu'on voit aux petits caïds quand ils tiennent la porte à une vieille.

Les minutes s'égrainaient avec une lenteur sédimentaire. Par intermittence, l'intrus jetait un coup d'œil dehors. Il était nerveux, silencieux, reniflait sans arrêt. Victoria semblait vitrifiée par la peur. Rita pouvait voir qu'un peu de sueur mouillait ses tempes et sa lèvre supérieure. Elle avait peut-être de la fièvre. En tout cas, ce genre de réaction n'était pas bon signe.

Pour sa part, Rita s'était réfugiée au bas de l'escalier, le chien calé entre ses genoux qu'elle caressait inlassablement.

Il fallait réfléchir. Garder son calme et penser. En même temps, ce qui la surprenait beaucoup, c'était précisément de ne pas paniquer plus que ça. Elle était dans une sorte d'hébétude résignée, comme si le pire était déjà arrivé. Ce qui l'emportait sur tout le reste en fait, c'était le dégoût. En regardant ce gros con aller et venir comme ça chez elle, elle éprouvait plus ou moins le même genre d'impression que Steve McQueen dans *Papillon* quand il se retrouve coincé sur l'île aux lépreux. Le chef des lépreux disait : "De temps en temps, on fait venir des prostituées lépreuses." Un dégoût inimaginable.

— Vous attendez pour rien.

— Taisez-vous.

— Vous allez rester longtemps comme ça ?

— Ça me regarde. Fermez-la.

— Il est insomniaque.

— Comment ça ?

Le type s'était retourné et la dévisageait avec férocité.

— Mon voisin. Il passe ses nuits debout. Il dessine dans son atelier. Il regarde la télé. Il dort pas quoi.

Le visage du jeune homme se détendit.

— Ah…

— Qu'est-ce que vous comptez faire ? Attendre qu'il fasse jour. Et si vous tirez avec votre pistolet, il va appeler les flics aussi sec.

— On verra bien. Taisez-vous maintenant.

Rita obéit. Elle sentait la fatigue monter dans sa nuque, s'appesantir sur ses paupières. Elle se disait qu'elle avait un atout à jouer ; ce type n'avait décidément pas l'air d'être une lumière. Comme aux échecs, elle essaya de planifier plusieurs coups d'avance : ce qu'elle allait dire, ce qu'il répondrait, comment elle pouvait le manier. Mais ses plans mollissaient avant de tenir, sa mémoire butait ; elle se mit à bâiller. Finalement, après quelque chose comme une demi-heure, c'est lui qui reprit la parole.

— Et alors il dort jamais ce con ?

— C'est ce que je vous explique.

— Putain…

Le silence reprit toute la place. Bientôt, un son étrange monta du canapé, ténu, cisaillant. Le chien dressa l'oreille.

— Qu'est-ce qu'elle fout ?

— On dirait qu'elle grince des dents.

— Dites-lui d'arrêter ça tout de suite.

Rita se glissa vers le canapé, le type la suivant du bout de son flingue.

— Je crois bien qu'elle dort, dit Rita.

— Vous déconnez ? Comment c'est possible ?

— Je sais pas. C'est peut-être comme ça qu'elle réagit au stress.

— C'est la meilleure.

Rita effleura la joue de Victoria du dos de sa main, mais la jeune fille resta sans réaction.

— Alors ? s'agaça le type.

— Comment ça alors ?

— Qu'est-ce qu'on fait putain ?

— Vous croyez quand même pas que je vais vous aider…

Il la rejoignit en trois enjambées et braqua son arme sur son crâne. Le contact avec le métal était froid, solide d'une manière presque insupportable.

— Réveille-la.

— Elle est en état de choc, je peux rien faire.

— Écoute la vieille, je vais pas te le répéter cent fois. Quoi qu'il arrive, je vais me tailler avec cette pute. Si tu m'aides pas, si tu m'emmerdes…

Il renversa son flingue sur le côté comme font les blacks dans les films américains et se mit à canarder toute la pièce pour de faux. On aurait vraiment dit un môme qui avait bouffé trop de sucreries. Rita en était restée aux mots "la vieille". Elle le défia.

— Petit connard… Tu vas faire quoi ? Me flinguer ? Tu sens l'alcool à trois mètres. J'ai vu tes empreintes sur la bouteille, le verre, un peu partout dans la maison. T'as jamais regardé *Les Experts : Miami*?

— Quoi?!

Il avait laissé retomber l'arme le long de sa cuisse et se contentait maintenant de la fusiller de ses petits yeux mauvais. Rita soutint son regard. Je te tiens tu me tiens par la barbichette. Finalement, le type sourit. Rita n'eut pas le temps de savourer. Ce fut comme si sa tête se remplissait d'abeilles et puis plus rien, elle retomba sur le plancher, HS. Le chien se mit à lui tourner autour en gémissant. Le type avait frappé à la tempe, avec sa main armée. Il aurait voulu lui casser la nuque à cette petite snobinarde. Ça allait mieux maintenant.

Oui, Bruce était content. Il commençait à se sentir à l'aise finalement.

PIERRE DURUY

Jimmy Comore avait trouvé le vieux Duruy occupé à remplir des grilles de sudoku dans sa cuisine. Le transistor diffusait un jazz West Coast que ni l'un ni l'autre ne connaissaient. Le vieux était tombé dessus en tournant la molette au hasard. Il était là, dans le grésillement de la trompette, son crayon à papier à la main, la lumière tamisée, ses lunettes au bout du nez, concentré, archaïque. Il n'avait rien vu venir.

Jimmy était descendu par les bois, il avait fait le tour, était rentré par le garage qui restait toujours ouvert. Les jours précédents, il avait remarqué que la cadette prenait par là pour filer en douce. Il observait les Duruy depuis près d'une semaine maintenant, il s'était habitué. Ensuite, l'échelle jusqu'au premier, une lampe stylo entre les dents, un Glock glissé dans sa ceinture. À un moment, son portable s'était mis à vibrer. Il n'avait pas cillé. C'était Victor, il verrait plus tard. Depuis le matin, Jimmy avait pas mal réfléchi à cette histoire avec Ossip. Il n'était pas inquiet. C'était plutôt un sentiment de pesanteur. Un problème de plus à régler. Il ferait le nécessaire plus tard.

Ce jour-là, après avoir quitté l'hôtel où vivaient Victor et les filles, Jimmy avait passé une bonne partie de la journée dans une salle de jeux du centre-ville, à Strasbourg, dépensant près de cinquante euros en pièces de deux sur un jeu de rallye qu'il connaissait par cœur. Il parcourait inlassablement les mêmes pistes, les mêmes circuits. À chaque tour, il précisait sa trajectoire. Au bout d'un moment, la conduite s'effectuait en dehors de lui et il avait enfin l'esprit libre. C'est comme ça qu'il réfléchissait le mieux. Il s'était dit qu'abattre Ossip ne posait pas de problème. Seulement, après il faudrait affronter les autres. Ils se prenaient tous pour des seigneurs de guerre et se conduisaient comme des garçons de ferme. Bien sûr, Jimmy pouvait les tuer tous, mais il en viendrait d'autres. C'était comme vouloir arrêter la mer.

Peut-être qu'il fallait se débarrasser de Victor, ce serait plus vite fait.

De toute façon, il fallait commencer par Victoria, la récupérer ou faire un exemple. Depuis l'enlèvement, plus rien n'allait.

Avant de monter chez les Duruy, Jimmy s'était tapé un Big Mac, des frites, un Sprite. Puis il avait demandé au type de la caisse de lui remplir sa thermos avec du café noir. Ensuite, il avait pris la direction de la Ferme. Les premiers jours de planque, il s'était vraiment gelé, avant d'acheter l'équipement nécessaire, bottes de neige, combi et même un duvet étanche.

Ensuite, il avait attendu deux heures, adossé à un sapin, perdu dans le calme humide des bois. Il pensait au vieux Duruy. Les campagnes étaient pleines de gangsters en peau de lapin, des mômes boutonneux qui vendaient du shit au détail et imaginaient diriger des cartels. Pour s'être un peu renseigné, Jimmy savait que le vieux Duruy avait un pedigree tout différent. Comme lui, il avait connu la guerre, fait pas mal de pognon, traité avec des gens solides. Jimmy l'avait aperçu à plusieurs reprises. Le bonhomme ne sortait plus tellement, mais de temps en temps, il prenait l'air devant sa porte, chaussé de ses bottes en caoutchouc, un cigarillo qui rougissait dans le vent du soir, une silhouette comme un arbre qui aurait pris la foudre. Il faisait quelques pas, toussait et raclait, jetait un œil sur le terrain plein de carcasses avant de rentrer au chaud. Le vieux croco finissait petitement, mais il faudrait quand même se méfier.

D'ailleurs, quand Jimmy déboucha finalement dans la cuisine, le Glock à la main, le vieux ne broncha pas. Il prit juste soin de retirer le mégot éteint qui pendait à ses lèvres avant de parler.

— Vous êtes un ami de Bruce?

Jimmy ne répondit pas. Il s'installa en face du vieux et posa son arme à plat sur la toile cirée. Le vieux baissa le son de la radio.

— Vous venez à cause de Bruce, n'est-ce pas ?

Jimmy acquiesça. Il semblait distrait. Ses yeux parcouraient la pièce, surpris qu'on puisse vivre de cette manière. Le vieux poussa une boîte de cigarillos vers lui, mais Jimmy déclina son offre.

— Bruce n'est pas là. Il ne vit plus ici.

— Je sais. Et la fille ?

— Quelle fille ?

Le beau visage de Jimmy se froissa. Il espérait que le vieux ne lui ferait pas ce genre de manège

— Elle n'est plus là non plus, admit le vieux en haussant les épaules. Il n'y a personne ici.

— Elle est partie où ?

— Je sais pas. C'est moi qui l'ai laissée filer. Bruce n'a rien à voir là-dedans.

— D'accord.

Le jeune homme semblait préférer que ce soit comme ça. Le vieux Duruy admirait son calme, l'impassibilité de son visage. Bizarrement, il était tenté de poser ses mains sur ce visage sombre. Peut-être que c'était cette cicatrice sur son crâne. On avait instinctivement envie de faire courir ses doigts dessus, pour en éprouver le relief, savoir si c'était mou ou bien dur. Pierre se dit qu'il avait de drôles d'idées. Il se frotta les mains pour les chasser. Sa peau faisait un bruit de parchemin.

— Je dois savoir où est la fille, reprit le jeune homme.

— Je ne peux pas t'aider mon garçon. Elle est partie.

Jimmy fit une pause et humecta ses lèvres. Sa langue paraissait étonnamment rose par rapport à la couleur de sa peau.

— Je ne peux pas partir comme ça, dit-il sur un ton d'excuse.

Pierre évitait de regarder le Glock sur la toile cirée. Dès que le jeune homme était entré dans la pièce, il avait compris. Il avait vu comme il maniait l'arme, sans en faire des tonnes, l'habitude. Quelques années plus tôt, peut-être qu'il aurait essayé de renverser la table. Ce n'était plus la peine. Le jeune homme aussi ressemblait à une arme. Pierre ne pouvait néanmoins pas s'empêcher de le trouver sympathique, familier.

— Elle est partie depuis longtemps ?

— Oui.

— Vous l'avez laissée?

Pierre haussa à nouveau les épaules.

— Vous devez me dire où est votre petit-fils maintenant.

— Je ne peux pas.

Après un moment d'hésitation, Jimmy admit qu'il comprenait.

Il ne manifestait toujours pas d'impatience. Il n'insistait pas. Le seul moment où il avait paru agressif, c'est lorsque Pierre avait feint de ne pas comprendre. Maintenant, tout allait bien. D'ailleurs, le jeune homme sourit et le vieux fit de même. Ils se sentaient comme deux voyageurs partis de très loin et qui se retrouvent par hasard sur le quai d'une gare. Il n'y avait rien, il n'y avait qu'eux. Ils se reconnaissaient.

— Je peux vous servir à boire, proposa Pierre.

— D'accord. Quelque chose de chaud.

— Je vais faire du thé.

Pierre mit de l'eau à chauffer sur le gaz.

— C'est calme, observa Jimmy.

Bientôt l'eau se mit à frissonner. Il prépara deux tasses, sucra sans demander son avis au jeune homme, servit le thé.

— Qu'est-ce que tu comptes faire? dit tout de même le vieux en regagnant sa place.

Le jeune homme qui avait porté la tasse à ses lèvres n'eut pas le temps de répondre, le téléphone s'était mis à sonner. À cette heure, Pierre savait que ça ne pouvait être qu'une seule personne, son copain le gendarme. Il lui avait donné le numéro de la Saab après l'accident pour savoir qui était cette bonne femme qui avait récupéré la fille. Depuis, il était sans nouvelle. C'était bien le moment. Le vieux n'avait pas envie de répondre. S'il apprenait le nom de cette femme, il serait peut-être tenté de le donner au jeune homme, pour se sauver, rejeter la faute. La lâcheté est une tentation. Il préférait ne pas être tenté.

Jimmy ne lui laissa pas le choix. Il se saisit du Glock et lui fit signe d'aller décrocher. Le téléphone était fixé au mur, près de la porte. Il y eut encore deux sonneries avant que Pierre ne décroche. Il traînait les pieds et fut presque surpris de trouver quelqu'un au bout du fil. Peut-être qu'il s'attendait à trouver le jeune homme lui-même.

— Oui allo. Non, j'étais à la cave. Non non, j'attendais ton coup de fil justement. Oui, merci.

Pierre ouvrit un tiroir du vaisselier, trouva un crayon, un calepin. Jimmy laissait faire.

— Oui je note, vas-y.

En écrivant, il répétait chaque lettre et faisait Mmm... Mmm... À la fin, il remercia son interlocuteur, puis sembla le rassurer : Oui oui, tout allait bien, il ne fallait pas s'en faire. Un accrochage, rien de méchant. Enfin, il mit un terme à la discussion, c'est ça oui, à bientôt. Après quoi il regagna sa place, le calepin à la main. Une fois assis, il arracha soigneusement la page où figuraient le nom et le numéro de téléphone de Rita. Il la plia en quatre et la glissa dans sa poche de poitrine.

— C'était qui ? fit le jeune homme.

— Personne. Un ami.

Jimmy sourit, comme si le vieux poussait vraiment le bouchon trop loin.

— Bon...

C'est vrai qu'il faisait bon. Le poêle ronflait dans la cuisine, pas un bruit à des kilomètres à la ronde et cette ambiance ouatée... Un chat lui passa entre les jambes avant d'aller se coucher au chaud. Jimmy avait presque envie de bavarder un peu, de poser des questions au vieux. Mais il y eut comme un remuement étouffé à l'étage, loin. Les deux hommes levèrent machinalement la tête. Jimmy tendit son bras armé en travers de la table et pressa le canon du Glock sur la poitrine du vieux. Le vieux empoigna l'arme, il la tenait fort, sans trembler. Le thé était froid. Le chat fila, Jimmy pressa la détente. Le vacarme immense de la détonation illumina la pièce. Le mur derrière Pierre s'éclaboussa de sang et de morceaux d'os et de poumon. Le vieux creva les yeux grands ouverts, son menton tombant sur sa poitrine. Dans son dos, un trou de la taille d'un poing marquait l'endroit par où le projectile avait quitté son corps.

Des cris de femmes éclatèrent alors à l'étage. Mais pas des cris de terreur. Une femme rouspétait tout simplement parce qu'on faisait du boucan chez elle. Jimmy grimaça. Il n'avait pas envie de s'aventurer dans cette drôle de grosse baraque pleine de courants d'air. Mais il fallait. Peut-être que Victoria était là. Alors, il prit l'escalier, le dos au mur, l'arme à la main. Le sang du vieux maculait son poing, le Glock et son avant-bras. Il pouvait en éprouver le contact chaud et visqueux. La voix continuait à gémir et gueuler, une voix de femme, insistante, désagréable. Soudain, une autre voix lui répondit, une voix jeune, sans doute la fille de la maison. Elle était toute proche. Elle venait de rentrer.

Jimmy préféra se tirer. Il redescendit en hâte. En passant devant la cuisine, il vit que le vieux allait tomber de sa chaise. Il prit le temps de le redresser. Il avait tiré en pleine poitrine, à hauteur du cœur, là où le vieux avait rangé son petit bout de papier deux secondes plus tôt.

JORDAN LOCATELLI

Lydie et Nadia montèrent dans le taxi, laissant assez de place entre elles pour une troisième personne. Pourtant, Jordan avait décidé de les suivre à moto. Le chauffeur leur demanda si elles voulaient toujours aller à Charmes. Il en fut pour ses frais. Pas de réponse, la gueule, à croire qu'il faisait encore plus froid dedans que dehors. Il se mit quand même à rouler au pas, les guettant dans le rétro.

Elles étaient quand même pas gênées ces deux gamines. Déjà qu'il leur faisait une fleur pour la course, et elles ne daignaient même pas lui adresser la parole. Dans la lunette arrière, il voyait le phare unique de la moto grossir et décroître. Le môme faisait ce qu'il pouvait pour ne pas se laisser distancer. Pas facile avec cette neige.

Le chauffeur alluma la radio, monta le chauffage et prit la direction de Charmes ; c'était la destination que le petit motard lui avait indiquée après tout. Pour ce qu'il en avait à faire de toute façon. Il regrettait presque d'avoir voulu rendre service. Il aurait mieux fait de tourner dans le centre-ville, histoire de se trouver de vrais clients. Même s'il n'y avait sans doute rien de bon à prendre à cette heure-là. Des mecs bourrés, des dragueurs qui revenaient bredouilles, des petits groupes de gonzesses éméchées qui riaient trop fort, ou bien un couple formé vite fait dans le boucan d'un bar et qui devrait dénouer le malentendu sur les draps du dimanche matin. Il avait l'habitude. Au moins, ce genre d'emmerdeur payait plein pot.

Il jeta un nouveau coup d'œil dans le rétro. La brune et la blonde ne lâchaient pas le paysage, chacune rivée à sa fenêtre.

La brune avait des traits à pic, un peu brouillés par la fatigue. De profil, elle faisait penser à ces femmes du Nord de l'Italie, le nez fort qui jurait avec des lèvres épaisses et brunes. La blonde, c'était le contraire, éclatante et ronde, un nez si court qu'il aurait pu paraître ridicule, les cheveux emmêlés, deux plis au cou comme les petits enfants. Bien sûr, leur comportement chiffonnait le chauffeur. N'empêche, la jeunesse avait du bon. On a sa vieille mère, l'exil, les prix de l'essence, les clients moitié cinglés comme ce type qu'il avait emmené aux urgences tout à l'heure ; et puis soudain, une jeune fille, cette drôle d'invention. Une jeune fille, c'est simple, ça a l'air d'être dessiné d'un trait de plume, à main levée, sans rature ni rien. Quand le chauffeur en voyait, sur les trottoirs, à vélo l'été, n'importe où, il se trouvait toujours un peu surpris. Alors comme ça, le monde était toujours recommencé. Avec leurs cheveux trop longs, leurs drames de pacotille, ces bottes qu'elles lorgnaient depuis quinze jours et qui feraient que la vie vaut d'être vécue ou pas, avec tout leur merveilleux tralala, les jeunes filles lui faisaient du bien, et un peu mal aussi, parce qu'il ne serait plus jamais ce petit con sur sa moto qui n'avait pas sommeil et dont la silhouette semblait palpiter dans la vitre arrière, selon qu'il reprenait du terrain ou se laissait distancer.

— Tu t'emmerdes pas quand même, murmura alors la blonde, qui était loin de penser qu'elle avait toute la vie devant elle.

— Quoi ? s'emporta l'autre en pivotant sur ses fesses. Qu'est-ce que tu racontes ?

— J'ai bien vu ton manège.

— De quoi tu parles ?

— C'est ça ouais, fit la blonde d'un air entendu.

— D'où tu fais la jalouse ? Ça fait des mois que tu le calcules même pas.

— Et alors ?

— Mais j'm'en tape de ce mec.

— C'est pas ça le problème.

— C'est quoi ton problème alors ?

— Le problème c'est que tu me colles comme un petit chien et que je commence à en avoir ras le bol.

— Hé mais hé, t'es foncedée ou quoi?

La brune semblait vraiment estomaquée. Sa copine la toisait sans pitié, à croire qu'elle regardait une tache sur un jean tout neuf. Du coup, le chauffeur ne savait plus où se foutre. Il baissait la tête et avait complètement oublié ses émouvantes réflexions sur la nature miraculeuse des jeunes filles.

— On s'arrête.

— Quoi? demanda le chauffeur.

— Stop, siffla la blonde. On n'est plus très loin de chez moi. Il va me ramener.

Et comme le chauffeur mettait le temps pour comprendre, elle entrouvrit la portière.

Derrière, le motard manqua de s'emplafonner dans le taxi qui venait de piler. Sa bécane cala. Aussitôt, la blonde quitta le véhicule et courut vers lui. Le chauffeur et la brune regardaient la scène en silence, comme au ciné. Dehors, la nuit était glacée et silencieuse. Ils pouvaient voir la vapeur blanche qui s'exhalait de la bouche de la jeune fille tandis qu'elle argumentait précipitamment. La brune n'en perdait pas une miette, ses yeux noirs comme des lacs de haute montagne. Quand elle vit que le petit motard faisait oui de la tête, elle fit volte-face et demanda au chauffeur de démarrer.

— Vous êtes sûre?

Les mots sortirent de sa gorge avec difficulté :

— S'il vous plaît. Je dois rentrer.

Le chauffeur vit encore la blonde monter à l'arrière de la moto. Elle ne portait ni gants ni casque. Elle passa ses mains sous l'anorak du garçon pour avoir un peu chaud malgré tout. Alors le chauffeur accéléra pour ramener l'autre môme chez elle. Elle ne pleurait pas, mais c'était tout comme.

RITA

Quand Rita reprit conscience, elle crut reconnaître tous les symptômes d'une bonne gueule de bois. Elle se retrouvait allongée sur le canapé, la tête en vrac, les yeux gonflés, sans compter ce goût de plomb et de sang sur la langue. Ce n'est qu'en sentant son jean glisser sur ses cuisses qu'elle comprit qu'un truc clochait.

Elle ouvrit les yeux et battit des paupières sous l'averse de lumière. Des trains de banlieue lui passaient d'une tempe à l'autre. Le boutonneux était en train de tirer sur son fut'. Appliqué, il tirait la langue. Rita chercha aussitôt à se dégager, mais son jean entravait ses chevilles et en poussant sur l'accoudoir, elle ne réussit qu'à tomber du canapé sur le tapis. Le body-buildé la regarda faire pendant qu'elle rampait pour lui échapper, les cuisses découvertes. Ce salaud n'en perdait pas une miette.

— Hé deux secondes, fit-il l'air étonné.

D'un bond, il l'enjamba pour lui barrer le passage et agita un trousseau de clefs sous son nez.

— Laissez tomber. Tout est fermé.

Rita tenta alors de battre en retraite vers la porte-fenêtre.

— Arrêtez je vous dis. Vous vous êtes pissé dessus. Je voulais juste retirer votre pantalon.

Rita vérifia. Son pantalon était sec, sa culotte aussi, pas la moindre trace suspecte. Pourtant, il avait dit ça avec la plus parfaite sincérité.

— Je vous ferai pas de mal. Si vous vous tenez tranquille, y a pas de raison.

Elle se demanda combien de temps elle avait été dans le coaltar. Elle vérifia sur l'horloge du lecteur DVD. Il était minuit passé. Elle n'avait pas dû être inconsciente plus d'une demi-heure. Et puis elle avait toujours son pantalon ; elle en profita d'ailleurs pour le remonter. Il n'avait pas pu faire grand-chose. Putain, comment être sûre ? Elle frissonna. Et Victoria ?

— Où elle est passée ? demanda Rita en essayant de se redresser.

Mais une fois debout, elle fut prise d'un vertige et flageola pauvrement.

— Vous faites pas de mouron pour elle, répondit le type. Je l'ai enfermée dans la salle de bains, elle risque rien.

— C'est-à-dire ? Pourquoi dans la salle de bains ? Qu'est-ce qu'elle fout dans la salle de bains ? Ça ferme même pas à clef.

— Je sais pas, s'impatienta l'autre. Elle était bizarre, elle commençait à me foutre les jetons.

— Quoi ?!

— Elle dormait et parlait en même temps. Je préfère pas voir ça. Je l'ai attachée avec la ceinture de votre peignoir, elle risque pas de se tailler. Pareil pour le chien.

Rita constata que le mastif était effectivement attaché sous l'escalier, la gueule fermée par de l'adhésif. Il gémissait sans grande conviction. En se massant aux tempes, Rita trouva un peu de sang séché dans ses cheveux. Elle tournait et avait un peu la nausée. Pourvu qu'elle n'ait pas un traumatisme crânien.

— Si vous pouviez voir votre tête, se marra le type. Et de l'index, il désigna son propre visage, de l'oreille au menton : Toutes les couleurs de l'arc-en-ciel. C'est impressionnant.

— Je suis contente que ça te plaise.

— Faut pas vous plaindre, c'est vous qui m'avez obligé. Fous-toi encore de ma gueule et tu verras.

Rita baissa les yeux. C'était inquiétant ce comportement, le côté enfantin, les mensonges, le passage du "tu" au "vous", les colères. Comment s'y prendre avec un cinglé pareil ? Il s'était de nouveau posté près de la fenêtre pour épier la maison voisine.

— Il dort jamais votre putain de voisin ?

— Je te l'ai dit. Ça peut durer toute la nuit.

— C'est quoi son problème à ce connard ?

— Qu'est-ce que tu veux que j'te dise? On a tous des raisons de pas dormir.

Il se retourna et la dévisagea pour voir ce qu'elle entendait par là. Rita se sentait vraiment mal.

— Il me faudrait une aspirine et que je puisse mettre quelque chose sur la plaie.

— Tu restes là. La salle de bains est occupée je t'ai dit.

— J'ai du Doliprane dans ma table de nuit.

— T'es bouchée?!

Il aboyait, mais sa colère retomba aussi vite qu'elle était venue. Il semblait même très content de lui tout à coup.

— Alors d'accord. Je vais t'accompagner. De toute façon, il faut qu'on se repose un peu.

Rita préféra ne pas trop se demander ce qu'il voulait dire par là. Il fallait qu'elle réfléchisse, qu'elle gagne du temps. Le jeune type se saisit à nouveau du Colt et lui fit signe de monter la première. Rita hésita. Elle venait de penser à un truc : le fusil, son fusil de ball-trap. Sous le canapé.

— Allez, magne-toi!

Il avança droit sur elle et elle dut obéir. Pendant qu'elle grimpait, elle put l'entendre qui reniflait juste derrière elle. Elle accéléra et monta les dernières marches deux par deux malgré le marteau-piqueur qui cognait dans sa tête. À l'étage, son visiteur s'arrêta devant un pot de fleurs en rotin où végétait un caoutchouc déliquescent. Il s'empara du tuteur en carbone et s'amusa à le manier comme une cravache, fouettant le vide puis faisant mine de frapper Rita. Elle se retourna, les dents serrées :

— T'avise pas de me frapper.

Aussitôt, il cingla ses hanches d'un coup sec. La douleur jaillit, exactement localisée, puis se propageant comme une onde, jusqu'à lui faire monter les larmes aux yeux.

— Allez magnez-vous, vous commencez à me gonfler avec vos simagrées.

En rentrant dans sa chambre, Rita découvrit sa correspondance en miettes sur la moquette. Elle s'agenouilla, ramassant quelques morceaux dispersés.

— Je vous préviens, me faites pas chier avec ça…

Il fouettait l'air avec sa baguette, tout content de lui et du bruit que ça produisait.

— Allez hop, allez!

Rita se releva sans rien dire et gagna la table de nuit où devait se trouver son médicament.

— Vous feriez bien de vous changer pendant qu'on y est.

Elle fit mine de ne pas avoir entendu.

— Change-toi. Ça sent la pisse jusqu'ici.

Pour faire passer le Doliprane, elle prit un peu d'eau dans la bouteille qui se trouvait toujours au chevet de son lit. Le jeune type se laissa tomber sur la couette, tout près d'elle, rebondissant sur le matelas avec satisfaction. À cette distance, elle pouvait voir le reflet de la lampe de chevet sur son crâne, sa peau qui brillait comme une tranche de jambon sous vide. Avec sa baguette, il la piqua au côté.

— Jean, culotte, chaussettes, tu me changes tout ça.

— J'ai pas besoin de me changer.

— Change-toi bordel.

Il la piqua plus fort et Rita fit un pas en arrière. Avant qu'elle ne soit hors de portée, il fit tourner la cravache et cingla sa cuisse gauche. Rita en eut le souffle coupé. Dans le fond de sa gorge, elle sentit un reflux acide.

— Ta culotte doit être toute trempée. Pas la peine de faire des manières. J'ai une petite sœur, je sais ce que c'est.

Après avoir prononcé ces paroles, il parut brièvement interloqué et essaya de la fouetter une nouvelle fois, mais elle se trouvait trop loin et son coup siffla dans le vide.

— Allez merde, on va pas y passer la nuit!

Rita restait immobile. La physionomie de son agresseur avait changé. Il y avait cette pâleur et surtout ses yeux. Des yeux sans expression, comme ceux d'un poisson. Rita n'avait rien à espérer de ce regard-là.

Elle lui tourna le dos et ouvrit sa braguette avant de retirer ses bottes, puis elle fit descendre son pantalon, découvrant sa culotte, ses cuisses. Elle tâchait de maîtriser les tremblements qui montaient dans ses jambes en même temps qu'un sentiment de malaise particulièrement révoltant, comme si elle écartait les jambes devant un dogue allemand. Il fallait qu'elle se concentre. Son souffle. Inspirer expirer. Elle devait réfléchir. Penser. Lui ne pensait pas. Il était juste derrière. Des yeux de poisson.

Elle enlevait maintenant son pull pour retarder le moment où il faudrait en venir à sa culotte. Qu'est-ce qui lui restait? Pour commencer, elles étaient deux avec Victoria. Mais Victoria était ligotée et sans doute aussi menaçante qu'une moule marinière à l'heure qu'il était. Le fusil de ball-trap aussi. Ça c'était du sérieux. En plus, ce gros con avait bu, ou pris des trucs. Dehors, Laurent pouvait être un allié, bien sûr. Un allié tout relatif cela dit, parce qu'il avait l'habitude de s'endormir à la seconde même où il touchait son lit et devait ronfler depuis au moins une heure maintenant. La lumière allumée toute la nuit, c'était du chiqué, une ruse pour dissuader les cambrioleurs. À force de regarder *Le Droit de savoir* et *Faites entrer l'accusé*, son ex était devenu méfiant pire qu'un retraité. Voilà pourquoi il avait absolument tenu à lui faire installer une alarme. Je préfère encore me faire rançonner par des hordes de gitans, c'est ce que Rita avait répondu. Ce genre de réplique prenait un goût plutôt amer rétrospectivement.

Finalement, le fusil semblait la solution la plus simple, la plus efficace. Il fallait simplement qu'elle retourne au salon.

Elle en arrivait au tee-shirt. Elle fit une pause, les yeux fixés au sol comme pour la visite médicale à l'école. Dans sa tête, elle simulait sa fuite, les gestes à faire, l'enchaînement des mouvements et des espaces. Est-ce qu'elle oserait? Trois enjambées jusqu'à la porte. C'était juste. Il pouvait la flinguer à la volée. Au fond, elle ne le croyait pas capable de ça. Mais il pouvait lui faire mal. Elle tremblait pour de bon à présent.

— Vire ta culotte maintenant.

Elle ne changea rien. Derrière elle, le sommier s'était mis à grincer régulièrement. Rita fixait toujours la moquette. Elle n'avait pas encore enlevé ses chaussettes, elle se dit que c'était un sursis supplémentaire, comme au strip-poker.

— Allez la culotte, hop.

Elle sentit des frissons lui monter le long des cuisses. Il posa alors la semelle de sa Timberland sur ses fesses et la poussa. L'humiliation lui fouetta les joues.

— Allez, magne-toi. Pour ce que ça te coûte…

— Va te faire foutre…

Les mots étaient sortis entre ses dents, presque inaudibles. Elle l'entendit qui se déplaçait sur le lit, puis un sifflement et aussitôt un mal de bête. Elle manqua de tomber à genoux et son visage se couvrit de sueur. Le coup de trique l'avait cueillie au gras de la cuisse. Ses lèvres tremblaient à présent et sa gorge était si serrée, elle ne retiendrait plus ses larmes très longtemps. Sous le canapé, se dit-elle, le fusil est chargé. Il vaut mieux parce que je ne ferai pas de menace, pas de bluff. Dès que je l'aurai en main, je presserai la détente. Et j'espère bien que ça coupera cette ordure en deux.

Et cette idée la réconforta tandis qu'elle faisait glisser sa culotte le long de ses jambes. Sa peau se hérissa de l'intérieur des cuisses jusque sur ses reins. Une impression de froid, comme si la mort lui passait entre les jambes.

— Stop, ordonna le type.

Et elle dut rester comme ça, les jambes entravées. Penchée en avant, le sexe nu, elle pouvait sentir les yeux de poisson du type sur elle. Presque en train de la fouiller. Finalement, elle craqua, se débarrassa de sa culotte à toute vitesse et en attrapa une autre parmi celles qu'il avait sorties de ses placards. Elle l'enfila comme elle pouvait, en se tortillant et en faisant rouler le coton sur sa peau. Tout ça n'avait pas duré plus de trente secondes, mais elle avait vraiment eu l'impression qu'on l'ouvrait comme un fruit.

— Vous avez de belles jambes pour une bonne femme de votre âge.

Elle l'entendit qui quittait le lit et se retourna pour voir ce qu'il fabriquait. Il était tout près déjà. Et derrière elle, le mur, pas moyen de se défiler.

— Je voudrais bien voir si le reste est à la hauteur.

Il lui parlait maintenant sur un ton badin, comme si elle l'avait invité à boire un dernier verre après un troisième rencard particulièrement réussi. La vouvoyant de nouveau.

— C'est drôle comme vous êtes lente. Il faut tout vous répéter dix fois.

Lorsqu'elle était gamine, Rita passait ses vacances à la campagne, ses parents louaient les dépendances d'une ferme dans le Lot. Le propriétaire possédait deux épagneuls abominables et rouquins. Elle devait avoir quoi, six sept ans quand les deux chiens s'étaient jetés sur elle pour la première fois, s'étranglant furieusement au bout de leur chaîne. Après ça, elle avait fait des détours et rusé pendant tout le séjour pour se tenir à distance. Le propriétaire lui avait quand même expliqué le fonctionnement sauvage, comme quoi c'est la trouille qui encourageait les bêtes et pas l'inverse. À l'époque, Rita n'avait rien su faire de cet enseignement. Pourtant, elle avait retenu la leçon. Elle essaya encore un coup, effaçant la peur qui l'avait prise aux tripes.

— C'est fini.

Sur son visage, le maquillage et la transpiration s'étaient mélangés ; ils formaient un paysage étrange, comme une marée noire sur une mer de lait. Ses yeux surnageaient là-dedans, fiévreux et rougis. Le jeune type qui était à sa hauteur tendit sa main pour la toucher, rectifier cette coulure sous son œil. Rita détourna la tête.

— On a du temps vous savez.

— C'est fini. Tu peux faire ce que tu veux, c'est fini maintenant.

Il la pressait contre le mur, lui tapotant la cuisse avec sa trique en carbone. Au-delà d'un certain cap, la peur devenait une sensation brumeuse, un état d'apesanteur.

— Tu ferais mieux de te barrer, dit Rita. Tu peux encore. Il suffit de descendre et de passer la porte.

Il glissa deux doigts dans le col de son tee-shirt et en mesura l'élasticité.

— Tu vas tout me montrer.

Mais alors qu'il s'apprêtait à arracher ses vêtements, il fut surpris par un bruit de chaîne qui venait de l'escalier. Un genre de cliquetis balancé. Aussitôt, il repoussa Rita dans le fond de la pièce, abandonna sa baguette et pointa le Colt vers la porte. Il respirait fort, c'était son tour de transpirer un bon coup.

Le chien parut sur le seuil de la porte en claudiquant. Il avait encore du sparadrap dans la gueule, des restes de son bâillon qu'il avait dévoré. La laisse en tissu pendait à son collier, encore toute trempée de bave. Il l'avait mâchouillée jusqu'à ce qu'elle cède. Après avoir constaté que les deux autres étaient bien là, l'animal se laissa tomber sur son derrière et jappa à deux reprises, pour la forme.

— Putain, il a failli me faire crever de trouille ce con de chien.

En général, Baccala ne montait pas à l'étage. Parce que la chambre lui était strictement interdite, et puis surtout parce qu'il rechignait à accomplir le moindre effort, à moins qu'il n'y ait sa gamelle au bout. Pour qu'il se tape les escaliers sur trois pattes, il fallait vraiment que l'instinct ait percé la couche de gras.

Rita frappa dans ses mains et l'animal rappliqua vers elle pour recevoir des caresses. Elle se mit à le frictionner et le gratter.

— C'est une bonne bête ça, constata le type, attendri et qui se rapprochait pour profiter des câlins.

Rita sentit sous ses doigts l'épaisse chaîne d'acier qui servait de collier à l'animal. Instinctivement, elle chercha le fermoir. Le type venait de s'agenouiller à son tour et caressait le chien de sa main libre. À plusieurs reprises, cette main rentra en contact avec celle de Rita. Elle trouva le cliquet. Elle tremblait tellement.

— Qu'est-ce qui vous arrive ? Calmez-vous bon Dieu.

Il comprit trop tard. La chaîne glissa sur le pelage noir, il voulut la retenir, mais d'un revers, Rita lui asséna un violent coup de collier en plein visage. Il porta une main à ses lèvres, les yeux écarquillés, et le sang se mit à pisser entre ses doigts. Rita fit alors un pas en arrière et le frappa à nouveau, avec élan cette fois. Bruce hurla en cherchant à se faire tout petit sur le sol, tandis qu'elle le fouettait encore, de toutes ses forces. Après quelques secondes, l'inspectrice se précipita sur le lit pour gagner la porte, seulement le type s'était redressé et il réussit à l'attraper par la cheville. Rita s'étala de tout son long, mais il l'avait lâchée. En se retournant, elle vit qu'il tenait son visage entre ses mains, comme s'il craignait de le voir couler à travers ses doigts. Le sang tombait lourd, épais sur la moquette.

— Salope, hurlait le type, tu m'as crevé l'œil !

Rita hésita à descendre immédiatement au rez-de-chaussée, mais elle préféra profiter de son avantage. Bien campée sur ses jambes, elle se mit à le fouetter aussi fort qu'elle pouvait, sur le crâne, sur ses mains avec lesquelles il essayait de se protéger.

La chaîne sifflait au-dessus de sa tête avant de s'abattre avec un claquement dégoûtant. Le type commença bientôt à supplier mais elle continua jusqu'à ce que des zébrures rouges aient voltigé dans toute la pièce. Le visage de Rita était peint pour la guerre.

Puis elle se précipita dans le couloir. Elle pensait au fusil. L'escalier était juste au bout. Au passage, elle ouvrit la porte de la salle de bains, pour vérifier. Victoria était bien là, assise sur le carrelage, attachée et complètement nue. Elle se balançait d'avant en arrière et ne remarqua même pas la présence de Rita.

— Hé! Chérie, regarde-moi, dit Rita.

La jeune fille continua à se balancer.

— Merde.

Elle pensa à la détacher, mais l'autre venait de quitter la chambre. Rita pouvait l'entendre cracher, gémir et gueuler dans le couloir. Elle eut juste le temps de l'entrapercevoir avant de se jeter dans l'escalier. Son visage semblait ne plus avoir de traits. Il était noyé de sang. Sur son crâne, des plaies s'ouvraient comme des lèvres. Et puis cet œil, cette blancheur d'os.

— Salope! hurla encore le type, en tendant la main.

Rita s'était déjà mise à dévaler les marches, mais ses chaussettes glissèrent sur le chêne et elle tomba sur les coudes, roulant sur elle-même avant de s'immobiliser en travers de l'escalier. Le souffle du type se rapprochait. C'était peut-être le chien. Elle n'avait pas mal, elle ne pouvait plus bouger. De là où elle se trouvait, elle pouvait voir un angle du canapé. Le fusil.

Elle sentit des gouttes lui tomber dessus. Il était juste là.

JORDAN LOCATELLI

Jordan n'avait pas hésité une seconde quand elle lui avait dit de laisser sa bécane. Il l'avait abandonnée contre un arbre, dans les bois, posant le cadenas, mais il aurait tout aussi bien pu oublier. C'était l'heure du va-tout, on n'avait plus le goût des choses matérielles.

— Suis-moi.

Et il l'avait suivie. Lydie marchait vite malgré ses talons. Il lui avait offert de la porter, après tout il neigeait.

— T'inquiète, on n'est pas loin.

Elle lui avait pris la main, mais c'était plus pour qu'il se dépêche qu'autre chose.

Lydie était descendue du taxi et il avait tout de suite fait ce qu'elle voulait. C'était dommage quelque part, parce qu'il n'était pas loin de préférer sa copine finalement. Elle traînait dans ses pensées maintenant. C'était marrant, jusque-là elle avait fait partie de toutes ces meufs qui ne comptent pas, les casse-couilles, les transparentes, les banales qui ont déjà l'air de mères au foyer, les studieuses, les vilaines. On n'imaginait pas aller au ciné avec une fille comme ça, pour quoi faire? Sauf que là, alors qu'il cavalait derrière Lydie au beau milieu des sapins de quinze mètres, il y pensait. Il aurait bien voulu discuter, lui toucher ses cheveux. Elle avait une bouche comme du pain viennois. Elle était gentille en fait. C'est con, son cœur battait à l'envers.

En plus là, il fallait aller chez les Duruy. Le grand-père pas commode déjà, mais le frangin surtout. Bruce avait fréquenté leur bahut quelques années plus tôt. Il y avait laissé un souvenir mitigé, le moins qu'on puisse dire. On ne savait pas trop, un coup de vice avec une prof, en tout cas, il s'était fait virer du jour au lendemain et s'était retrouvé dans un établissement spécialisé. Il n'y avait pas de quoi se relever la nuit sûrement, des cas sociaux, le lycée en était farci. Mais Bruce repassait de temps en temps, prendre sa frangine ou parce qu'il sortait avec des gamines de quinze ans, plus faciles à pécho que les meufs de son âge. Quoi qu'il en soit, personne n'avait envie de le croiser, ses pupilles comme des clous, ses épaules monstrueuses. Alors s'il fallait se farcir ce demeuré à deux heures du mat'.

Lydie rentra la première et il attendit son signal pour la rejoindre deux minutes plus tard, en passant par le garage, sur le côté. Elle lui tenait la porte, il se faufila sans la toucher, en marchant sur la pointe des pieds. Elle le laissa un moment dans le noir. L'obscurité, le froid, la trouille, il eut tout de suite envie de pisser. Il n'osait pas utiliser son téléphone pour se faire de la lumière. Il fallait qu'il se débrouille avec le bruit du vent, les odeurs de carburant et de ciment humide. À un moment, il eut l'impression qu'une ombre passait dans son dos et frissonna. Il pensa à Lydie, à sa poitrine. Il allait passer la nuit chez elle. C'était pas si rassurant que ça comme pensées.

Dix minutes passèrent comme ça, vraiment super-longues. Assez en tout cas pour se faire des tas de fausses idées. Enfin, un carré de lumière se découpa au-dessus de sa tête. L'ombre de Lydie parut et il emprunta une échelle branlante pour la rejoindre.

— Chut, fit-elle en refermant la porte. Je vais te guider jusqu'à ma piaule. Faut pas faire de bruit surtout.

Elle éteignit la lumière, le prit par la main, il fallait la suivre maintenant. Il se laissait faire, parcourant de longs couloirs humides, dans le noir complet. En bas, il y avait peut-être du monde, ou une télévision, des voix en tout cas. Jordan s'en était complètement remis à son guide. Elle avait des mains minuscules. À un moment, il fallut s'immobiliser, il sentit qu'elle pressait fort ses doigts et ils ne bougèrent plus. Peut-être qu'on allait les surprendre. L'imagination de Jordan battait la campagne. Bientôt, des rais de lumière dessinèrent le contour d'une porte fermée. La nuit s'amenuisa.

— On y est presque, dit-elle en murmurant contre lui. Surtout, fais pas de bruit.

Ils firent encore quelques pas à travers la maison toute glacée et craquante. Et soudain, il y eut une détonation, un fracas sans provenance, avec un écho vraiment tonitruant, un bruit qui faisait presque mal. Saisie, Lydie stoppa net et Jordan la heurta.

Ils se tinrent immobiles un moment, l'un contre l'autre, Jordan sentait son cœur à elle dans sa poitrine à lui. Il approcha ses narines des cheveux de Lydie. Ça sentait le grand air, le mammifère. Ils restèrent comme ça, suspendus, silencieux, collés. Rien n'arrivait. Le silence était vaste et sous-marin. Jordan sentait ses fesses rebondies contre lui. Elles étaient moins dures qu'il n'aurait cru. Elle se mit à rouler contre lui, ou peut-être que c'était son imagination. Il avait peur et sa queue devenait dure. Il lui sembla que la respiration de Lydie changeait. Elle prit sa main droite et la posa sur son ventre. Il ferma les yeux et enfonça son visage dans son cou, passa une main sous son pull et sentit sa peau, le contour du nombril, le duvet qui descendait.

Une voix de femme toute proche se mit alors à glapir.

— C'est rien, c'est ma mère, murmura Lydie. Suis-moi.

Jordan avait eu un mouvement de recul, mais Lydie le prit par le poignet et le tira jusqu'à l'entrebâillement d'une porte par où filtrait la lumière bleutée d'un écran de télé.

— C'est là, c'est ma chambre.

La voix de femme continuait à dévider sa plainte. Elle faisait comme ces petits avions en aéromodélisme, dont le moteur geint puis s'éloigne, en boucles continues. Lydie le fit asseoir à l'abri derrière son lit. Ils chuchotèrent une seconde.

— C'était quoi ce bruit ?

— J'en sais rien. Mon grand-père s'amuse à tirer des fois.

— Dans la maison ?

— Non. Je sais pas.

— Et ta mère ?

— Arrête de flipper comme ça, c'est bon je te dis.

Jordan se figea, vaguement vexé. Lydie reprit :

— Elle passe son temps à se plaindre, mais elle risque pas de se lever. Et le grand-père monte quasiment jamais. Bouge plus maintenant.

— Tu vas où ?

— Je reviens tout de suite.

Il découvrit son intérieur de fille. Il l'avait crue froide, lointaine et sa piaule croulait sous les machins, les peluches, les affiches, un tas de conneries inimaginables. Avant de fermer la porte, elle lui jeta un clin d'œil. Elle était chouette quand même.

Il essaya de suivre au loin les échanges entre Lydie et sa mère. Il y avait la rumeur plaintive de la mère et les réponses agacées de la fille. La mère faisait gnagnagna et la fille tututut. Ça dura comme ça un petit moment. Il en aurait presque oublié le grand boum de tout à l'heure, le cul par-dessus tête de la baraque. Merde, le grand-père faisait du tir à l'intérieur, ça n'augurait rien de bon. Pour finir, il lui sembla que Lydie avait le dessus, une porte claqua, ce fut tout.

Mais Lydie ne revint pas tout de suite. Jordan ne savait pas quoi faire, il était mal à l'aise et craignait à chaque craquement de se faire surprendre par un membre de cette famille de cinglés. Sans trop savoir pourquoi, il se retrouva sous le lit. Le tapis était dégueulasse, les ressorts du vieux sommier pleins de moutons. C'était rassurant malgré tout, comme lorsqu'il était môme, qu'il montait des embuscades sous son propre lit, avec un fusil, une gourde de sirop de fraise et des jumelles en plastoc pour voir venir l'ennemi. Il faisait chaud là-dessous. Il entendait de l'eau courir dans les canalisations. Lydie devait prendre une douche ou se rafraîchir dans la salle de bains. Une chasse d'eau confirma son hypothèse. Il se dit que quand même, il n'aurait pas l'air d'un con si Lydie le surprenait à ramper sous son plumard. Il sortit de sa planque. Son sweat noir était ruiné de poussière. Lydie passait justement la porte.

— Pssst.

La tête de Jordan émergea derrière le lit. Elle sourit.

— C'est bon maintenant.

— Et ce bruit tout à l'heure ?

— On s'en fout.

Elle s'était changée aussi. Elle portait un pantalon de jogging genre peau de pêche et un caraco blanc. Plus des pantoufles. Elle allait se mettre au lit, c'était son pyjama. Et lui qui était là. Waouh.

Elle s'approcha et il sentit l'odeur de menthe et de noix de coco. Elle portait une bouteille de flotte qu'elle alla déposer sur le rebord de la fenêtre, avant de s'asseoir en tailleur. La lumière du poste de télé tombait sur ses épaules arrondies.

— Y a du Coca, mais mon grand-père squatte dans la cuisine et j'avais pas envie qu'il me prenne la tête.

— Il dort pas à cette heure-ci ?

À sa montre, Jordan vit qu'il n'était pas loin de deux heures et demie.

— Les vieux ça dort jamais tellement, mais depuis qu'il a découvert le Sudoku, c'est même plus la peine.

Jordan essayait de s'intéresser à ce qu'elle disait, c'est-à-dire de ne pas plonger la tête la première dans son décolleté. En même temps, quand elle avait traversé la chambre, il avait tout de suite compris au balancement de sa poitrine qu'elle ne portait pas de soutien-gorge. Cette pensée était comme un morceau de sparadrap au bout de son doigt.

— T'es sûr que ça te dérange pas si je dors ici ?

— Mais non, t'inquiète. Ils verront rien.

— Tu fais ça souvent ?

Il regretta immédiatement d'avoir posé cette question. Lydie fit comme si elle n'avait rien entendu. Elle avait pris une boîte à bijoux sur ses genoux et la vidait méthodiquement de son contenu.

— Ma mère m'a encore pris la tête pendant dix minutes. Si c'est pas le bahut, c'est les sorties, ou le bruit, ou ce que je mange, ou n'importe quoi. On dirait qu'elle peut pas vivre tant qu'elle m'a pas poussée à bout. Vivement que je me taille de cette baraque.

— Elle risque pas de venir, ta mère ?

— Ça fait dix fois que tu me demandes. C'est bon, j'te dis qu'on est tranquilles.

— Cool alors.

Elle le regarda. Jordan tâchait effectivement de se composer une tête qui soit raccord avec le mot cool. Lydie sourit. Il était mignon dans son genre ce mec. Elle n'aurait pas compté sur lui pour casser la gueule à un de ses ex ou pour la ramener sur son dos, mais finalement, surtout avec cette lumière, ou alors c'était la fatigue, il avait une bonne tête. Il prenait son temps, c'était pas si souvent. Avec ses longs cils. Un timide, c'était pas désagréable.

Dans la boîte à bijoux, sous les compartiments pleins de fausses perles et de bagues en toc, elle dégagea un double fond où elle avait planqué ses feuilles et un morceau de shit de la taille d'un pouce.

— T'aurais pas une clope?

Il lui fila une Chester', elle se chargea de faire le collage et de cramer.

— Tiens, dit-elle en faisant pivoter la boîte sur laquelle elle avait tout préparé. Tu vas rouler, je suis nulle pour ça.

Jordan fit comme elle avait dit. Il se détendait progressivement. Les images du poste de télé les tenaient dans une lumière à la fois douce et mouvante. Elle s'était penchée pour mieux voir comment il s'y prenait et Jordan louchait dans l'échancrure de son caraco. Son regard plongeait jusqu'au nombril. Lydie s'en aperçut et se redressa. C'était presque pire quand elle se tenait comme ça.

— Voilà, dit Jordan en tendant le deux-feuilles qu'il venait de confectionner.

Ils se mirent par la fenêtre pour fumer. Le vent s'engouffrait dans la petite piaule surchauffée et faisait ondoyer la fumée du pet' et celle du papier d'Arménie qui brûlait dans le cendrier. Lydie avait enfilé son anorak et le serrait contre sa gorge pour se protéger du froid. Ils se faisaient face, tous deux assis sur le rebord de la fenêtre. Pour se tenir chaud, Lydie glissa ses pieds sous les fesses de Jordan.

Pendant qu'ils fumaient, ils ne se dirent pas grand-chose.

Jordan avait très envie de la voir toute nue, il réfléchissait à des stratagèmes.

BRUCE

— Ouais c'est moi.

— Bon Dieu, mais qu'est-ce qui te prend? C'est maintenant que t'appelles? T'as vu l'heure?

— J'ai eu un problème.

— C'est la fille?

— Oui, y a eu un problème.

— Tu l'as retrouvée?

La voix de Bruce s'étrangle. C'est difficile de ne pas pleurer à ce moment précis. Bruce est assis dans la neige. Son visage est hâve. Il s'est débarbouillé, mais il a encore des traces de sang sous les ongles, autour des oreilles, collé dans les cheveux. Son œil lui fait mal. Quelque chose coule de cet œil qui n'est plus du sang et ses paupières ne parviennent plus à se refermer sur le globe oculaire enflé, laiteux, qui déborde l'orbite et ressemble un peu à un œuf dur. Tout à l'heure, il l'a vu dans le miroir de la salle de bains.

— Tu l'as retrouvée, fait la voix de Martel au bout du fil.

— Oui, dit Bruce.

Il ne ment qu'à moitié.

— Elle est où?

— Là-bas.

— Putain arrête de jouer aux devinettes, s'impatiente Martel. Qu'est-ce qui se passe bon Dieu?

— Je l'ai retrouvée, comme tu m'avais demandé.

— Où ça? Elle est où?

— J'ai croisé un môme jeudi soir. C'est lui qui m'a tout raconté. Cette pute s'est barrée en bagnole.

— Quelle bagnole, de quoi tu parles?

— La Saab de l'accident...

Bruce pleure un peu à présent et c'est un soulagement immense. Il va tout dire et on s'occupera enfin de lui.

Martel se tait. Il ne comprend pas. Il redoute le pire. Il a raison bien entendu.

— Le problème, c'est la vieille, crache Bruce avec dépit. J'ai bousillé ma caisse en plus.

Voilà bien ce qui le chagrine le plus finalement. Tout à l'heure, il a porté sa main à son œil. La sensation fut indescriptible. Pas qu'il ait vraiment eu mal. Mais sentir au bout de ses doigts cet œuf lisse et chaud sorti de sa tête, il n'en est pas revenu.

Martel s'efforce de réfléchir de son côté. Dans trois ou quatre heures, le soleil va se lever et il a le sentiment qu'une autre vie débutera, pas meilleure d'après ce qu'il comprend ; à peine moins fausse. Cette nuit, certaines choses auxquelles il pensait tenir ont disparu. Il est surpris de constater à quel point tout cela le touche peu finalement. Il est appuyé sur un coude, nu dans son lit, son bras en écharpe. Il regarde le radio-réveil. Il est trois heures quarante-sept, mais l'appareil avance un peu. Peut-être que toute cette vie qu'il s'était patiemment construite n'avait pas tant d'intérêt que ça finalement. L'idée l'amuserait presque. Malheureusement, Bruce l'empêche d'apprécier ces moments de nouveauté, de décollage. Quand son téléphone a sonné, il dormait profondément, comme ça ne lui était plus arrivé depuis des mois. Même : il rêvait.

Après un effort de concentration, il essaie de reprendre les choses dans l'ordre :

— T'es où ?

— Quelque part pas trop loin de Dinozé je crois. Je sais pas quoi faire.

— Tu t'es planté en bagnole ?

— Ouais.

— T'es blessé ?

— Ouais.

— Bon, arrête de chialer, je vais appeler les pompiers.

— Il vaudrait mieux que tu viennes plutôt.

— Mais pourquoi ? Qu'est-ce qu'il y a ? Essaie d'être un peu précis.

Bruce voudrait bien faire plaisir. Au fond, c'est tout ce qu'il a jamais souhaité, faire plaisir à Martel. Mais il ne parvient pas à se rassembler. Il s'est levé et a repris le chemin de sa voiture. Ça devrait l'aider de se dégourdir les jambes. Et puis ce n'est pas très prudent d'avoir laissé la fille comme ça, toute seule.

— C'est la fille. J'avais réussi à la récupérer, mais on a eu un accident. J'ai dû marcher une demi-heure pour trouver du réseau.

— Comment elle va?

Bruce soupire en regardant vers le ciel.

— Je saurais pas dire. Pas terrible à mon avis.

— Mais qu'est-ce qui t'est arrivé?

— C'est cette vieille salope.

— Concentre-toi.

— L'inspectrice.

— Quoi, les flics?

— Non. C'est la bonne femme de l'Inspection du travail.

Martel se redresse dans son lit. De la sueur se met à couler sur son front et sa poitrine.

— Cette salope, elle m'a à moitié arraché un œil.

— Mais qu'est-ce qui s'est passé?

Martel répète cette phrase à deux reprises. Il s'est levé et essaie d'enfiler son jean. Pas évident avec le téléphone et un bras en écharpe. Il voudrait bien conserver son calme, ne pas engueuler Bruce qui de toute façon a l'air complètement à côté de ses pompes. Les rideaux sont ouverts et un peu de lumière tombe du ciel dans sa chambre. Il va regarder dehors. Un épais manteau de neige a tout simplifié.

— Écoute, il faut que tu te reprennes. Ça va aller. Dis-moi simplement ce que l'inspectrice voulait.

— T'en fais pas pour ça, assure Bruce, je m'en suis occupé comme il faut.

Martel retient son souffle. Il est à peine habillé et déjà, sa chemise est trempée de sueur. Dans ses jambes, il sent encore l'engourdissement causé par la marche. Après les urgences, il est rentré à pied. C'était loin. Il insiste :

— Dis-moi ce que tu lui as fait. Je veux savoir précisément ce que tu lui as fait.

— Martel, il faut venir, répond Bruce. Ça va pas du tout ici. On est allé au tas. La BM est morte et la fille, je sais pas. Il faut que tu viennes. Je te jure, il faut que tu viennes maintenant.

Martel essaie d'entrevoir des solutions.

— Quelqu'un t'a vu ? T'as pas demandé de l'aide ?

— Y a personne avec cette neige.

— Mais l'inspectrice. Qu'est-ce qui s'est passé ? Il faut que je sache.

La communication s'interrompt. Martel rappelle aussitôt, à cinq ou six reprises, sans résultat.

Comme Bruce a rebroussé chemin pour regagner sa voiture, il a de nouveau perdu le réseau. Il est tout seul. Il réfléchit à la situation. Soit il s'éloigne de nouveau pour essayer de recontacter Martel, soit il retourne vers la fille et sa BM en espérant que Martel a compris le message et qu'il va venir le chercher. Comme il ne parvient pas à se décider, il fixe obstinément l'écran de son téléphone en espérant un signe de son opérateur, ou du ciel, ce qui revient au même en la circonstance. Il tend le bras et cherche à capter cette onde si capricieuse, volatile, qui doit traîner dans l'air, comme un papillon, il suffit de l'attraper au vol. Le bras de Bruce s'agite et puis retombe brutalement. Il a eu un hoquet et sa bouche s'est remplie de sang. Il crache sur la neige et essuie sa bouche du revers de la main. L'accident est arrivé au ralenti. Il le revoit précisément. Il ressent encore cette impression de glissade, de lâcher-prise.

Il poursuit son chemin en claudiquant dans la neige épaisse. De temps en temps, il souffle dans ses mains pour se réchauffer. Il a mal aux côtes et aux jambes. Le choc n'a pas été très violent pourtant, il roulait au pas. Pour se donner du courage, il sifflote quelque chose de gai et d'archi-connu, dites jamais que je vous ai dit ça ou Mélissa me tue. Il passe devant des maisons isolées aux façades hostiles. Les sapins sont noirs et les étoiles pointent dans le ciel vaste et vide. Personne n'est là pour l'entendre ni le voir alors à un moment, il se permet. Il dit mon Dieu mon Dieu je vous en supplie.

Bientôt, il retrouve sa BM où il l'a laissée, ce qui est une sorte de soulagement malgré tout. Elle est plantée dans un fossé, les roues motrices en l'air. Elles ont tourné encore un moment après l'impact. Le moteur a calé tout de suite pourtant. Il en est malade. Il était prudent en plus, si elle s'était tenue tranquille aussi. Il jette un œil à l'intérieur. La fille n'est plus là. Elle a disparu, encore.

— Nom de Dieu nom de Dieu nom de Dieu.

Bruce ne comprend pas. Elle n'avait pourtant rien sur le dos, à part l'imper qu'il lui avait jeté sur les épaules en quittant la maison. Il regarde alentour et trouve très vite des traces de pas dans la neige. Il pourrait se lancer à sa poursuite bien sûr, mais il commence à en avoir sa claque. Il est tellement fatigué. Et puis l'idée qu'elle crève de froid toute seule dans la forêt lui plaît assez. Au fond, elle ne l'aura pas volé. À ce moment-là, il aperçoit son reflet dans une vitre de la voiture. Il s'en détourne aussitôt, frissonne. Cet œil, comme un litchi épluché collé sur son visage. Il hésite, et pour s'assurer que tout ne va pas si mal, il regarde de nouveau. Mon Dieu. Décidément, il n'ira pas la chercher, il est trop tard, il fait trop froid. Il va perdre son œil, ça y est, il en est sûr. Il s'assoit derrière le volant et se tape un dernier rail de coke. Après tout, qu'est-ce qu'il en a à foutre maintenant.

JORDAN LOCATELLI

Jordan et Lydie étaient assis en tailleur sur le sol, bien planqués derrière le lit. Ils se sentaient bien, un peu fatigués c'est sûr, mais d'une manière qui allait en fait. Le shit de Lydie les avait cloués par terre. L'effet de pesanteur se dissipait doucement. Ils avaient vachement parlé aussi. Lydie lui avait fait des confidences, c'était l'heure. Une meuf comme elle, c'était drôle qu'elle soit pas sûre d'elle comme ça. Et franchement, les autres meufs étaient vraiment trop des putes.

Pour s'éclairer, ils avaient seulement la petite télé, des clips de R'nB, des filles canon qui se trémoussaient avec des voyous obèses ou des mecs bardés d'abdos. En bas de l'écran, on lisait *"mute"*.

Depuis un petit bout de temps, Jordan parlait sans arrêt. Il avait peur du silence, qu'elle lui dise stop on va dormir. Il se demandait quand même s'il devait l'embrasser ou quoi. Il avait commencé par raconter des trucs vraiment persos, pour bien lui montrer comme il était sensible et tout ça. Lydie n'avait pas eu l'air de trouver ça tellement formidable. Par contre, quand Jordan s'était mis à tailler Riton, elle avait tout de suite paru intéressée. Jordan en avait profité pour débiner tout ce qu'il pouvait, Riton, le proviseur, Justin Bieber, les flics, les mecs qui roulaient dans de grosses bagnoles (notamment les Clio Williams), Riton *again*, ne pas oublier Sarkozy, et puis son père, tous les pères étant des cons, le sien en particulier, la preuve : il passait son temps à dire du mal de tout et de n'importe quoi.

Par exemple, et pour la faire courte, son vieux se plaignait indifféremment de la droite et de la gauche, des immigrés et des bourgeois, des Américains, des juifs, des Arabes, des patrons, des feignants, des prix qui grimpent, des salaires qui baissent, des légumes qui n'ont plus de goût, du bio qu'est trop cher, des taxes sur le gazole et de la pollution atmosphérique, des bobos qui font la leçon et des allocs qui encouragent les pires vices, des partageux qui vous prennent tout et des individualistes qui veulent rien lâcher, de Wall Street et d'Al-Qaida, du déclin français et des plus-values du CAC 40, de la taxe d'habitation et du trou de la Sécu, de la redevance télé et de la dette nationale.

Lydie était patiente, mais fallait pas abuser. Jordan comprit que s'il évoquait la R8 de son daron, il finirait sûrement par dormir sur la moquette. En plus, s'il avait réussi à éviter les silences gênés et l'ennui, il ne s'était pas tellement rapproché du moment où il pourrait la voir toute nue.

— Mon père il croit que y a rien qui va, avait conclu Jordan. En fait, il aurait surtout besoin d'une machine à remonter le temps.

— C'est clair. Mon grand-père, c'est pareil.

— Ah ouais?

— Ouais, avant ils vivaient en Algérie. Il en parle jamais, mais c'est tout le temps là.

— Ouais je comprends.

— Le pire, c'est qu'il peut même pas imaginer que nous, ça aille. Il nous laisse aucune chance en fait.

— C'est clair.

Jordan n'avait pas assez de mots pour lui dire combien il était d'accord.

— C'est pour ma mère que ça fait le plus chier en fin de compte.

Lydie avait froid tout à coup. Elle prit un sweat Miss Sixty qui traînait sur une chaise et le posa sur ses épaules.

— Et ton père? demanda Jordan.

Lydie ne répondit rien. Elle tirait les poils de la moquette.

— Moi, ma mère est morte, fit Jordan. L'année dernière à peu près.

Ça lui avait échappé. Quatre mots qu'il ne s'était jamais permis d'aligner à la suite, à voix haute en tout cas : ma mère est morte, c'était con à dire comme ça.

— C'est vrai ?

— Ouais.

— Putain, ça doit être horrible.

Elle ne semblait pas le plaindre plus que ça. Son intonation suggérait plutôt de la curiosité, et un peu d'inquiétude aussi.

— Ouais, admit Jordan. C'est pour ça, mon père, même s'il déconne, il a que moi finalement.

— Ouais, c'est pareil avec ma mère.

Mieux valait s'arrêter là maintenant. Parce que dès le lundi, il y aurait le bahut, les copains, et les aveux pourraient bien devenir des maladresses. On connaissait des précédents, des mecs bien bourrés qui s'étaient laissés aller à des révélations, ou des meufs qui en avaient trop dit une nuit sous la tente. Les malheureux s'étaient réveillés le lendemain avec deux trimestres de honte en perspective. Comme ce mec de l'équipe de hand, que tout le monde appelait "Monoboule" depuis un barbecue un peu trop arrosé ; ou cet autre type qui ne pouvait plus mettre les pieds dans la cour de récré maintenant que ses potes étaient tombés sur sa collec' de vidéos *"shemale"* dans son ordi.

Alors il se fit un grand silence entre Jordan et Lydie. De toute façon, ils crevaient de sommeil. En même temps, ils ne pouvaient pas aller se coucher. Ni fumer un autre pet', après ils ne seraient plus capables de rien, sans compter la bouche pâteuse. Déjà qu'ils se bourraient de Frisk depuis tout à l'heure pour faire passer l'haleine en carton du premier joint. Ils ne savaient plus quoi se dire, usaient leur patience. Lydie qui le regardait bizarrement depuis un bon bout de temps se leva brusquement. Sous le tissu de son pantalon, on devinait assez exactement le dessin de sa petite culotte. Jordan en fut tout ému. Après avoir farfouillé deux secondes dans le bas de son armoire, elle revint s'asseoir avec une boîte à gâteaux en ferraille.

— Ta tête me rappelait trop quelqu'un en fait. Je suis sûre qu'on est allés à la maternelle ensemble.

— Ben évidemment, fit Jordan, un peu vexé. Tu te souvenais pas ?

— Carrément pas. C'est trop bizarre.

Elle s'était mise à retourner les photos qui se trouvaient dans la boîte. Des photos de classe, des Photomaton avec des copines, des trucs de famille aux couleurs passées, avec des vieilles pierres, des palmiers verdis, de la poussière d'un jaune pisseux.

— C'est quoi?

— Rien. Les trucs de ma mère en Algérie.

— Je peux voir?

— Non on s'en fout, attends voilà.

— La vache.

Ils se marrèrent. Il y avait deux rangées de petits mômes, comme des Playmobil, avec les fringues des années 1990, les jeans clairs, les pulls bariolés, les grosses baskets. Et Lydie avec sa cagoule.

— Non sans déconner! Une cagoule?

— Arrête, c'est ma mère qui m'obligeait. Ils sont super-flippés du froid dans ma famille.

— Ah ouais, non mais là, c'est chaud.

Ils se mirent à inventorier les têtes des copains. Ils s'étaient rapprochés, ils s'effleuraient. À force, ils se mirent à chahuter. Peut-être que c'est elle qui l'avait pincé en premier, on ne sait plus. À un moment, Jordan attrapa le bout de sa chaussette et tira. Le pied nu de Lydie. Jordan le toucha, ç'avait été plus fort que lui. La télé s'éteignit. Jordan sentit la chaleur de Lydie tout près de lui. Sur sa joue, ses cheveux. Il fut surpris par le contact moelleux de sa bouche. C'était comme se mettre au lit, comme un Gervita ou un truc qui aurait mélangé la crème Chantilly et le côté duveteux d'une pêche. C'était inattendu et vraiment cool.

Elle se détacha subitement et il l'entendit s'éloigner à quatre pattes sur le sol. Il faisait chaud dans sa chambre, de plus en plus d'ailleurs.

— Hé? Qu'est-ce que tu fais?

Peu à peu, la pâleur tombée du ciel par la fenêtre dessinait des formes. Jordan commença à situer les objets, les meubles, une silhouette.

— Pssst, fit Lydie.

Il avança vers elle, à quatre pattes lui aussi, mais elle n'était pas là où il pensait la trouver. En fait, elle se trouvait déjà devant la fenêtre, debout. Pas moyen de savoir par où elle avait pu passer. Il observa sa silhouette qui se découpait dans l'encadrement de la fenêtre. Elle tira les rideaux. Il faisait vraiment tout noir à présent.

— Attends, je vois plus rien.

Jordan commençait à être content comme c'est pas permis et lorsqu'il entendit qu'elle gloussait pas loin, ce fut carrément le 14 juillet dans son ventre. Il se remit à ramper à toute vitesse pour l'attraper. Mais, il ne voyait rien et rentra la tête la première dans un pied du lit.

— Chuuuut, fit Lydie sur un ton moqueur. Tu vas réveiller toute la baraque.

— Putain, si je t'attrape!

Il tendit l'oreille puis se précipita. Il pensait la tenir, il ne trouva que du vide. Elle le pinça à la cuisse.

— Aïe.

— Chut!

Un fou rire commençait à frire dans leur poitrine. Ils se déplaçaient rapidement et trouvaient tout un tas d'occasions pour se toucher, s'effleurer, se sentir. À un moment, il eut un sein sous ses doigts, puis une claque sur sa main. Mais elle n'avait rien dit et ils continuèrent à chahuter. Elle respirait fort et il y avait son odeur partout autour. Il étendit la main, il comprit qu'elle avait enlevé son pantalon. Elle dit encore chut et il passa ses doigts à l'intérieur de sa cuisse. Ils s'embrassèrent, elle toucha sa queue.

Lydie se débattit encore un peu, se jouant de lui, le mordant et le pinçant. Mais Jordan n'était plus inquiet et à chaque fois qu'il la retrouvait sur le sol, il se récompensait largement. À un moment, elle grimpa sur le lit et le tira par la main. Il pensa à enlever ses chaussettes en premier. Leurs doigts se mélangeaient. Ils se donnaient des baisers paniques, ils auraient presque voulu que ce soit sale de s'embrasser, que ça fasse un peu mal, que ça aille loin quoi. Alors la maison craqua. Jordan tressaillit et se détacha de Lydie.

— Attends, dit-elle. Bouge pas.

Il était sur elle, elle le tenait dans ses jambes.

Ça craqua encore. Ça semblait venir de l'escalier.

— Qu'est-ce qui se passe?

— Mon grand-père monte jamais. C'est juste la maison qui fait du bruit.

Jordan sentit sa langue dans son cou. Appuyé sur les coudes, il s'était arc-bouté, son bassin contre celui de Lydie, pris dans ses jambes. Elle se mit à rouler sous lui, contre sa queue. Il pencha son visage sur elle, elle glissa sa langue entre ses lèvres. C'était brûlant et mou. Il bandait et jouait du bassin lui aussi. Il se mit sur ses genoux pour enlever son sweat et son tee-shirt, elle ouvrit sa ceinture.

— Viens.

Elle tirait sur la couette pour les faire passer en dessous. Elle toucha son torse, il caressa ses cheveux, sa nuque, ses côtes et la prit aux hanches. Elle caressait maintenant sa bite et leurs bouches ne se quittaient plus.

La main de Lydie sur ma bite. Elle le branlait et Jordan n'en revenait pas. C'était presque bizarre d'exister encore, de respirer simplement, d'être là, tout connement.

Il retroussa son caraco et frotta son visage sur ses seins. Il fut un peu surpris par leur rondeur, leur tension, cette espèce de rigidité. Il avait supposé que ce serait plus mou. C'était presque trop élastique. Il ne les voyait pas.

— Je veux voir tes seins.

— Tais-toi.

Ils se léchaient maintenant. Le visage de Jordan descendit vers la culotte de Lydie. Elle se cambra. Sous ses lèvres, il sentait le tissu, sous le tissu, le relief des poils à travers le coton. Il se mit à frotter lentement avec son nez, sa bouche, ses doigts. La respiration de Lydie s'affola. Pour la première fois, Jordan n'avait pas l'impression qu'elle pouvait lui demander n'importe quoi, qu'elle appartenait à une espèce supérieure et qu'elle régnait sur lui comme la reine sur les fourmis. Il la conduisait, il écarta le tissu et passa sa langue. Sa chatte était compliquée, brûlante, elle avait un goût intérieur et prenant. Il lécha quand même. Elle se tendait, à un moment elle lui tira si fort les cheveux, il sentit les larmes lui venir aux yeux. Il la lécha encore, jusqu'à ce qu'il se dise que c'était bon, qu'il avait fait ce qu'il fallait. Il essuya sa bouche et son nez sur le drap et remonta vers elle pendant qu'elle se tortillait pour retirer sa culotte. Aussitôt, la main de Lydie plongea entre eux pour saisir sa queue. Elle la serra et le branla vite tout en la dirigeant vers elle. Leurs visages se faisaient face, mais ils ne s'embrassaient plus. Ça allait arriver. Enfin, il ne serait plus… C'est bizarre, il pensa à sa mère. Voilà. Sa bite vivait dans le sexe de Lydie. C'était impossible, ça existait. Il baisait Lydie.

— Vas-y baise-moi, dit-elle comme dans les films.

Il se mit à faire des allers-retours rapides. Il n'était pas très sûr de ce qu'il sentait. Il essayait de bien faire. Il se mit à transpirer. Des gouttes de sueur tombèrent de son front sur les seins de Lydie. Un bruit se fit entendre du dehors, ou bien d'en bas. Peut-être qu'une chaise était tombée, ou que le grand-père montait.

— On s'en fout, grogna Lydie.

Elle avait le souffle court.

— Moins vite, dit-elle encore.

Elle geignait, elle disait des mots surprenants. Jordan ne s'était jamais dit que les filles aimaient ça aussi. Dans son esprit, elles le faisaient parce qu'il fallait, un genre de faveur qu'elles abandonnaient aux mecs, eux qui avaient des besoins, le monopole des cochonneries. Or Lydie transpirait, elle respirait fort, elle disait ta queue, ta bite, elle était révoltante et humide. Il pouvait sentir ses mains sur ses reins, comme elle pressait pour lui dicter le bon rythme. Elle aussi était une dévorante machine à baiser, avec ses curiosités et ses urgences. Juste, il aurait aimé la voir. Il la tenait aux hanches, il remontait vers ses seins, mordait ses tétons. Un moment, elle se dégagea.

— On aurait pu mettre une capote, murmura Jordan.

— T'en as ?

— Non.

Elle quitta le lit et ralluma la télé qui jeta un jour bleuté dans la pièce. Il la voyait enfin toute nue, ronde, accroupie par terre devant une commode. Dans le tiroir du bas, elle trouva des capotes et revint vers le lit. Son ventre était un peu rebondi. Il attendait allongé sur le dos, elle prit sa bite et enfila le préservatif. Elle était adroite et très belle. Il n'en perdait pas une miette. Quand elle se penchait, ses seins pointaient vers le matelas. Elle tenait sa queue à la verticale, elle l'enjamba, se mit accroupie et l'engloutit dans sa chatte en prenant son temps, son visage caché par ses cheveux.

Ils baisèrent comme ça un moment. Elle ne parlait plus jusqu'au moment où elle lui demanda de venir derrière elle. La tête dans ses bras, elle se mit à geindre vraiment, et à lui dire des choses. Son bassin heurtait les fesses de Lydie, déjà grasses et y faisait des vagues incroyables. Il la tenait par les hanches, un moment il osa tirer ses cheveux et rapprocha son visage du sien en accélérant le mouvement. Ça venait. En même temps, il commençait à être fatigué et à se sentir presque seul. L'image de son sexe rentrant à l'intérieur de Lydie était moins neuve. De sa main libre, elle se caressait, le visage enfoui dans son coude.

— Vas-y. Vas-y.

Sa voix était presque hostile. Il sentit que quelque chose s'accélérait en elle et qu'elle reprenait la main. Il se laissa faire en continuant à s'enfoncer en elle. Ensuite, elle tomba sur le côté, ses cheveux en paquets emmêlés, sa peau couverte de sueur. Avec la lumière, ses seins, ses côtes, son ventre, ses poils prenaient des contours extraordinaires. Il la regardait sans trop savoir quoi faire.

Après quelques secondes, quand elle eut repris son souffle, elle se mit assise et retira le préservatif. Elle passa de la salive sur sa queue avec sa main, puis le lécha brièvement avant de le faire jouir en le branlant lentement de haut en bas. Elle se tenait assise sur le lit, le dos au mur, les jambes écartées, brillante et massive. Elle le tenait par les yeux. Il sentit que c'était presque bon. Elle le branla encore, plus doucement, en lui faisant mal presque. Le sperme jaillit et tomba entre eux. Elle tenait sa bite à deux mains et passa ses pouces sur la pointe de son gland. Il eut l'impression qu'il allait crever là, et que ça n'aurait pas été si mal tout compte fait.

Ensuite, ils passèrent subrepticement par la salle de bains, grignotèrent des gâteaux assis par terre puis ils se sucèrent encore, dans la nuit incalculable, allongés sur la moquette d'où montait une odeur étouffante de poussière ancienne. Elle fut subtile et directive, mais Jordan fut le premier à s'endormir. Il se dit qu'il était content. En même temps, il avait presque hâte de se casser, pour voir ce que ça ferait de vivre dehors en ayant accompli tout ça.

Décidément, tout s'était super-bien passé.

Sauf pour Nadia, c'était con.

MARTEL

Les voitures suédoises ont bonne réputation. Les italiennes pas tellement, les françaises ça dépend, mais les suédoises on peut vraiment compter dessus.

Il était quelque chose comme quatre heures et demie du matin et Martel était bien content de conduire une Volvo plutôt qu'une Fiat ou n'importe quoi d'autre. Le vent avait faibli et il ne neigeait plus, mais la route était vraiment difficile, à la limite du praticable. Le break progressait pesamment et Martel avait parfois l'impression d'être à l'arrêt tandis que quelqu'un faisait défiler le paysage au dehors, avec ce ciel d'encre et la terre duveteuse et suspendue.

En quittant le parking, il avait passé la seconde de la main gauche et n'avait plus touché au levier de vitesse. Sa main droite était posée sur ses genoux, ouverte et bleuie. De temps à autre, il fichait une cigarette entre ses lèvres sèches comme de la toile émeri et la laissait se consumer en tirant des taffes espacées. Ses yeux disparaissaient sous l'effet de la concentration.

Malgré le froid, il avait entrouvert la vitre pour se tenir éveillé. Il avait mal au dos, aux cervicales, se sentait fatigué et vieux. Il repassait les événements des semaines passées dans sa tête. L'enlèvement, la chute dans l'escalier, les Benbarek sur la voie rapide, les verres qu'il avait pris avec l'inspectrice. C'était il y a quelques heures à peine. Bien avant la fin du monde.

Bruce avait dit : Je m'en suis occupé. Qu'est-ce que ça voulait dire ? Le téléphone de Martel reposait sur le siège passager, silencieux. Il n'avait pas de réseau, Bruce n'appelait pas.

Aux feux rouges, Martel ne s'était pas arrêté. Il s'était contenté de débrayer avant de repartir avec la même lenteur, cette obstination lourde. Si son paquebot s'immobilisait dans la neige, il pourrait aussi bien ne jamais repartir. Il roulait au pas depuis une heure au moins. Il traversait la nuit.

Un truc était sûr, c'est qu'il n'y avait rien à craindre du côté des gendarmes. Par ce temps, ils ne s'aventureraient pas dehors. La neige décourageait l'ordre. Il suffisait de voir dès que ça tombait, comme la société tout entière se mettait à patiner. Les artères nourrissant la grosse mécanique des villes s'engorgeaient, des caillots de mécontents obstruaient les autoroutes, effarant les préfets et jetant les reporters dans des transes martiales. Au JT, ils apparaissaient alors, un foulard significatif autour du cou, rejouant le Vietnam ou bien Beyrouth en plein périph', deux cents bornes de bouchons, la cité au bord du collaps, cinq mille ans de civilisation engluée dans la slush, que faisait le gouvernement ?

Dans les Vosges, on avait certes l'habitude. N'empêche, on ne faisait pas de zèle. Si les véhicules orange de l'Équipement restaient au hangar, ce n'était pas les flics qui iraient chercher des ennuis sur la route.

À un moment, Martel cala le volant entre ses cuisses pour changer la station de radio et écouter les infos. Le journaliste annonçait les routes bloquées et une amélioration pour le lendemain. Il s'enthousiasmait, c'était beau la neige après tout. Dommage qu'on n'ait pas eu la même à Noël. Météo France conseillait néanmoins aux auditeurs de rester à la maison. Comme Martel n'était plus très loin de Dinozé, il capta une station locale et apprit que la tempête allait bientôt reprendre. Il jeta un coup d'œil sur la jauge de carburant. Le réservoir était aux trois-quarts vide. Ce serait suffisant pour faire l'aller-retour. À moins d'être coincé bien sûr. En tout cas, il n'était pas question de revenir en arrière. Il chercha de la musique, parcourant les stations FM jusqu'à tomber sur *Blue Hotel* de Chris Isaak.

T'en fais pas pour ça, je m'en suis occupé avait fait Bruce.

Quand Martel aperçut la BM qui dépassait du fossé, il leva le pied et immobilisa la Volvo en travers de la route. Avant de sortir, il glissa sa main inerte dans la bande Velpeau qui pendait à son cou. Il coupa le contact, mais laissa les phares allumés pour se donner de la lumière. Dehors, la neige craquait sous son poids, une ombre s'étirait devant lui avec un contour de cadavre. Martel inspecta les traces que l'accident avait laissées sur la neige. Bruce avait eu de la chance. De l'autre côté de la route, le ravin était profond de cinquante mètres et hérissé de sapins.

Il s'approcha encore, sur la pointe des pieds, comme s'il craignait de réveiller quelqu'un. Il reconnut tout de suite la silhouette de Bruce derrière le volant. Craignant de se casser la gueule, Martel se mit assis sur ses fesses et se laissa glisser dans le fossé pour rejoindre l'épave. Son jean se trempa aussitôt et il sentit monter le froid dans son bassin, ses reins, sa nuque. Dans l'habitacle, Bruce semblait assoupi, la tête renversée sur l'épaule. L'arrière de la caisse était en miettes et les essieux brisés. En revanche, les vitres avaient tenu le choc. Martel toqua du côté passager. Une fine couche de buée masquait le visage de l'ancien intérimaire.

— Hé! fit Martel en actionnant la poignée de la portière qui joua dans le vide.

Il cogna plus fort avec son poing. Un mouvement s'esquissa à l'intérieur et Bruce effaça la buée qui le séparait de Martel. Ce dernier ne put retenir un mouvement de recul et trébucha.

— Merde! Qu'est-ce que c'est que ça?

Le visage de Bruce se colla à la vitre. Il souriait. Martel eut un haut-le-cœur. Ce sourire, si près de cet œil ovoïde et laiteux, c'était vraiment dégueulasse.

Bruce voulut ouvrir la portière à son tour, en s'aidant de son épaule. Martel vint à son aide. Finalement, comme ils n'arrivaient à rien, Martel lui fit signe de baisser la vitre.

— Hé, fit Bruce en guise de salut.

— Putain, mais qu'est-ce qui t'est arrivé?

Bruce voulut porter la main à son œil, mais suspendit son geste. Il souriait toujours piteusement.

— C'est la vieille, une vraie peau de vache.

— L'inspectrice?

— Ouais. Elle m'en a fait baver.

— Qu'est-ce qui s'est passé? Elle est où?

— Là-haut, répondit Bruce en faisant un signe de tête vers l'amont.

— On va te sortir de là.

— Je l'ai chopée la fille.

— Elle est où?

— J'ai fait mon enquête, j'ai réussi à la retrouver.

— Où ça? Qu'est-ce qui s'est passé?

Bruce fit signe qu'il voulait fumer. Martel lui donna une cigarette. La flamme du briquet se refléta un instant dans son œil couleur porcelaine.

— Putain, t'es amoché. Et l'inspectrice?

— Je sais que je devais pas te rappeler. J'ai bien géré le truc, mais à un moment, je sais pas, c'est parti en couille.

— Essaie de te concentrer. Regarde-moi.

La tête de Bruce dodelinait.

— Je me sens crevé, murmura-t-il, crevé comme c'est pas possible.

La cigarette s'échappa alors de ses lèvres et roula sur ses genoux avant de toucher le plancher. Bruce ne fit rien pour la rattraper. Il eut une quinte de toux. Martel constata que son sweat était couvert de sang.

— Bruce, vas-y, t'endors pas. Oh!

Martel le pinça au cou, lui arrachant un grognement.

— La fille, qu'est-ce qui est arrivé à la fille?

— Je suis désolé, je sais pas, je…

Bruce peinait à garder les yeux ouverts et rejetait constamment sa tête en arrière pour ne pas piquer du nez.

— Je crois que je me suis cassé un truc, gémit-il en se palpant maladroitement l'abdomen.

— La fille, Bruce.

— Je crois que je vais crever.

— Mais non, s'impatienta Martel. Il faut que tu te concentres.

À cet instant précis, il sentit un flocon s'écraser sur sa pommette droite. Il leva les yeux vers le ciel. Du plus profond de l'obscurité, la neige s'était remise à tomber.

— Il faut que tu te concentres bien, que tu réfléchisses. On doit se magner. Dis-moi seulement où est la fille.

— Je sais pas, j'te promets.

Quelques secondes s'écoulèrent dans le silence vaste et ouaté. Le menton de Bruce avait rejoint sa poitrine. Sa tête ballottait paresseusement de droite et de gauche.

Martel soupira, pesant ses chances, revoyant l'inspectrice. Il plongea son bras dans l'habitacle et fouilla Bruce. Il trouva son iPhone, consulta l'historique de ses appels et de ses recherches. Il reconnut l'adresse de l'inspectrice. Bruce n'avait pas de réseau, Martel si ; il était chez Orange. Il en profita pour appeler chez l'inspectrice avec son propre téléphone. Ça ne répondait pas. Ensuite, il contacta les pompiers. Quand il dit qu'il venait d'avoir un accident pas très loin de Dinozé, les types lui demandèrent si c'était grave.

— Je sais pas trop.

— Parce qu'il s'est remis à neiger et on risque d'avoir des problèmes pour arriver jusqu'à vous. J'ai besoin de savoir quel est le degré d'urgence de votre problème, répéta la voix au bout du fil. Vous avez vomi ? Vous avez mal quelque part ?

Martel regarda Bruce qui s'était endormi. Il jeta un œil autour de lui. Le désert, le blanc à perte de vue, les flocons lourds et espacés, le faisceau jaune des phares où il voyait tournoyer la neige. Il prit son temps.

— Ça va en fait. Je peux attendre un peu.

— Bon, se réjouit la voix anonyme. Avec ce temps, on compte plus les accidents. On doit faire le tri.

— Il faut que je prévienne la police ?

— Vous pouvez. Enfin, oui faites-le, mais de toute façon, ils sont dans la même situation.

— OK.

— Essayez de vous tenir au chaud et évitez de vous endormir. On vous envoie quelqu'un dès que possible. D'ici une heure, ce sera bon ?

— Bien. Merci.

Martel raccrocha puis replaça l'iPhone dans la poche de Bruce. Avec son mouchoir, il essuya le sang sur ses lèvres. Il aperçut alors le Colt sur le siège passager. Il essaya à nouveau d'ouvrir la portière, mais elle semblait soudée à la carrosserie. Il tendit son bras pour atteindre le flingue, passa sa tête par la fenêtre ouverte et dut se tortiller encore avant de pouvoir s'en saisir. Pendant la manœuvre, il fit bien gaffe de ne pas regarder Bruce. Il devinait pourtant son œil, et sa nuque se hérissa. Avant d'abandonner Bruce, Martel lui alluma la radio puis remonta la vitre aussi haut que possible. Les flocons tombaient toujours aussi doucement. C'était sûrement son imagination, mais tout le temps qu'il s'échina pour sortir du fossé, Martel eut l'impression que Bruce le regardait. De l'habitacle montait l'air d'un vieux tube de Kiss.

La première chose qu'il vit en arrivant chez l'inspectrice, ce fut la lumière chez le voisin. Il était presque cinq heures pourtant. Un témoin, ça pouvait être emmerdant. En même temps, il fallait faire vite, il se demandait dans quel état il allait retrouver Rita. Il se souvenait de ce soir, quelques semaines plus tôt, quand il l'avait ramenée chez elle parce que sa vieille Saab faisait des caprices. Il se gara à bonne distance et revint vers la maison en courant. Maintenant, la neige tombait dru et Martel reconnaissait cette odeur. Bientôt, le vent se mettrait à souffler et on n'y verrait plus à trois mètres.

Avant de pénétrer chez Rita, il évalua la distance avec la maison voisine. Il tenait le Colt. Voilà longtemps qu'il n'avait plus tenu une arme de ce calibre. Il tendit son bras et laissa remonter des impressions anciennes, délicieuses, la solidité du métal, ce souffle dans l'épaule. Malgré la situation, il ne put s'empêcher de sourire. C'était autre chose que son pistolet d'alarme. Il ne se souciait plus du tout du voisin à présent.

Chez l'inspectrice, il trouva la porte ouverte, l'obscurité, de grands courants d'air. Il chercha l'interrupteur et donna de la lumière. Les lampes gisaient sur le sol, la table du salon était renversée, le canapé portait des marques de brûlures, peut-être les traces de coups de feu laissées par un fusil fracassé un peu plus loin. Un gros chien s'approcha. Il boitait. Martel lui caressa négligemment la tête tout en inventoriant les dégâts. L'animal fit presque aussitôt demi-tour pour gagner un coin sombre sous l'escalier en colimaçon. Martel le suivit et trouva l'inspectrice, inconsciente, à plat ventre sur le carrelage, en petite culotte et son tee-shirt remonté sous les bras. Tout de suite, il se mit à genoux pour se faufiler sous les marches où elle s'était réfugiée. Ayant posé deux doigts sur sa jugulaire, il constata que le pouls battait régulièrement. Il rajusta son tee-shirt. Il tremblait et ses lèvres prononçaient des paroles muettes dont il n'avait pas conscience. Il la prit par les épaules, puis se pencha pour murmurer à son oreille.

— Rita? Vous m'entendez?

Il se pencha plus près, à quelques centimètres de son oreille et répéta les mêmes mots. Elle ne bougeait pas.

Il la fit pivoter doucement pour l'allonger sur le dos.

— Oh bon Dieu, lâcha-t-il dans un souffle.

Ses lèvres étaient fendues, les paupières boursouflées, du sang avait séché sous son nez qui semblait décentré dans un visage qu'il reconnaissait à peine. Une bosse énorme marquait son front et une ecchymose, jaune, mauve et verte, partait de sa joue droite jusque derrière son cou.

— Les ordures, fit-il sans très bien savoir à qui il pensait.

Il la prit dans ses bras et la ramena contre lui. Elle était gelée et il se mit à la bercer, l'embrassant sur le front, les joues, sur la bouche, sur ses paupières au renflement bistré. Là, elle grimaça de douleur. Avec leurs paupières violacées, lisses, ses yeux ressemblaient à ceux d'une créature des profondeurs, un poisson dégoûtant et préhistorique qui ne devait jamais voir le jour. Ils étaient si tuméfiés qu'elle ne pouvait pas les ouvrir.

— Vous en faites pas, dit Martel en serrant les dents, tout va bien maintenant, je vais vous sortir de là.

Elle reconnut sa voix et voulut détourner son visage.

— Laissez-vous faire. C'est rien. Je vais vous emmener à l'hôpital.

Elle voulut dire quelque chose et sa bouche s'entrouvrit. Mais aussitôt, elle y porta ses mains pour la cacher et des larmes tracèrent leur voie à travers ses cils. Martel avait compris, il avait vu le trou noir entre ses lèvres. Ce petit con lui avait pété toutes les dents de devant.

— Chuuut, fit-il très doucement en déposant un baiser sur son front, laissez-vous faire. Ne vous en faites pas, on va y aller. On va prendre bien soin de vous.

Il la souleva comme une plume et se dirigea vers la porte. Elle faisait des efforts désespérés pour détourner son visage dans l'ombre. Elle trouva à se cacher dans le cou de Martel.

Dehors, le vent s'était levé pour de bon. Martel la protégea de son mieux contre le froid tandis qu'ils gagnaient la Volvo. Le chien les avait suivis et après avoir allongé l'inspectrice sur la banquette arrière, la couvrant de sa veste en cuir, il fit monter l'animal sur le siège passager.

En repassant en voiture devant la maison, il vit qu'il avait oublié de refermer derrière lui. Les bourrasques dansaient dans l'encadrement de la porte, les flocons faisant des tourbillons inquiets sur la chaude lumière du salon. Martel roulait au pas et contempla ce spectacle étrange. Il avait l'impression d'abandonner sa maison, de débuter un exode. Il quittait la lumière pour longtemps.

À côté de lui, la langue pendante, le gros clébard le scrutait et vérifiait alternativement que la route était bien devant et que sa maîtresse se trouvait toujours à l'arrière. Il était difficile de se diriger à présent. Le paysage devenait un aplat blanc uniforme. Martel cherchait des points de repère, un relief, des sapins, n'importe quoi qui puisse délimiter les bords de la route.

Il roulait depuis un quart d'heure à peine, le nez collé au pare-brise quand le ciel et la terre se confondirent tout à fait. Il dut arrêter la voiture un moment, laissant le moteur tourner au ralenti. Le chien fit deux tours sur lui-même avant de se poser en attendant la suite. La jauge de carburant avait à peine bougé depuis qu'il avait quitté Bruce. Il espérait que ça suffirait ; normalement oui. Derrière, l'inspectrice ne bougeait plus. Il se pencha vers elle, s'assura qu'elle était bien couverte et prit le Colt qu'il avait laissé dans sa poche. Avec le clebs, ils dévisageaient le néant devant eux. La tempête cognait la carrosserie, se pressait contre les vitres, les tenait dans sa poigne coupante et assourdie. On pouvait sentir la grosse suédoise tanguer sous l'effet des bourrasques. La radio diffusait *J'ai oublié de l'oublier* en sourdine.

Soudain, Martel fut parcouru d'un frisson et le chien aboya.

Ils avaient tous les deux vu la même chose. Une silhouette, une ombre, quelque chose avait traversé leur champ de vision. C'était là, quelque part, derrière le rideau de neige.

Après une hésitation, Martel sortit de la voiture pour en avoir le cœur net. Il se mit à avancer, un avant-bras en visière, le Colt à la main. Il ne portait qu'une chemisette et ne tarda pas à grelotter de tous ses membres. Il avança encore un peu, en courant, il appelait. Il crut encore apercevoir quelque chose, une présence, la fille peut-être bien, mais comment être sûr. Il parvenait à peine à ouvrir les yeux. Il appela dans le vide.

— Oh héééé!

Mais la tempête avait tout emporté. Il ne voyait rien, n'entendait que le vent. Il avait si froid maintenant qu'il ne sentait plus ses membres. Il se retourna pour chercher la voiture des yeux. Il ne restait des phares qu'un halo lointain, comme la lumière émise par un écran de télé qu'on vient d'éteindre. Après une hésitation, il s'éloigna encore un peu et trouva sur le sol des traces de pas que la neige recouvrait déjà. L'empreinte de pieds nus.

Il rebroussa chemin en quatrième vitesse.

TROISIÈME PARTIE

Mais on n'est point sage, on croit aux livres, aux enfants, on vit comme s'il ne devait même pas y avoir de fin du monde.

Paul Nizan,
La Conspiration.

L'USINE

Dans la cour de l'usine où le printemps jetait ses premiers rayons, ils se tenaient côte à côte, les yeux piqués par la lumière du matin, surpris, inquiets, comme les victimes d'une rafle. Une vague les avait pris, les avait laissés sur ce rivage, la suite viendrait, c'était encore le pire.

Les machines avaient été vendues. Depuis quelques semaines, il n'y avait plus que les représentants du personnel pour faire encore le déplacement et négocier les derniers détails du PSE. Avant ça, ils avaient organisé des grèves, bloqué les départs de matières premières, empêché la production par de menus sabotages et même failli séquestrer le DG dans son bureau. Au fur et à mesure, Martel avait pris ses distances, ce qui arrangeait bien les autres finalement : il commençait à leur faire peur en dernier.

Maintenant, c'était plié. La pression retombait. Il y avait eu les critères de licenciement, les plans d'accompagnement, une cellule de reclassement serait mise en place, une poignée de vieux avaient profité d'un train de départs en retraite anticipée. Les plus jeunes avaient choisi le dispositif de départ volontaire et les trois mille balles qui allaient avec, plus mille par année d'ancienneté. Bientôt, les premières lettres de licenciement allaient partir. On avait beau s'y attendre, ça ferait un choc. Ces temps-ci, on retenait son souffle en ouvrant la boîte aux lettres. Pour les intérimaires, pas de souci. Ils seraient affectés à d'autres missions, il faudrait réapprendre les gestes, se faire de nouveaux copains. Eux n'avaient eu droit à rien. Tout le monde trouvait ça normal. Quand même, on les avait invités ce jour-là, avril finissait.

Avant de se réunir dans la cour, les gars avaient fait un dernier tour dans les bâtiments, creux, sonores, propres comme jamais. Ils s'étaient promenés par deux ou trois, l'œil chagrin, ça faisait drôle quand même. Le vieux Cunin se souvenait ; c'était sa fonction désormais. Pour une fois, on l'avait écouté quand même un petit peu. Toujours les mêmes histoires, des mains broyées, des doigts qui tombent, des gars qu'on récupère à la petite cuillère, foutus en l'air pour un Smic. L'épopée ouvrière, les patrons qui grelottent devant la masse des révoltés. Le vieux Cunin avait fait ses classes au Parti. Il s'en vantait moins depuis quelque temps, même s'il prétendait toujours en être fier. Les jeunes n'y croyaient plus. À la télé, ils avaient trop vu de Soviétiques se faire ratatiner par MacGyver ou Rambo. Cela dit, avec le PSE, certains s'étaient ravisés, même des intérimaires, parce qu'à se tenir les coudes, chacun avait quand même gagné un peu de temps, et gratté quelques sous avant d'être foutu dehors. Le capital gagnait pour finir, on ne pouvait pas dire que le vieux Cunin était surpris. Ce qui le chagrinait au fond, c'était l'absence de relève. Martel n'avait pas la foi, les autres seraient disséminés, le combat finissait dans un grand détricotage.

Dans les boursouflures crevées du macadam, aux angles des bâtiments, des fleurs chétives s'étaient levées. Il n'y avait plus assez de pompes de sécurité pour les piétiner, c'était leur tour à présent. Velocia devrait dépenser plus de cinquante briques pour dépolluer le site. Depuis cent ans que des hommes travaillaient là, la terre n'avait pas bu que leur sueur. Les ouvriers étaient contents, parce que ça coûtait aux patrons, parce qu'ils laissaient leur marque aussi, qu'on ne les effaçait pas si facilement.

Mme Meyer, la DRH, les avait regardés errer dans les ateliers. Des petits bourrus, des grands pansus, des petits Arabes chétifs et infatigables, des agents de maîtrise au visage rougi, des inquiets qui ne pouvaient pas quitter leur blouse, les derniers OS du monde. Elle les avait guettés, dans leur timidité toute nouvelle, des hommes qui ne savaient plus ni quoi dire ni quoi foutre. Une fois les machines volatilisées, le boulot évanoui, tout était à refaire, les rapports de force, les habitudes, les manières de se tenir. La nouveauté vous givrait des amitiés de vingt ans, vous neutralisait les haines transmises de père en fils.

Les gars se retrouvaient à poil. Comme des canards surpris par les premiers givres et qui trouvent leur étang couvert de glace, ils étaient d'une maladresse poignante.

Dans la cour principale, on avait improvisé une estrade avec des parpaings et quelques planches de contreplaqué. Son caractère provisoire, mal foutu, sautait aux yeux. Sur le côté, une table sur des tréteaux portait quelques bouteilles de pinard, des jus de fruit, du Coca, des chips, un pain-surprise et des cacahuètes. On avait veillé à limiter l'approvisionnement en alcool, de crainte que les esprits ne s'échauffent. Deux épouses s'affairaient, mais la plupart des gars étaient venus sans, c'était pas un sapin de Noël non plus. Peut-être qu'ils espéraient que ça tourne mal aussi. C'était peu probable néanmoins, la direction avait organisé son truc à la sauvette, prenant tout le monde de court, planifiant les adieux en pleine semaine, un mardi.

— Et l'inspectrice alors ? On l'a plus revue ?

Locatelli s'était rapproché de Martel qui semblait déjà loin.

— Elle a eu un accident. Le soir de la tempête.

— Chié. Elle avait l'air bien.

— Elle est pas morte, elle a eu un accident.

— Oui, oui, bien sûr.

Subodka arriva au volant de son Audi et la DRH alla immédiatement à sa rencontre. Sur le parking presque vide, ils échangèrent quelques mots, pas fiers, tous les regards fixés sur eux. Il fallait quand même y aller, en finir, ils se décidèrent. Sur les cinquante mètres qui les séparaient de la petite sauterie organisée pour conclure, on les vit qui hésitaient. Est-ce qu'il fallait sourire ou bien prendre un air grave ? Finalement, ils se répartirent les emplois, la DRH héritant du rôle sérieux. C'était maladroit : quand il souriait, Subodka ressemblait un peu à une raie.

— Ils l'ont retrouvé tout sec dans sa bagnole.

— Qui ?

— Le balèze tiens.
— Ah ouais?
— T'étais pas au courant?
— Non.
— Pourtant, tu le connaissais bien. Tu sais, le bodybuildé, le gros.
— Ouais, ouais, je vois bien, fit Martel, de plus en plus contrarié.

Le DG et la DRH firent le tour. Certains bonshommes, les purs et durs, Denis Demange et sa grosse tête de bouledogue par exemple, refusèrent de dire bonjour. Le personnel de l'administration, des femmes entre deux âges qui s'étaient mises sur leur trente et un, et le contrôleur de gestion, leur firent la bise, l'air contrit, compréhensifs, personne n'y allait de gaieté de cœur, ainsi va la vie.

— Ouais. Apparemment, il était chargé comme une mule.
— Qu'est-ce qu'on en sait?
— Ils l'ont dit dans le journal. Y en a une paire qui sont allés au tas cette nuit-là. Sur la voie rapide entre Nancy et Charmes, mon beau-frère est resté coincé pendant cinq heures.
— Ils avaient pas dessalé.
— Tu parles, l'Équipement, les branleurs les mecs, se marra Locatelli.

Le DG monta le premier, en bras de chemises et pas très rassuré. Il la trouvait tout de même bien branlante leur estrade. Souriant à la cantonade, il fléchit ses jambes courtes à plusieurs reprises pour s'assurer que l'édifice n'allait pas flancher sous son poids, puis il invita Mme Meyer à le rejoindre. Elle portait un chemisier sans manches avec un imprimé japonisant, un pantalon gris ajusté, des boucles d'oreilles presque invisibles et son bracelet de montre en cuir faisait deux fois le tour de son poignet.

— Bonjour à tous.

Subodka avait sorti sa mine de confidence, celle qui voulait dire les gars on va pas se la faire à l'envers.

— Déjà, sachez que je suis content d'être là, et de tous vous voir. Vous me croirez si vous vous voulez, c'est comme ça.

Mme Meyer restait concentrée sur la pointe de ses ballerines. Quand elle relevait la tête, c'était pour dire bonjour à un visage connu, oui il faudra qu'on se voie, j'ai des papiers à vous faire signer. Elle était ravissante. Personne n'avait de bonne femme comme celle-là, avec ces bras menus, ces tenues recherchées, ce parfum qui ne se laissait pas reconnaître, vague et permanent, cette coupe de cheveux identique tout au long de l'année. À la voir comme ça, on se disait que si, finalement, il existait encore un monde civilisé. Il suffisait d'en être.

Subodka n'était pas de la même école. Lui se la jouait les mains dans le cambouis, je connais le sale boulot, je me suis élevé à la force du poignet. Ce qui n'était pas totalement inexact. Il ne voyait pas d'inconvénients à acheter des pompes à cinquante euros, des chemisettes Yves Dorsey et portait son téléphone à la ceinture. Il pouvait vider quelques bières sans raconter trop de conneries et rire de bon cœur en écoutant *Les Grosses Têtes*. Cela dit, personne ne s'y trompait. Ce mec-là comptait plus vite qu'un ordinateur et passait ses vacances en Écosse à pêcher, golfer et boire du vingt-cinq ans d'âge avec ses vieux potes de l'école d'ingénieur.

— J'ai toujours considéré que vos problèmes étaient les miens et inversement. Les anciens se souviennent bien des emmerdements qu'on a eus en 95 et comment on s'en est sortis. On n'a jamais travaillé dans le court terme, le nez sur les cours de la bourse et pour le coup, je suis là depuis assez longtemps pour que vous le sachiez.

Locatelli avait baissé d'un ton et, un pas derrière Martel, il continuait à déblatérer. Martel pouvait sentir l'odeur d'alcool à brûler qui sortait de sa bouche, mais il ne l'écoutait pas, pas plus que le discours du DG. L'avant-veille, il avait rendu visite à l'inspectrice, juste avant qu'elle ne quitte l'hosto. Depuis, il n'en pouvait plus. Locatelli posa une main sur son épaule, le tirant de ses pensées :

— C'est une occase pour ce prix-là.

— Quoi ? De quoi tu parles ?

— La Gordini. Cinq mille euros, c'est une affaire sans déconner.

— Qu'est-ce que tu veux que je foute de ta Gordini ?

— Et tu verrais pas quelqu'un qui serait intéressé ?

— Avec vos représentants, on a tout fait pour que chacun trouve une solution. Je comprends qu'il y ait de la colère et de la frustration. Mais vous lisez les journaux comme moi. Les ventes du Groupe ont plongé de quarante pour cent au cours du dernier quadrimestre. Une entreprise, c'est comme un organisme vivant. Elle naît, elle évolue, elle finit par mourir.

Il chercha des têtes en contrebas pour l'approuver. La plupart le laissèrent patauger. D'autres admirent que oui, en effet, tout bien considéré, il semblait bien, puisque les conditions sont ce qu'elles sont. Martel toucha le Colt à travers le tissu de sa veste. Ces histoires ne le concernaient plus. Il avait pris sa décision. Son champ de bataille se trouvait ailleurs désormais.

— Je veux en tout cas que vous sachiez que Mme Meyer et moi resterons présents jusqu'au bout. Je viendrai une fois par mois pour savoir où en est le reclassement. Mme Meyer sera là tous les mercredis. Je crois que vous avez eu le calcul de vos indemnités. Vous savez aussi ce qui vous attend pour la prévoyance et la mutuelle.

— Je vous communiquerai mon numéro de portable, précisa la DRH. Ce sera plus facile pour me joindre.

Elle penchait la tête comme une pietà. On voyait immédiatement que toute cette histoire la chagrinait tout de même beaucoup.

— Nous sommes responsables et nous assumerons nos responsabilités jusqu'au bout, clama Subodka en agitant la tête d'un air pénétré. Vous savez que vous pouvez compter sur nous.

Il y eut un blanc. Par habitude, le DG avait conclu sur une intonation qui appelait des applaudissements, ou au moins quelques murmures d'approbation. Il ne trouva que le silence, un vide embarrassant. Les gars n'étaient pas mal à l'aise. Ils ne se sentaient tenus à rien.

— Vous avez des questions, des remarques? intervint la DRH.

— Qu'est-ce que vous allez devenir, vous? osa un type.

Le DG et la DRH échangèrent un regard. Après une hésitation, la DRH se jeta à l'eau :

— Nous ne savons pas encore très bien.

— Nous restons à la disposition du Groupe, dit le DG.

— Vous gardez votre job quoi.

— On est dans la même situation que vous. En tant que salariés, on fait ce qu'on nous demande.

Personne ne releva. Depuis trois mois que cette affaire durait, on avait eu le temps de se dire tout ce qu'on avait sur le cœur. Le temps des engueulades et des reproches était derrière. C'était le printemps. L'air vif, les oiseaux, cette lumière piquante.

— Bon, trancha finalement le DG. Malgré tout, nous avons une bonne nouvelle à célébrer. Est-ce qu'il est là au moins?

Martel sentit son téléphone vibrer dans la poche de son jean. Voilà, c'était parti. Il le porta à son oreille et fendit la foule pour se mettre à l'écart. Au passage, plusieurs gars l'encouragèrent d'une tape dans le dos. Il gagna l'atelier 1, le plus grand, celui qui se trouvait juste en face de l'estrade.

— Alors, il est où? reprit le DG.

— Il fait son timide, ricana un des gars.

— Allez, l'encouragea un autre.

— Le con là!

— M. Hirsch s'il vous plaît?

À l'appel de la DRH, il parut tout de même, se hissant sur l'estrade à son tour tandis que des petits malins fredonnaient l'air de *The Final Countdown*. L'ambiance avait changé du tout au tout. Il y avait de la rigolade dans l'air maintenant. Le DG et la DRH lui serrèrent chaleureusement la main et le positionnèrent entre eux, face à ses anciens collègues. C'était l'heure.

— Comme vous le savez, M. Hirsch peut maintenant faire valoir ses droits à la retraite. Combien de temps avez-vous travaillé avec nous, Roland?

— Quarante-quatre, articula le bonhomme.

— Vous avez travaillé tout ce temps avec nous ? s'étonna le DG.

L'intéressé porta sa main à son oreille, et l'autre répéta plus fort :

— Vous avez travaillé ici pendant quarante-quatre ans ?

— Et mon père avant moi, répondit l'ouvrier.

— On dirait que ça ne vous a pas trop mal réussi, fit Subodka en auscultant sommairement les épaules du vieux Hirsch du bout des doigts.

Une moue dubitative se peignit sur le visage rouge du bonhomme et les copains au bas de l'estrade se marrèrent.

— Vous me paraissez en forme en tout cas.

— Le travail, c'est la santé, concéda l'autre, pince-sans-rire.

— Ouais allo ?

De là où il se trouvait, Martel pouvait voir le jeune retraité. Le cheveu clairsemé, l'œil matois, un vieux de la vieille, usé mais bien debout sur ses jambes encore, il allait pouvoir en profiter malgré tout. Son père l'avait collé à l'atelier à treize ans, c'était l'âge à l'époque. Il avait fait du balayage, puis s'était mis à l'assemblage, avait touché un peu de soudure, pour finir agent de maîtrise. Avec sa femme, ils s'étaient acheté un petit chez-soi au troisième étage d'un immeuble récent au bas duquel des petits cons faisaient des roues arrière après l'école. Une carrière le vieux Hirsch. Ses parents avaient besogné comme des bêtes, connu la guerre. Ses filles avaient passé de mauvais bacs, connu le chômage et empilaient les CDD. Roland Hirsch était passé entre les gouttes. Pas malin, pas méchant, bien moyen, il avait fait son bonhomme de chemin, supposant que le progrès était devant, et que comme lui, chacun pouvait espérer un sort meilleur pour peu qu'il en mette un coup.

— L'argent Martel, fit la voix au téléphone. Il faut nous rendre le fric maintenant.

— Je sais, répondit Martel.

Il semblait encore plus grand que d'ordinaire. C'est qu'il avait perdu pas mal de poids depuis quelque temps. Certains mecs l'appelaient King Kong maintenant, parce qu'il avançait les bras ballants, la tête en avant, sauvage, pas causant du tout. Dans son dos, le hangar résonnait, vide, plein de courants d'air. Bientôt, des mômes viendraient casser les petites fenêtres à coups de caillou. La pluie se mêlerait à la poussière. Un jour, la mairie enverrait des bulldozers. On ferait des pavillons ou une Halle aux Vêtements. Peut-être bien une zone commerciale toute neuve pour débiter des vêtements chinois, des meubles à la con, des burgers végétariens.

— On va se voir, dit Martel. J'ai le fric et on va se voir, vous faites pas de bile pour ça.

— Quoi qu'il en soit, avait repris la DRH, non sans fermeté car une certaine dissipation gagnait les rangs, nous avons constaté que ce pauvre M. Hirsch avait été oublié dans la distribution des médailles du travail. Alors nous avons souhaité réparer cet oubli, n'est-ce pas monsieur Hirsch ?

Le bonhomme acquiesça comme à *L'École des fans*, frottant son pouce et son index pour évoquer les bénéfices qu'il espérait tirer de cette décoration.

— Ah oui, en effet, il y a un chèque, fit la DRH en riant. Mais on va commencer par le début si vous voulez bien.

Elle se fit apporter un écrin en velours bleu d'où elle tira une médaille qu'elle lui passa autour du cou. Ensuite, elle l'embrassa. Elle l'avait pris par les épaules.

— Si vous voulez dire un mot, c'est votre tour monsieur Hirsch, dit-elle en invitant les collègues à l'applaudir.

— On va se retrouver derrière les entrepôts de la scierie Vallar, à Ramber. Vous viendrez tous les deux. Tout à l'heure à quinze heures.

— Tu crois vraiment qu'on va se pointer dans la cambrousse pour te faire plaisir ?

— Je vous rejoindrai avec l'argent. Soyez à l'heure.

— Tu nous fais rire, Martel.

— Oh j'ai pas grand-chose à dire, mentit le père Hirsch qui ne manquait jamais une occasion de faire connaître son avis, toujours véhément. Il regardait *C dans l'air* et lisait *Marianne*. Il avait des opinions.

Les types l'encouragèrent. Plusieurs scandaient : "Un discours, un discours".

Il s'avança sur le devant de l'estrade et s'éclaircit la voix. Il portait une salopette en bleu, la même depuis toujours et des mocassins à semelles de caoutchouc censés amortir les chocs et lui épargner les maux de tête chroniques qui étaient sa bête noire.

— Bon, bon, fit-il pour tempérer l'enthousiasme des copains. J'y vais puisqu'on me demande. Alors bon. Déjà, je remercie la direction. Ça la changera.

Rires et malaise se mêlèrent, selon qu'on était la direction ou qu'on ne l'était pas.

— Au final, j'ai bossé pendant plus de quarante ans et j'ai envie de dire que ça s'est plutôt bien passé. Aujourd'hui, pas mal de jeunes refusent de se taper les sales besognes. Ils se prennent pour des vedettes et préfèrent nous emmerder avec leurs scooters.

Les gars qui voyaient à quoi le vieux Hirsch faisait allusion rigolèrent une nouvelle fois.

— Je vais pas faire de politique, mais je pense qu'il faut bosser avant tout, après on peut faire le difficile. C'est le travail qui fait le bonhomme. Voilà, maintenant l'apéro.

— Le vieux con, avait soupiré un intérimaire.

— Il a pas tort, s'était ému le DG.

— L'apéro! entonnèrent en chœur quelques types qui se dirigeaient effectivement vers les tréteaux.

Martel n'avait rien entendu de là où il se trouvait. La silhouette fringante de ce vieux petit mec, ce presque demi-siècle de salariat continu, lui inspirait un peu de respect et pas mal de mélancolie. L'ultime dodo tirait sa révérence, content de lui, inconscient d'être le dernier de son espèce ou à peu près.

La direction avait vu petit, les ouvriers pas. Ils allèrent chercher dans le coffre de leurs bagnoles un barbecue et des merguez, des côtes de porc et des chipos, des packs de Kronenbourg. Les braises rougirent, on se mit à picoler et à jouer au foot. Une équipe était torse nu, l'autre gardait son maillot.

Au moment de manger, des groupes se formèrent, les jeunes entre eux, *idem* pour les vieux, le personnel administratif dans son coin, le contrôleur de gestion avait dû s'en aller. Le DG et la DRH firent la tournée des popotes, attentifs et encourageants. Ils comprenaient, ils savaient, ils avaient bon espoir. Les gars sentaient leur embarras et commençaient même à se mettre à leur place.

L'alcool aidant, des mélanges s'opérèrent.

— Tu veux la merguez, disait Atmen.

— Poh, au point où j'en suis, répondait le vieux Léon Michel.

— C'est clair, on est tous dans le même bateau.

— Mange une côte de porc alors.

— Ah faut pas diconer quand même.

— Tu vois la solidarité, ça va pas loin avec les Arabes.

— C'est comme pour les CDI et les intérimaires, on est dans le même bateau, mais quand s'agit de distribuer les bouées, y a plus de pitié.

— Je crois qu'on a fait le maximum tout de même.

— De toute façon, vous la direction, c'est presque le pire. Vous contrôlez plus rien. Vous obéissez.

— C'est vrai.

— C'est vrai.

— C'est les Américains qui commandent.

— Ou les Chinois.

— En tout cas en France, plus personne commande.

— On va pas parler politique, merde.

— Alors, tu la manges la merguez, répétait Atmen.

Depuis longtemps, ils le savaient, on leur avait dit à la télé : ils n'en mourraient pas tous, mais tous seraient frappés. C'était leur tour. Tout de même, ça faisait drôle. Comment c'était possible de finir là, éberlués, moitié bourrés dans la cour de l'usine ? Le boulot parti. Ailleurs, d'autres hommes qui prenaient leur place, Chinois, Indiens, Roumains, Tunisiens, métèques innombrables et invasifs. Des feignants pourtant, il suffisait de voir leur comportement dans les collèges, en Seine-Saint-Denis, partout dans la télé. C'était à n'y rien comprendre. Mais ceux-là, bronzés, bridés, plombiers polonais, avaient le grand mérite : ils ne coûtaient pas.

À moins que ce ne soit la faute des autres, les organisateurs. On ne les voyait pas souvent, quand venait l'heure des élections à la limite. Certains condescendaient alors à faire le déplacement. C'était l'occasion de leur expliquer vos emmerdements, les plus quotidiens, problèmes de voirie, de voisinage, les études de la cousine, la pension de mémé, ils n'étaient plus du tout regardants, vous donnaient toujours raison alors. Une fois le scrutin dépouillé, c'était une autre histoire. Ils se volatilisaient soudain, regagnant leurs palais où s'organisent les martingales macroéconomiques. Au bistro du coin, on refaisait le match et constatait que l'économie était de plus en plus micro pour ce qu'on en savait.

Un jour il faudrait tirer ça au clair. Et peut-être, finalement, la guerre.

En attendant, on avait beau s'énerver, il fallait bien vivre. Compter encore davantage à Carrefour, reporter l'achat de l'écran plasma qu'on s'était promis, oublier les vacances à Saint-Malo, expliquer une fois de plus aux gamins que les marques c'est rien que des conneries. Ça promettait.

— Qu'est-ce t'as, tu bois pas ?
— Non, répondit Martel, j'ai un rendez-vous.
— Ah bon, où ça ?
— Du boulot ? s'inquiéta un des types.
— Non, une affaire de famille.
— Ah.
— Quand c'est qu'on te revoit ?
— C'est fini.
— Comment ça ?
— Regarde autour. C'est fini mon pote.
Sous la pluie de rayons dorés, dans le frémissement vivant d'avril, quatre hommes se retournaient tandis que Martel

demeurait immobile, au centre, trop grand, trop tard. Ils jetaient des regards incrédules sur les murs autour, dégrisés tout à coup. Le vide s'était emparé de leur monde. L'un d'eux jura.

Inquiets, le DG et la DRH observaient ce petit groupe d'insoumis. C'était peu dire que ces cinq intempestifs leur en avaient fait baver. À des moments donnés, la direction avait eu peur même. Martel et ses copains n'étaient pas des flèches. À l'école, ils n'avaient sûrement pas fait d'étincelles. Leur usine, ils s'y étaient retrouvés sans le vouloir, foutus là comme ailleurs, salariés par fatalité, à travailler sans plaisir, à rouspéter constamment. Et maintenant qu'on la leur enlevait, ils se retrouvaient dépossédés, sans rien, privés de leur maître et de leurs adversaires. La violence devenait possible.

En attendant, ils iraient stagner dans de piètres F2, mijotant aux zones périphériques. Ils seraient pauvres et leurs enfants plus pauvres encore. Ils deviendraient peut-être comme ces misérables qu'ils avaient tant méprisés, manouches, feignants, drogués, profiteurs, bicots, ratons, négros, ceux d'en bas, bariolés et faux français, hétéroclites et bidouilleurs, de tout en bas, sous-sol qui les appelait.

Un jour, la classe ouvrière avait existé. Ils pourraient en témoigner. Si jamais quelqu'un demandait.

— Bon. Eh bien au revoir.

— Ouais.

— Au revoir.

Les poignées de main s'échangeaient, pudiques, sèches, les yeux qui s'évitent. La direction se donnait du mal une dernière fois.

— Je crois qu'on a fait le maximum.

— Je suis sûr que vous trouverez une solution. Vous êtes encore jeunes.

— Tu parles.

Les gars se faisaient l'accolade, mais alors vite fait.

— Allez on va pas faire les pédés.

— Hé hé.

— Bon.

— À la revoyure de toute façon.

— C'est ça.

— Putain quand même.

— Ouais, ça fait drôle.

— Quand on pense à ce qu'on a pu en baver ici.

— Tiens regarde qui rapplique.

— Vous partez monsieur Martel ?

— Je dois y aller.

— On a bien travaillé je crois.

Martel prit la main minuscule de Mme Meyer dans sa pogne d'orang-outang. Ils se dévisagèrent un moment, neutres, conscients qu'ils n'auraient plus jamais à se croiser. Néandertal souhaitait bon vent à Sapiens.

— Vous avez bien défendu les intérêts de vos collègues. Je crois que vous pouvez être fier de ce que vous avez accompli.

— Si vous le dites.

La DRH affichait son sourire parfait. Les propos désobligeants glissaient là-dessus comme la pluie sur du Gore-Tex. Quand même, ces types étaient gonflés. On leur avait signé de gros chèques alors que le Groupe n'y était pas forcé. Depuis cinq ou six ans que ce site ne produisait plus que des dettes. Évidemment, le côté humain devait être pris en compte. Il faut dire que le préfet, le président du Conseil général et le maire s'étaient donné la main et avaient redoublé de démagogie. Enfin, on était au bout. Elle allait pouvoir traiter les dossiers qui l'intéressaient vraiment : mobilité interne, plan de formation, construction des parcours professionnels, montée en compétences, gestion prévisionnelle des emplois, stratégie de recrutement, anticipation des besoins, politique proactive de sourcing, facilitation des synergies, partage des bonnes pratiques. Elle allait optimiser, hiérarchiser, dynamiser, autonomiser, implémenter, outsourcer, benchmarker. Pour l'heure, il fallait encore faire des politesses.

— Je suis certaine que vous allez tous rebondir. Les gens font quatre ou cinq carrières dans une vie maintenant.

— C'est bien le problème.

— Vous ne pouvez pas dire ça voyons.

— Ah si si, on peut.

— Où est passé Martel ?

— Je sais pas.

— Il s'est tiré on dirait.

Patrick Locatelli se précipita vers les grilles de l'usine où les ouvriers avaient accroché des couronnes mortuaires et une banderole. Il se retrouva dans la rue. Un peu plus loin, une silhouette décroissait lentement. Sur la banderole, on pouvait lire : *"Velocia = Fossoyeur"*.

Martel éternua à trois reprises.

Il marchait posément dans la rue, en direction de sa voiture.

En reniflant il pensa le printemps quelle merde.

Tout à l'heure, il allait rencontrer les Benbarek qui voulaient récupérer leur pognon.

Ensuite, plus rien n'aurait d'importance.

Tout était de la faute des Benbarek au fond.

Tout était de la faute des bougnoules quand on y pensait.

RITA

Le jour monte à peine sur le boulevard quand la Saab s'arrête devant La Lanterne, un café d'habitués où une poignée d'ouvriers du bâtiment prend un café avant d'aller bosser. Rita trouve une place au comptoir et commande un café noir. Les gars la regardent sans rien dire. Elle peut sentir leur odeur à plusieurs mètres de distance, bain douche énergisant et vêtements sales de la veille.

La patronne qui la sert a de grosses poches sous les yeux. Sous la graisse et la fatigue, on devine encore la jeune fille qu'elle a été autrefois.

— Voilà pour vous, dit-elle avec sourire bienveillant.

Puis elle retourne à sa télé. William Leymergie n'a pas l'air tellement matinal aujourd'hui. La patronne fait tinter des glaçons dans un grand verre d'Orangina. Elle a de belles mains soignées et un décolleté qui en dit long. Pour le reste, on dirait vraiment un gâteau de semoule mal cuit.

Rita boit son café en silence ; elle regarde la patronne, la télé, les mecs aux yeux endormis. Certains plaisantent déjà, d'autres pas du tout. Les plus jeunes sont les plus calmes, on dirait qu'ils digèrent une mauvaise nouvelle. Quand un type de petite taille demande un calva, ses potes le secouent en se marrant et tout le monde prend la direction de la sortie. La patronne leur dit à demain sans quitter l'écran des yeux. Rita règle son café, la patronne lui dit :

— Vous avez pas l'air dans votre assiette vous.

Rita veut bien l'admettre.

— La nuit a été longue ?

Rita dit oui, elle fouille ses poches et pose un morceau de papier sur le comptoir. Un visage de fille est dessiné dessus. Le portrait ressemble vaguement à cette actrice, comment elle s'appelle déjà, la fille du *Dernier Tango à Paris*.

— Ça vous dit quelque chose?

La grosse femme regarde de plus près et émet un genre de pet entre ses lèvres. Non, ça ne lui dit rien du tout.

— Vous auriez pas une photo plutôt?

Rita sourit en secouant la tête.

— Parce que déjà que ces filles ont toutes plus ou moins la même tête.

— Et vous savez qui pourrait me renseigner?

— Il faut tourner. Vous faites partie d'un de ces trucs de bonnes femmes. Vous essayez de les sortir du trottoir, c'est ça?

— Quelque chose comme ça, oui.

Rita range son dessin et termine son café en écoutant la grosse femme qui lui explique que plus rien n'est comme avant, mais qu'en même temps, ça a toujours marché comme ça. Du temps qu'elle était jeune, des étrangères on n'en voyait pas. Ou alors si, quelques négresses, une ou deux polacks, mais pas dans ces proportions. Dubitative, elle se demande si le pays ne serait pas en train de barrer en couille. À la télé, c'est l'heure des infos : des costume-cravate, la guerre, une école primaire, des vaches et des Chinois. Y en a plus que pour eux, note la patronne, pas tellement fâchée, ça pourrait être pire.

Rita ne la contredit pas et sort en la remerciant du bout des lèvres. Dehors, le soleil est déjà plus haut et le fond de l'air s'est réchauffé. Elle retire sa veste, s'étire, maintenant, elle doit rentrer. Elle reprend le volant. La patronne qui est sortie pour fumer une Vogue lui fait un petit signe d'adieu.

Les trottoirs sont encore déserts et à la radio, on passe *Cambodia* de Kim Wilde. Rita vient à Strasbourg comme ça quand elle peut, quand elle a le temps. Elle tourne, elle pose des questions. Il lui arrive d'aller et venir en minijupe. Au début, les filles lui disaient de se tirer si elle ne voulait pas prendre un coup de rasoir. Elle leur montre son dessin tout chiffonné qui n'est même pas très ressemblant. On pense qu'elle est un peu cinglée. Il lui arrive de payer un verre à une môme qui lui rappelle Victoria. Une fois, un type lui a proposé de monter. Elle l'a suivi pour voir. Il n'était ni beau ni moche. Elle se souvient qu'il avait un cheveu sur la langue, ça lui donnait l'air inoffensif. À un moment, elle a quand même dû lui dire d'aller se faire foutre.

Le feu passe au vert et elle redémarre lentement. La silhouette de la Saab devient une bande noire sur les vitrines sans lumière. Un matin comme celui-là, à l'aube, elle a cru voir Martel. C'est impossible bien sûr. Elle rentre chez elle, elle va dormir, demain c'est lundi, grosse journée. Un accident dans une papeterie, un mec est presque mort. Tout le monde est désolé. Elle monte le son. Elle n'est pas triste. Elle persévère.

Pour en savoir plus sur la collection Actes noirs,
tous les livres, les nouveautés, les auteurs, les actualités,
lire des extraits en avant-première :

actes-sud.fr
facebook/actes noirs
application Actes noirs disponible gratuitement sur
l'Apple Store et Google Play

OUVRAGE RÉALISÉ
PAR L'ATELIER GRAPHIQUE ACTES SUD
ACHEVÉ D'IMPRIMER
SUR ROTO-PAGE
EN MAI 2014
PAR L'IMPRIMERIE FLOCH
À MAYENNE
POUR LE COMPTE DES ÉDITIONS
ACTES SUD
LE MÉJAN
PLACE NINA-BERBEROVA
13200 ARLES

DÉPÔT LÉGAL
1ʳᵉ ÉDITION : MARS 2014
N° impr. : 86905
(Imprimé en France)